别样年华

山西大学外语系首届工农兵大学生纪实

主　编　李广锁

副主编　肖文科　张银海　赵宝华　赵殿华　韩生鹏　贾广臣

山西出版传媒集团

山西人民出版社

图书在版编目(CIP)数据

别样年华 / 李广锁主编. —太原：山西人民出版社，2022.5
ISBN 978-7-203-12271-5

Ⅰ. ①别… Ⅱ. ①李… Ⅲ. ①回忆录—作品集—中国—当代
Ⅳ. ①I251

中国版本图书馆CIP数据核字(2022)第082537号

别样年华

主　　编：李广锁
责任编辑：蒙莉莉
复　　审：傅晓红
终　　审：梁晋华
装帧设计：谢　成
插图绘制：韩生鹏

出 版 者：山西出版传媒集团·山西人民出版社
地　　址：太原市建设南路21号
邮　　编：030012
发行营销：0351-4922220　4955996　4956039　4922127（传真）
天猫官网：https://sxrmcbs.tmall.com　电话：0351-4922159
E—mail：sxskcb@163.com　发行部
sxskcb@126.com　总编室
网　　址：www.sxskcb.com

经 销 者：山西出版传媒集团·山西人民出版社
承 印 厂：山西出版传媒集团·山西人民印刷有限责任公司

开　　本：720mm×1020mm　1/16
印　　张：29
字　　数：320千字
版　　次：2022年5月　第1版
印　　次：2022年5月　第1次印刷
书　　号：ISBN 978-7-203-12271-5
定　　价：86.00元

序

为庆贺山西大学120周年华诞，外语系首届工农兵大学生和部分任课老师，精心编写了《别样年华——山西大学外语系首届工农兵大学生纪实》，并委托我为本书作序。盛情难却，欣然为之。

夜深人静，认真拜读书稿，感触颇深。这些文章或主题宏大、立意深远，或内容丰富、感情真挚，或语言优美、文采斐然。真乃真情实感方文章，亲身经历皆财富。

这本书给我的第一印象是，72级工农兵大学生揣情度理，热爱生活，有深厚的文化素养。他们知晓自己人生启航的源头在哪里，山西大学就是他们这片参天大树的根。这个信念已经牢固地根植于他们的内心，深深地铭刻在他们的生命年轮里。2014年至2019年底新冠疫情暴发之前，他们每年都举行各种形式的聚会，以表达对母校的真诚感谢，对老师的深情感恩，对同窗的无限眷恋。这是发自内心的一种自觉的表达，是感情的升华。

最令人难以忘怀的是，他们是在“文化大革命”尚未结束的1972年这个特殊的年代，从工厂、农村和部队来到山西省的最高学府。当时，“文革”时期的“斗、批、改”，造反派“头上长角、身上长刺”的形象还记忆犹新，“臭老九”们仍然心有余悸。然而，广大工农兵大学生给世人留下的最深刻印象是，他们头脑里装的是理性的思维，对知识的敬畏，对真理的追求；他们身上散发的是人类文明最核心的价值观念：

仁者仁心。那时，师生之间亦师亦友，同学之间好似兄弟姐妹。老师们以琢璞成玉的匠心，甘为人梯的情操，有教无类，诲人不倦。同学们如饥似渴地学习知识，追求真知，学而不厌。师生一起下农村，去工厂，到兵营，同吃、同住、同实践。生活中，互相关心，互相呵护。同学生病了，老师熬粥、热奶、煎中药；老师有恙，同学们去医院探视送温馨，甚至毕业后多年，还远赴香港送去慰藉。当他们惊悉老师病逝香港，悲痛欲绝，遥寄挽联、祭文，向老师致哀。“老师和同学是同一条战壕里的战友”成为那个时代的最强音，生动地体现了师生之间的亲密关系和纯洁友谊。

成功总是属于那些志存高远、自强不息的人们。同学们在校期间，崇尚知识，尊师重学，奠定了扎实的专业基础。当他们步入社会，拼搏奋进时，自然会任尔飞翔，追逐梦想。最值得称道的，是那些满怀家国情怀，坚守三尺讲台，几十年奉献，数十载耕耘，在教育战线培桃育李、播洒汗水的同学们。他们中有不少人被评定为教授，成为硕士生、博士生导师；也有许多人守望着家乡故土，矢志不渝培育人才，被评为高级教师、特级教师。有的被授予“全国优秀教师”奖章，全国“三育人”先进个人荣誉称号；有的成为当地的教师楷模，建立了名震乡里的“教育园地”。学生们常用《老师，我总是想起你》的歌声，赞颂他们“红烛”“春蚕”的无私奉献精神。外语系 72 级工农兵大学生，有不少人走出国门，远赴北美洲、欧洲、大洋洲，为加强中外交流和友谊，给外国朋友讲中国故事，宣传中国的建设成就，他们是中国改革开放的先行者。这批工农兵大学生中，有人成为《中国大百科全书》常务编委，中国社会科学院《世界文学》编辑部负责人，《诗刊》社编审；有人担任中国科学院翻译工作者协会秘书长，成为“中国应用语言学之母”李佩先生的秘书，组织翻译《走进殿堂的中国古代科技史》《中国科学技术通史》，协助李佩、郑哲敏组织翻译出版《钱学森文集》，协助主持“钱学森科学和教育思想研究会”的工作，并受邀在 CCTV-4《国家记忆》栏目，介绍“两弹一星”元勋郭永怀与妻子李佩的光辉业绩；还有的清正廉洁，一心为公，荣任厅局级、省部级领导干部；有的部队学员成为大校、少将；有的为祖国的航空事业作出了宝贵的贡献。实在是纸短人才众，难以一一列举。总之，72 级工农兵大学生在各自的工作岗位上，取得了卓越的成绩，为母校赢得了无上荣光。

由于我主持山西大学外国语学院（原外语系）工作多年，我以为有理由特别致谢为学院的发展作出宝贵贡献的 72 级工农兵大学生们。为学院的学科建设，增设学位授予点，老师们常去教育部有关部门反映情况，北京的同学们给他们提供食宿和交通便利条件；为提高学院的毕业生就业率，他们给毕业生创造就业机会，广开就业渠道；在学院发展过程中遇到难题时，他们秉持正义，出手相助。还有的同学帮助学院建立出国教育基金，建立托福（TOEFL）考试、剑桥商务英语（BEC）考试及全国外语水平考试（WSK）考点。为历次学院大型活动及校庆慷慨解囊者更不在少数。特殊的感谢应该献给为组织历次师生联谊会，尤其是为本书的策划、撰稿、编排和出版，满腔热情、倾心尽力的编委会及幕后英雄们。

72 级的工农兵大学生们，我们永远不会忘记你们每个人似绿叶般对根的深情厚谊。你们在校期间的优异表现，毕业后事业上的骄人业绩，以及对母校的眷恋情怀，已成为我们血液中的优秀基因，它将会在山西大学外语人的血液里永远流淌，代代传承。

王正仁

2021 年 12 月

王正仁，男，生于1940年，教授。1964年山西大学毕业后留校任教，至2005年退休。1984年8月至2001年2月任山西大学外国语学院院长。英译《三十六计》获山西省社会科学研究优秀成果一等奖，荣获山西省优秀中青年归国留学人员奖。现任山西省翻译协会荣誉会长，山西华澳商贸职业学院荣誉院长。

目　录

献给母校 120 周年华诞

王淑珍

岁月中，
山西大学走过一百二十年沧桑，
迎来鼎盛的辉煌。
作为毕业于百年名校的学子，
在母校两甲子之际，
献上一份深深的祝福和殷切的期望。

回想求学时代，
我们在母校的怀抱中成长，
难忘校园的一草一木，一砖一瓦，
也难忘那欢声笑语，书声琅琅，
更难忘恩师辛勤的汗水和慈祥的目光。
一届届毕业生都已成为社会各界的中坚和栋梁，
他们把对母校炽热的爱，
化作拳拳报效之心，
鲲鹏展翅，扶摇直上。

为人生续写华彩乐章，
为母校赢得无上荣光。

改革开放的新时代迎来了新的发展契机，
科教兴国为母校插上了腾飞的翅膀。
我们看到，
可爱的母校呈现出一派生机勃勃的景象。
我们相信，
她必将乘风破浪，扬帆远航，再创新的辉煌！

王淑珍，女，1951 年生，山西运城解州人。1975 年 8 月山西大学外语系毕业，被分配到山西省对外贸易局，在中国五金矿产机械化工进出口总公司山西分公司工作，历任业务科副科长、科长、公司副经理；1989 年任山西省机械进出口公司总经理、书记；1994 年任山西省对外贸易经济合作厅副厅长，2003 年任厅长、党组书记；2004—2011 年任山西省商务厅厅长、党组书记，期间为第九届山西省委委员，第十一届全国人大代表；2011 年 12 月任山西省人大民族宗教外事委员会副主任。2014 年退休。

向青春致敬

——献给 72 级外语系的同学们

周所同

如果往事是一扇门，回忆则是
另一扇门；谁打开谁关上谁又怅然
失神？愈想愈远的事，如果等于
愈来愈近的人，清晰或模糊的瞬间
存在的就等于消逝的背影
比如从青丝到白发之间的距离
谁的双鬓正吹过苍茫的大风
我们回头、握手、寒暄、重新相认
忘却与想起的一样多又一样少
仿佛悬崖倾听深渊的回音

掠过岁月的烟云，向青春致敬
等于向那个乍暖还寒的四月致敬
我们怀念新生的杨柳、忧郁的丁香
还有洋槐、刺梅、梧桐的浓荫

向敞开的校门和主楼前屹立的伟人
致敬！等于向特殊年代里不幸中的
万幸致敬！我们格外珍惜——
迟到的课本、久违的铃声、蹉跎的
岁月、失而复得的理想、重托与信任
多么美好！从工厂到农村再到军营
我们从不同方向朝一条路上走来
共有一个名字和两袖风尘
在三生漫漫旅途上第一次相逢

如果灰烬复活，一定会燃起火星
久旱无雨，如果突然降下甘霖
即便我们贫血、苍白，甚至病弱
也不是什么过错！而集体承受着
时代的暗疾与伤痕，等于加倍
拥有了热爱的心跳，呼吸和体温
油墨飘香的教材，蝌蚪样游动的文字
南腔北调的方言在第一个元音字母里
找到回声；我们向图书馆、教学楼
小课桌、录音带、耳机、台灯
和死背硬记致敬！等于向劫后余生的
老师与千载难逢的希望致敬
尘世上总有一些东西不能忘记
比如：那时虽然贫困却很富有
也总有一些东西更需要感恩
比如：扶持、关爱、教诲和指引

就像犯错的孩子，记住原谅的眼神
我们拥有血液的盐、骨骼的钙
风雨的历练和生命中最贵重的黄金

河流向往桥梁，废墟梦见彩虹
我们是承上启下的一代，恪守
弯腰劳动挺胸做人的意义与精神
如果热爱平凡等于向往崇高
如果奉献和坚守等于双重使命
我们顺从自然的秩序、生活的逻辑
无论下雨、刮风、阴晴不定，相信

俄语三班集体照。左起前排：周所同、李桂芬、赵建峰、刘胡兰母亲胡文秀、李平；中排：刘文龙、李海风、王爱英、张爱琴、王明华老师、梁昭智；后排：王月秀、于德生、张胜利、藏献甫、商香兰、董振海、赵云雾、王洪祥

道路愈是泥泞，就愈会留下脚印
像蚂蚁怀抱米粒、纽扣缀在衣襟
每个人都有自己的位置
如果懂得卑微或渺小，就等于
找到了活着的意义和生命的中心

而我还是那个来自乡下的俗人
活在死里，身上落满俗世的灰尘
尚有御寒的布衣、挡风的土墙
避雨的屋檐和取暖的火盆
偶尔想起年轻时青涩的爱情
还会心跳、脸红、迷离、恍惚
愈想愈空；仿佛挽留的越多
留住的越少，就像此刻
我在这首诗里向我们的青春致敬
请原谅，我已忘记了许多人的姓名……

2016年11月16日于北京

周所同，祖籍山西原平。中国作家协会会员，中国诗歌学会代理秘书长，《诗刊》社编审。有3部诗集出版，有作品译介到国外，另有小说、诗论、散文百万字，编辑出版各类诗歌选集40余部。

我与英语的机缘巧合

肖文科

1972 年，机缘巧合，我意外地被推荐上了山西大学。这件事说来与元宵节还有点关联。

春节及随后的元宵节在山村人们的心目中非常期盼，尤其是元宵节，特别热闹，若能到县城看看白天的表演和晚上的烟花,那更是令人喜出望外。

我们村，山西省平鲁县下木角公社打草坪大队，距离县城所在地井坪镇将近 30 里山路，隔着一条石沟和两座既算不上高又称不上陡的山。村里的人们很少有条件或机会能到县城欢度元宵佳节：白天欣赏当地很流行的踢鼓子秧歌、高跷、旱船等表演，晚上观看燃放烟花爆竹。我算是很幸运的一个，因为我舅舅他们村（上称沟）离县城不到 10 里路，且无山无沟，全是不必专注于脚下就可放心行走的土路。晚上看完热闹后，无论多晚去他们村都没问题。

因此，自记事起到 1972 年，我的元宵节几乎都是在舅舅家与表兄弟们一起度过的。元宵节前后接连几天，我们一般都是白天进城看热闹，晚上去舅舅家休息。

查电子日历发现，1972 年的元宵节是闰二月的最后一天——29 号。也不知道是元宵节后的第几天（肯定是 3 月上旬），我们在城里玩了一整天，傍晚走在出城去舅舅家的唯一一座小桥（西泉桥）上时，遇见了一位我高中同年级的同学赵金梅，她在我们村有舅舅和姑姑等亲戚，所以我们之间一直很熟。

见面寒暄三言两语后，她兴冲冲地问我是否也是来参加大学招生报名的。见我对此一无所知后，她便将参加报名的条件和程序详细告诉了我。主要条件是政治思想好，身体健康，具有两年以上实践经验，年龄在 20 岁左右，有初中及以上文化程度的优秀工人、农民、解放军干部战士，未婚；农村的应是有两年以上劳动锻炼，表现好，受贫下中农欢迎并为群众所推荐的上山下乡或回乡知识青年。招生办法实行群众推荐、领导批准和学校复审相结合。她补充说，具体到我们，原本就是农村的，算回乡知识青年，要持公社出具的推荐信，到临时组建的县招生办报名。

得知这一信息后，我激动万分，浑身热血沸腾，马上约了我的一个表弟王日章连夜步行，翻山越岭穿石沟，凭借着月光和对羊肠小道的了解，深一脚浅一脚地赶回了村。第二天一大早，分别找了村主任朱义和村支书朱绍银，征得他们的同意，开具了证明，又找村会计朱瑞生盖上公章（我们村的公章一直由会计保管）后，急匆匆地跑了 24 里路，来到公社所在地下木角村。

公社办公室只有一位坐镇值班的，正在忙他手头的日常工作。他见我喘着粗气慌里慌张地进了门，便问我有什么事。我说来报名参加推荐上大学的。他微笑着随口说："你来晚了，我们昨天已经研究过了。"

说完，接着干他手头的工作，可能是赶着填报表或是写什么材料。我一听，头就大了，心里一个劲儿地埋怨自己，怨自己得到消息太晚，耽误了报名的时间。顷刻，我站在那儿一动不动，一句话也说不出来。他见状，才停下手头的活儿，问我是哪个村的，叫什么名字。待我言明后，他说："我们研究的名单有你，就看你在村的劳动时间够不够两年。"我急忙说："够了，够了。"这才把村里的证明信递过去。他看完证明后，边给我开公社的推荐信，边告诉我说，我们公社只有两个推荐名额。看着他在介绍信上写下我的名字，我兴奋得差点喊出声来，眼睛热热的，应该是有点什么东西，好在眼睛小，眼皮紧，没有掉落出来。短短几分钟，我的内心经历了从无限失望到无比欢乐的全过程。

拿到推荐信后，我只简单地说了声"谢谢"，没来得及打听任何相关信息和他们的研究过程，一是看他那天特别忙，二是我自己也非常着急。我一口气赶往县城，这回可是近60里路程，翻的可是三座山，当然全是步行。

后来，我才知道那位值班的是公社的会计，名叫张树，他身兼数职，常坐办公室，掌管着公社的公章。听说参加推荐研究的有公社的书记张亮和主任高振宝，还有公社的小学联区校长刘伟，当然还有负责具体办事的那位会计。我始终没搞清楚他们是怎么把我确定为推荐对象的。是因为公社书记或主任对我在村时的表现有所耳闻？在村两年时间，我担任民兵连长，既坚持民兵操练，又办民兵夜校，学政治、学文化；当代销员童叟无欺，把人们能变卖成钱的鸡蛋、次等羊毛、过年吃完肉的骨头、无法再穿的布底鞋、实在派不上用场的破布条、旧棉花团等，按公社供销社规定的价格，换回村民们日常所需的煤油、食盐等商品，从不嫌麻烦，不赚差价，不断货。虽没有多挣了几个工分，却在本村及邻村赚了个不错的口碑。还是因为联区校长对我曾在公社完全小学读书时的刻苦精神和较好的成绩仍有点记忆？我在公社完全小学读五六年级时，有一年冬天，因天气异常寒冷，教室御寒措施不够，自己装备不好，双脚严重冻伤，流水发炎，在行走不便的情况下，仍然坚持上课、上早晚自习；写的作文曾作为范文在县里展出过；有一年的“六一”儿童节，在全县的庆祝大会上，我作为儿童代表发过言；我还作为学生代表，曾陪着下木角完全小学校长朱世银老师和教导主任陈维舜老师去相邻的只泥泉公社完全小学参观学习过。或是二者皆有？我始终不得而知。有一点是肯定的，那就是我没有任何背景，纯属“草根”。我的父母都是农民、文盲。在我参加工作前，他们一直在村辛勤劳作，除了偶尔走亲访友外，几乎从未离开过我们村。

第二天一上班，我急忙把公社的推荐信交到县招生办，这样就算正式报了名。

接下来的几天，我们所有由公社推荐上来的学生，表面上看比较消闲，内心却热切地等待着招生办的有关安排，打听着相关的信息。一天，大约是 3 月上旬末或中旬初，我们全体考生被集中在井坪完全小学校，安排到不同的教室，告知我们自命题写篇作文。题材、体裁、字数不限，时间也是一个大概范围。当时县招生办及招生老师谁都没说，事后我觉得应该算是语文摸底。我的文章是怎么写的，写了多少字，用了多长时间，等等，现在一点印象都没有了。只有题目至今仍记忆犹新：《山里娃要上大学》。记得这么清楚是因为在大学入学后，我的几位高中同学先后告诉我，说《雁北报》（雁北当时是山西省的一个行政公署，下辖雁门关外的 13 个县，平鲁县是其中之一。《雁北报》是行署的机关报）上登载了我的那篇文章。现在想来，在那样的环境下匆匆写出的文字要见诸报端，编者所要付出的劳动该是何等艰辛。十分遗憾的是，我以前一直没有看到那张报纸，没有读过那篇文章，想象不出它被排在报纸的哪个犄角旮旯。直到最近在修订本稿进一步核实史实时，我托人才从大同报社的存档中找到了这篇文章，原来刊登在《雁北报》1972 年 4 月 14

日的第三版，题目被改成了《山里人上了大学》，署名为平鲁县下木角公社打草坪大队肖文科。版面位置也比我原来想象的显眼得多。

还有一次是各院校的招生老师与本校有待录取的学生进行的一次单独见面，现在看来，应该算是面试加口试，当然当时不这么说。老师与学生边交谈，边很随和地问些问题，问的多数是数、理、化或史、地、政最基本的知识。据此，我们也基本能判断出自己有可能上哪所院校。因为我被面见的是山西大学的招生老师，上学后听说是数学系的乔老师，所以，当初估计是上山西大学。山西大学当年在我们县有4个招生名额，专业分别是中文、数学、英语和体育。我估计自己的专业应该是中文或数学，这两个专业我比较有优势，又是自己的兴趣所在。高中期间，校团委专职书记耿保山老师为了锻炼和提高我的中文写作能力，曾数次安排我起草讲稿或报告。在巩文玉老师休假期间，学校安排我替她代过一段初中学生的课。我还经常为同班基础较差的同学课余补习数学。而后两个专业，体育我没有任何特长，且因性格和认知所致，也不喜欢；至于英语，我连认识字母的基础都没有，根本没有任何思想准备作为专业学习它。

随后，我们要做的就是体检。体检本应该是个很简单的事。按说，年轻人身强力壮，只要没有传染病，是不会影响上学的。但正是这个简单的体检，不但严重地惊吓了我，而且影响了我上学所学的专业和后来从事的职业，以及终生奋斗的事业。

之所以这样说，是因为体检第一次量血压，也是我人生第一次量血压，不知怎么搞的，量出个高血压，告知我第二天再量。这可把我吓得不轻。因为我们都十分清楚：体检，此时更准确地说是血压，将是我们通往大学路上的一只凶猛异常的拦路虎，成为我们要步入大学校门必须顺利迈过的最后一道坎，因为体检出现问题的全都是血压高。若血压下来，大学梦圆，“一气冲天”；若下不来，大学梦碎，一如从前。越是这么想，心里越紧张，量出来的血压越高。设想一下，这能不惊人吓人吗？于是，我们几个被量出血压高的，各想奇招，千方百计降血压。不知从哪儿听说喝醋能降血压，我们就结伴去当时县城里唯一的一家饭店，使劲喝餐桌上的免费醋。然而，喝归喝，量血压时，一伸胳膊，心都快从嘴里蹦出来了，血压能正常吗？所以，量一次，高；再量一次，还是高。后来，干脆放平心态，面对现实，结果，血压勉强达标了。非常庆幸，我没有被挡在大学门外，总算圆了我的大学梦。说圆梦，其实有点夸张，因为当年我们这一批人连做梦都从来没有敢梦上大学。是当年教育改革的思想和实践使我和我们这一批人有幸上了大学，成为山西大学首届工农兵大学生！有关我的真实血压，当初也好，现在也罢，始终既不高又不低，一直在正常范围。

说体检影响了我的人生轨迹，是因为我们县在当年所有被推荐的招生对象中，唯一一位有英语基础的，是位老高三毕业生，名叫谢忠权，毕业于省重点中学——山西朔州神头高中。他本已被初步确定为上山西大学，读英语专业。仅是因为他的血压，这位老兄的大学梦想硬是被拖了一年才实现。还算幸运，仅拖延了一年。他于1973年还是上了大学，成为山西省第二届工农兵大学生，但上的学校不再是山西大学，学的专业也不再是英语。

那么，谁来弥补英语专业这个缺额呢？该怎么调整呢？事后听说，当时参与研究的除山西大学的招生老师和县招生办的有关领导外，还有我读高中时学校的党支部书记阎永华和校长赵有银两位老师。他们认为我中文基础好，年龄又小，就把我从中文系调整到外语系，学了英语。其实，我当时已经迈入22岁又3个月了，估计他们是把我与那位老高三兄长相比较的。至于中文专业，只好又经二次推荐，补录了一位我初中时的同年级同学乔佐。

当我得知自己能上大学，高兴的劲儿难以言表。心里一个劲儿地感谢毛主席，感谢共产党，感谢祖宗，感谢乡邻。我们那个小山村，坐落在山脚处，背靠山，面对山，抬眼望，一线天，低头看，石头滩。全村鼎盛时不到 100 户，不足 500 人。全村姓肖的只有我们一家，算是村里的新移民，我父亲十来岁时从朔县肖西河村移居而来。打草坪这个村尊师重教，文化底蕴较好，村里能识文断字的相对较多。我父亲虽然不识字，却特别重视文化。他能记得许多戏文，还能讲述不少历史故事，“评价”一些历史人物。早年农闲时，他曾专门请师傅给他讲过这些。他深受不识字的苦，发誓这种苦就他一个人吃，要让他的孩子们都“睁开眼”。我非常佩服我的父亲，特别感谢我的乡邻，由衷地感恩这个社会，是他们的鼓励、鞭策和资助使我成为我们村第一个大学生。

可是，当我拿到录取通知书，看到所学专业是英语时，犹如被当头浇了一盆冷水，高兴劲儿大打折扣。要知道，我读初、高中时，学的都是俄语。英语，就连多少个字母，怎么排列，怎么读音，怎么拼写，一点儿都不懂。认识的几个字母也是在数学、物理、化学课堂上老师用到的那几个，如 Aa、Bb、Cc、Xx、Yy，Vv、Ww，Hh、Oo 等。当时并不知道它们是英语字母，也无从评说那些老师们的发音是否准确。所以，发愁、畏惧的心理肯定是有的。加之，我生理上嘴唇较厚，舌头较硬，性格内向偏慢，模仿能力和语言表达能力不强。怎么办？还能怎么办！愁归愁，学肯定还是要上的！说什么也不能放弃这个千载难逢的天赐良机。

1972 年 4 月 3 日，我怀揣着那张异常渴望却又说不上令人特别喜欢的入学通知书，在山西大学外语系（1996 年更名为山西大学外国语学院）正式报到注册，开始了为期 7 个学期（1972 年 4 月初—1975 年 8 月底）的大学生涯，在我的英语之路上不情愿地迈出了第一步。

这一步异常艰难却又十分稳健。正是由于这一步，使我邂逅了山西大学外语系的优秀教学团队，从常风教授、刘廷玉、高光斗、田际升、聂崇信、赵超群等先生和刘海量、孟庆瑞、乔寿宁、刘生金、樊维信、吴增和等老师那儿学到了做人和教学的真谛。结识了外语系英语专业105名和俄语专业58名工农兵大学生，与他们中的不少人结下了一生一世的友谊。正是因为选学了英语，使我首次感受到了作为差等生的滋味，经历了艰辛奋斗、顽强拼搏由差到中到优的转变历程，更加深切地感受到了万丈高楼平地起、夯实基础的重要性。

在校期间，每天起早贪黑，使出开荒刨地的蛮力刻苦地学习，使我逐渐步入了英语世界，爱上了英语。工作以后，尽管早期也曾产生过转行的念头，但最终也没舍得丢弃这点拼命学来的看家本事。

1975年8月大学毕业后，我回到雁北地区，被二次分配到大同医学专科学校，主要从事医学英语教学工作。期间，1980年4月至8月参加了教育部委托天津大学主办的“华北地区高校英语师资培训班”学习，1982年9月至1983年1月又参加了教育部委托北京第二外国语学院举办的“高校英语师资培训班”学习。两次培训所聘师资均为英、美、加等国教师。毕业10年后，于1985年9月考回山西大学外语系，师从赵超群先生，攻读英语语言文学（英语语言测试方向）硕士研究生。这几次充电，使我的英语水平有了大幅度的提高。研究生毕业后，于1988年9月调到山西财经学院外语教学部，起先主要从事大学英语教学，1994年后主要从事经贸英语专业的教学与管理。2001年9月调入北京林业大学外语学院，主要从事商务英语教学与管理工作。

回顾既往，正是英语磨炼了我的意志，锻炼了我的耐受性，帮助我战胜了各种艰难困苦。借助英语，我积累了40多年大学讲坛的一线教学经验，实现了英语讲师、副教授、教授高校职称的三级晋升，完成了从医学英语、大学英语到商务英语专业方向的三次转变，体验了教研室主任、系教学主任（副处级）、系主任（正处级）三种教学行政双肩挑的工作经历，荣获了“全国优秀教师”、全国“三育人”先进个人、山西省“共产党员标兵”三项荣誉，实现了大同—太原—北京工作地点的三步跨越。主编了《大学财经英语阅读》（外语教学与研究出版社，2002）、《林业经济管理英语阅读教程》（北京市高等教育精品教材立项项目，中国林业出版社，2009），主持翻译了“国家社科基金中华学术外译项目”《中国财政思想史》（上海交通大学出版社，2015，英文 *A History of Chinese Thoughts on Public Finance*，Copyright © 2021 by World Scientific Publishing Co. Pte. Ltd.）。现已顺利完成从学院商务英语专业一线教学和校本科教学专职督导向校“关工委”和校老教授协会工作重点的转移。

这就是我与英语的机缘巧合。衷心感谢英语选择了我，是英语成就了今天的我。

2019 年 9 月 10 日于北京（修订于 2021 年 5 月）

肖文科，男，1950 年 12 月生于山西省平鲁县，中共党员，教授。曾任山西财经大学经贸外语系主任、校学术委员会委员；2001 年后曾先后任北京林业大学外语学院英语系、商务英语系主任，硕士研究生导师。2013 年退休后，连续 8 年受聘为北京林业大学校本科教学专职督导。现为校“关工委”委员，中国老教授协会林业专业委员会副主任兼秘书长，北京林业大学老教授协会副理事长兼文科分会会长。

我的大学梦

李广锁

那一年正月我做了一个梦，梦见一条龙在我身旁左右盘旋。第二天，我和父亲说这个梦，父亲随口说道："夜梦飞熊，必遇贵人，你今年肯定是好时运，诸事顺利。"为什么说"夜梦飞熊，必遇贵人"？我当时很懵懂，也不知道飞熊是什么动物，它和龙有什么关系。多年以后才知道，这是一个有名的典故，是《史记》中的一个故事，周文王夜梦飞熊，第二天在渭水边遇上了直钩钓鱼的姜子牙。熊者，水边能人也。其实和我的梦一丁点儿关系也没有，但是让父亲一语中的，的确我那一年运气特别好。我在那一年上了山西大学。那是1972年。

我们有一个历史赋予的特殊名字——"老三届"，"老三届"指的是1966、1967、1968年的初、高中毕业生，即从初一到高三

共六届的学生同时在1968年毕业。我是68届初中毕业生，也就是说初中只念了一年就毕业了。城市的“老三届”大部分成了插队知青，我们是回乡知青，都响应毛泽东主席的号召，到农村这个广阔天地去接受贫下中农的再教育。在农村劳动三年，基本上熄灭了再上学的梦想。但我还是没有和村里其他年轻人一样每天玩耍，我每天坚持看书。我的桌子是一块擀面的案板，“桌腿”是用砖头支起来的。每天劳动之余，我会静静地伏在这张所谓的桌子上看很长时间的书。

其实招考我的院校并不是山西大学，而是北京钢铁学院。山西大学招生比北钢早一些。我们村离县城比较远，消息比较闭塞。待我知道山西大学在县里招生时，招生已基本结束。北钢在高平县招生正式名额是5人，为了招到合格的学生，名额扩大了许多倍。我所在的公社有幸分到一个扩大后的名额，但这个名额又扩大了4倍，分别指定分到我们公社的4个自然村。我们村有幸分到一个扩大了再扩大的名额。当时招生的政策是招收初中以上文化，未婚，政治合格的优秀青年，需经过基层群众推荐、领导批准和学校复审。当时，我们县只有县城一所高中，能考上高中的人寥寥无几。况且，当时高中生的年龄已经到了结婚的年龄，相当一部分高中生已经成家。我想这也是国家在制定招生政策时要招初中生的原因。当时初中生也很少，一个村几年也考不上一个初中生。我们村只有两个“老三届”初中毕业生，我是其中之一。另外一个1971年参了军。所以符合条件的只有我一个人。可是，我不敢去报名。我觉得我不会被推荐。倒不是我不优秀，只是我家祖辈都是种田的，几辈贫下中农，亲戚朋友中没有一个是当官的。我父亲却主张我去报名。他用一句很朴素的话说：“量不到米来布袋在，咱们又不失去什么。”如果公社不让你报名，你理个发回来就是了。当时，我们理发都得跑到公社所在地。我想了想也是，就步行到公社去报名。接待我的是李掌柱老师，他说，你可以报名，但咱丑话说在前面，你们村的那个指标不是留给你的，

是给你们村 ×× 的（他从外地拟入赘到我们村，所以不清楚他的学历），如今他回老家去拿初中毕业证去了。如果他拿回初中毕业证，你这个报名就作废；如果拿不出毕业证，你的报名就算数。你可以拿着公社的推荐信到县城面试。当时的基层群众推荐其实就是公社管教育的领导说句话的事儿。听他这么说，我也没有生气，就是生气也没用。我原本就没有抱多大希望，报了名、理了发就回家了。

过了几天，县招生办来了通知，让我去县城继续参加北钢招生面试。我先到县招生办，侯振一老师是当时招生办的负责人。他很和蔼，不失幽默。他告诉我，我们公社只有俩人进城继续考试，另外俩人已经被打下去了，不能进城参加下一步考试。我猜可能是因为政治审查或者没有初中学历证书被取消了资格。报名的人大约有一半在公社就被刷下去了。家庭出身很关键，虽然政策是有成分论，但不唯成分论，重在政治表现，但家庭出身是地主、富农，甚至上中农的子女是很难被推荐的。

虽然在公社一级已经刷下去一大部分，但在县城参加测试的仍然有 60 多人。他们中间有武装部的通信员，有革委会的打字员，有红旗纸厂的工人，有化肥厂的工人。总之，在我的眼里他们的条件都比我好，在 60 多人中选 5 个人，我绝对不会被选上。但又过了几天，有几个特别活跃、特别神气的人消失了。听别人说，是他们给北钢的老师送电影票，让招生老师取消了他们的考试资格。北钢招生老师，我们都叫他“yu”老师，不知道他是姓“余”还是“于”，咱们姑且叫他余老师。余老师住在县革委会招待所。这是一位正直清廉的老师，凡是和他套近乎的人都被拒之门外，连给他买张电影票也被他认为是贿赂。在以后的几十年里，同学们谈起各自心目中的招生老师，都觉得其他大学的招生老师也和余老师一样正直。那时候的招生老师多好！

文化考试并不十分难，我已记不清语文考了些什么，只记得余老师问我初中学的是英语还是俄语，我说是俄语。他让我说几句俄语，我用俄语讲了“古西、古西、嘎嘎嘎……”（鹅，鹅，嘎嘎地叫），这是初中俄语课文里的一首小诗。还说了一些俄语单词“打毛衣”（回家）、“比西冒”（信）、“丝巴西吧”（谢谢）、“答瓦里希”（同志）、“哈拉哨”（好）等。考到数学，我记得有一道二元一次方程组题。真的很巧，中午我在高平一中混饭吃，那是本家兄弟李振库提供的。他当时是高中生，吃饭时和他讨论了一道题，刚好是一道二元一次方程题，中午复习了这道题，下午就考了这道题。这不是命运吗？至少也是运气。

时间一天天过去，留下来的人越来越少，我的心里却越来越紧张。最后剩下 7 个人，快要摸到北京钢铁学院的门槛了，我的心情从一开始的坦然反而变得惴惴不安了，要是这时候被淘汰该有多么遗憾！就在这

英语三班毕业照。左起前排：史莲娣、边银爱、胡海江、赵超群老师、杨德友老师、闫爱卿、李瑞仙、李玉莲；中排：赵殿华、王桃秀、杨凤莲、柳花梅、韩玉英、柴晋梅、张昕；后排：张进勇、李广锁、王秀成、贾广臣、李志军、王柱儒、李茂海、凌忠发

个时候，山西大学的招生老师来找我了，他说山西大学前些时候招的学生中有两个政审不合格被打下去了。如果重新走程序，时间已经来不及了。所以，他们通过和县招生办商量，要在北钢拟招收的备选考生中选两人。他找到了我，我记得是历史系的刘老师。老师问我，愿意不愿意上山西大学？我当然愿意啊！刘老师现场考我一道政治题。我回答时老师的脸上一直露着笑容，对我的回答很满意。等我回答完毕，他十分确定地说，就是你了。下星期来我这里拿通知书！

听了老师这句话，我激动得差点跳起来，真的是心花怒放。就这样，我摸到了北钢的门槛却鬼使神差地到了山西大学外语系。

忘了告诉大家，我村享有报名指标的那个青年自始至终没有拿出初中毕业证书，我要感谢他给我争取到一个上大学的指标，公社教办那个领导推荐了他，他却无形中把机会留给了我。如果没有我的参与，这个分到我们村的推荐指标肯定是作废了。我还是要感谢他给了我一个发挥我能力的机会，使我在 3 年中一边劳动、一边学习的努力没有白费。

多年以后我想，如果那几个小青年不买电影票讨好北京钢铁学院招生的余老师，如果那天中午我没有复习那道数学题，如果山西大学没有因为政审打下那两个考生，如果我没有流利地答上那道政治题，我也许和山西大学擦肩而过。但历史没有如果，只有结果。后来，有一年到美国哈佛大学，知道了哈佛其中的一条校训：机会总是在等待着有准备的人。

其实我还是想说，那时党风是清正的，老师是廉明正派的。1972 年选拔的工农兵大学生，如果说不是 100%，至少 90% 以上是基层中最优秀的。

那年以后再也没有梦到过龙。真的，几十年一次也没有梦到过。父亲说得很对，那是一个吉祥的梦。

李广锁，男，1952 年生，山西省高平市人，现居晋城市城区。1975 年毕业于山西大学外语系。曾任晋城市物贸中心总经理，1993 年被评为省物资系统十佳企业家，并被列入《山西企业家荟萃》《山西当代实业家名人辞典》《当代中国著名企业家传集》。2017 年被评为山西省典当领军人物，获全国典当优秀人物证书。任山西省典当协会监事长，晋城象棋协会会长等职。业余爱好文学创作，2020 年出版《羊山雅集》。

我的工农兵大学生“高考”经历

张福成

早在2019年七八月份，我就从大学同班同学和多年的好友，现在北京林业大学退休的肖文科教授的微信里得知，我们山西大学首届工农兵大学生正在组织编写一本书，于2022年母校建校120周年前出版。这应该是一件很有意义的事，但由于这两年我身体欠佳，当时考虑再三后决定，就不勉强凑数了。今年5月，我从三亚回到北京后，老肖在微信中提醒大家尽快完稿，同时还是希望我也能写点什么。盛情难却。但是，写点什么好呢？

动笔伊始，正值中国每年一度的高考在即。由于突如其来的新冠疫情，迫使全国各地的学校迟迟不能开学，雷打不动的高考时间今年也被破例推迟了1个月。不久，第二波疫情又在北京暴发，但是各中学仍在紧锣密鼓地

“备战”，以便在最后的冲刺阶段，带领莘莘学子取得骄人的成绩。

说起高考，家家户户都不陌生。“文革”前和改革开放后，中国大学的招生录取办法和程序，虽然也有过一些微小的变动，但万变不离其宗，一考定终身的地位，至今未能撼动。

从1966年“文革”开始停止高考，到1977年正式恢复高考，在这11年期间的前4年，全国的大学几乎完全停摆。从1970年北大、清华试点招收工农兵大学生开始，到1972年全国绝大部分大学恢复招生，一直延续到1976年，也就是“文革”后期到改革开放前夕的那几年，出现了工农兵上大学这么一件新鲜事物。那几届工农兵大学生到底是怎么上的大学，不要说后人很难想象出来，就连我们这些当年的亲历者，至今也有些稀里糊涂的感觉。每年、每个地方、每个学校，甚至具体到每个人，都可能在某些具体细节上有所差异。下面我就尽力根据自己时而清晰时而模糊的记忆，谈谈我本人是如何通过当年针对我个人的一次特殊“高考”，进入山西大学外语系的吧。

1971年年底的一天，我听人说，北京外国语学院正在我县招生。我迫不及待地跑到县人事局打听此事。从人事局局长那里得到的答复是，该学校那次是带着指标来我县，专门招收了一名北京在我县的插队知青，而且招生工作早已神不知鬼不觉地结束了。我顿时感到非常失望。论英语水平，我当时在全县应该是首屈一指。这一点，连我县教育局局长，甚至在我们村以及周边插队的北京知青们都很清楚。为什么连一个公平竞争的机会都不给我呢？难道回乡知青比插队知青就低人一等吗？许多人都为我打抱不平。

好在过了没有多久，全国大范围的招生工作正式拉开序幕，我县在1972年初，得到了大约20多个被推荐上大学的指标，绝大部分是本省的大学。

当年的招生办法，实行“自愿报名、群众推荐、领导批准、学校复审”相结合的推荐保送方式。其中还专门提到，要注意招收上山下乡和回乡知识青年。1972 年的春节以后，我在规定的时间内写了申请，经过当时我工作单位县粮食局领导的批准后，及时送到了县教育局。然后就是一段时间的“耐心”等待。

记不清过了多久，有一天，一名认识我的教育局的普通工作人员见到我，很严肃、认真地向我透露了一点他看到的情况。他建议我最好找一些关系疏通一下，否则我被录取的可能性很小。我非常感谢这位无权无势的普通朋友对我的关心，但他也是爱莫能助。我深知自己当时的处境，作为一个农村穷人家庭的孩子，那时已经在县城工作，就应该很知足了。再说我也没有我们当年一起入学的许多从工厂、农村来的同学的政治条件好，既不是党团员，又不是干部或者积极分子什么的，在很讲究政治条件的那个年代，选拔不上也属正常。不过，自己在一个贫困地区，单枪匹马地坚持学了多年的英语，不能有机会再上学深造一下，也确实感到有些遗憾。

作者（后排中）大一时与同班同学合影

俗话说，小鸡不撒尿，各有各的道。正当我感到走投无路时，听说山西大学来了一位负责复审的老师。名义上是复审所有推荐上山大的学生，实际上大多数还是由当地的领导决定，因为一般的专业也没有正式的考试，不好说谁就一定合格或者不合格。但当年的这位山大老师，坚持要对外语和艺术专业的学生进行单独面试。我那天晚上接到他亲自打到我办公室的电话，让我第二天上午去他住的县招待所，随便带一点英语资料即可。

第二天上午，我迫不及待地顺手拿了一本我当年一直坚持订阅的《北京周报》（*Peking Review*），来到招待所。老师一看到我，就开门见山，让我随便给他念一段英语。我也毫不含糊地马上翻开这期杂志的第一页，内容是元旦社论。记得当时我尽量模仿"北京对外广播"（Radio Peking）的官腔，不紧不慢地读了一段。然后他又让我把刚才读过的几个句子的主要成分分析了一遍。接下来，他对被约来参加面试的我的一位中学同班同学又进行了考核：拉二胡。我的同学想上山大艺术系，他随身带了一把二胡，刚拉了几下，就被老师叫停了。

面试就这样结束了。虽然老师当时没有更多的表态，只让我们等进一步的消息，不过我看得出，他对我的表现还是相当满意的。我那时已经感觉到，上山西大学外语系有点戏了。

不出所料，几天后，还是那位教育局的工作人员告诉我，我被山西大学外语系录取，应该是板上钉钉的事了。因为招生老师坚持，英语专业的这个名额非我莫属，没有第二个人可以和我竞争。

我终于可以实现多年的上大学梦了！到县医院体检时，大夫看到体检表上我的名字，就像今天的粉丝见到明星一样："你就是张福成啊？听说你的英语水平很高，连其他有后台的竞争者都知难而退了！"老家代县是个刚摘掉贫困县帽子的小县，我当年因为能够一直坚持学英语，已经在县城小有名气，通过这次招生，看来名气更大了。县教育局局长也试探着跟我说，如果我能放弃这次上大学的机会，可以直接招聘我到代县中学当英语老师。我当然婉言谢绝了。不久，入学通知书来了：1972年4月3日到山西大学外语系报到。

正当我独自庆幸这次上大学好像有点"踏破铁鞋无觅处，得来全不费工夫”的意思，并踌躇满志地为入学做准备时，又得知，在这次招生过程中，还有一位贵人曾经暗地里对我鼎力相助。他就是代县中学早年毕业后，又上过山大外语系的一位姓安的老校友，曾经也在县教育局工作过，后调到山西省教育学院工作。我们虽然早就认识，但很少见面接触。原来，当他得知山大化学系的那位杨文斌老师要去代县为外语系招生时，他就积极地推荐了我，并希望他对我进行认真的英语专业考核。我不敢肯定，如果没有他的推荐，我就一定不会被录取，但在那个关键时刻，他的推荐无疑助力不小。后来，这位姓安的朋友还积极帮助和介绍我到山西省教育学院，和他一起工作，我们成了关系更加密切的同事和朋友。

我就是这样上的山西大学外语系，这也可算是我的“高考”经历。

2020 年 7 月 3 日于北京

张福成，男，1948 年 5 月生于山西代县。1975 年毕业后，先后在山西财经学院、山西省教育学院、北京石油化工学院教授大学英语和专业英语。近 30 年来，对亲子少儿双语教育（汉英）产生了浓厚的兴趣，并取得了独特的成功经验。收集、研究了大量英语原版教材及各类经典图书。对中国各地的官版老剪纸做了全面的收藏和考察，为保护和宣传中国剪纸这一国粹，做出了杰出的贡献。2021 年 5 月在北京病逝。

青春无悔

韩生鹏

一、我们这一辈

我们这一辈
和共和国同年岁
上山练过腿
下乡练过背
我们这一辈
学会了忍耐
理解了后悔
酸甜苦辣酿的酒
不知喝了多少杯
……

这是我们这个年龄大部分人耳熟能详的知青歌曲《我们这一辈》中的歌词。的确，这也是我们这一辈人的真实写照。只有到了这个年龄的人，才能深刻地感悟到什么是苦，什么是甜，什么是悲，什么是喜，什

么是无奈，什么是幸福。

“文革”期间的知识青年下乡，有着复杂的社会背景和政治原因，作为历史，它已经成为过去。然而，历史瞬间的一页，它毕竟是整整一代知青谱写的。当年知青怀着对祖国的热爱，把最好的青春年华都献给了广阔天地。吃苦受累是皮肉之苦，强筋健骨却受益终生。

这首歌，它那悲凉沧桑、如泣如诉的曲调，也唤起了我的记忆。记忆就像一本书，即便有些陈旧，但仍然会从里面找到许多难忘的故事。回望年轮，青春无悔。

二、再见，我的北京

我是北京的知青，我生在红旗下，长在红旗下。爸爸和妈妈都是工人，从小没有念过书，扫盲那点“文化”连信都不会写。他们吃够了没有文化的亏，所以很重视我的学习。我是家里老大，爸爸、妈妈自然把希望寄托在了我的身上。我自小就喜欢看书，这个爱好是从看小人书开始的。北京当时有许多小人书店，那是我快乐童年的一道靓丽的风景线。小人书店看一本一分钱，自己常被书画里的人物深深吸引，但那时认字不多，看不懂什么内容。因为特别渴望看懂下面的文字，所以识字就成了我学习的动力。我平时会把家里给我买早点的钱，少吃或不吃抠出来，大部分去看了小人书。那是我放学后最安静、最享受的时光。小学三年级时我已不满足于看小人书，开始从学校图书馆借书阅读。每天做完作业后，大部分时间就是抱着字典啃小说或科普书籍。甚至在照看弟妹时，也书不离手，如饥似渴地吸吮着书里的知识。我学习成绩很好，每当爸爸、妈妈看到我的双百考试卷，或替他们写好信、算清账时，就别提他们那个高兴劲了，有时还会给我点物质奖励。

初中一年级，由于“文化大革命”运动，学校停课。爸爸看我一个大小伙子不能继续上学，萌生了让我早点走向社会，早工作、早立业的思想，而妈妈却一直坚持让我上初中、考高中、上大学。她认为只要我想上学就应供到底，这不单是让自己的孩子尽量多学点知识，而更重要的是想尽到当家长的责任。他们的争论最后终结在 1968 年“知识青年上山下乡”号召的响应中。1969 年的新年，我这个注销了北京户口的“山西人”，和家里人吃了顿团圆饭，就全力投入到插队前的行囊准备中。

1969 年 1 月 8 日上午，永定门火车站人山人海，人头攒动，校旗挥舞，横幅遮天，广播声、找人声、口号声混成一片，让人有种沸腾的感觉。妈妈拉着我，不停地嘱咐：“要好好听领导的话，注意安全，经常给家里来信……”弟妹们迷茫地围在我的周围，不停地问：“大哥，大哥，你什么时候回来呀？”那时我心里明明知道短时间是回不来了，但嘴里却哄他们说：“过年就回来看你们。”周围大多数人和我们一样，一团团、一簇簇，正与自己的家人告别。很快，领队通知大家上车入座，汽笛拉了三声，火车徐徐开出了站台，大家都集中到靠站台的车窗边，轮流和窗外的亲人告别。我挥动着右手高喊着：“放心吧，我会写信的。”我看着母亲和弟妹们的身影越来越小，最后永远定格在红海洋的站台上。

三、初涉山西革命老区

我被分到晋东南的武乡县。抗日战争时期八路军总部长期驻扎在这里，老区人民为中华民族的解放事业做出了巨大贡献。那时到革命老区插队，接受贫下中农再教育是一种荣幸呢！

曹村公社枣岭大队是县里的模范大队，大队支书兼大队长魏满堂是抗美援朝负伤退伍军人，是全国劳动模范，并去北京出席过全国劳模表彰大会，是个能干、实干的硬汉。在他的领导下，生产队每年都能丰产达标，超额完成交公粮的任务。大队有 4 个自然村，我被分配在大队本部的枣岭村。

在我们知青还集中在大队时，我就经常被指定在知青开会时为知青读毛主席语录和报纸，大队的几块黑板报也经常让我抄写配图。记得到大队的第一课是了解村史，老支书讲述了枣岭村史，党支部和党员作用，以及大队发展的势头。

我们还参观了枣岭民兵抗战地道，从郁郁葱葱的山脚下弯弯曲曲一直延伸到山的那一边，让人不禁感叹人民的智慧和艰苦奋斗的革命精神。枣岭大队的各小队一个工分（10 分），工值都在 1 元钱左右，相当于北京二级工的收入，当时真是太牛了！应该算是县里收入最高的生产队。村里土地少，为响应国家号召，完成老区接纳知青的任务，枣岭大队一下分担了 20 名知青任务。可想而知，老区人民又做出了多大的贡献！

四、广阔天地我的故事

在山区干活，首先要过走路肩挑这一关。在无路没有坡的山区，往地里送肥或把粮食运输回家全靠肩扛担挑。担着东西走在羊肠小道上，开始时那可真难！尤其对我们从小没扛过、没担过的嫩肩膀，当担着重物的肩膀压破又不会换肩时，那真叫个疼痛难忍。记得刚分到小队时，正是春耕送肥阶段，天天担粪送肥，才担几天，肩膀就压得生疼。我就加内衣，穿棉衣，套大衣。垫厚些虽然好一点，但因不会换肩，出汗的背心和肉拧在一起，扁担在一个肩上拉来拉去就把肩膀压破了。那天，我肩膀疼得实在受不了，收工回到窑洞也顾不上冷，赶紧脱了垫肩和里三层外三层的衣服，同宿舍的同学一看，惊讶地说："两个肩膀都压破了，少担点吧。"另一个同学接着说："嗨，你们看，像不像两个带星的红肩章？"我推了他一把说："我都快疼死了，你还开玩笑取乐？""那你看呀！"他边说边把我拉到房东家的镜子前，你还别说，真像！因春耕忙，有的知青和我一样磨破了肩膀，但都咬着牙坚持下来了。在那个年代，所有的苦和累都不会说出口，接受贫下中农再教育就要"一不怕苦，二不怕死"。

三年中，遇到的困难和事情很多，都要独立面对，自我消化解决。这种心智的培养和意志的磨炼养成了我的韧劲，在后来的生活中，遇到难事或处于低谷时，我都能创造条件，克服困难，从不轻易言败。那种意志的磨炼，才叫百炼成钢呢！

半年后，夏收抢粮时，我挑着200来斤的麦捆一走一颤悠一颤悠的，觉得特潇洒。更牛的是，换肩时，还只用一只手或者不用手也能换过来。这时候才能体会到当地老百姓那句顺口溜"桑木扁担两头翘，能担担子不坐轿"其中的幽默诙谐味道。

每当傍晚收工时，当你看到山脊上挑着扁担回来的队伍由远而近，起伏飘移在夕阳余晖中，就像电影中的特写镜头。那种劳动后愉悦的心情，至今想起来仍然是那么潇洒，那么美好，那么回味无穷！

三年的知青插队生活，虽然使我失去了本应在学校读书学习的黄金时段，但让我从一个青涩懵懂的少年逐渐成长为一个身体强壮、意志坚定、不怕困难的青年，还成为学习毛主席著作积极分子，参加过县里的表彰大会。

在地里干活时我不怕脏不怕累，在大队和社员的眼里我像个拼命三郎，头疼脑热拉肚子，从来不请假，身上好像有使不完的劲。我曾在县城河边拉土修堤，在水库搬石筑坝，在村里赶马车送砖，为铁路工地碎石。三年，让我这个城市娃掌握了耕地、施肥、拌种、摇耧、点麦等农技营生。村里的年轻人常常和我吃在一起，睡在一起，我身上因此有了虱子、跳蚤一类的小动物，变成了一个地地道道的农民。真的，有时头上系上擦汗的白手巾，穿上二股筋（北京称跨栏背心），浑身都是疙瘩肉，皮肤晒得很黑，就像电影、电视剧中的那个唱民歌的农民形象。不是像，其实就是个地道的年轻农民。

我和贫下中农真正地打成了一片。我主动帮他们打煤糕，脱土坯，修窑盖房，挖穴送葬，还经常帮没有劳力的老人担水。当时物资很缺乏，合作社的柜台除了硬硬的饼干、黑黑的糖、当地酿的黑酱等，其他商品基本没有。每次回京，我都会为老乡带回火石、火柴、电池、碱、灯泡，甚至的确良、毛呢布料、衣服等。

社员们一提到我，总爱说，生鹏，他（nia）可是个好后生嘞。就这一句话，含义可多了。这不单指我的外表，最重要的是他们觉得我没有城里人的架子，看得起他们。村里社员经常请我去他们家吃饭，把不多的细粮做成当地的特色好饭招待我，如果我不去，他们就认为是看不起他们。

我后来也时常回忆那段插队的时光。那个时代给予了我一个自我完善的过程。不是那个时代的人，没有插队的经历，谁也不可能联想到，一个五大三粗的汉子会缝被子，补衣服，纳鞋底。真的，我就是其中一位。

农村的习俗，男主外，女主内，缝缝补补是女人的事。一开始，我们衣服穿破了就找关系不错的老乡家里人帮助补。后来，看到人家孩子多，营生杂，就不好意思一直求人家。自己就开始学做针线活儿。从钉扣子开始，补衣服、袜子，几个月居然能熟练地补补丁了。记得1971年麦收后的一天下工回来，我吃完晚饭（晚上9点左右）就盘坐在土炕上，借着微弱的煤油灯光（经常停电）开始补衣服，肩膀这块补丁是最难补的，特别是补上补丁后还要把整个补丁横竖一针针密密麻麻地纳上一遍，使补丁更结实些。11 点左右，又困又乏的我把补好的衣服放到炕上，顺手把没有线的针插在了宽厚的木质炕沿上，站起身伸了个懒腰，打算下地上厕所。当右脚踩在炕沿的时候，就听到一声清脆带有嗡嗡回声的“咯嘣”声，一束亮光从右脚掌下弹射到门口，脚立马感到有个东西扎了一下。我一愣，也不困了，意识到可能踩在针上了。抬脚一看，脚掌上有个黑黑的针眼，一按有点疼，炕沿上的针不知哪里去了。我急忙找出手电筒到门口找针，没有找到。听老人讲，针扎进肉里，串走到心脏人就会死。深更半夜的我能找谁呀？只能按老人说的方法，拿出一条红绳系在脚踝上，听说这样就可以阻滞钢针上行。第二天醒来，发现自己居然没死，脚掌的那个小洞还是黑黑的，周围有点肿，按上去有点胀胀的。我去找赤脚医生，他也看不出啥名堂，拿吸铁石吸了几回也没有反应，便安排我乘坐马车去县医院诊断一下。那时离县城远的村民看病可难了，小病一般就忍过去了，大病还得等拖拉机或马车机会，而急病就只能找些年轻人抬着担架去了。不像现在，村里的富裕户自己都有车，有个急事打个招呼就能进城。我在马车上颠了 20 多里山路，到了武乡县城，县医院的医生检查完说，脚里确实有个长长的东西，看不清楚，这里做不了这个手术，他们建议我还是回北京看吧。我问医生：“死得了么？”医生说：“还是早点回京，别感染了。”回到大队后，我犹豫了几天，感觉也不十分疼痛，就想过几个月放假回京再说。为了减轻疼，我找出一双鹿皮翻毛皮鞋，垫上厚鞋垫，穿上后，走路、干活都没有多大影响，只有伤口那块硌在小石头上时才会有些痛。有时在田头休息，老乡会让我脱下鞋看伤口并吓唬我说：“你不怕疼，就不怕针流到心里去？”我也开玩笑地回答他们说：“我用红绳把它定住了。”就在这种诙谐、忙碌、艰辛的猜想中熬过了 4 个月后，在初冬的一天，我终于躺在北京友谊医院的门诊手术台上，才把全部谜底揭开。是针，确切地说是针的后半截，医生拿出时，它已经“老了”，不再是闪闪发光，而是已长满了铁锈的钢针。它居然在我脚里躺了一百多天，害得我一瘸一拐受了那么多罪。医生让我看了看，我一挥手，毫不犹豫地说："扔了吧。"医生开玩笑地对我说："这是百日铁树开花呀，没准能给你带来好运呢，留着做个纪念吧。"这句玩笑话日后居然成真，几个月后好运真来了。

五、我是幸运儿

1972年春节过后，春耕还未开始。有一天，我正在大队部出黑板报。大队支书魏满堂来到大队部，边捻水烟丝边对我说："生鹏，给你说个事情。"我停下来问道："什么事儿啊？"他吹了吹纸火捻，点燃了竹水烟袋眼里的水烟丝，随之徐徐地吐出一口青烟，然后慢条斯理地对我说："县里正在推荐大学生，推荐的学生必须是工农兵基层选拔的优秀骨干，咱大队分配了一个名额，经大队党支部、队委、社员同意，推荐你到县里面试，对了，还要文化考试呢。这两天你就不用出工了，找几本书看看，我和队里已打好了招呼。"说完，他也不征求我的意见，扭头走出了大队部。"招考""大学生""面试""补习"等久违已陌生的字眼，一时把我弄蒙了。凭我的直觉反应，我赶紧追出门，拉住书记的胳膊说："您叫别人去吧，我只念到初二，高中没读过，这三年在队里光忙活了，哪有时间看书呀？"书记笑着反问道："你说推荐谁去？队里集体讨论研究认为就你够条件，这是个好机会，去准备一下，考不上也没关系，招工时第一个给你分配工作。"我愣在那儿老半天没动，后来有人曾问我，当时是不是天上掉下的馅饼太大，把你砸晕了？其实，好运气、好机会总是留给有准备的人的。你不努力、不付出、不流血流汗，能吃上这天上掉下来的馅饼吗？我们这些知青和返乡学生，谁不想继续读书，谁不想多学点知识？当时我却考虑的不是这个机会，而想的是我基础太差，能否考上大学和怎么完成学业的事。既然大队已决定，那就试试吧。当天我找村里的高中生借了几本我认为有用的课本，破天荒地把自己锁在家里，认真地复习起了功课。

没几天，面试通知来了，我把推荐信和借来的课本装在背包里，沿着山脊，一路嘟嘟囔囔地背着这几天复习到的那点知识向公社走去。不到 6 里路，一会儿就到了。走进公社的大门，办公室主任隔着窗户招呼我："生鹏，办手续来了？"因为是熟人，我没有进门就问道："主任，是找书记还是找您办呀？""你先到书记那，他等你呢。"边说边往后院指了指。走过过道就看到书记的办公室，门半开着，门帘搭在已开的门扇上。我和公社书记不熟，没有随便说过话，脚步不由得放轻了。轻轻的敲门声打扰了正在看红头文件的书记，他抬头看着我说："你是枣岭的小韩吧？""是，我是枣岭的韩生鹏。""见过，见过，来坐。外面冷，我给你倒点热水暖暖。"他边倒水边说，"小韩，这几年你在村里表现得非常好，你是咱公社第一个被推荐上大学的知青……"十来分钟的谈话，表扬、鼓励、期待的话叫我暖洋洋的。我婉言谢绝了主任让我等别的大队路过公社的拖拉机，来到不远的长途汽车站，一边背数学公式一边等车，心里又高兴又忐忑。

上午 9 点多我就赶到了县招生办。招生办负责人看完两级推荐信后，把我领进旁边的一个房间。面试我的老师很客气地让我坐在他的对面，问道："北京插队学生？"一听北京话，我就没那么紧张了，"是，老师。""几年了？""3 年了。""学过外语吗？""学过，英语，初中一年级。"一问一答地聊了一会儿家常之后，一位老师拿出一张纸和英语字母表说："你来念念。"我顺着字母慢慢背了下来（念可念不下来），然后按老师要求，按顺序抄写了一遍。老师相互看了看说："现在还能记住多少单词？"我生硬地背了几个单词就想不起来了，低着头不好意思看老师。心想，完了。我要知道是招学外语的大学生，前几天光学它就好了。老师拿出初一英语课本让我读，我生硬地挑着读了几个单词，但完整地读成了两句英语“How old are you？”“Where are you from？”老师还微笑着鼓励了我，“不错，还没全丢了。”老师又拿出一张报纸，边指边说：“念一段报纸吧，就是这段。”我顺着他的手指一看，心里就不那么紧张了。这篇文章的内容与我集体学习和出板报时接触过的差不多。念完报纸后，老师又问了一些简单的数学概念，如：1/3 和 0.3 哪个大？平面和立体几何的解题公式；语文语法，主语、谓语等在句中的位置……面试结束后，老师又连问我几个问题：“喜欢学英语吗？”“愿意当老师吗？”“家住北京哪里？”等等，我都一一作了回答。老师接着告诉我：“我们是北京师范大学的招生老师，要招收一名外语系的学生，经过刚才的面试，你基本符合我校招生条件，如果你同意，我们和县招生办打声招呼，就不再安排你到别的学校面试了。”我一听非常高兴，能回北京去上大学，做梦都不会想到的。老师带着我到招生办说明情况，招生办给了我一张体检表，让我到县医院检查完身体回大队等消息。

六、我是工农兵大学生

等待的时间过得好慢，一个星期过去了，我还没有接到录取通知书。给县知青办打电话说不知道，说现在还有几个通知书没来。给县医院打电话询问身体检查结果，对方给了肯定答复，身体棒棒的，没问题。到底哪儿出了问题？大学审核没有通过？通知书丢了？……别看天天上工，真是心不在焉，每天收工回来就跑到医务室，问有没有电话通知、挂号信或电报。两个星期过去了，泥牛入海无消息，似乎只有我一个人没有接到通知，有的已到学校报到去了。我开始有点绝望了，书记鼓励我要打起精神，说只要好好干，机会还多着呢；队长劝我，好事在后头，着什么急呀；很多老乡直爽地安慰我，你没上高中，考不上正常，以后还有机会。又过了几天，我的心渐渐平静了下来，情绪也慢慢缓和过来了。一天，我干完活刚进村的时候，赤脚医生魏芳看到我，老远就喊："生鹏，县里来电话，叫你明天到知青办拿录取通知书。"与我一块收工和在村口聊天的老乡们都来向我祝贺。从希望到失望，从失望到惊喜，那难以置信的消息和憋屈多时的情绪突然地释放，让我愣在那里，眼泪慢慢地流了下来。我当时不知是接到通知高兴，还是即将离开第二故乡和朝夕相处的亲人分手而伤心，还是……都有，都有，人心都是肉长的。

我兴奋得几乎一夜未眠。第二天很早我就起床了，要坐路过的长途汽车时间还早，我计划走着去县城。洗漱完毕，我啃了块干馍，喝了点开水，连走带跑哼着歌朝县城走去。人逢喜事精神爽，20 多里的山路，不到两个小时就到了。到招生办后，主任把通知书马上递给我说："恭喜你，不容易，要珍惜呀！"我急于想知道报到的时间，到邮局给爸爸、妈妈先报个喜。急不可待地拆开通知书。当我拆开一看，却不是北京师范大学，而是山西大学的录取通知书。我当时就懵了，急忙问："主任，北京师范大学老师让我等通知，怎么是山西大学的通知书呀？""到哪儿不是上学，以后学完还要回来建设武乡呢，服从组织安排。"主任回答说。那时候一切听国家的，听组织安排。他接着说："别浪费机会，好多人想上大学都没机会，要珍惜，这次不服从分配以后就没机会了。"后来想起来我如果当时不服从安排，也许真的没有上学的机会了。我不情愿地打消了换学校的想法，心里委屈，脸上却笑着说了声谢谢就往回返。路上我一直回忆并琢磨着到底是怎么回事，走了两个多小时，快到村了，才怀疑有一个在县政府上班的女知青曾在我领体检表时和主任闹着不去山西大学上学（也许刚被山西大学招收），可能领导考虑是个女孩，上学离家近点好，把我调换了。

多年以后我在想，我似乎和山西有点宿命的味道。1968 年插队时，有的同学曾约我去东北，我没去；有人约我赴内蒙古，我也没去。怎么就情愿来到山西呢？怎么明明是北师大拟招收我，可我却来到了山西大学？也许这就是通常人们所说的缘分吧！“举目鹳窝今何在，坐叙桑梓骈甲情。”民间有一个传说，凡是脚小趾指甲是两瓣的人，都是从山西洪洞县大槐树下走出来的，老家都是山西的。我的脚小趾指甲也是两半，所以我注定和山西有缘，注定和山西大学有缘，也注定我这一辈子和我们的老师、同学们有一生一世的缘分。

1972 年 4 月初，我迎着暖阳，在锣鼓喧天的欢迎声中，大步迈进山西省的最高学府——山西大学，成为一名工农兵大学生。校园里路旁那一排排幼小的丁香树，正开着零星的花瓣，那淡淡的幽香使我记忆犹新。近 50 年后当我又一次回到母校，进校时那一棵棵、一排排细细的丁香树经过几十年的风霜雨雪的洗礼，早已是树冠硕大，枝繁叶茂，浓

作者（右二）2020 年在国家大剧院“我爱北京市民春节晚会”后合影留念

郁如盖，花团锦簇。人们常常拿花来做比喻，丁香花的象征是谦逊、勤奋、高洁。我觉得我们那一届同学更像那一棵棵丁香树，看起来平平凡凡，花不惊人，不像牡丹雍容华贵，不像蝴蝶兰那样艳丽，不像荷花那样楚楚动人，不像玉兰亭亭玉立，但她那沁心入肺的香气香了晋阳、香了神州、香了世界。

韩生鹏，男，1951 年出生于北京，中共党员。1969 年插队于山西省武乡县，1972 年就读于山西大学外语系英语专业。1975 年毕业后分配到国营第 4382 厂工作。1993 年返京调入“荣宝斋”，主要从事技术和管理工作。退休后，一直活跃在朗诵、合唱团体中，积极参与扶老助残、慰问老人等社会公益事业活动，所在团体参加了包括“2019 国家大剧院 8 月合唱节”“市民新春联欢会”等大型演出，并于 2020 年 1 月获国家大剧院颁发的“我爱北京——新春联欢会演出荣誉证书”。

我的大学生活

杨凤莲

我出生于山西省孝义县（1992年，孝义撤县设市）的一个农民家庭，家中兄弟姐妹多，从小生活十分艰苦。小时候的生活磨炼了我坚毅的品格和应对困难的勇气。我13岁时考入县中学，“文革”时期学业被迫中断，回到家乡参加农业生产劳动，直至进入山西大学读书。

1972年春节后的一天，在我们公社插队并担任妇联主任的苏玉华大姐告诉我，大学开始招生了，她觉得我符合条件，可以到公社询问招生的有关事项，并叮嘱我千万不要错过这个机会。后来，经过大队贫下中农推荐和公社审核，推荐表报到了县教育局。过了10多天的时间，我就接到通知，让我去县里参加面试和笔试。记得担任孝义县英语面试和笔试的老师是山西大学外语系的陈恩炎老师，县教育局组织被推荐者每人写一篇作文，题目是“我为什么要上大学”，字数在1500到2000之间。3月中旬，我接到了山西大学的录取通知书，要求我们4月初到县城集中。4月3日，我随着十几个怀揣大学录取通知书的孝义老乡坐火车到了省城太原。到火车站接站的又正是陈恩炎老师，陈老师把我领进山西大学，又一直把我送到了学生宿舍。

到学校后，我们先接受入学教育，学习一些指定文件和校规校纪，

英语三班同学的政治学习，中间读报者为副班长杨凤莲

然后正式上课。我被分到英语三班，并担任副班长。班里的同学们分别来自工厂、农村和部队，文化基础参差不齐，有的是高中毕业生，有的是初中毕业生。英语课从字母和音标学起。我们使用的教材是学校老师自己编写的油印大开本。大一和大二阶段先后学习了语音、语法，有精读课和泛读课。除了在校上课外，从大二开始，我们还多次参加了学校组织的“开门办学”实践活动。我们的公共课主要有政治、逻辑学和体育课，大一时也上过汉语语言补习课。汉语课分为两个部分：字词的应用和作文。现在回想起来，汉语补习课使我们受益匪浅。这里需要特别提到的是在汉语补习课的学习中，中文系陈老师的课讲得非常好，我学习得也很认真，在最后考试时我得了两个优秀。正是由于那时的刻苦学习，使我后来在大学编写公安业务教材、讲授公安业务课程和撰写专业论文时，都能够用词准确，语法结构合理，逻辑严密。

在上英语专业课时，老师们备课授课都很精心，同学们也学习得极其用功。语音语调阶段的学习为同学们毕业后从事英语教学和口译工作奠定了基础。而语法课、精读课和泛读课的学习使我们较好地掌握了英语专业知识。给我们讲授过英语专业课的老师有蔡春月、苏湘晋、张治山、赵超群、杨德友等。老师们很有职业操守，授课极其认真。由于同学们基础不同，老师授课时既要顾及“吃不了”的同学，还要考虑“吃不饱”的同学，特别是对于基础差、发音困难的同学，更是不厌其烦，反复示范，直到我们较好地掌握了发音要领为止。

我在英语学习方面困难不是太大，只是在过去完成时态和虚拟语气上下了不少功夫。在校期间，由于受当时教学条件的限制，我们在英语学习方面存在着一定的欠缺。那时学校几乎没有语音电教设备，没有外教，学制比较短，再加上各种非专业学习活动比较多，因而阅读的国外原著不算多。参加工作后，为了使自己能够较好地胜任本职工作，我自学了《许国璋英语》《高级英语》《新概念英语》等。我从新华书店买了不少英语课本和工具书，不断扩大词汇量，逐步提高英语水平。

在校读书期间，我们英语三班的班风很好，同学们朴实，学习用功，

我们的教学楼

很团结。同学们在学习和生活上互相帮助。任课老师对我们的学习和生活也很关心，对基础差的同学，老师们给予了更多的关注。同学们也经常到老师家里拜访，寻求学习和生活上的帮助。我们在运城康杰中学教学实习时，老师和我们一起睡在教室里；在石家庄矿山水泵厂翻译资料时，老师和我们一起睡在厂房里；在文水县刘胡兰村“开门办学”时，老师也和我们一样睡在老乡家里。那时的伙食很简单，我们从来没感觉到艰苦。很多同学在校时还穿着打补丁的衣服，我也如此。记得那时胡海江同学经常给同学们针灸治病，闫爱卿同学有个照相机，给同学们拍了不少在校生活照片。1975 年秋季我们顺利毕业，我们全班同学和老师同聚坞城路照相馆，留下了一张朴实无华的祥和毕业照。我感谢并热爱我们英语三班这个班集体，也很感谢给我们任过课的各位英语老师。老师恩重如山，我热爱他们！我珍惜毕业后师生们绵延不断的越来越深厚的情谊。

在山西大学的学习生活令我感触颇深，我始终忘不了学校发的油印教材和课堂上使用的一圈一圈转动的老式录音播放机，忘不了在学校小商店购买的印有“为人民服务”字样的军绿色书包，忘不了教室外面飘香的丁香树，忘不了每周六下午同学们自觉地在室外进行的卫生大扫除，忘不了过新年时同学们在宿舍里包饺子和平时蹲在礼堂吃饭的场景，忘不了操场上的露天电影，忘不了学校广播站学生们的播音，忘不了礼堂的文艺晚会和我们学会的歌曲《老房东查铺》《海上南泥湾》……在学校时，由于要去校办农场插秧，学校发给每个同学一顶草帽。那顶草帽在劳动时能为我们遮阳防晒，遇到下雨天还可为我们遮风挡雨。入学时学校发给每个学生一个马扎，作用也不小。在礼堂开会看节目，在食堂吃饭，在操场上看露天电影都用得着它。小小马扎伴随了我们三年半的时间，现在回想起来，与抗战时期西南联大的某些生活场景很相似，别有一番滋味。入学后，虽然我们都已是 20 岁左右的年轻人，但还是免不了思念远方的亲朋好友，也需要将在校的学习和生活情况告知家中父母亲。从忻州河曲来的何忠寿同学自愿成了我们的信使，他在课余时间往返于收发室、教室、宿舍之间，把一封封来信送到同学们手中。还有带薪上学的银恭喜同学当了英专伙食大管家，他要月月到学校总务处领取学生饭票并分发给各班生活委员，随后各班生活委员再发给每个同学。日复一日，暑去寒来，他俩兢兢业业，一干就是三年半，令我们一想起来就感动万分。

1975 年 8 月下旬大学毕业后，我被分配到了山西省公安厅，从事出入境管理工作。我在那里工作了 10 年。在这 10 年里，我不断地学习公安业务知识，工作上勤奋努力，取得了一定的成绩，受到单位的表彰和奖励。1984 年中国人民公安大学成立，需选调一批有公安实践经验的人员充实教师队伍。经考核和有关部门批准，我于 1985 年 8 月调入这所大学，从事教学工作。那时学校刚刚成立，需要编写教材，需要给学生上课，需要搞科研，需要指导学生写毕业论文，还要带领学生去基层公安机关进行毕业实习活动。在繁忙的工作中，我从没懈怠过。在大学工作期间，我主要讲授“出入境管理”“涉外案件处置”和“国际交往礼仪”等课程，获得过优秀论文奖、教学成果奖、优秀教师称号等多次嘉奖。1990 年，我参加了北京市公安局第十一届亚运会的安全保卫工作。1992 年，我撰写的《关于我国签证制度的几点思考》获全国首届出入境管理学术研讨会优秀论文奖，其中关于增加 J-1、J-2 记者签证的立法建议被 1994 年国务院批准修订的《中华人民共和国外国人入境出境管理法实施细则》第四条所采纳。1995 年我晋升为副教授，2003 年晋升为三级警监，成为中华人民共和国的一名高级警官。2006 年 1 月，我被聘请为北京第 29 届奥运会安全保卫工作顾问。第 29 届奥运会安全保卫工作协调办公室的聘书上是这样写的：“鉴于您所从事的工作和研究领域的突出贡献，特聘请您为第 29 届奥运会安全保卫工作顾问。”我为2008年奥运会在北京的成功举办，尽了自己的一份力量。

大学毕业后30多年的工作中，所在单位没有因为我是工农兵大学生而给予差别待遇，职称和职务的晋升均没有受过影响。一路走来很幸运，工作生活顺利，退休后生活安逸幸福。愿我们的国家更加繁荣昌盛！愿我们的老师生活更幸福，身体更健康！愿我们同学们的退休生活丰富多彩，心情愉悦，健康幸福！

我爱山西大学，我爱英语三班，我爱我的老师们，我爱我的同学们。期盼2022年母校建校120周年时再相会！

2019年11月于北京

杨凤莲，女，1952年出生，山西孝义人，中共党员。1975年毕业于山西大学外语系。曾在山西省公安厅从事出入境管理工作。1985年调入中国人民公安大学从事涉外警务教学，副教授职称。同期兼公安大学涉外警务系副主任和校外事办副主任。2003年晋升为三级警监。2006年被聘为2008年北京第29届奥运会安全保卫顾问。

我的两个大学

唐茂恒

老同学广锁兄给我发微信，说为了纪念山西大学建校 120 周年，他和 72 级外语系其他几个老同学发起写一本回忆录《别样年华——山西大学外语系首届工农兵大学生纪实》的倡议，希望我能提供一篇文章。开始我本想推辞，因为我们的大学生活从毕业离开学校算起，已经过去了 40 余年，很多人和事已经不清晰了，回忆起来比较困难。可广锁是一个热情且执着的人，他说我不交稿他就一直等，让我好一个“压力山大”。

在我的人生经历中，曾经有过两个大学，一个是解放军大学校，另一个就是山西大学。在这两所大学里，我的身份一个是战士，一个是工农兵大学生。

我们是1972年春季入学的山西大学首批工农兵大学生。1969年12月，在北京十一中读了两年初中的我，随着四五十个同龄学生一起离开中学，走进解放军大学校。在第38军这支光荣的部队里，我接受了半年的军事训练后被编入农村军宣队，到农村去宣传党的方针、政策。后来又在白洋淀农场劳动锻炼了一段时间，使我逐渐步入了一名合格战士的行列。随后，我又在总部测绘大队学习制图近一年，成了一名制图员。由于工作的需要，制图训练队结业后，首长没让我进制图队，而安排我去部队政治处做宣传工作，成了一名机关战士。1972年初的一天，部队领导突然找我谈话，通知我去山西大学上学。上大学对我意味着什么，当时确实没有理解，就像平常接受了一项新的任务一样。两三天后，我打起背包，拎着一个装着脸盆的网兜，同万利民同学一起（同部队的还有李志军，他从代县出发）走进了山西大学外语系。现在想来，尽管我的人生经历中有多次工作转换、单位调整，但这一次却改变了我的人生轨迹。解放军大学校把我锻炼成一个真正的战士，山西大学又为我插上了翅膀，使我在以后的几十年工作中借助英语这双翅膀，飞出了华丽航迹。

我们入学时正处在“文革”后期，大学已多年不招生了。我们是“文革”中山西大学招收的第一批大学生，俗称山西省首届工农兵大学生。由于历史原因，这批学生年龄和学历差距大，多为“老三届”的，也有个别“文革”开始时刚上小学五六年级的。我是属于后一类的，用现在的话说就是一个英语小白。我一开始被分在英专一班，梁联发和孟庆瑞两位老师教我们班。梁老师是印尼归国的华侨，他对教学的认真劲赢得班里所有同学的赞赏。孟老师当时很年轻，透着青春的活力。那时我基础差，学习比较困难，他可没少帮助我。当时的学校教学既有传统的在校课堂教学，又有具有开创性的“开门办学”，每学年基本一次，每次大约个把月；我们还和老师到农场等地参加劳动。尽管当时的学校教学受大环境影响还不够理想，但给我留下最深印象的是学校老师没有变，他们知识渊博，学贯中西，依然保持着兢兢业业、诲人不倦的品格。

三年半的在校学习，我们和老师结下了深厚的情谊，毕业多年后，我们想方设法找机会同老师见面叙旧。2018 年 10 月，借旅游的机会，我专门去旧金山看望了梁老师和他夫人熊若磐老师，他还是那样精神矍铄，乐观豁达，每天和夫人与音乐相伴。他们还签名送给我一本两人共同编著的上海音乐出版社出版的汉英对照《怀旧金曲》歌曲集。从梁老师身上我看到的还是几十年前他在黑板前为我们上课时的样子。也是 2018 年 10 月，我从美国回来的第二天就赶到太原，参加山大外语系同学聚会。会上，我又一次见到了孟老师，在我眼里他还是原来的模样，深度近视眼镜后透着那睿智的目光。

离开山西大学 45 年后，老师、同学们再次相聚，就像穿越了时空，又回到当时的教室和校园。我们班的同学大部分是山西本地人，不管是从农村来的，还是从城市来的，给我留下的印象就是山西人的淳朴厚道，热情待人。尽管同学们来自不同的行业，有工人，有农民，还有像我一样的军人，但大家生活、学习在一起就像兄弟姐妹一样，那种人和人和谐相处的氛围现在不是那么容易找到了。

到了二年级，为解决同学间学习水平参差不齐的问题，系领导对班级做了调整，我被分到二班。从年龄上说，我依然归属在小字辈，享受着大哥哥、大姐姐们的关照。记得一次我们去运城一中“开门办学”，在火车上我不幸被蚊虫叮了一下，结果第二天就打起了摆子，像是得了疟疾，每天下午高烧 39 度。当时，班里的同学想了很多办法，采取各种措施照顾我，帮我退烧。张俊同学（毕业后在太原见过她一次，后来听说她几年前因病去世，甚是怀念。）还给我刮痧。我一生中感冒发烧不知多少次，留在我记忆中的只有这一次。

三年半的学习生活很快就过去了，我们的毕业和入学一样打着时代的烙印："哪里来就回哪里去"。没有现在的毕业典礼、学位授予仪式等一系列流程。简单到和来时一样，打起背包，拎着装有脸盆的网兜，"怎么来的就怎么回去"。

我所在的部队是当时全军乃至全国最大的国外地名译制单位，其工作性质与国际形势紧密相关。由于我们是从大学毕业回来的，被部队当作业务骨干培养。那时我除了承担正常业务工作外，还担任英语教员。随着国内翻译事业的发展，我又被单位抽调到中国地名委员会组织的外国地名翻译标准化组，参与了我国六大语种《译音表》和商务印书馆出版的《外国地名译名手册》的编写工作。当时在一起工作的有很多老专家，他们得知我是山西大学外语系的毕业生后，都说那是一所历史悠久的大学。我曾为此好一个自豪。

"文化大革命"期间的工农兵大学生虽然在专业学习上受到特殊环境的干扰，没有现在大学生从校门到校门那样的学习条件，但大多数人都在基层磨炼过，具有较强的应对复杂局面、克服各种困难的能力。我们特别珍惜这来之不易的学习机会，力求在有限的时间内掌握较多的科学文化知识。

1978 年党的十一届三中全会后，中国进入了改革开放时期，以经济建设为中心成为社会发展的主旋律。与此同时，军队为向现代化迈进也开始精简整编，于是，我于 1987 年转业，进入中国银行总行从事国际金融工作。按现在的话说，叫"跨界"。我在山西大学学到的英语知识再次助我前行。

那时候，中国还处在贫穷阶段，人们基本没有金融资产，很少的工资拿到手，精打细算，量入为出过日子，几乎不用与银行打交道。最初进入银行工作，我真不知道银行是干什么的，完全没有一点金融知识。只是因为我是学英语的，便直接分配到三资企业（合资企业、合作企业、外商独资企业）信贷处。我第一次参加商务谈判，发现自己云里雾里，几乎什么都没听懂。为了使自己尽快熟悉业务，我主动要求为每次商务谈判写会谈纪要，同时我还把厚厚的英文贷款协议翻译出来学习。几年下来，我成了熟悉法律文本各种条款的专家，撰写了中国银行第一本《银团贷款操作规程》，参与了我国包括北京香格里拉酒店、北京国际贸易中心、一汽大众捷达轿车、安阳玻壳等多个改革开放早期大型建设项目融资的前期谈判和后期管理工作。现在回想起来，正是解放军大学校锤炼了我的意志和山西大学的培养教育，使我再一次完成大跨度的华丽转身。

随着改革开放和经济建设的发展，中国逐步进入全球经济一体化的快车道。无论是经济规模还是发展模式都发生了质的变化，我们个人的发展平台也随着国家的强盛变得越来越宽敞。1996 年，我被派到中国银行卢森堡分行工作，工作环境再一次发生了变化。在欧洲工作了 10 多年，我的英语水平有了极大的提高。在一起工作的同仁来自七八个国家，平时的工作语言只能用英语。那时，我真正体会到了“师之严，乃人生之大幸”的含义。感谢山西大学老师们对我们的严格要求。

早期，中国银行是国家指定的外汇外贸专业银行，改革开放以后又成为国家经济建设中解决所需外资的主要渠道。1997 年，我在卢森堡工作不到半年，就发生了严重的亚洲金融危机。我们银行贷到国内的外汇贷款随着企业还款困难而陷入困境。为此，我大胆提出战略转型，在努力保全信贷资产安全的同时，带领团队周旋于伦敦、法兰克福、巴黎等金融中心，不失时机地从国内市场转到欧洲当地市场，与欧洲很多跨国企业和金融机构建立了业务关系，从而使我们分行很快走出了困境。后来，我们又妥善应对 2000 年欧洲 IT 泡沫破裂引发的金融危机。2008 年次贷危机引发全球的金融危机时，我亲自参与处理与美国通用汽车公司破产有关的债务问题，稳妥地保障了银行金融资产的安全。回到国内后，我参与了为中国企业走出去和为“一带一路”国家基础设施建设项目的融资工作，走遍了全球40多个国家。

现在，我们这批“文化大革命”后期走出校门的工农兵大学生已届退休之年，回忆各自走过的道路，大学那段经历深深地影响了我们一生，尽管那是一段特殊时期的特殊经历，同学们聚在一起，依然无不为之感慨。感恩历史成就了我们，感恩给我们授过课的老师们，是他们兢兢业业、循循善诱地传授给我们知识和技能，才让我们在后来的风风雨雨中得以安身立命，顺顺利利地度过我们精彩而辉煌的人生。我们永远不会忘记我们的母校——山西大学。

唐茂恒，男，1953年11月生于天津，中共党员。1975年山西大学外语系英语专业毕业。1987年部队转业后就职于中国银行总行，历任信贷部经理，副处长、处长，高级经济师职称。1996年外派到中国银行卢森堡分行，历任助理总经理、副总经理。2007年回总行工作，历任总行公司部客户关系总监，首席产品经理。现任中国贸促会仲裁委员会仲裁员。

岁月铭记

陈竹芳

“国家好，民族好，大家才会好。”习近平总书记参观《复兴之路》展览时一句铿锵有力的话语，言简意赅，告诉我们，每个人的前途命运都与国家和民族的前途命运息息相关。

回首我大半生的经历，的确如此。

我 1953 年出生于曲沃县城关镇东关大队一个（姓尚）农民的家庭。因父亲怜悯邻居没有孩子，便把排行老六的我送给了人家，改姓成为陈家后代。

我爷爷陈德仁曾任曲沃县农会主席。在革命战争年代流行一首歌，歌词是：“最后一把米，用来做军粮；最后一尺布，用来做军装；最后的老棉被，盖在担架上；最后的亲骨肉，含泪送战场。”而我的爷爷就是含着眼泪把儿子和侄儿都送上了前线。我父亲陈坪山在彭德怀麾下的第 13 旅当机要员，参加过多次战斗，1953 年带病从云南第 13 军疗养院转业回乡。于是我从小受到（尚、陈）两家善良的父母双亲的双倍呵护，蒙哥哥、姐姐们手足之情的包容，感到无比温暖和慰藉。我比同龄人早一年入学，1965 年考上了曲沃中学，在学校，我们兄弟姐妹 9 人中有 6 人享受过助学金待遇。我只上了一年初中便停课闹革命。1968 年，我初中毕业后返乡务农。1970 年 6 月 27 日，中共中央批准《北京大学、清华大学关于招生（试点）的请示报告》，高等院校开始招生复课。文件规定，高等学校招生废除历来实行的统一考试、择优录取的招生办法，改而实行“群众推荐、领导批准和学校复审相结合的办法”，招收“工农兵学员”。1972 年春，北大、清华招生试点经验在全国高校广泛推广。就在这年，年仅 19 岁、只有初中一年级文化水平的我，经城关公社推荐，曲沃县革委会批准，大学老师审查同意录取，我幸运地走进山西大学外语系俄语专业，成为一名工农兵大学生。

1972 年 4 月 3 日是我人生中难忘的日子，那天，我满怀豪情地迈入了令人神往的山西大学。一进校门，映入眼帘的是那醒目的标语：“热烈欢迎工农兵学员入学”“工农兵学员上大学是毛泽东思想的伟大胜利”。老师和系领导亲自接待，他们是那么热情、那么和蔼亲切，那一幕幕情景至今仍铭记在心。

外语系俄专孟绍贲主任、吴增和老师给我们上了开学第一堂政治思想教育课，对我们首届工农兵大学生寄予厚望，告诫我们不仅要“上好大学，更要管好大学和改造好大学”。特别是校内宣传墙上的文章《上大学不忘工农本色》，要求同学们“不要一年土，二年洋，三年穿上的确良，四年不认爹和娘”。入学教育是从农村青年到大学生之间的一个过渡教育，升华了我那单纯而朴素的思想，为三年半的大学生活奠定了基础。

工农兵大学生年龄差异大，文化程度不一，有老高中毕业生，有老初中毕业生。这些难题可难坏了我们的老师。他们在教学上想方设法，不知费了多少心血。我们俄二班班主任是陈志濂老师，他中等个头，腰板直挺，面带慈祥，身着西装，得体大方，话语中带着南方口音，声虽不高，却特有亲和力。他给我们上课，对单词、语法讲得一清二楚，每个同学都弄懂了才进行下一课。他还采取“一帮一结对子”的方法让我们互帮互学，共同进步。

张安琪老师温婉娴雅，嗓音甜美，是许多男同学心中的女神，是陈志濂老师最好的搭档。陈老师曾自豪地对同学们说，我们两个老师是语音最好的搭配。杨继舜老师脸盘稍圆些，身体很结实，除了课堂上对我们严格训练，还通过文艺活动形式提高我们的语言表达能力，我班排练过许多文艺节目，大家受益匪浅。记得有一次排练时，我有几个单词发音不准，句子听起来不连贯，杨老师不厌其烦地示范，我却憨憨地笑了起来，杨老师耐心地等我笑完，才继续排练，一句指责和批评的话也没有。至今想起来我都不好意思。

苏联文学对我国的影响是很大的，《钢铁是怎样炼成的》《卓娅和舒拉的故事》《海燕》影响了中国一代又一代人。在老师的帮助下，我们有幸接触到原著。那时也特别流行唱苏联歌曲，如《喀秋莎》《山楂树》《三套车》《红莓花儿开》……这些歌曲耳熟能详，旋律优美，抒情性极强。杨老师教我们唱《莫斯科郊外的晚上》俄语歌，他的声音是那么浑厚好听。当然，还忘不了张文郁老师那幽默风趣的语言和爽朗的笑声，忘不了外教老师塔玛拉在课堂上一个个把我们叫起来对话那些情景。师生之间那种亲密无间、寓教于乐的场景像电影一样一幕幕浮现在我的脑海里。

那时候的教育理念是重在政治，要又红又专，红是第一位的。遵照毛泽东主席的最高指示，大学生要学工、学农、学军。我们俄语专业的学军是在侯马。在部队进行野外拉练，紧急集合，打靶，同学们非常认真，毫不懈怠。严格的部队训练使我们懂得了纪律的重要性，明白了必须有铁的纪律才能打胜仗。我在打靶时成绩优秀，还荣立了学军三等功。就是在那时候让我养成了严谨的生活习惯。

有一个星期天，我借了两辆自行车，邀请张安琪老师到曲沃我家做客。返回来的路上，在曲沃通往侯马一条小渠道上，路面太窄，一不小心，张老师连人带车滑倒在渠里，水深至腰部，我见状吓坏了，忙喊救人，恰好这时过来两个曲沃青年，他们毫不犹豫地下到渠里先把张老师扶上来，然后捞出自行车。张老师下半身虽然湿透，但一点也不惊慌，连忙致谢两位青年人。那时的人至善至纯，青年人说："不用谢，应该的。"说完就走了，张老师这才又安慰我："别怕，待一会把衣服晾干，咱们不影响归队时间，不说这事，免得大家担心。"回到部队，我晚上躺下，反复想着这件事，是老师的沉着、冷静、守时的观念，教会了我遇到困难和挫折时要沉着冷静。曲沃青年不留姓名、不图回报的好品行，也让我在以后的生活中乐善好施，助人为乐。

那时候学农，我们俄专是到昔阳县洪水公社洪水大队，住在农民家，吃着农家饭，和农民一起劳动。山西大学也有自己的农场，我们到学校农场插秧、割稻子、挖坑植树。女同学和男同学一样下水干活，巾帼不让须眉。男同学体力好，干完自己的活，总是帮助班里体力弱的女同学。男生女生相互帮助，相互加油，在劳动中结下了深厚的友谊，发扬了不怕吃苦、不怕吃亏的精神。

"开门办学"这种教学形式有它的特色，主要作用是要通过学工、学农、学军使我们不忘本，不忘劳动人民本色，毕业以后能和广大人民群众打成一片，为人民服务。我认为这和我们的先贤孟子所提倡的"天将降大任于斯人也，必先苦其心志，劳其筋骨，饿其体肤……"的精神是一致的。

青春燃烧的大学岁月，学校学习的气氛特别浓。学校的作息也带点军事化，作息时间全由军号指挥。清晨起床号响起，我们迎着朝霞，在大操场跑步锻炼。晚上，熄灯号响了，宿舍里关了灯，路灯下面，盥洗室昏暗的灯光下，有同学们苦学的身影。有人还打着手电筒在被窝里看专业书。星期天图书馆里座无虚席，大家都在全神贯注地阅读。副班长胡金贵是刻苦学习的一个典型，他一有空就背他那本《俄汉大词典》。

老师对我们评价说，工农兵大学生应该是历届学生中最刻苦、最自觉、最努力、求知欲最旺盛的一代学生。

那时吃饭是免费的，伙食费全由国家负担。吃饭就餐是十人一组，男女搭配，值日生拿着一个汤盆、一个菜盆、一个盛饭的笸箩，排队打饭。那时候大食堂空荡荡的，没有一张餐桌，大家在食堂的空地上蹲着就餐。在值日生排队打饭期间，外语系英、俄专业的同学总是嘴里叽里咕噜地背着单词，不怕羞涩，也不避讳其他系同学诧异的眼神。大食堂里回荡着录音广播，那略带点曲沃味的普通话是我的声音，听着自己的广播录音，心里感到甜甜的、美滋滋的，觉得饭菜也格外香甜。

我们俄语专业部队学生比较多，他们仍然保持着在部队的习惯。宿舍干干净净，被子整齐划一。看到他们整洁干净的床铺和桌子上整齐的书籍，我们女生回到宿舍，也自觉地整理好房间的内务。就是在那时我养成了好的卫生习惯，一直保持至今，受益一生。

我们那时的同学关系特别纯真，一人有困难，周围同学马上就伸出援助之手，为他人付出从不讲回报，那种真情厚谊在漫长的岁月中得到了升华。有一次我脚上长了个鸡眼，班长张银海带我到坞城路第 63 军卫生所做了切除治疗。他乐于助人，肯付出，有担当，是同学们信赖的班干部。

1973 年 9 月，在一次班级之间的篮球比赛中，我一不小心摔倒了，疼痛得站不起来。同学们和体育老师扶我到校医务室，经初步检查，校医务室无力医治，马上派车送我到山西省人民医院做进一步检查，结果是左膝半月板碎裂，医院做了切除手术。我住了一个多月的医院。听说我住院了，同学们纷纷来看我。田桂兰、刘爱香、王继香、刘胜雪、但心厚和许建聪都来了。怕我耽误课程，他们又及时给我补课。曲沃老乡、英专的刘敏，历史系的王月亲，还在星期天到医院照顾我。出院回到学校后，一位男同学看到女同学扶我上楼梯有困难，坚持背我上楼到宿舍。

曾经灰心失落的我，因为同学们无微不至的关怀，很快振作起来，抓紧时间补习功课。期末考试，我获得口语 5 分、笔译 4 分的优良成绩，总算没拖班级的后腿。

因为受伤住院，我没能参加刘胡兰教育基地的实践。出院后，得知校车要在实践结束时去接同学们，我高兴得心都跳出来了。经系领导同意，我和英专因病留在学校的刘东、王秀成同学搭车前往，瞻仰了英雄事迹，并在刘胡兰雕像前合影留念。毛主席为刘胡兰的题词“生的伟大，死的光荣”，影响和激励了一代代热血青年。

刚入学时，我班有一名部队女学员，名叫刘胜雪，后转入英专。她比我年长 3 岁，朴实大气，稳重干练，热心助人就像一位大姐，彼此很谈得来，有事互相帮助，相互关心。1973 年放暑假回家，得知她母亲去世，她很伤心，我邀请她到我曲沃老家，她欣然答应，随我回到老家。她觉得我家人热情好客，待人厚道，至此我俩结成最知己的闺蜜，无话不聊。毕业后，她分配到首都机场工作，我们也没有间断联系，结婚成家还彼此相告，互送贺礼。直到现在还保持着很亲密的关系。

英专的刘敏同学比我小 1 岁，性格温柔，朴实善良，我们假期相伴

左起：刘敏、陈竹芳、刘胜雪在一起

而行，当时交通不很方便，每次坐火车到侯马，再坐公共汽车到曲沃后，我骑车再把她送到离城 15 里的她家，来来回回我们全家人都喜欢上了刘敏。她毕业后分配到曲沃中学当英语教师，她工作认真，被学生们称为“爱心”老师。在讲坛上，她用自己的心血滋润了一代又一代“桃李”茁壮成长，她当之无愧地被评为中教高级职称，山西省特级教师，享受国家荣誉津贴。可喜可贺的是，由我牵线，她成了在部队服役的我弟弟的媳妇。昔日的同学成了一家人，和睦相处开心无比。

工农兵大学生这个时代产物，曾被羡慕，也遭非议，还被忽略。我觉得我们这批工农兵大学生，不怕非议，不妄自菲薄，在各自领域施展理想抱负，殚精竭虑，奋发进取，废寝忘食，敬业奉献，充分体现了我们的人生价值。

工农兵大学生是特殊历史条件下的产物。我们的政治素质好，对党怀有深厚的感情，事业心强，有吃苦耐劳的精神，为人朴实，有正确的人生观，大多数成为各条战线上的栋梁之材。1975 年 8 月底，我大学毕业后，因为没有俄语对口单位，我被分配到曲沃县广播站从事编辑工作，担任过曲沃县妇联副主任，1984 年光荣入党，1985 年调入临汾地委老干部局，历任宣传科副科长、科长，局长助理、副局长，正县级调研员。曾担任过三届临汾市委机关党委委员，临汾市委老干部局党总支副书记。多次被评为优秀老干部工作者和优秀党务工作者，分别受到省、市表彰。有幸为老同志、老干部提供服务，为他们解困分忧，我感到荣幸和欣慰。1993 年，在纪念毛泽东同志诞辰 100 周年演讲比赛中，我荣获一等奖。1999 年庆“七一”演讲比赛中，我又荣获一等奖。退休后，2017 年全市支部书记讲党课演讲比赛，我荣获三等奖，受到临汾市委组织部和临汾市直工委的表彰。尽管我极平凡，获得的奖项微不足道，岁月可以作证，我不忘初心，牢记使命，时刻不忘工农兵大学生本色。虽然我不及有的同学那样成了参天大树，但也像小草一样，以自己的盎然生机绿化了一片片草地。

岁月铭记，一路走来，我的成长感恩于培养我的学校，感恩于我的老师，感恩于我的同学。每当说起他们的名字，都能触及我内心深处最柔软的地方。俄专二班同学田桂兰、刘爱香、王继香、马燕生、武全梅、杜凤珍、刘克亮、张银海、胡金贵、但心厚、刘玉录、许健聪、刘建国、周焱华、韩履彪、刘建权、张贵根、徐继林，还有三位后来保送委培的部队学员张国印、张胜、邢银珠，以及外语系72级全体同学，每每见到他们都格外亲切。同学情是我最宝贵的财富，是天底下最美的一种情

俄语二班“开门办学”时在刘胡兰烈士陵园留影。左起前排：马燕生、武全梅、杜凤珍、刘爱香、王继香、田桂兰；中排：但心厚、张安琪老师、陈志濂老师、吴增和老师、薛高保老师、刘建国、周焱华；后排：刘克亮、许建聪、刘玉录、徐继林、胡金贵、张银海、张贵根、刘建权

愫。亲情、友情、师生情、同学情，是创造善良、和睦、光明世界的源泉。

2022年山西大学120周年校庆即将到来，仿佛又把我们拉回到风华正茂的学生时代。40多年的风吹雨打，把当年朝气蓬勃的青年磨砺成了两鬓斑白的老头、老太太。40多年的酸甜苦辣，40多年的雨骤风狂，40多年的春华秋实，40多年的劈波斩浪，这一路的坎坷，一路的寒暑，一路的风雨，以及一路的鲜花与掌声，一切的一切都成了我们美好的记忆。

空山新雨后，天气晚来秋，最美不过夕阳红。我们在年老的时候赶上了新时代，我们享受着和平自由的空间，享受着祖国发展带来的富裕，享受着改革开放的红利，享受着科技发展带来的便利。新时代赋予我们新的思想，让我们珍惜时光，使自己的生命更加芬芳灿烂。让我们追求那高品位的人生境界，祝福我们的母校越办越好，祝福我们的祖国更加繁荣昌盛。

陈竹芳，女，1953年12月出生于山西省曲沃县，中共党员。1975年8月毕业于山西大学外语系俄语专业二班。毕业后，供职于曲沃县广播站，县人大常委会办公室，曾任县妇联副主任。1985年调入临汾地委老干部局，历任宣传科副科长、科长，临汾市委老干部局副局长，正县级调研员兼局党总支副书记，市委机关党委委员。多次被评为优秀老干部工作者和优秀党务工作者，分别受到省、市的表彰。

我的大学生活拾零

李伟格

如果说人生是一本书，那么大学生活便是书中最美丽的插图；如果说人生是一台戏，那么大学生活便是戏中最精彩的片段。有人说，学校是花园，老师是辛勤的园丁。毛泽东主席的老师杨昌济先生曾书“欲栽大木柱长天”，那大学就是为国家培养栋梁之材的沃土田园。

1966 年到 1970 年这片沃土短暂荒芜了，全国大学都停止了招生。1970 年国家在几所重点高等院校进行了试点招生。取得成功后，各大院校于 1972 年面向全国正式招生。那时招收的学生有一个特殊的名字，叫工农兵大学生，那可是集 6 年沉淀在全国各地各行各业的青年才俊。

1972 年，山西大学同样招收了首届工农兵大学生。我作为其中之一，有机会进入这片荒芜了几年的美丽校园，享受着这里的雨露滋润，阳光照耀，沃土滋养，真是万般荣幸。我在山西大学学习了三年半，这为我一生的事业奠定了良好的坚实基础。72 级同学商议要编写《别样年华——山西大学外语系首届工农兵大学生纪实》的集子，约我写点什么。大学期间经历的许多事时不时地浮现在我脑海，萦绕在心头，剪不断，理还乱。我就把这些跳跃的、不同寻常的、现代大学生们根本想象不到也难以理解的、记忆中的点点滴滴的往事罗列出来，作为我对大学期间美好时光的回忆。

难得的机遇

1972年全省招收第一批工农兵大学生的招生办法是群众推荐、领导批准、学校复审，有一定形式的文化考查和严格的政治审查。虽然插队时自己也曾利用劳动间隙复习过中学的课程，自学过文化知识，但招生时，这与能不能上大学、上什么大学、学什么专业似乎没有太直接的关系，尽管这些基础知识在学习和工作中发挥了很大的作用。

接到入学通知书后在转户口的时候，我才发现自己户口本上的性别是“男”。那可是插队整整三年！户口上恢复为“女”后，在入校报到时的行李分发上又出现了误会。当我们的行李由山大的接站车拉回学校后，大概是根据名字初步分为男生的一堆，女生的一堆。我自然在女生的行李堆中找“李伟格”的行李，左找右找，怎么也找不到。后来还是一位同学从男生行李堆里帮我把行李拎了出来。看来怨不着人家办事不认真，可能是自己的名字太有点男性味儿了。

4月初的山大校园，到处都能嗅到丁香花淡淡的清香，眼中见到的是“工农兵上大学、管大学、改造大学”的横幅标语。到了外语系，闻听系里有胡适的弟子，民国时期少数跨越娘子关的人物，曾致力于笛卡尔、康德、马克思等著作翻译的关其桐教授；有师从叶公超、陈寅恪大师，从清华大学毕业的20世纪30年代就成为著名书评家的常风教授；有曾在《人民中国》担任翻译的彭阜民先生和曾在文化部电影局任八级专职翻译的赵超群先生；还有高健、聂崇信、杨德友等一大批学贯中西、满腹经纶的学者。联想到以后能在课堂上聆听他们授课，当面接受他们的教诲，我这个在农村插队时过惯了那种贫乏文化生活的小姑娘，突然觉得自己如同一个在沙漠里走得又饥又渴的人，眼前出现了一汪甘泉，或久旱的禾苗遇到了甘霖，亦好像一个饥饿的小姑娘在盼望吃块窝头之时，天上掉下了个大馅饼。此等机遇，何其难得！

餐食与着装

我们上大学时国家经济还比较困难，吃饭要粮票，穿衣要布票。为了培养大学生，国家已经使出了十二分的努力，没有学杂费，伙食、教材、医疗费用全免，每人每月还给一定额度的补助，家庭经济困难的多给一点，经济条件较好的少给一点。当时供应的细粮只有35%，主要是白面，大米很少。早饭一般是窝头和小米粥或玉米糊，外加咸菜，中午有馒头、窝头或高粱面条和大烩菜，晚饭照样有馒头、窝头和烩菜。为了调配花样，炊事员用压面机把高粱面压成面条，吃起来又涩又硬，吃下去感觉像钢丝一样竖在胃里，我们形象地把它称作“钢丝面”。

入学初第一个月，即入学教育那个月，学校安排我们男女生搭配，十人一组吃份饭，这样，不仅男生可分享到女生吃不了的主食，更重要的是大家在短时间内就能相互熟悉起来。十人一组用搪瓷脸盆盛菜，用柳条笸箩盛饭。餐厅里没有桌椅，我们就在地上围成一圈，把饭菜分到

当时，学生灶大食堂没有餐桌和椅凳，同学们全都蹲在地上吃饭

各自的小搪瓷盆中。入学教育结束后，采取了男女生按宿舍搭配分组方式就餐，我和赵谊的宿舍就与俄语班的张胜利、周所同、王洪祥等人的宿舍分在一个组。每餐两个值日生从食堂打上饭菜后端到他们男生宿舍再分食。这样，在吃饭时我还无意间了解了英语和俄语的一些区别。

大约在大三时改为饭票制，学生们自己去食堂窗口排队打饭，才结束了男女生搭配分组用餐的方式。那时我们吃的可能有粮仓里的陈粮，因为小米粥里时不时地会飘着几只煮熟了的白色米虫，烩菜也没什么油水，偶尔有几片肉，有鱼吃的时候也不多，倒是咸菜管够。相比起来，我真思念在晋南绛县插队时吃的大白馒头，喝的新鲜小米粥，尤其是村民自己酿制的米醋，往面条里一拌，没菜也能香喷喷地吃下一大碗。那几年，我特别期待学校开运动会，因为一到开运动会时候，我们这些业余运动员就能去教工食堂吃小灶。此外，赵谊同学周末有时也会请韩淑秀和我去她家“美食”一顿，以补充腹中的油水储备。

那时人们穿衣的主色调多半是蓝与灰，我们大学生也不例外。外语系的解放军学员相对较多，无论在宿舍、教室还是操场，一眼望去不是绿就是蓝和灰。女生们也很少穿花衣服，一是本来就没有几件衣服可换，二是因为穿花衣服会有小资产阶级思想的嫌疑，谁都不想因为穿一件衣服让别人说长道短。说起来有点可笑，当时在人们的头脑里，好像无产阶级的标签就该是灰暗色调着装，花花绿绿就是资产阶级。那时我家的经济状况相对较好，竟在宿舍给自己做了一条绿裙子，平时不敢穿，只有夏天在周末穿一次，也算是别具一格吧。1975 年七八月间，毕业季来临，女生们才纷纷把自己带在身边的最漂亮的衣服找出来穿上，像一只只花蝴蝶似的快乐地飞来飞去。

我还经常和几个女同学学十字绣，互送花样，分享绣花的乐趣和成果。那时的人清贫，谁手里有几根针都知道，现在的年轻人很难理解。记得我和赵建峰都曾盼着李平早日收到她妹妹的来信，因为牛皮纸信封里会违规夹几根托她妹妹从北京买的针。20 世纪 70 年代国家电力供应紧缺，学校有段时间动不动停电，宿舍必须备些蜡烛。一停电，我就到俄专李平和赵建峰的宿舍里，我们点上蜡烛，围成一圈，兴高采烈地做起了女红。

同学之间

《儒林外史》里描述的科举考试，青春少年和白发苍头同堂应试，年龄相差悬殊。我们首届工农兵大学生年龄差距，犹如英语基础悬殊一样，特别大。最大的 1947 年生，如李秀英等，最小的 1956 年生，如彭漪等，年龄相差将近 10 岁。我们的文化程度也参差不齐，有尚未真正完成初中学业的，也有老高三毕业的。英语基础有像张福成、王力理、王惠临这些上学之前就基本解决了读、写、译，具备了扎实英语基础的，也有中学期间学过一二年英语的，但大约有一半左右是从字母音标开始的。老师们的授课难度可想而知，他们的做法基本是“就低不就高”，在充分照顾零基础学生的前提下，尽量考虑基础好的同学的需求。为了弥补文化基础上的差异，学校还给我们增设了一些文科类课程，如中文基础知识和写作等。

说实话，当初我并没有在意年龄和学历的差异会带来什么不同，但多年以后当我有了相当的人生阅历后，才体会到一个人的成长在很大程度上和他当年的成熟度有关。像王惠临、张福成、高胜恩、肖文科等同学，用今天的流行语可以称之为“学霸”，除了他们的聪明、勤奋外，主要还因为他们年龄相对大一点，更成熟一些，再加上文化底子厚，起跑点就不一样。而我却还处于比较“傻”的阶段，否则，我会在那有限的大学时代汲取更多的知识。不过，我最大的收获就是知道了什么是“好”，感谢当年我遇到了这些才华横溢、勤奋好学的同学，从那时起，我就以他们为人生标杆，加油奔跑。几十年来，他们的榜样作用一直激励着我不断奋斗。

课堂内外

当时我们的教材是由外语系组织资深教师集体编写，经系打字室的吴增光老师打好后，交校印刷厂统一印制的。编写原则是：遵循语言学习规律并结合当时的社会形势，既体现政治性，又兼顾知识性、系统性和循序渐进的原则。精读课本完全按零基础编写，突出基本词汇、短语、句子和基础语法的反复训练，对有一定基础的同学来说，难免显得乏味，缺乏挑战性。这些学生可能更喜欢上泛读课。记得给我们讲授泛读的老师叫凌熙华。他在美国留学多年，回国后，稍在北京停留，就来到山大外语系任教。他胖胖的，总是笑眯眯的，像弥勒佛一样和蔼可亲。他给我们讲《汤姆叔叔的小屋》，那是美国作家哈里特·比彻·斯托（Harriet Beecher Stowe）夫人的代表作，出版后获得巨大的成功。同学们私下给他起了个外号叫“Mr. Bumble”。当然，同学们对老师都是尊敬有加，只是喜欢他的幽默风趣。据说凌老师在我们毕业后回到他的家乡江西省，在一所大学任教。多年前无疾而终。我们都十分怀念他，感谢他把我们带进外国文学世界，让我们爱上了英语阅读。

我们四班大一时的主讲教师之一刘海量老师常常在提前完成他那一周的额定教学任务后，让同学们关门闭窗，悄悄地给我们讲《许国璋英语》里节选的《威尼斯商人》《李尔王》等故事情节。这更加引发了我们的学习兴趣，也激发了我对《许国璋英语》的向往和对许国璋先生的崇拜。1974 年暑假期间，在许国璋先生的得意门生也是我的中学同学李青原的引荐下，我和刘之光、王慧临有幸到先生家中拜访了老人家。记得当时许老还胆怯地说：“我编的书都给归属到封资修体系里啦，快扔掉吧。”当他得知我们在不太公开的环境中学《许国璋英语》时，他感到了欣慰。他的夫人还给我们泡了香茶，一起聊天，大家都很开心。这次拜访，进一步激发了我努力学好英语、掌握英语的决心。刘海量老师的教学方法是形象比喻，深入浅出，给人印象深刻。还记得他讲比较级和最高级时，为了让我们深刻理解、尽快掌握，竟然用了他观察到的我在体育课上的动作做例子。这不仅使我牢牢记住了英语的语法规则，同时也更加激发了我踊跃参加体育锻炼的热情。现在想起来都觉得那么温馨。

体育运动

当时文化生活贫乏，别说彩电，就连黑白电视也见不到。每隔一两个月学校才会在大饭厅放一次电影。所以看篮球比赛、开运动会就成了业余生活的亮点。我最开心的是参加篮球比赛。我是学校篮球队的队员，同时又是田径队的短跑队员。当时一个人同时被批准加入两个校队的寥寥无几，外语系的女生可能只有我一个。由于我有田径队短跑的速度，在篮球场上能迅速争

李伟格（左）和贾丽秋，同为校篮球队队员

球，果断地截球、抢球、传球、投篮、命中！真是爽快！经常与我打配合的队员有：武浩、毛维力、冯建平、张三玲、贾丽秋等。

1973 年的冬天格外寒冷，北风凛冽，万木萧疏。我们都在争分夺秒地学习，真正是三点一线：宿舍—教室—饭厅。这时候听到一个特别好的消息，学校为了丰富学生们的课余生活，在物理系楼外泼水制成了一片很好的人工冰场，周围装有电灯，夜场也可开放。我们这帮喜欢溜冰，特别是又有冰鞋的同学们高兴极了。于是那年冬天，我和丁力常去冰场滑冰。丁力是和我一起从北京到绛县插队又一起来山大读书的闺蜜，她在数学系。我俩常常在冰上玩一个多小时，直到浑身热乎乎的才回到教室里上晚自习，既愉悦了心情，又提高了学习效率。

1974 年学校举办了一次隆重的运动会，观众云集，那个年代开个运动会人人都想去看热闹，似乎全校的师生都在现场观看。在百米赛上，我那天的状态特别好，枪声一响就立刻起跑，红色运动衫在跑道上特别吸人眼球。待我冲过终点线后，赵建峰同学看我像小鹿一样昂首挺胸姿态很轻松，她激动得跑到赛道上数我的跑鞋脚印。我和我的好友们都焦急地等待着公布成绩。当操场上的大喇叭里宣布李伟格第二名时，我甭提多兴奋了，竟然跑到第二。要知道，第一名那可曾是省体校的运动员，受过专门训练。为此，毛维力同学还特意给我写了一首小诗《跑》。去食堂打饭时，那位大师傅还多给了我几个丸子。也就是从那一刻起，山大不少同学和老师知道了外语系有我这个学生。当时的师生情和同学情都很纯洁朴素，谁要有点什么特长，都会受到大家的关注和尊重。

录音机与打字机

20 世纪 70 年代外语教学设备很简陋，外语系每个班 20 多个学生只配备一台上海 601 开盘式磁带录音机。这台很笨重的录音机是全班同学训练听力，学习、模仿正确的语音语调的唯一工具，自然也就成了同学们课下争抢的对象，总会有人在排队等候。为了更好地利用这台设备又不使其损坏，班长李新国同学问谁愿意管理录音机，我想都没想就毛遂自荐。“近水楼台先得月”，我总比别的同学用得多。课后我有空就去听录音，反复听蔡春月老师和刘生金老师的教材配音，常听《灵格风英语教程》录音带，我模仿着录音机里发出的标准伦敦音，那优美的语调和甜润的音色，听起来贵族味十足。三年多坚持不懈的聆听模仿为我的听力和口语打下了坚实的基础，在后来的工作中果然派上了用场。20 世纪 90 年代我为李政道先生在中国科学院多次做实验制作的 3 部纪录片配了音，为央视科教频道的纪录片《厄运城》做过解说，还为北京展览馆剧场开演前的注意事项到北京人民广播电台与播音大咖一起录过音。记得当时有学生去北京展览馆看完演出后说：“好熟悉的语调，真亲切！原来是李老师您的声音啊！”这一切都要感谢山大外语系对我的培养，感谢老师们辛勤的付出，还要感谢那台笨重的录音机！

现在的大学生几乎人人拥有一台笔记本电脑，使用电脑像使用自己的手指一样灵活自如。但在我们上大学的那个年代，只有机械式手动英文打字机，并像熊猫一样稀少而珍贵，许多同学见都没有见过。可巧，刘海量老师有一台，他的大度真像他的名字一样宽阔海量。他鼓励同学们用打字机打英语资料。我和韩生鹏同学经常抢着用刘老师的那台打字机练习，逐渐练就了盲打的本领，提高了盲打的速度。谁能想到，当我进入社会后，这一技能竟然立马变成了我的通关敲门砖。20 世纪 80 年代会用手动打字机的人不多，中国科学院研究生院的李佩教授常让我帮她打印考卷、教材等，无意中给李佩先生为中国学子开创的自费留学之路做了回铺路石子。也许这也是她后来选择我当她秘书的缘由之一吧。

结缘图书馆

山西大学图书馆历史悠久，几经易名，数度搬迁。我们在校时的山大图书馆楼位于老校门正面毛主席雕像和主楼后，建成于1959年，图书馆与雕像之间是学校当时的主楼。它虽然没有现在新校门里的那座建成于1992年的华北地区名列前茅的高校图书馆漂亮宏伟，但也足够壮观。尤其是藏书，据称它仅馆藏线装书就有1万多种，13万余册，其中不乏孤本与罕见之本。

图书馆的阅览室，在当时的条件下已很漂亮，一张桌子面对面可坐6人，桌面宽敞，可以放很多书。因为去图书馆学习的人多，座位相对紧张。为了占到座位，常常要提前去排队。图书馆的老师很有学问，经常给我推荐书。我常在阅览室里写作业、看杂志，我喜欢那里的氛围。当时我时而还会想，将来如果有机会到图书馆工作，我宁愿不当老师，甚至不当大家都羡慕的翻译。我觉得天天能在温馨的环境中徜徉在书的海洋里，该有多么美好和欢畅！

毕业后，遵循“哪儿来哪儿去”的分配原则，我自然回到当初插队的绛县，当了一名山区女教师，教了一年多的高三毕业班。之后，父母从河南西华干校回京。根据国家如“父母身边无子女，可调回北京工作”的政策，我于1977年3月调回了北京，被分配到中国科学院力学研究所，我选择了所里的图书馆工作，当年的梦想居然成真。在图书馆工作岗位上一干就是31年，从情报室助理馆员一直干到力学所图书信息中心副研究馆员。

我热爱图书馆工作，喜爱那里的学习氛围，更敬重常来图书馆借书或查找资料的科研人员，从资深院士到刚入职的新鲜血液。改革开放后，我每年都有机会参加国际图书博览会，作展台翻译。年复一年与国外著名的书商或代办处都建立了联系，能及时捕捉到国外相关的信息，了解最新的动态，为力学所的科研人员服务。2007 年，我作为访问学者到加拿大国家情报所进行了为期半年的访问学习。我非常关心来馆借阅的研究生们，将来要靠他们撑起祖国科研的一片蓝天。能为他们服务我很骄傲，能和图书相伴几十年是我的幸运，也是我一生的幸福！

几句题外话

以上所言主要是我对大学生活片段的一些追述。接下来，我想说点退休后的情况和感悟。57 岁退休至今，我一直担任中国科学院翻译工作者协会的秘书长，中国翻译协会科学技术翻译委员会的秘书长，《中国科技翻译》杂志副主编以及“两弹一星”功勋郭永怀夫人、中国科学院大学李佩教授的秘书。十几年来我协助李佩教授把一批曾在钱学森和郭永怀手下工作过的精英和学子们组织起来，历经三载有余翻译出版了《钱学森文集》中文版。2011 年李佩先生忍痛关掉“中关村大讲堂”后，又创办了“钱学森科学和教育思想研究会”，会员是固定的，有 20 多人。他们都是中国翻译协会科学技术翻译委员会、中国力学名词委员会和力学界、科技界翻译的精英，以及北大、清华、北京理工大学的知名人士。李佩先生临终前，我遵照她的意愿，帮助她把“钱学森科学和教育思想研究会”主持人的工作移交给了国家最高科技奖的获得者、三院院士（中国科学院院士、中国工程院院士、美国国家工程科学院外籍院士）——钱学森的大弟子郑哲敏先生，把中国科学院翻译工作者协会负责人的工作转交给了她和郭永怀先生的门生——李家春院士。这是两件李佩先生为其倾注多年心血而鞠躬尽瘁的事业，甚至到先生病重期间还念念不忘。不负先生所望，这几年郑哲敏院士和李家春院士带领大家为社会作出了众多贡献。

回顾 48 年的学习和工作经历，我深深感到一个人的一生会遇到很多机遇，每个人对机遇的选择也会不尽相同。以前我认为对机遇的选择取决于自己的主观愿望和努力，机会是给有准备的人的礼物。但是当我对生活了解得越来越深刻后，才发现外界客观因素其实对人的影响也很大，有时大过了个人的主观因素，真所谓时势造英雄。要不是当年我有幸上了山西大学，哪会有今天的李伟格！我感谢山西大学！感谢那些才高八斗、学富五车、谆谆教导过我的老师们，感谢和我在大学朝夕相伴三年半而至今仍然带给我幸福和快乐的同学们。

2020 年 6 月于北京

李伟格，女，1950 年出生，1987 年加入民盟。1977 年起就职于中国科学院力学研究所。曾以副研究馆员访问学者的身份与加拿大国家情报所同行交流。2007 年退休后，协助李佩先生组织“中关村大讲堂”。主持李佩、郑哲敏院士创办的“钱学森科学和教育思想研究会”的日常工作。现任《中国科技翻译》杂志副主编，中国科学院翻译工作者协会秘书长，中国翻译协会科学技术翻译委员会秘书长，中国翻译协会科学技术翻译委员会理事。2019 年被聘为中国科协“科学家后人报告团”成员，巡回给大中小学学生讲述郭永怀和李佩的故事。

授业1972级大学生感言

刘海量

1972年山西大学外语系迎来首批从当时中国推选出来的优秀青年大学生。每当回忆起那段教与学的岁月，老师们都会兴奋不已，感慨系之。同学们的刻苦精神、敬业热情、尊师品德和爱国情怀令人感动，永难忘怀。古人有云：得天下英才教育之，一乐也。谨以小诗一首感念山西大学外语系72级同学。诗短情长，算是对授业72级同学的美好回忆。

曾记七二迎新来，
一乐只为得英才。
今日桃李遍天下，
树木树人不枉栽。

2020年6月27日于山西大学

刘海量，山西平遥人，教授，硕士研究生导师。1963 年毕业于山西大学外语系，留校任教。曾任山西大学外国语学院副院长、山西大学教学指导委员会委员，兼任山西省高职高专英语课程教学指导委员会暨山西省高等学校英语应用能力考试委员会顾问。多年来，潜心于应用语言学与英语教学论研究，并指导外国语言学及应用语言学硕士研究生多名。先后出版专著 2 部，主编、参编工具书及英语教学指导书 10 余种，发表英美文学作品赏析及中国英语教学研究论文 20 余篇。

我和工农兵大学生之间的故事

蔡春月

明天就是我们伟大祖国中华人民共和国70华诞了，全国14亿人民、港澳台同胞以及全世界各地的爱国侨胞都在为祖国的生日欢欣鼓舞，热烈庆祝。在这一时刻，我的心情也无比激动，浮想联翩。祖国的成长与发展经历过少年时期，热情奔放。历经70年风风雨雨后，现已茁壮长成，已由当初的“一穷二白”进入壮年收获期，硕果累累，各方面的成就让人看了心中无比欣慰。希望伟大的祖国早日实现中华民族复兴的中国梦。

在这欢庆的日子里，我虽然病魔缠身，但是脑子还是很清楚的，往事就像电视剧一样，一幕一幕地出现在我的脑海中。我是印度尼西亚华侨，不知道祖上什么时候到印度尼西亚的，只知道外婆是1821年在印尼三保垅出生的，距离现在也近200年了。我1955年回国，1977年移居香港。在这期间，我亲身经历过许多运动。各种运动都会触及灵魂，让你由幼稚无知到会运用脑子想问题。比如，工农兵上大学，基层推荐，领导批准，学校复审，这就是中国独创的呀！学生进校前，学校领导做了动员报告，要我们这些“老九”（当时称知识分子为“臭老九”）虚心接受工农兵再教育，做好工作，教好书，学生进校时要热情接待。所以，当1972年第一批工农兵大学生进校时，我们这些教师都去校门口热烈欢迎他们，帮助他们拿行李，把他们送到宿舍。那时我帮谁拿行李了，又送谁到宿舍了，因为没有问他们姓甚名谁，自然也就记不得了。

我有幸被分配到英语三班当他们的教师，从此我和三班的学生结缘了。我在执教过程中了解到，他们不仅年龄有差别，文化程度也参差不齐，多数没有学过英语，有的连英文 26 个字母都念不全，更不用说读音准确了。他们来自不同地区，有的地方口音很重。学校当时培养的学生毕业后大部分还是要去当老师的，如果教师本身语音语调不准，那不是要误人子弟吗？所以，我觉得一年级的当务之急是先过语音关。每个人情况不同，需要个别纠正，加强辅导。纠正发音比较枯燥，学生们也没兴趣。但这又是必经之路，没有捷径！但他们，这些工农兵大学生，都知道上学机会来之不易。他们很用功，努力克服各种困难。在入学之前，我曾经担忧他们会不会像“文革”时期的红卫兵？许多老师心中都忐忑过，但事实证明，他们很尊敬老师、体谅老师，老师的困难他们看在眼里，也会出手帮忙。

让我永世难忘的一个故事就是他们帮我“抢”房子。1973 年是“文化大革命”的后期，这时候学校由另一派掌权，由于“派性”作祟，已经公布分配给我的房子却不分给我。我成家以后由两口人变成五口人，一个小房子只能放一张双人床和一张小桌子，多来两个人就没地方坐，只得站着。像我这样的居住条件应该说是绝对够分房条件的，我通过正当手续申请房，房管部门没有批给我，却给一些住房条件比我好的非教人员调了房子。当时由北京传来一股“抢”房子风，恰好我家后面盖了一排房子。在这种情况下，我的学生们看不过眼，要帮我“抢”房子，我顺从了他们，同时也特别感激他们。

这个“抢”字，我用了引号，因为当时我并不认为我是真正在抢。我是在要回我应得的东西。尽管知道“抢”房子不符合规定，但是迫于无奈，是不得已而为之。同学们一行动，不到 20 分钟就全部搞定了，我终于在离开内地之前，有了一套较大的房子住了。这件事也由此成了我与三班的故事，我永远记住了工农兵大学生，记住了他们的好，往后的事情也证明他们也记住了我的好。

人都是吃五谷杂粮的，身体难免会有这样或那样的毛病，工农兵大学生不是铁打的，也会生病。王秀成是一位部队学员，面容瘦削白净，他的胃不好，身体较弱，学校的伙食粗粮多，不适合有胃病的人吃。为了给他补充营养，我帮他在学校旁边的许坦村订羊奶，每天替他加热煮熟后让他喝。这件小事他忘不了，20多年前他由内地赴意大利路过香港时，带着礼物来看我，让我很感动。

还有赵殿华，那时候她留着两个小辫子，跟我关系也不错，她一直说我帮过她熬中药，这件事她不提我早就忘了。因为我孩子多病，在家熬中药是常事儿，帮她其实就是件顺手的事情，这区区小事何足挂齿啊！

提起三班“一姐”，谁都知道指的是闫爱卿，她是班上年龄最大的女同学，是高中生上的大学，她和我之间也有故事。特别是在毕业之后，我和她交往较多。她曾是山西省化工进出口公司总经理，经常到香港出差。有一次，她和常仲来香港办事，事后到我家来看我。我没什么好东西招待他们，只煮了点面条给他们吃，不记得是常仲还是她说：“这次终于吃饱了”。他们的工作性质决定他们要天天应酬，大鱼大肉，又要谈事情，无法好好吃饭。山西人以面食为主，在我家无拘无束，终于可以大口吃面了。当然，我也很高兴，区区两碗面，竟能让两位老总吃得饱饱的，舒舒服服的。我回太原时会去她家，她到香港也来看我。在我们两个人独处时，她会直呼我的名字，我也很乐意她把我当老大姐看待。有一次我们在太原近郊散步时，遇见了一位算命先生，他说我们俩都能活到90岁。明知他的话是想让我们高兴多给他几个钱，但我们还是希望如此。遗憾的是，爱卿早早地就离开了我们。她离世前不久在广州养病时还特地到香港来看我，在我家住了两天，但我却愚蠢到不知道她已重病在身，不然我会留她多住几天。回到广州后，她还寄东西给我，没过多久，她就离开人世了。爱卿，我们好想念你啊！

张昕是三班唯一的北京姑娘，插队来到山西。我和她也有故事。毕业后，同学们都离校了，张昕因为还有分配的问题没有理清，要再等一些时间。学生们都走了，她没宿舍住了。我对她说，如果不嫌弃就来我家住吧，我暂时收留你。因此，她就在我家住了个把月，我们相处如一家人一样，孩子们都和她很熟悉。后来我带女儿去过她北京丰台的家。她家门前养了几缸红狮子头金鱼，非常漂亮，我们还拿了几条回太原养，至今孩子们仍记忆犹新。

72 级几个分配到山西省外贸公司的同学和我都有交往。我吃过常仲老总家乡自制的粉条，那是绝对的绿色食品，很筋道，非常好吃。他到香港也经常来看我。王淑珍在外贸当老总时跟我的交往也比较多。80 年代中期，我的先生老杜他三叔从台湾到太原想去五台山，当时的交通还不便利，淑珍派车送他们去五台山，老头子好感动。后来我每次到太原她都会去看我。

还有原三班的班长、解放军学员凌忠发，是一位江西籍的解放军学员，说一口好难懂的江西话。2014 年在太原聚会时，我委托三班同学找他，好不容易找到了他，想和三班同学一起去他的老家景德镇看他。可不幸的是，在我们未见到他之前，他就匆匆离世了。遗憾得很！三班还有一个同学，我也是很想的，他就是范志军，是个部队来的高干子弟。当初第一天上课，他就赖在宿舍不肯到教室，我还得去宿舍找他，劝他来上课，最后他还是来了。他虽然调皮捣蛋，但后来和我的关系还不错，希望不久的将来能找到他。毕业后从未见过面的还有李志军、王桃秀、李玉莲和李瑞仙。我也是非常想念他们的，他们在学校时的青春倩影时不时地在我脑海里浮现。

李广锁同学，在校时，他是一个说话不多、老实巴交的人。可毕业之后，他却成长为一个成功的商人，所以说人不可貌相。对教过他的人，如杨德友老师、赵超群老师等，他都非常尊敬，对我就更不用说了，很关心我。20 世纪 90 年代他到新加坡、泰国旅游，路过香港来看我，和我家老杜一起喝酒，俩人一下喝了十几听啤酒。5 年前在太原，由李广锁、赵殿华、柳花梅等同学给我组织筹办了 80 大寿宴。当时来了不少三班的同学：毛维力、柴晋梅、史莲娣、李秀英、胡海江、李茂海、杨凤莲、王柱儒、王振春。还有其他班的王淑珍、常仲和银恭喜。就是在聚会的前夕，找到了贾广臣，他当时正在广西出差，已经买好了回南京的机票，听说我在太原，改签了机票就飞过来了。许多同学和他一样，是离校 40 多年后第一次见面。我真的好高兴，只教了二年的学生，相隔 40 多年后给老师祝寿，世上不能说绝无仅有，可能也为数不多吧。我故意气我家先生老杜："看看我的学生，40 多年后给我祝寿，你不眼馋吗？你有这样的学生吗？"聚会后，广锁和史莲娣又陪我和老杜到晋城旅游。那时老杜已经坐上了轮椅，广锁派了几个小伙子抬着他逛景点。我和他开玩笑说："广锁比你儿子还孝顺"。

2015 年，当我做了第三次乳癌手术后，张昕、柴晋梅、史莲娣和李广锁到香港来看我，他们分别给我带了礼物，柴晋梅还给我带了个智力拼图盒，一个比鸡蛋大一点的小盒子，里面装了 100 多块小硬纸板，能拼一尺见方的图形。她说，平时多玩玩，能防老年痴呆。你们看，我的学生想得多周到！

2016 年我回到太原，和三班同学又有了一次小聚会，韩玉英、胡海江、王柱儒、史莲娣都来看我，他们还同我一起去看了病中的杨德友老师。柴晋梅时不时地会寄给我一些小礼物，还经常给我寄保健药品。2017 年我去北京，她和张昕在宾馆陪伴了我两天，照顾得无微不至。我心里暖暖的。

前几天（9 月 20 日）广锁大病初愈，人消瘦了很多。他又组织了一帮同学来看我，贾广臣、史莲娣、张昕、柳花梅、赵殿华，还有二班刘东夫妇，都专程来到南京，我也如约从香港到了南京句容市我女儿这里。他们说是了却 5 年前在太原聚会时的承诺（5 年以后再聚首），又是红包又是礼物，真是感激不尽，我何德何能啊？广锁还送给我一盒在西藏买的冬虫夏草。我女儿对我说："妈，你的学生对你真好，你知道吗？这是一盒很珍贵的东西呀，你要好好珍惜你这帮学生对你的感情啊！"柴晋梅、胡海江也托人捎来了礼物，实际上他们是惦念着我这个老太婆，找个理由来看我。他们在这里陪了我一天，这次聚会也使我夙愿得偿了。

"聚会三班有两广"，这是在群里经常提到的一句话，意思是说在近几年系里、班上几次大的聚会中都少不了他们俩。他们是聚会的组织者、参与者和支持者。"两广"，一个是李广锁，另一个是贾广臣，聚会有李广锁的劳心劳力、精心筹划，有贾广臣的精心组织、辛苦操办，他们展示了农家子弟的优良品质和优秀军人的品格，尊敬老师，待人以诚，积极奉献。在句容见面时，有一次广臣多喝了点酒，醉了，连叫了

2014 年，英三班部分同学为蔡春月老师贺八十大寿。左起：柳花梅、毛维力、杨凤莲、赵殿华、蔡老师、李秀英、史莲娣、胡海江、柴晋梅

我几声“妈”，所以他就成了我的贾（假）儿子。

三班的成功人士中还有一位史校长，大名史莲娣。她白手起家，创办了一所私立学校，经过十几年的努力拼搏，学校的规模越来越大，学生也越来越多。莲娣，好样的！给你点个赞！在这里，我还要多谢谢杨凤莲，是她利用她的职业优势，与赵殿华一起找到了张昕和凌忠发。三班真是一个好的班集体，每个人身上都散发着那种纯真、朴实、真诚、善良的气息。虽然每个人身上都有各种不同的故事，但由于篇幅所限，不能一一叙说了。

我当了30多年的教书匠，虽不敢说桃李满天下，但也为数不少。我教过中学、大学。在那些学生身上，我讲不了那么多故事。由于工农兵大学生自身的努力，毕业后他们在各条战线上都取得了辉煌的成就，这是大家有目共睹的。我有幸赶上了工农兵上大学的时代，让我和他们之间有这么多的故事，让我的人生有了这么多的美好回忆。

天黑了，明天太阳出来时，我们的祖国会迎来七十周年华诞。愿我们伟大的祖国蒸蒸日上，越来越强大，我的祖国万岁！

2019年9月30日晚于香港

蔡春月，女，印尼华侨，生于1935年2月，1955年回国。1959年毕业于山西大学外语系英语专业，后留校任教。英语语音语调标准，多年被推选为英语专业教材配制录音，录音带供全系学生使用。1977年移居香港，2020年7月16日因病医治无效，仙逝于香港。

1972，永生难忘

刘生金

1972，对我们来说，是一个非常特殊的年份，值得纪念和回味。这一年，首届工农兵大学生进入山西省的最高学府——山西大学。各个学子都是幸运儿，是选自各行各业的优秀分子，真是可贺可庆。机会来之不易，有谁不去珍惜？

想当年同学们进校，个个喜气洋洋，意气风发，说不来的高兴劲儿。和同学们一样，老师们的心情也格外激动，满怀激情地迎接工农兵大学生进校。

1972，是我们这些老师和那届学生永远不会忘却的年代。特殊年代为我们造就出特殊的师生之情和同学之情，造就出大家奋发图强的进取精神。

光阴荏苒，不知不觉时间过去了好几十年。但当年的情景，一桩桩、一件件历历在目，记忆犹新。每当想起和同学们相处的日子，我的心情难以平静，几乎要掉泪。当时我的工作是负责英五班的教学。想到同学们上大学的机会来之不易，我暗暗下了决心，要尽自己最大的努力将肚子里的东西不折不扣地传授给大家。说句掏心窝的话，我就想教好大家。教书育人，为人师表，用一言一行去影响大家。就这样，我很快和大家建立起了深厚的师生情谊。

1972 年 10 月，女儿出生。为了减轻家里的负担，我把儿子小刚从大同带到了太原。说来也巧，孩子刚来到山西大学，省里召开“山西省文教卫生系统先进代表大会”，我作为一个代表，不能不去参加。孩子在家里娇生惯养，来到太原举目无亲，一切都很陌生。丢下孩子我去开会，真不知该咋办。就在这时候，肖杏花、吉小雪和刘敏三位同学对我说：“刘老师，您放心地去开会好了，小刚有我们照顾。”当时我顿时觉得心里热乎乎的，特别感动。就这样，解除了我的后顾之忧。想到同学们对我太好了，我有什么理由不投入百分之百的精力教好大家。省里的代表大会开了一个星期，以上三位同学在他们学习的同时，对我儿子小刚的生活起居、饮食卫生等点点滴滴都照顾得十分周到，还陪他一起玩耍，孩子感到十分开心。省里大会闭幕后，我回到学校，儿子倒对我显得有些疏远，一有机会就想找肖阿姨、吉阿姨和刘阿姨。在他幼小的心灵里，和她们有了深厚的感情。这一段经历，永远留在我的记忆里，我打心眼里对他们十分感激。

谈到英语教学，开始时我感到十分棘手。进校时，72 级同学的经历和背景大不相同。有的来自城市，有的来自农村，有的来自部队；有的进校前就是英语老师，有的是“文革”前老高三毕业生，有的只有初中甚至还达不到初中的文化程度；有的同学能够读一些英文杂志和读物，有的同学连英文字母都不一定掌握得好；就年龄层次来看，最大的 25 岁，最小的只有 16 岁。在此情况下，作为教师的我真不知该如何入手才好。想来想去，还是从最基础的东西入手，让那些有一定英语基础的同学暂时受一点“委屈”。

学习外语需掌握三大要素：语音、语法和词汇。按照我的教学安排，从语音教学开始。想不到，在讲授音素音标的时候就遇到了麻烦。有些同学乡音很重，他们把自己的地方口音带进了英语语音之中。晋中有些地方，他们对汉语拼音中的“h”和“f”不分。这里我想插一段题外话，现在学生吃饭是在食堂各自买饭，原先山西大学学生吃饭是集体打饭，十个人一组打好后，再一份一份地分给每个人，于是就产生了一个表达，叫“分饭”，按照汉语拼音应是“fen fan”，而一些同学根据他们的口音相应地变成了“hong huang”。我曾经在黑板上写了一个简单的英文句子：I have five fingers.（我有5个手指）。音标应是：[ai hæv faiv 'fiŋgəz]。我让每个同学各读一遍。有的同学受方言影响，读成了[ai hæv huaiv 'huiŋgəz]。于是，我把这一阶段的教学重点放在校正同学们的发音上，告诉大家，学习英语一定不能把乡音带入英语发音之中。经过反复训练，同学们的语音大有改观。常仲同学来自山西偏关县，乡音也很重。通过一个月的语音教学，由于他的勤学苦练，进步很快。毕业后，他从事外贸工作。外贸和外事有一定的联系，我相信他后来的英语水平一定有很大的提高。

进入第二阶段的教学（课文讲授和语言实践）同样遇到不少麻烦，基础好的同学学得很轻松，没有任何问题。而没有英语基础的同学感到吃力。于是又分出个小班，由我负责，专门给他们耐心细致地讲解和训练，吃偏饭。第二阶段的授课，我们注重师生互动，配合默契。课堂上同学们听得很专心，每一双眼睛都盯着我。我记得坐在前排的是聂素娥和车艳兰同学，他们带着渴求知识的眼光，聚

刘生金老师（右一）在刘胡兰纪念馆为同学们授课

精会神地听我讲解、做示范，大家不时地回答我所提的问题，跟着我一起练。说到这里，我突然想起一个在教学过程中发生的真实故事。一次，在开始讲课前，我想摸一下大家的英语听说能力。我用英语提了一些问题，叫了几位同学，让他们用英语回答。其中一位曾是老高三的学生，学过多年英语。我问他："Who are you？"（你是谁？）这位同学马上站起来，不假思索地回答："I am your father."（我是你的父亲）。这时一些有英语基础的同学听了以后感到惊讶，啼笑皆非。而没有多学过英语的同学听了以后没有任何反应，只在那里发愣。下课后，有个同学找到了这位被提问的同学，和他说："老师问你'Who are you？'你怎么回答'I am your father'？"这时，这位同学忽然醒悟过来。他变得有点儿发慌和害怕，马上找到我，向我道歉。他说："老师，我不是故意的，我也不知道当时怎么冒出那么一句回答。"对于这件事，我不介意，我说："没关系，不要把它放在心里。"我分析，他在高中学过多年英语，熟练地掌握了家庭成员关系的英语表达。对于老师的提问，他有点儿紧张。虽然回答得很流利，但由于过分冲动，张冠李戴，错用了称呼。也许这个故事至今听起来有点滑稽可笑，但在当时的情景下，并不奇怪。这位同学很诚实、可爱，和我关系一直很好。

就教学而言，我们采取了灵活多样的教学模式。作为知识传授、基本功训练，课堂教学是必不可少的重要一环。我们还大胆地走出校园，进入更大的"开门办学"课堂去体验。1973 年秋季，在系里的组织下，英专和俄专的师生去山西省文水县刘胡兰烈士故乡，在教师的指导下，就刘胡兰烈士的短暂革命人生用外语进行讲解。经过 45 天的训练，大家既学了外语，又受到一次深刻的革命传统教育。在那革命战争年代，刘胡兰等无数革命先烈，抛头颅、洒热血，为我们换来了今天的幸福，我们有什么理由不去珍惜？我们要永远缅怀先烈，以此激励我们去努力工作和学习。1974 年夏，我们组织大家去晋南运城几所中学进行为期 6 周的教学实习，体验教师工作，巩固所学知识。1974 年年底，我们再次组织英专 5 个班的同学一起去石家庄“开门办学”。在教师的指导和带领下，有的班去水泵厂，有的班去红星机械厂，搞资料翻译，磨炼文字功底；有的班去石家庄 502 航校，与在该校实习的苏丹和坦桑尼亚航空学员用英语进行实地语言交流，锻炼他们的英语听说能力。几次“开门办学”，收获确实很大。

三年半学习期间，我们还去校办农场参加插秧、收稻等农业生产劳动。通过劳动，锻炼了体魄，掌握了一些农活技能，从中也受到了教育，感受到颗颗粮食来之不易，体会到农民的辛苦和伟大。

通过三年半的刻苦学习，令人欣慰的是，出现了不少尖子生。其中两位年龄很小的女同学毛维力、李燕霞进校时没有英语基础，到后来由于本人的努力，进步飞快，居然成为同学中的佼佼者。李燕霞还和李芬等同学一起用英语演革命样板戏《红灯记》，她扮演李铁梅这一角色。

72 级的同学多才多艺，爱好广泛，文体方面大有人才。回顾当年，大家的业余生活丰富多彩。打乒乓球、羽毛球，田径，下各种棋类，还搞各种文艺表演。五班肖杏花、吉小雪、张三玲、刘敏等同学跳的舞蹈《阿佤人民唱新歌》，舞姿优美，至今记忆犹新。四班高胜恩同学的独唱，歌声动听，一鸣惊人。五班聂素娥同学在 1973 年春季山大第一届工农兵大学生校运会上获得了女子 100 米跨栏第一名，并代表学校参加了山西省大学生运动会。

师生们还一起动手定期办英语墙报。记得有一次，直到深夜还在粘贴稿件。那天晚饭后，我预先在宿舍安顿儿子小刚入睡，随后到了教室。儿子一觉睡醒后，发现我不在他身边，没哭没闹，自个儿穿好衣服，经过学校大操场，穿过一片漆黑的树林，来到教室找到了我。他怎么知道我们在这里，大家都感到十分惊奇。

谈到同学之情、师生之情，更有说不完的话语。大家在生活上互相关爱，学习上相互帮助，有说有笑，和睦相处，如同亲兄弟姐妹。五班吉小雪同学进校后不久，因急性阑尾炎发作，去医院做了手术。远离家里亲人，但她并不孤单，老师和同学们前去医院看望，给她一定的安慰和温暖。她很快康复回校，又投入到紧张的学习中。同学们对我的关心和情谊难以用几句话说得清楚。前面谈到几位同学替我照顾儿子的事，仅仅是其中的一例。

回首那三年半中72级学生所发生的一切，特别是同学之情、师生之情，如果细细想来，真是说不尽，道不完。这里只是我本人搜寻到的一些点点滴滴回忆。

青出于蓝而胜于蓝。当年的工农兵大学生后来大都成为各行各业的精英和杰出人才，有的还进入领导岗位，大有作为。如今大多数进入退休之年，又培养出优秀的下一代，为振兴中华，实现中国梦，施展他们的才华和智慧。这是广大学子的骄傲，也是母校的荣耀。作为当年的任课教师怎能不感到欣慰！

1972是在一个特定年代里形成的一个特殊符号，它将永远铭刻在72级广大师生的心里。

刘生金，男，1940年生于山西省大同市，中共党员。1964年毕业于山西大学外语系，同年留校任教。1976年调入大同市人民政府外事办公室，担任副主任职务。曾随同大同市人民政府代表团赴多国进行考查，担任口译。译著有《大同市投资贸易指南》《云冈石窟》等10余部作品。1988年晋升为副译审职称，2011年获中国翻译协会“资深翻译家”称号，持有荣誉证书。

人物素描

苏湘晋

写在前面

日前，我的学生、优雅干练的赵殿华女士从上海打来电话告知，她们打算出一本书，作为献给母校山西大学建校 120 周年的礼物。她向我约稿，邀我写几段文字，以师长的角度描述一下近 50 年前学生的模样以及他们背后的故事。如今，我年事已高，记忆力减退，恐怕力不从心。但殿华女士的盛情难却，且对我关爱有加，促使我鼓起勇气，弄出一个《人物素描》的东西来。年代久远，记忆模糊，恐怕文章多有纰漏，甚至可能会闹出张冠李戴的笑话来，敬请大家指教。

人物 1

近 50 年前的他，玉树临风，气度非凡，是一位来自中国人民解放军某部汽车连的优秀军人。他性格开朗豪爽，为人和善，办事大气，深受师生的喜爱。1975 年夏天，他以优异成绩毕业离校，返回部队。因国防战备的需要，他于 1976—1977 年间，奉命赴广州军区外训大队学

习柬埔寨语一年。1978 年 2 月，由北京调至南京工程兵工程学院（现南京陆军工程大学）外语教研室担任英语教员，教授理工科大学英语至 2012 年退休。他教学态度严谨，成绩斐然，先后两次荣立三等功。退休时被授予大校军衔，享受师级干部待遇。多年军旅生活的磨炼和三年半大学生活的洗礼，使得他浑身上下既有军人的胆识和意志，又有学者的风范和谋略，大家都觉得他是一个颇具将帅之才的人物。君不见，近年来每逢同学或师生聚会，他都是铁定的幕后策划和台前指挥。

他的名字叫贾广臣。

人物 2

近 50 年前的 1972 年春天，随着“文化大革命”的硝烟渐渐散去，一大批工农兵大学生从工厂、农村和军营来到山西大学，走进外语系的教室。他，也是一位来自中国人民解放军某部的优秀军人。他不胖不瘦，不高不矮，五官搭配精致，神情淡定又不乏几分威严。但是，如果你细细观察一下，他身上不时会散发出江南水乡男人的精明和可爱。由于长年在军营里摸爬滚打，他进入外语系初期，非常不适应那种静静地坐在教室里，全神贯注聆听老师们传道授业的生活模式。试想，长年在军营里舞枪弄棒，突然让他从自小就熟悉的方块字转而去接触并掌握一种完全陌生的拼音文字，这几

乎就是一种折磨，一种煎熬。相当长的一段时间里，他死活都弄不明白为什么天上飞的飞机，地上跑的汽车，居然是名词而不是动词。而他的可爱之处就在于，不屈不挠，屡败屡战，不获全胜，决不收兵。经过三年半的刻苦努力，他也同样以优异的成绩完成了学业。人们不难从中感悟出一个道理：军队是一所大学校，军队是一个大课堂。难怪几十年来军队能培养出千千万万文武双全的青年才俊。据知情人讲述，他 1975 年大学毕业后，辗转回到江西景德镇。令人扼腕叹息的是，他长年体弱多病，2015 年接受了心脏搭桥手术，2016 年便撒手尘寰，离开了这个满眼繁华又充满纷扰的世界。古人云，黄泉路上无老少。深以为然。

他的名字叫凌忠发。

人物 3

近 50 年前的她，来自美女如云的古都大同。她娇小而灵秀，天生有一种闯天下、干事业的胆魄。当年，她说起话来轻声慢语，面带微笑，是一个人见人爱的小精灵。在大学三年半的时间里，她给老师同学们留下了难以忘怀的甜美印象。大学毕业后，她被分配到中国兵器工业部的

一所职工子弟中学教授英语，担任学校的外语教研组组长。1981 年，她调入兵器工业部属一家企业担任英语翻译。工作性质需要她掌握广博的科学技术知识并具备精湛的语言表达能力，无论在口头上还是笔头上，都要求她处事敏捷，应变灵活。所以，她潜心扎实地一边努力工作，一边认真学习知识。她花了三年时间业余跟随职工学校的发动机专业

班学习各门功课，为她一步步地成长为一名合格的工业领域机械专业英语翻译打下了坚实的基础。1995 年，她晋升为中国兵器工业部英语副译审职称。1999 年，她顺应改革开放的历史潮流，义无反顾地下海到北京闯荡天下。几年间干得有声有色，方方面面均有斩获。几年后她又转战上海，凭着一股永不言败的精神，依然干得风生水起。2015 年 5 月，上海交通大学出版社隆重推出《走进殿堂的中国古代科技史》（上、中、下三册，合计 118 万字）的英文版，该书英文译本已由施普林格（Springer）出版公司全球出版发行。令人欣喜的是，她受命担任该系列图书译文的审稿人。沧海横流，方显英雄本色。她废寝忘食，日夜奋战，历时三年，带领她的团队出色地完成了英文版的审稿任务，保证了该系列图书英文版的出版发行。她得到同行的赞许，受到领导的嘉奖，在圈内外引起不小的轰动。人们注意到，经过多年在社会上的闯荡和历练，她变得越加圆通练达，已经炼就成一名出色的社会活动家。同学们信赖她，推举她为外语系 72 级“涛声依旧”同学微信群与“难忘三班”同学微信群群主，此群成为天南地北广大师生联络沟通的桥梁和纽带。同时，几十年如一日，她一直充当着大家的“电脑信息库”，也是大家公认的“百科全书”。如若你想查询某人某事的相关信息，她一定会轻车熟路地把详细的信息发给你，明明白白，清清爽爽，如数家珍。退休后，她在上海闵行区老年大学唱歌、跳舞、弹琴，既锻炼身体，又陶冶情操。她颐养天年，含饴弄孙，日子过得有滋有味，其乐融融。

她的名字叫赵殿华。

人物 4

近 50 年前的她，英姿勃发，慈眉善目，极具亲和力。入学前，她曾是山西省吕梁地区（现为吕梁市）孝义县（现为孝义市）有头有脸的人物：小小年纪，就担任孝义县革委会委员和公社党委委员。1972年被推荐到山西大学外语系读书。入学后，她果然身手不凡。学习刻苦，成绩优异，是非分明，威信极高。她担任副班长职务，干起事来，举重若轻，进退有度，收放自如。老师和同学们都说，她是山圪崂飞出来的一只金凤凰。

1975年，她以优异成绩从山西大学外语系毕业，被分配到山西省公安厅从事出入境管理工作，一直到1985年。在这十年期间，由于她不断学习公安知识，爱岗敬业，作风踏实，曾被评为单位先进工作者和优秀共产党员。

1985年，她被选调到中国人民公安大学任教。先后讲授“出入境管理”“涉外案件处置”“国际交往礼仪”等课程，评了副教授职称。任教期间多次获得优秀论文奖和教学成果奖，并受到学校嘉奖。

1990年，她参加了北京市公安局第11届亚运会的安保工作。1992年，她撰写的《关于我国签证制度的几点思考》获全国首届出入境管理学术研讨会优秀论文奖，其中关于增加J-1、J-2记者签证的立法建议被1994年国务院批准修订的《中华人民共和国外国人入境出境管理法实施细则》第四条所采纳。2006年，她被聘请为北京第29届奥运会安全保卫工作顾问。在公安大学工作期间，她曾先后担任该校外事办公室副主任和涉外警务系副主任。

她的名字叫杨凤莲。

人物 5

近 50 年前的她，一位共和国的同龄人，满怀豪情壮志，从山西省一家小有名气的工厂来到山西大学校园，走进外语系英语专业的课堂。她颇有几分鹤立鸡群的味道，同学们称她为“一姐”。“一姐”者，几乎等同于今天的“大姐大”，既因为她比别人年长几岁，又因为她爱憎分明，仗义执言，浑身散发出一股巾帼不让须眉的气概。她刀子嘴豆腐心，是一个很有个性的人物。1975 年，她以优异的成绩毕业。经过思想斗争，经过权衡利弊，她没有踏上父亲为她设计的“从政”道路，反而是义无反顾地投入商海。她要打造一个全新的人生。初入商海，她没有背景，没有人脉，人生地不熟，两眼一抹黑。个中的痛苦磨难只有她自己心知肚明，但她却将这些点点滴滴的灰暗际遇看成鞭策自己前进的动力，看成能够聚沙成塔的精神财富。若干年后，每当说起当年出差，她孤身一人怀抱出生仅仅几个月的女儿，在旅馆里深更半夜睡眼惺忪给嗷嗷待哺的婴儿冲泡奶粉的情景，她没有流露出一丝半点的无助和悲凉，反而是谈笑风生，仿佛在诉说别人的趣闻轶事。她筚路蓝缕，她攻城拔寨。她多年奔走在深圳、天津、迪拜、巴黎等地，周旋于各种肤色的客户之间，为拿下每一份订单而呕心沥血，废寝忘食。天道酬勤。几十年的拼搏和历练，她终于成为山西省外贸战线上的标杆式人物。然而，天意弄人。2016 年 12 月 29 日，她突然去世，离开了这个五彩斑斓的世界。后来得知，其实她早已病魔缠身。别人问起来，她总是淡淡一笑，说是“腰疼”，她不想让别人为她牵肠挂肚。甚至在弥留之际，她都反复叮咛

家人不要把她的死讯告知别人，特别是她大学三年半的同窗好友，她不愿意影响和破坏亲朋好友即将欢度元旦、欢度春节的好心情。闻者无不唏嘘，闻者无不动容。愿她在天堂安息吧！天堂没有病痛。

她的名字叫闫爱卿。

人物 6

近50年前的她，肩负着时代的使命，从晋东南的上党盆地，来到省城太原的山西大学，走进外语系英语专业的课堂。她衣着朴素，稚气未消，活脱脱的一个乡间女子。开学上课不久，老师和同学们就惊喜地发现她的过人之处：她开口一说话，满嘴的京腔京韵，令人刮目相看。同时，她又写得一手漂亮的毛笔字，笔走龙蛇，气象万千，令人拍案叫绝。

大学三年半的岁月中，她平易近人，朴实厚道。在老师和同学的心目中，她是一名中规中矩的好学生。1975年，她以优异的成绩毕业，回到长治市。

起初，她被分配到人气很旺的长治市友谊学校。友谊学校是晋东南行署的子弟学校，是一个炙手可热的中学。但她没有把友谊学校当作她人生的终极目标，她不愿意一辈子过那种平平淡淡、没有挑战的生活。

20世纪80年代改革开放初期，党和国家把工作重点转到经济建设的轨道上来。潞城被选定为山西化肥厂、山西水泥厂等大型企业建设的黄金宝地。1982年，她离开友谊学校，以优异的成绩应聘进入山西化肥厂。当年的山西化肥厂热火朝天，地动山摇。进口设备多，外国专家多。她如鱼得水，厚实的英语功力派上了大用场。工作浪漫且富有诗意，风风光光地在那里过了几年舒坦日子。

2009 年，她壮士断腕，果敢出手，创办了日后闻名遐迩的“潞城二中”。她以自己的人格魅力，广纳天下英才。她十几年间，逐渐建成一支充满活力、整体素质高、教学能力强、工作认真负责、对学生充满爱心和耐心的精英教师团队。她推行先进的教学理念，实行科学化、人性化的管理模式，教学成绩突出，上级领导、家长、学生好评如潮。

“潞城二中”远离城市的喧嚣，校园绿树成荫，花团锦簇。四面八方的孩子们在这里接受优质教学服务，享受人生中一段舒心快乐的时光。

现在，她的同窗好友大都年近七旬，开始过上悠闲的退休生活：或周游世界，或琴棋书画，或颐养天年，或含饴弄孙。唯有她——当年那个满脸青涩、来自乡间的女子——不改初心，仍然孜孜不倦地耕耘着她那块枝繁叶茂、硕果累累的教育园地。

人们不难想象，成百上千学生的吃、喝、拉、撒、睡，哪一样不时时刻刻牵挂在她的心上？家长的期望、学生的理想、教职员工的生活保障、学校的建设以及办学前景……统统都沉甸甸地压在她这个一校之长的肩上。

她家道殷实，衣食无忧，原本可以潇洒自如地安度晚年。但她已然跟教育结下了不解之缘，今生今世难以割舍。离开教育战线，她真的不知道何处可以安放自己的灵魂。世俗意义上的日夜操劳、呕心沥血，在她看来，何尝不是一种更高层次的乐趣和幸福？

她的名字叫史莲娣。

人物 7

近 50 年前的他，眉清目秀，英气逼人。

他从人杰地灵的吕梁山区走来，浑身散发着革命老区泥土的清香，意气风发地走进山西大学外语系英语专业的课堂。

他衣着朴素整洁，言语朴实无华，与同学关系亲密无间。大学三年半期间，他一直担任班里的学习委员。他既是师生之间沟通交流的纽带，又是各门功课的学习带头人。他思维敏捷，学习刻苦，成绩优秀，是大家学习的楷模。

1975 年夏天，他以优异成绩毕业回到家乡，分配到吕梁市临县一中工作。1981 年以前，该校尚未开设英语课程，他先后在校办工厂、校办农场工作，同时也代过政治课和农业基础课。但他依然对英语情有独钟，工余和课余时间，他丝毫没有放松英语的学习。这样，就为他日后的英语教学打下了更加坚实的基础。

1981 年开始，英语成为我国高等院校招生的三大考试科目之一。他厚实的英语学识和功力就有了用武之地，也为他自己搭建了一个施展才华的平台。

几十年如一日，他始终坚守在英语教学第一线。呕心沥血，教书育人。连续几年高考，他的学生都取得了骄人成绩。上级部门、学校领导和学生家长对他好评如潮，褒奖有加。

1984 年以来，他多次被评为校、县模范教师，先进工作者，优秀班主任。1999 年 9 月，他晋升为中学高级教师职称。2003 年 3 月，他被评为省级骨干教师。2004 年 9 月，他荣获“吕梁名师”称号。2007 年 10 月，他被评为“临县 30 名优秀人才”之一。

有一件往事，时至今日人们依然记忆犹新：2002 年山西大学建校 100 周年盛大庆典时，他代表外语学院历届校友上台致辞祝贺，名震一时。他的人格魅力有多强？他的人气指数有多高？答案尽在不言中。

他的名字叫李茂海。

人物 8

近 50 年前的他，低调内敛。不显山，不露水。言谈间，清秀的面庞甚至会流露出几分腼腆，一派文弱书生的样子。大学期间，他的刻苦好学，他的勤于思考，给大家留下了极其美好的印象。然而，当年谁又能想到，日后的 40 多年中，这样一位文弱书生竟然成为智勇兼备而名扬三晋大地的商业英才。

1975 年大学毕业后，他被分配到晋东南屯留滑翔学校担任英语教师，两年后调入晋东南地区物资局。1985—1996 年，他担任晋城市物资贸易中心总经理。1996 年，他毅然辞职下海，赤手空拳打天下，克服风浪险阻，先后开办国泰君安证券营业部、山西三立期货公司晋城营业部，并且接手了“及时雨”典当行。他以书生意气、当仁不让的热情和勇气肩负起晋商再度崛起的历史使命。他多次深入东北地区、深圳、海南、香港，以及东南亚诸国、俄罗斯调研考察，一度把贸易扩展到北方边关地区，做起了进出口贸易。

他在商海打拼数十年，他的人格魅力把一大批商业精英吸引、团结到他的周围，构建了一支三晋商业战线上无坚不摧的队伍。多年商业战线上的摸爬滚打，把他历练成一个不断学习、不断提高、不断完善自己的人。为了拿到期货高管资格证书，他曾在 50 岁时重进考场。

2012年，他以60岁的年纪，仍然去北京大学汇丰工商管理学院深造学习。40多年，他用汗水和智慧，在三晋大地创造了商业辉煌。在这片干旱的土地上，他每到一处，都会留下一片荫凉。他是山西省物资系统十大青年企业家之一。

他的名字叫李广锁。

2020年4月3日于山西大学

苏湘晋，男，1940年生于山西省阳泉市，中共党员。1963年毕业于山西大学外语系。同年留校任教，从事英语教学和科研工作，副教授职称。曾任外语学院西语系主任和教工党支部书记。曾任坦桑尼亚莫罗戈罗（Morogoro）省中国专家组英语译员。作为访问学者曾赴美国乔治城大学（Georgetown University）外交学院（School of Foreign Service）研读国际关系等课程。曾在《山西大学学报》《世界博览》和《当代教育》（香港）等刊物发表多篇论文和译著。多次被中共山西大学党委、省高教工委授予“模范共产党员”称号。

与首届工农兵大学生有关的点滴记忆

乔寿宁

1972年4月初，山西大学外语系迎来了首批工农兵大学生。入校后，他们深知机会来之不易，更知道知识与科学技术的重要性。久旱逢甘露，学生们求知若渴，拼命学习。老师们也是重获施展自己所学专长的机会，紧紧抓住教学生涯的大好时光，在学校领导一再要求要以深厚的阶级感情投入教学，不让一个学生掉队的指导下，把学生当作一条战壕里的战友，把他们看作自己的亲朋好友，想方设法帮助他们克服学习和生活上的各种困难，使他们早日成为掌握专业知识的革命事业的栋梁之材。凭着一腔革命的热情，老师们重新捡起学业，全身心地投入到对工农兵大学生的英语教学工作中。课下认真备课，一页一页地编写简单实用的教材；课上耐心讲解，一词一句地把那些令学生颇感头疼的“洋文”清楚细致地教给他们。经过7个学期的刻苦学习，学生们的学习成绩突飞猛进，令我这个当时的英语教研室主任惊喜异常，就连零基础的学生也很好地掌握了英语的基础知识，积累了可观

的词汇量，能流利地进行口、笔头交流。

1976年，在欢送山西大学外语系第二届工农兵大学生毕业后，10月，我受省政府派遣赴坦桑尼亚工作，为我国援建的坦赞铁路移交工作做翻译。在首都国际机场办理出境手续时，我遇见了山西大学外语系72级英语专业一班的李新国同学，在行李托运处碰到了英专四班的朱业全同学；抵达埃及首都亚得斯亚贝巴转机时，又与英专五班的李幼平同学不期而遇，他当时是中国航空公司驻埃及办事处的工作人员。同行的工作人员感慨不已，说乔老师可真是“桃李满天下啊”！同行人员的赞叹使我内心陡然间升起一丝快慰，深感我的学生们确实都很有出息，我为他们感到骄傲。

在异国他乡巧遇72级英专学生的事还有两次。一次是1987年10月，我陪同由时任山西省教育厅厅长蔡佩仪先生任团长的省留学生慰问团赴北美慰问，在回程的最后一站夏威夷，在夏威夷大学的校园内偶遇英专四班的贾丽秋同学，她在那儿先是学习，后是工作。另一次是1995年秋季学期，我受邀在纽约城市大学约克学院讲学期间，又与英专四班的高胜恩同学相见于纽约。她是以省筹资金的访问学者身份赴美学习的。讲学期间，经她介绍，我还同山大外语系晚几届毕业的学生在纽约见了面。

英专四班是我曾经执教过一年的班级。在我的记忆中，72级同学在校期间学习异常刻苦认真，毕业后个个奋发有为，都在不同的岗位上做出了不负韶华的业绩。

2022年，是山西大学建校120周年。届时我将是八旬老人。我之所以回忆与72级工农兵大学生相处的这些点滴，目的是要和这届学生共勉，不忘初心、牢记使命，力所能及地发光发热，共同欢度我们的退休生活。

2020年7月于山西大学

乔寿宁，男，山西太谷人，中共党员，教授。1964年毕业于山西大学外语系，同年留校任教。先后担任山西大学英语培训中心主任，山西大学外事处处长，山西大学商务学院文化传播系主任等职务。多次出国进修学习与工作，从事英语教学与语言研究工作40余年。编著翻译了《识标记学英语》《美国社会问题》《论批判性思维》等著作，编辑了4集《中美学术交流会论文集》，发表了《美国大学的技术转让转化以及我们可借鉴的几点经验》等论文30余篇。

同首届工农兵大学生的情谊

张安琪

72 级工农兵大学生给我留下了深刻的印象，许多事情一生都难以忘怀。我退休前一直从教，教授俄语。因为迎新一般都是学生口的事，记忆中我只有一次在校园迎接过新生，那是 1972 年 4 月初工农兵大学生入学的那几天。一天上午，我跑到学校旧主楼前，还真让我等到了一个独自入学的学员，我忙着帮他提行李，送他去主楼，告诉他在主楼里报到……我不知道他是哪个系的，只记得是个男生。

72 级工农兵大学生是个特殊的群体，又是一个非常优秀的群体。

在给这届学生正式上课之前，我心里是有些忐忑的。因为我是为这届工农兵大学生授课的老师中唯一的一个摘帽“右派”。这顶“帽子”是我在北外执教时给戴上的，“文革”期间工宣队、军宣队入校后给摘掉了。在“文革”早期，因这顶“帽子”我受了不少磨难，吃了不少苦头：或被批斗，或去陪斗，或示众，或请罪，或关牛棚。若没有我先生赵超群的支撑，我可能早就是另外一种结局了。

我对自己的授课能力是十分自信的，当年我是上海外国语学院我们那届毕业生里最优秀的学生之一，几乎全部老师都认得我。1955 年从上外毕业后分配到北外，经过专家们的“纠音”，听我“试讲”后，得到他们的一致认可，教研室即刻决定派我去上课。我在北外工作了 5 年，除去下放 1 年外，其余 4 年都在讲课。就连被打成“右派”之后，我也没离开过讲台。我教的是出国留学生预备班，那时是出国留学生预备部，叫二部。当时只开两门课：词汇和语法。我教词汇，涉及听、说、读、写全部技能。要在一年里让学生们能通过考试去苏联留学，我送出去不少留学生。20 世纪 80 年代后期，在广州的全国俄语教学研讨会上，上外的校长，也是当年我的老师，就在餐桌上当着我的面，对北外的老师们半开玩笑地说，我们把最好的学生送给了你们，你们怎么给弄成了个“右派”？上外、北外当时是学习俄语的两个最高学府。1960 年 4 月送走天津准备出国的商务班后，我从北外被调到山大外语系，一直教授俄语。我想外语系的这届工农兵大学生的俄语课我不会教不了、教不好，业务方面我是信心满满。

当时我心里一直七上八下没有底的是，这些工农兵大学生会不会也带有当年那些“小将”们的做派。担心他们会不会因我曾经的这顶“帽子”对我有些负面看法，他们在内心里会不会看不起我或鄙视我，因为我当初认为他们是来指点江山改造我们的。事实证明，这些同学没有一个对我表现出一丁点儿的轻视或不尊重。相反，很多同学和我关系很好，无论在校期间还是毕业以后，都和我保持着很好的关系。

在校时有这样一件事，我一直记忆犹新。我们在驻侯马部队学军时，一位家在曲沃的同学，趁星期天休息，借了两辆自行车，约我去她家看看。结果因为我的骑车技术太差，在返回的路上连人带车掉进路旁的沟渠里了，多亏两位路过的年轻人相助，帮我爬出沟渠，把车捞上路边。这件事第二天就传开了，大家都知道了，说山大一位女老师掉进沟渠里了……正赶上系里委托我的先生赵超群老师给我们送钱和粮票。当时系里也是照顾他，让他来看看我。从此，我们家的那父子俩就再也不让我骑自行车了。其实，当时和我同去的还有位女老师，但这位同学只约了我去她家，是不是她和我更亲密些呢？

学军回校后不久，我就查出患了乳腺癌。同学们都去医院看望我，还派女同学在医院陪护我，他们甚至向教研室提出要每天轮流去医院陪护我。尽管教研室的老师们怕耽误了他们的功课，没有同意，但同学们对我的深情厚谊我已经完全感受到了。

还有一件与学生相处的事，曾给予我很大的鼓励。这届学生毕业时，有位同学给我留了一封信，主要是说，通过我使他对知识和知识分子有了新的认识和更多的了解。在我当时身体状况和思想情绪处于低谷的时候，这封信给了我很大的激励。多少年来，我一直想对这位同学说声谢谢。今年终于实现了心愿，让我们俄专二班的班长张银海同学，向这位副班长胡金贵同学表达了我的谢意。要知道当时能这样想、这样说、这样做也是需要师生情谊达到一定程度的。

1975 年毕业后，同学们各自参加了工作。虽然在外地的同学们的工作和生活情况我不太了解，但留在太原的同学们和我还都有联系。如班长张银海，他在工作岗位上直接用上了他所学到的俄语知识和技能，发挥了他的专业特长，工作做得有声有色，取得了很好的成绩。同学们也对我们师生之间的情谊倍加珍惜。

从 1993 年开始，我和我先生赵超群基本上是半年在加拿大儿子处，半年在国内。每次回到国内，他们只要知道，就会去看望我们。有一位

2017年4月作者（前排左三）与俄专部分师生在山大学术交流中心聚会合影

当年的解放军学生，后来转业到地方，20多年前他多次去山大探访。当他了解到我们这种为期半年的迁徙式生活方式后，在他估计并打听到我们又回国并回校期间，专程从晋南到太原来看望我们。他问我们“去过晋南吗？”我们在太原工作了一辈子还真没去过晋南。他随即请我们去晋南一游，带我们游览了一些代表性的景点，如大槐树、苏三监狱、《西厢记》故事的发源地——普救寺、黄河大铁牛等。他一路安排得非常好。这只是我当年教过的众多学生中的一个代表。学生们真的是很重情谊。

我大学一毕业就在高校教书，一生教了无数学生，也有不少关系很好的学生，“文革”后来往逐渐少了。唯有72级这批学生始终有联系，许多同学与我的关系已不是简单的我教过他们，准确地说应该是亦师亦友更合适一些。

72级工农兵大学生是我执教生涯中教过的学习最刻苦、最努力、最认真的学生。他们尊师重学，顽强拼搏，守纪律，识大体，特别珍惜这来之不易的学习机会，在校勤奋学习，毕业后努力工作，出了不少出类拔萃的人才。他们有的继续深造，提升自己，成为某一专业的出色人才；有的在自己的工作岗位上兢兢业业，出色地完成了肩负的责任；有的履职尽责，勇于担当，成为优秀的领导干部。不管他们眼下是什么重要角色，他们在我面前依然把我当成自己的老师，他们爱我，尊敬我，令我感动。就像他们喜欢我的课和喜欢我本人一样，我也特别喜爱他们。

2020 年 12 月 5 日于加拿大蒙特利尔

张安琪，女，1935 年出生于山东青岛。父亲，军人（黄埔六期、航校一期毕业），母亲，教师。幼时，父母双亡，由外祖母抚养长大。1952 年初从青岛被招入上海俄专（现上海外国语学院），1955 年秋毕业，分配到北京俄专（现北京外国语学院）任俄语教师。1957 年被错划为右派，仍在北京俄专执教俄语。1960 年调到山西大学外语系教授俄语，直至 1993 年退休。成为山大人已 60 余载，山西大学是其福地。

师生情深　相守永远

杨继舜

2022年是山西大学建校120周年大庆，外语系72级同学们准备出版一本《别样年华——山西大学外语系首届工农兵大学生纪实》文集，以纪念校庆盛事，向母校献礼。我的学生张银海几次向我约稿，希望我能写一点当年师生相遇、相交、相知的往事追忆。如今我已是耄耋之年，许多往事都记不得了，可要说起72级这一届学生，他们的每一个人、

山西大学百年校庆时师生合影。左起前排：杨继舜老师、陈志濂老师；后排：胡金贵、张银海、韩履彪

每一件事我都历历在目，永生难忘。万千思绪闸门开，道出师生情满怀。

难忘“72”。

那是一个花香四溢的季节。1972 年 4 月初，山西大学外语系俄语专业迎来了一群朝气蓬勃的工农兵大学生，他们的到来给沉寂了数年的校园带来了勃勃生机和无限希望。“72”可以说是我的幸运数字，这一年是我毕业留校任教走上三尺讲台的第一年，这一年让我遇到了一班可亲可爱、重情重义的好学生。我庆幸自己一走上讲台就遇到了他们。我 1963 年毕业，带薪研修两年，正当壮年，踌躇满志，却赶上了“文革”，这一闲置就是 6 年。1972 年，我终于可以一展抱负报效国家了。我和陈志濂老师搭档教授俄语二班，记得当时的二班是 19 个人，其中男生 12 人，女生 7 人。那时的老师是铆足了劲地教，学生是拼着命地学，师生都深感教和学的机会来之不易。大家都把一天当两天用，我那个时候家不在学校，单身宿舍就在男生宿舍的楼上，所以就没有后顾之忧，从早上起床出早操开始到白天上课、晚上自习，整天都和学生们在一起。休息时间同学们也经常到我的宿舍来请教问题。虽然这一届学生文化水平参差不齐，给我们的教学工作带来不小的困难，但他们政治素质高，个人修养好，他们朝气蓬勃、积极进取、学习刻苦、生活朴素。学习上的难关被他们一个个攻克，俄语学习迅速进入快车道，取得了不输任何一届学生的骄人成绩。在俄语如此不景气的那些年里，这一届学生里仍有三四个人始终坚持从事俄语专业工作，他们甚至长期在俄罗斯从事对俄贸易，做中俄友好的桥梁和使者。让我骄傲的是，不少学生还走上了领导岗位，同学们都在自己平凡的岗位上为国家、为人民做出了贡献。

我代 72 级俄语二班的课只有一年时间，1973 年新生入学后我转教 73 级俄语班两年，在看到 72 级毕业分配专业不能对口，分配没有出路的情况下，73 级两个班学生于 1975 年全体转学其他专业。1983 年俄语专业恢复招生后，我一直从事教学工作，直至退休。在我的教学生涯中，72 级二班是我教学时间最短的一个班，就一年。一年，在历史的长河中是短暂的，可我与 72 级学生的师生情谊却延续了近 50 年。他们这一班学生尊师重教，视我为他们的俄语启蒙恩师而念念不忘。几十年了，像田桂岚、许建聪、陈竹芳、刘爱香等同学和我一直有不间断的联系，班长张银海、副班长胡金贵、俄专学生党支部书记刘克亮等同学和我一直到现在还保持着亲密的关系。我曾多次搬家，市里前所街的家，山大南门里的家，大学城现在的家，同学们都曾造访探望。比如张银海同学就多次到我家看我，有一次还抱着他半岁大的大女儿，很是活泼可爱。我也曾经去过他家两次，还见过他的母亲，那真是一位坚强、慈祥、善良的母亲。胡金贵同学毕业以后与我也是一直保持联系。我带学生去阳泉市实习，曾经去过他家两次，他也多次来过我家。我记得在他家吃过一顿饺子，他让儿子不要忘记往馅儿里放花椒水。那一次我还去过许建聪家，当时他还住在学校的宿舍里。来过我家的还有田桂兰、许建聪和刘克亮等同学。田桂兰同学来过两次，可惜她年纪轻轻就去世了，很是遗憾。一次，刘克亮来我家，正赶上我在外地出差，没能见上。刘爱香和我通过电话，她没忘记我这个老师，甚是欣慰。我们班还有许多同学，校庆时拜访问候，还多次聚会聚餐，我们互道珍重，其乐融融。他们的名字我都记得，他们是：刘爱香、田桂兰、陈竹芳、王继香、马燕生、武全梅、杜凤珍、刘玉录、刘建国、刘建权、许建聪、徐继林、韩履彪、张贵根、周焱华、但心厚、刘克亮、胡金贵、张银海。他们欢快的样子经常浮现在我的眼前，我深为有这样一群情深义重的优秀学生而自豪！

2017 年张安琪老师从加拿大回国，张银海同学给张老师接风洗尘。按张老师的意见，邀请了我们所有能来的俄专老师在山大交流中心聚会，远在临汾的陈竹芳同学和后来到二班的部队学员张胜同学也前来太原参加盛会。就在这一天，陈竹芳同学为我们建立了二班同学与老师的“师生情”微信群，让我与毕业后多年未曾谋面的刘玉录、但心厚、刘爱香等同学建立了联系。我想念我的学生们，愿和我的 72 级学生回到当年，一道年轻下去……寄语不多，几句唠叨以助兴，引同学们沧海观潮。

杨继舜，男，1940 年出生于山西榆次，中共党员，副教授。1963 年毕业于山西大学外语系，后留校任教，带薪研修二年。曾任山西大学俄语教研室主任至退休。曾两次被评为校级“三育人”先进工作者，三次被评为校级“优秀共产党员”。发表的论文和译著主要有：《思考与回忆》《那十年——赫鲁晓夫沉浮纪实》《绝密行动》《果戈理中短篇小说精选》。

我的外籍老师

李政文

1972年4月初，我从插队的乡村来到山西大学外语系俄语专业，开始梦寐以求的学习生活。初来乍到，就听说学校有三位女外教，这真是有些意外。中苏两国当时正经历着“冰点”，能有外教，而且是三个，在当时国内所有的高等学府里不说是凤毛麟角，起码是太过奢侈了。她们中一位中文名字叫苏平，与中国丈夫生了一对金发碧眼的双胞胎女儿；还有一位因“政治”的原因，直到我们毕业也没有见到她。我与苏平老师鲜有接触，只在大学即将毕业的那个夏天，在一间敞亮的教研室，和她用俄语你一句我一句地大谈了一阵读书。我和苏老师推敲了许久，才确定了我们同时都在说海明威的小说《老人与海》。我们全然不管窗外有耳（当时，许多外国文学作品在公开场合是不允许读的，许多学生只是在图书馆或宿舍里读），天南海北地在书海中徜徉，有些飘飘然了。

另外一位我真正意义上的老师，她就是乌克兰裔的塔玛拉。

塔玛拉和学生接触最多，负责语音课。她在来中国之前，在苏联是普通的餐厅服务员，没有上过大学，说不了几句中文。她中等个子，高鼻梁，大眼睛，夏天喜欢穿无袖绿花绸连衣裙。上第一节课时，因为班上来自部队的学生很多，她还有些紧张，话也不多。很快，我们熟了，我发现她热情、奔放，也很幽默，而且还很执着，想让她隐瞒观点是不可能的。一次，她上课时竟突然大声喝问，为什么学生体力耗费那么大却不向他们供应食糖。当时国内副食供应拮据，我们早就习惯了。从她的问话里，感觉不到“寻衅”，倒是听出了愤愤不平。

我上学的年代，中国正经历“文革”。无数不公正的对待，我的老师都遭遇过——可是她挺过来了。这大概得益于她的达观。非但如此，她仍然始终如一、倾其所能地把她掌握的知识毫无保留地传授给我们。在她的课上，我们知道了二战时的列宁格勒大围困，听她如数家珍般讲述著名女英雄卓娅。有一次，说到著名的盖达尔（我几乎读过这位著名儿童文学作家所有的作品中译文本，亲耳听过孙敬修老先生讲《铁木尔和他的部队》，心随着情节的发展跌宕起伏），老师告诉我们，他是二战时路过一段铁路路基，胸膛被敌人的机枪打成蜂窝。在我之后从事外国文学的30多年时间里，没有第二个人或任何文章这样详尽地记述过作家的牺牲。

有的时候，老师也回忆她的青春年华，告诉我们她和她的樊老师（一位留苏学化工的普通中国青年）是如何被丘比特之箭射中的，可是我们从她的话语中分明听出了年轻的乌克兰姑娘为了爱情，不顾未来的已经渐显轮廓的可怕误解，义无反顾地泣别父母兄弟，随丈夫投身异国伟大的建设。她没有孩子，磨难和家庭痛苦没有击垮我的老师，就像大海和狂涛没能击垮桑提亚哥老人一样。老师在我们学习期间收养了一个淘得出圈的男孩子。一次，我和她一起下课回家，在大操场南的跑道上，我们说起乌克兰人的骄傲保尔·柯察金。老师高高仰起头，捋了捋被风吹乱的金发，一字一顿地说："是的，我为有这样的同乡而自豪。对了，我们正在用保尔教育我的孩子。"

说着，她站住了，俯下身子问孩子：

"亲亲，告诉妈妈，保尔的哥哥叫什么？"

孩子脱口而出——阿尔青。

原来，老师早就在给她的儿子讲这部红色经典了。

也许，就是这次不经意的谈天，使我在二年级"开门学军"时，在第28军驻地茂密的麦地里，吃力地啃起这部俄文版长篇小说。直至今天我还认为，无论是提高语言水平，还是锻就个人性格，这部小说都起到了任何一部文学作品——无论中外——都无法取代的作用。

久而久之，我萌发了去塔玛拉老师家造访的念头。一次课间休息，我刚刚小心地把这个当时看来极其荒唐的想法畏葸地告诉老师，她竟爽快地一口允诺，还悄悄在一张巴掌大小的纸片上画好去她家的详细路线图。最后，她对我耳语道："到时候你就说找'苏修'，谁都知道。"

我和好友吉新利在太原城南一个闹中取静的小巷找到老师的家门。老师的住宅是单居，很昏暗，除了桌上、书架上的字典和几本俄文版《苏联女工》杂志之外，看不出这里住的是外国人。和老师数十年共度艰危的樊老师情绪很高，忙不迭地和塔玛拉布置餐桌，盐渍西红柿、面包、香肠、道地的伏特加酒、糖果，虽然素淡，甚至略显寒酸，可是，当时能为客人提供的也就是这些了。客人很是知足，何况这简单的菜肴还有些异域的味道哩。樊老师几近谢顶，残留的散乱稀疏的白发是岁月的痕迹。我们站起来为两个伟大民族的友谊干杯，随后，老师对我们像孩子一样说起往事。她说列宁格勒900天围困时的苦难经历，说她的弟弟在围困时期因为生病最后落下终生的残疾。我竟脱口问老师为什么有病不治，老师停顿了好长时间，怕我们听不懂，只慢慢地、用汉语干硬地挤出几个字："没——有——约（药）……"1989 年我在苏联进修，到过列宁格勒这座英雄城。德国军队二战时三面包围了城市，只留下城北拉多加湖一条水上通路，战时的湖面上冻结，遂成为向前线输送给养、弹药和兵力，向东方撤出伤员和市民的唯一一条"生命之路"。列宁格勒人在将近三年（经俄罗斯学者考证，列宁格勒大围困的时间为 1941 年 9 月 8 日至 1944 年 1 月 27 日）的绝境中坚持着，与死亡、饥饿、严寒和世界上最凶恶残忍的敌人抗争。围困期间，列宁格勒人对法西斯的回答是：制造和修缮 2 万辆坦克，1500 架飞机，1200 余艘战船，22 万余枝自动步枪，1000 万颗各种炸弹，从"生命之路"输送各种物资 100 余万吨。年轻的母亲在胳膊上扎过无数针眼，让嗷嗷待哺的幼婴吸吮鲜血充饥；城市的严冬寒冷砭骨，没有一个人砍树当柴；肖斯塔科维奇在德军连天的轰炸中，和形同饿殍的乐手奏响不朽的《第七交响曲》，这首名曲立即飞遍全球。（我到过音乐家当年演奏时的剧场。当时，一个女乐手正在独奏小提琴，剧场也显得落寞。）城市的巨雕铭刻着诗人铿铿锵锵的诗句："愿石头像你一样坚硬！"……这一刹那，我明白了我的老师当初话语间的悲怆，明白了她何以度过无数劫波……

交谈时我半开玩笑地问老师，"文革"时她为什么没有离开樊老师而单独回国。老师愣怔了，过了一会儿，她向樊老师靠过去，然后像个孩子一样偎依在老伴的怀里，樊老师也紧紧地抱住妻子。刹那间，空气凝固了。这一切太突然了，老师是那样地祥和，安之若素。我的喉头有些发紧，真后悔当时没有照相机抢拍下这人世间最美好的画面。中国掌故中贞女烈男的故事太多太多，而我的老师这种跨越国界、超出民族藩篱的至诚之爱又该何属？

离去的时候秋风骤起，老师送我们下楼。风，撩开她的衣角，吹散了她的满头花发。她拢了拢头，右手放在眉宇间遮挡西下的阳光，向我们招手，招手……

1975年夏天，我毕业离校，从此再也没见过可敬的塔玛拉老师。不久，粉碎了“四人帮”，老师的中国女友向她报告喜讯。听说我的坚强的塔玛拉老师竟然哭了——在我三年半的学习期间，不管遭遇什么坎坷，老师从来没有掉过眼泪——起码，我们这些做学生的没有见过，在这方面她太过吝啬。现在，她却为足以改变异国历史脚步的巨大喜讯潸然泪下。

后来，我来到老师的祖国。苏平老师的一个女儿已经长大，回到苏联。她打电话告诉我，我的塔玛拉老师携带全家去了基辅，至今还在为生计奔波，数月前为买木材建房到过莫斯科。我和老师失之交臂。

岁月如梭。我的，还有我的老师的祖国都发生了沧海桑田的变化。每当安静下来，老师的笑靥和泪水浮上脑海时，我总想起冰心老人在《小橘灯》里说过的话，我的老师现在“一定好了吧？因为我们‘大家’都‘好’了”。

李政文，男，1948年10月生，1975年毕业于山西大学外语系。1979年就职于中国社会科学院外国文学研究所《世界文学》编辑部，历任编辑部副主任、主任、副主编等职，编审。

译著有《20世纪外国短篇小说编年》（俄苏卷）、《艺术中的精神》。与人合译《普希金全集》，为《中国大百科全书》常务编委。

我们那会儿的师生情

高胜恩

有些人生经历铭刻在记忆里，日久弥坚，终于成为一种情结。1972年4月初，来自天南海北的我们——山西省首届工农兵大学生，走进了山西大学的校门。因“文化大革命”招生中断6年之久的山西高等学府，又一次张灯结彩，张开她的臂膀欢迎新生入学。作为时代骄子的我们，

成为特殊时期的一代大学生。在校学习期间，我们学生之间、学生与老师之间，结下了一份深厚的学友情、师生情。专业学习上，老师对我们严格要求，循循善诱；生活上，我们之间朝夕相处，互相帮助，互相激励，犹如亲人。除此之外，我们师生之间还有一种特殊的浓浓的战友情。

20世纪70年代初，是“文化大革命”由乱到治的阶段。

“文革”前的每年7月初，全国高等院校举行入学考试。分数达线、政审合格、通过体检的考生，均可被录取进入大学学习。而我们是未经高考，直接推荐入学的。我们的入学考核流程也非同寻常。首先是基层推荐，被推荐者须具有初中以上文化程度，两年以上劳动实践且表现优秀，政审合格，未婚。符合以上条件者，所属基层组织择优推荐。然后报县级教育行政部门审查，经一定形式的文化考查及高校招生教师的面试，最后通过常规体检，一切都合格后，才能接到学校下发的大学录取通知书。

当然，我们这批大学生也很特殊。我们多数是响应毛主席的号召，“知识青年到农村去，接受贫下中农的再教育”，是上山下乡或直接回乡的农民学员。其中相当一部分曾经从北京、天津、上海及省内的大中城市插队到农村，拜贫下中农为师，干过面朝黄土背朝天的繁重的农活，脸颊上留着经严寒酷暑、风霜雪雨而孕育出的“高原红”的烙印。工人学员较少，学徒生涯在他们的手掌上打磨出一层厚厚的老茧。外语系的解放军学员较多，边疆的晓月，军营的艰苦磨炼，使他们更能刻骨铭心地感受到和平生活的来之不易，在校园学习的幸福和宝贵。

工农兵大学生的大学生活，充满新奇与特殊。在校时，学生彼此之间、学生与老师之间结成的友谊非常特殊。这里有浓浓的学友情、师生情，还有战友情。在校学习，有师生情那是自然的。“一日为师，终身为父。”拿我所在的外语系来说，入学后的老师，既有桃李满天下的老教授、老先生，又有初次登上讲台的年轻教师。大一时教我们的老师多是一批年轻教师，我们则是他们的首批弟子。他们大学毕业留校后，外出进修，在校跟着老先生们实习，还没来得及登上讲台施展才华，就赶上了“文化大革命”。大学停止招生，这一耽搁在山西就是6年。在不理解和彷徨中，本应是夯实知识基础、施展才干的最好年华，这批年轻老师的教学生涯就这样被闲置了几年。

1972年，在毛主席“大学还是要办的。但学制要缩短，教育要革命”

的指示下，山西大学恢复招生。年轻的教师终于走上了讲台，可以从事教学工作。当然，他们也倍加珍惜这新开启的教学生涯。入学前，我们这批学生是正儿八经的工人、农民和解放军。入学后，我们是教育改革的生力军，肩负着“上大学、管大学、改造大学”的时代重任。与我们的老师一起，面对高等教育改革的重任，我们又成了同一条战壕里的战友。

工农兵大学生除了所受基础教育的差异外，生活的经历和从事过的工作也完全不同。但是，坚持正确的政治方向，刻苦学习，完成党和人民交给的学习任务却是相同的。那时学生的专业基础差异悬殊，上大学的“老三届”学生，多数都是学俄语出身，英语零基础。还有一些学生，因学校师资不足，压根就没有接触过外语。在“学制要缩短，教育要革命”的最高指示指引下，正规的小学与初中阶段九年制的教育，改革成七年制。小学升格成初中，学校大量增加。不少学校因无师资，就未开设外语课。有师资的学校，教师是一些中学毕业生。他们会教几个单词，会说几句外国话而已。那时，我们的老师面对的就是这样的一批学生。

基于这样的现实条件，学生与老师朝夕相处，一起学习专业知识。当时有句口号是：“不让一个工农兵大学生掉队。”除去上课外，下午

老师陪我们上晚自习，答疑辅导

和晚自习时间，老师也来到教室，辅导我们学习。学生中多数是山西人，地方口音重，普通话都说不好，发音严重受方言口音影响。为了纠正发音，老师对着学生一遍又一遍地做示范，不厌其烦地讲解口型舌位。我们英专一班的小边发音差点，梁联发老师和夫人熊若磐老师可没少给她“开小灶”。正是老师们当年的严格要求，耳提面命，才为我们打下了坚实的基础。老师们认真的教学态度，严谨的教学作风，使我们感悟到严师出高徒，从而树立了活到老学到老的终身教育理念，奠定了我们走上社会的立身之本。毕业时，我们果真没有一个人掉队，毕业后，在各自的工作岗位上做出了应有的贡献。

我们眼里的老师，都是“学富五车、才高八斗”的大学者。我们对老师，那叫一个心悦诚服。而他们极少有那种刻板的说教，给我们更多的是学长般的循循善诱和家人般的关切。我们之间年龄相差不太大，相处中是一份暖暖的边界模糊感。称谓上，那真叫一个奇葩，简直可以说是“辈分错乱”。学生韩玉英和肖文科比有的学生要小好几岁，但却因一副大姐和长兄的模样，被大家叫作“老韩”和“老肖”。学生张福成与张学斌，因少年老成，被学生称为“大老张”和“二老张”。而孟庆瑞老师，却因长着一张圆圆的娃娃脸，被学生们爱称为“小孟”。所有这些并不妨碍我们对老师们的尊敬和爱戴。几年的学习，我们学生之间，几乎没有班级之分，也几乎没有英语专业和俄语专业之分。因为除去教室里上课之外，我们全系同学经常在一起活动，参加政治学习，“开门办学”，甚至节假日一起包饺子等等。系里160多名同学，大家基本都认识。对我们的老师，也几乎从来不分俄专的老师还是英专的老师，他们都是我们的老师。

我们的系领导，学院派出身的常风教授总是一副风度翩翩的学者模样；负责学生生活的大吴老师和“Long Live Niu”（牛长岁）老师，对学生总是满腔热情；梁联发和蔡春月老师，我们可随时出入他们的“单元房”，请教学业上的问题，我们是听他们的录音走过大学的；那漂亮优雅的张安琪、付小燕老师，又曾是多少男生心目中的女神。熊若磐老师，曾是位部队文工团团员，她曾赴朝鲜前线慰问过志愿军战士。抗美援朝战争结束后，她从部队转业考上山西大学外语系，毕业后留校当上老师。她个子不高，白皙的脸庞上架着一幅圆圆的大眼镜，对学生非常亲近。尽管她当时不给我们代课，却因为是梁联发老师的夫人，可没少辅导过我们。每逢系里举行联欢，她总是笑眯眯地为大家高歌一曲。杨德友老师满腹经纶，会讲六国语言；徐忠权老师虽为英语高等教育界泰斗许国璋的弟子，却总是那样的谦和与平易近人；凌熙华老师总是笑眯眯的，一手抱个暖水杯，一手提溜着装讲义夹的袋子，进教室上课，他给我们讲授狄更斯的《双城记》《远大前程》，莎士比亚的《罗密欧与朱丽叶》《仲夏夜之梦》等世界名著，教我们学会了读书与欣赏，带我们敲开了英美文学的大门；向来不太修边幅的高健老师，写的文学欣赏作品一篇篇入选《名作欣赏》。

工农兵大学生身份特殊，还在于他们不仅是“上大学”的学生，同时还肩负着“管大学和改造大学”的历史使命。与老师之间，除去一种亦师亦友的关系，更有一种同一条战壕里的革命战友之情。我们的老师，刚登台传道授业，对大学如何办、教什么和怎么教，还在摸索。20世纪70年代初，老师“臭老九”的帽子尚未完全摘掉，他们难免小心谨慎。除上专业课之外，课余时间我们和老师一起参加政治学习，一起学习马列著作和毛泽东思想。老师带着我们一起走出校门“开门办学”。我们去石家庄水泵厂学工，初次接触到资料翻译工作；去文水县刘胡兰烈士的家乡学农，接受贫下中农的再教育；去运城的名校康杰中学和运城中学进行教学实习，领略名师风采，懂得了给学生一碗水，自己须有一桶水的道理。

1973年秋季，全系师生去文水县刘胡兰村“开门办学”。除去接受英雄人物的思想教育外，大家还在刘胡兰烈士纪念馆实习。老师加班把纪念馆的解说词译成英语和俄语，学生抓紧时间背那些翻译过来的解说词，用外语介绍英雄人物刘胡兰的事迹。

弹指一挥间，转眼我们毕业已经40多年。这期间，正是我们离开母校服务社会的岁月。待我们退休，放慢脚步，离开主流社会后，才意识到我们已青春不再。我们珍惜人生的夕阳红阶段，我们珍视同学间的友情，更看重人与人之间的缘分。我们渴望同学老师再相聚，因此找了一个又一个的理由，办了一次又一次的聚会。每次聚会时，同学和老师的发言，都把大家一次次地带回到20世纪70年代初的那段时日，那是物质匮乏，可信心爆棚的年代。回忆我们师生在一起互教互学、共同成长的趣闻轶事，也博得了大家一阵又一阵的掌声。暖心的话语间，流露出浓浓的师生情。我们庆幸碰到了世界上最好的老师，我们的老师们也说，他们遇上了最好的学生。说来道去，他们与我们第一届工农兵大学生之间的感情是最好的，也是最特殊的。

师生共同回忆那在校时的岁月。大一时，男生宿舍位于山大老校门右侧的二层楼房。学生住一楼，年轻的老师住二楼。有时晚上熄灯后，仍有一群一伙的学生聚在老师宿舍，谈天说地，分享那物质匮乏年代从老家带来的特产。庞人骐老师“揭发”，有次他为岳父买的酒放在宿舍，不知被哪些淘气包给悄悄喝掉了。刘生金老师是大同人，婚后夫妻两地分居，因爱人在大同老家休产假，他不得不把上幼儿园的儿子带在身边。一次他必须外出参加一个会议，正愁如何安置儿子。肖杏花、吉小雪等女同学得知消息后，主动承担起了照顾孩子的责任。刘海量老师家里孩子多，经济负担重，想买一台缝纫机，家人自己做衣服节省花销。那时手表、自行车、缝纫机被称为“三大件”，是市面上的紧俏商品，凭票供应。了解情况后，韩生鹏同学春节回京休假期间，托亲访友从北京为老师扛回了一台“燕牌”缝纫机。

最近几年，李广锁、贾广臣、赵殿华、王淑珍等同学发起，为蔡春月老师和苏湘晋老师分别举办庆寿诞宴会。言谈中得知，当年一位同学等待毕业分配工作时，在蔡老师家住了一个来月。现在来个客人住家里不算个事，可那是物资短缺、凭票供应食品，而且全家只有两居室的年代啊！乔寿宁老师在我撰写《山西百年留学史》时，曾提供了许多有价值的资料。赵超群老师鼓励学生考研究生，帮助肖文科规划人生，促成老肖几次调动工作，最后从北京林业大学教授岗位上退休。贾立秋同学从洛杉矶自驾车，专程赶往硅谷为梁联发老师夫妇庆祝寿诞。还有王淑珍、唐茂恒等，到美国后都曾专程去看望梁老师。20 世纪 80 年代末，聂崇信先生去世，银恭喜和我等去送老师最后一程。老师学识过人，著述等身，却因为政治运动历经磨难。回想起老师的一生，学生不由得潸然泪下。想起在校时的情景：学生基础差，课堂上面对屡屡启而不发的学生，聂老师那着急的模样至今历历在目。书生气十足，不擅长做家务的聂老师在授课时，手上总带着在家和面时留下的面嘎巴。谈论起高健老师的趣闻轶事时，大家总是乐得合不拢嘴。较出名的是，作为研究生导师，高老师对自己的学生要求极其严格，如果毕业论文未达到要求，就不准授予其硕士学位，可见先生治学态度的严谨。往事历历在目，学生更多地理解自己的恩师。他们从不世俗，也不追风，他们只是凭着知识分子的良知和信念在做事，在为祖国培养人才。正因为如此，学生也更加敬重自己的老师。

师生间的情谊激励我们学生奋发上进。老师教给了我们做人的真谛，给了我们立身社会的知识和力量。百年沧桑的母校——创立于 20 世纪初的全国第三所国立大学的山西大学，给我们插上了理想的翅膀，我们从这里启航。数十年里，我们牢记老师的谆谆教诲，用所学服务社会，造福桑梓。我们也为中华民族的伟大复兴，为中国经济的发展与振兴，尽了自己的绵薄之力，我们无愧于山西大学毕业生的称谓。我们为母校而骄傲，我们为作为母校首届工农兵大学生而自豪，我们向为我们付出心血的老师致敬！

2020 年 1 月 14 日于并州

高胜恩，女，1949 年出生于山西省永济县，中共党员。1975 年毕业于山西大学外语系。1985 年起就职于山西省社会科学院，曾任该院人文研究中心副主任，研究员。曾在美国南卡罗来纳州立大学社会学系做访问学者。山西省作协会员。专著与合著 6 部，在合著中担任常务副主编。曾主持省内外大型研究课题 10 余项，并获“山西省社会科学研究百部工程”一等奖、“山西省社科研究优秀成果”三等奖。在《人民日报》《海内外》《山西文献》（台湾）等报刊上发表文章约 50 万字。

感恩与怀念

何忠寿

我感恩山西大学——我的母校，
她的乳名是山西大学堂。
她是三千五百万人心中的圣殿，
似熠熠灯塔照亮莘莘学子的前进方向。
她曾与北洋大学堂、京师大学堂齐名，
在历史上名列前茅，无限辉煌。

百年名校，
研学术以究天人之理，
育英才而耀华夏之光。
中西汇通，求真至善，
登崇俊良，报国自强。
迎一届届新生入学，
送一批批学子启航。

我怀念生机勃勃的校园，

那里学术氛围空前高涨。
曾记否？每日三点一线，
宿舍—教室—大饭堂。
丁香、刺槐、小树林，
是我晨读的地方。
熄灯号赶不走路灯下的读书人，
即便被窝里面也把手电筒照亮。

天降大任于斯人也，
必先苦其心志，
劳其筋骨，
饿其体肤……
圣人遗训永记不忘。
立鸿鹄之志，
练意志如钢。
清汤寡水不坠凌云之志，
窝头咸菜也吃得倍儿香。
“开门办学”，走出课堂，
学英雄于刘胡兰村，
小试牛刀在石家庄工厂。
农场上空的欢歌笑语，
“康杰”“运中”传出书声琅琅。
读书、实践，实践、读书，
为中国教育探索方向。

我怀念我们的恩师，

他们来自五湖四海，
汇聚于山西大学堂。
他们有：
胡适的同事，
钱钟书的同窗。
陈寅恪的弟子，
沈从文的搭档。
赵超群、高健、彭阜民、聂崇信四位导师，
被戏称为外语系的“四大金刚”。
他们学识渊博，学贯中西，
才华横溢，风采飞扬。
介绍笛卡尔、康德的著作，
翻译大作一篇篇，洒洒洋洋。
有多少中华名著被他们传播海外，
还有波兰外交部长为其颁奖。
像蜡炬照亮学生把自己燃尽，
使学善修为世代相传，永远不忘。

我怀念我们的同窗，
他们来自工厂、军营、村庄。
男儿胸怀天下，
女子英姿飒爽。
我们背负着工人阶级的嘱托，
不忘贫下中农的期望。
牢记父母师长的教诲，
定要交出合格答卷一张。

假如我能翱翔蓝天，
那是母校给了我腾飞的翅膀。
假如我能搏击海浪，
那是母校给了我弄潮的力量。
假如我是不灭的火炬，
那是母校给了我青春的光亮。
母校改变了我们，
我们改变着世界，实现了梦想。

改革开放四十余年，

英语二班集体照。左起前排：李芬、彭漪、陈少芳、韩淑秀、张俊、解艳珍；中排：徐忠权老师儿子、张淑英、赵慧敏、李燕霞、徐忠权老师、陈恩炎老师、岗根才老师、丁立松、李静、李海鹰；后排：王九成、汪义祥、赵麟、唐茂恒、陈晓伦、苏同利、何忠寿、陈庆馥、郭峰

我们谱写出时代最华丽的乐章。
我们是辛勤的园丁，
汗水浇灌出硕果累累、桃李芬芳。
中科院、社科院有同学之身影，
兵营里的同学佩戴着将、校肩章。
大学教授，博士生导师，
更有重铸商魂的一代儒商。
和科学家共同探讨“钱学森之问”，
主持科技翻译的最高殿堂。
与国家领导人共商国是，
代表人民走进人民大会堂。
海外游子情系祖国，
离家万里也不忘东方的故乡。
共同洗刷中华民族的百年耻辱，
一起见证祖国走向繁荣富强！

我虽苍颜白发，余晖夕阳，
却依然骄傲坦荡。
因为我不忘初心，牢记承诺履约，
未辜负工人阶级、贫下中农的厚望。
“人民送我上大学，我上大学为人民。”
振兴中华，实现梦想，永志不忘。
工农兵大学生的故事定会流传下去，
在后代心里永远传唱。

2020 年 10 月 8 日

何忠寿，男，1951年出生于山西省忻州市河曲县，中共党员，经济师。1975年毕业于山西大学外语系英语专业。1975年8月起任河曲县巡镇中学团总支书记，英语教师。1984年就职于河曲县委组织部，历任河曲县外贸局副局长、粮食局副局长、党委书记，直至退休。享受副处级待遇。

良师如友

李广锁

一、有微信自恩师来，不亦乐乎！

自三班同学2019年为苏老师庆贺80寿辰以来，苏老师不时地会通过其他同学给我转来内容丰富的微信。

殿华：请将二文转发给广锁。看来他对民国时期的文化和历史感兴趣。祝福你。

殿华：请你把我发给你的文字悉数转给广锁吧。祝福你。

这些微信发来的文章是他读后精心挑选出来的。比如：《一条胡同半个中国》，那是讲北京“史家胡同”的，从地铁五号线灯市口站出来向北，路的西面是菊隐剧场，它的斜对面就是史家胡同。从清朝到新中国成立，这条胡同曾有80多个四合院。这里云集了许多高官和名流：华国锋、徐向前、傅作义、荣毅仁、乔冠华、民国才女凌叔华等都曾住在这里，每一个四合院都会有一个与中国历史相关的故事……

在《山西何止好风光》里讲到《左传》中《蹇叔哭师》的典故：“冬，晋文公卒，庚辰，将殡于曲沃，出绛，柩中有声如牛。”棺材里传出如牛的声音岂不荒唐，后来秦军被晋军打败了，大家觉得山西这块土地很神秘。

在《山西何止好风光》里还讲到唐代诗人贾岛描写太原的诗：

客舍并州已十霜，
归心日夜忆咸阳。
无端更渡桑干水，
却望并州是故乡。

虽然我自己写不出好诗，但却还是特别喜欢古诗，当然也特别喜欢收集古诗。2020 年 11 月，苏老师又转来了《寻找李提摩太》，作者孙琨。文章开头便讲：

“对于李提摩太这个名字，我并不陌生。我的父亲在 18 岁时，从山西的一个小山城考入山西大学。入学两年，就参加了‘五四运动’。对于山西大学的历史，放在今天，如果给学生讲述，可以说是如数家珍。在那个特殊的年代，父亲从没有给我们系统、详细地讲过。但在零零星星的聊天和回忆中，我知道了李提摩太是一个英国人，是山西大学的创建者，是 1878 年华北大旱灾在山东、山西积极从事赈灾活动的一位传教士。而一位信仰上帝的人传播马列主义就有点令人匪夷所思了。”

这使我第一次知道第一个在中国宣传马克思主义的竟然是山西大学创始人李提摩太。苏老师提供的这条微信太及时了，因为那时候我正在收集关于李提摩太的资料，已经有了《亲历晚清四十五年》和《李提摩太传》，苏老师转发过来的这篇文章无疑补充了我缺少的资料。

一个耄耋老人，给毕业近 50 年的老学生不断地转发微信，而且知道他的嗜好、兴趣，像多年的挚友一样关心和体贴。这多么令人感动！那种感激之情、钦佩之意油然而生。我感叹之际，套用一句孔夫子的经典表达：有微信自恩师来，不亦乐乎！

二、往事如昨，说时依旧

1972年4月初，我作为首届工农兵大学生进入山西大学外语系学习。刚入学的时候，教我们英语三班的是蔡春月老师和张治山老师。后来，张治山老师为解决两地分居问题，调到山西农学院（1979年更名为山西农业大学）工作，苏老师接替张老师教我们三班。

苏老师姓苏名湘晋，1940年出生于山西省阳泉市一个普通工人家庭。家境贫寒，然志向远大，奋发图强，以优异成绩从阳泉一中考入山西大学外语系英语专业。由于品学兼优，毕业后留校任教。多年来一直从事英语教学和科研工作，副教授职称。曾任外语学院西语系主任和教工党支部书记。喜文墨，长文艺。在校60余载，成为山西大学外国语学院元老级人物。

工农兵上大学在当时无疑是一件极其重要的大事，学校在选择教师方面是严格的、谨慎的。一是要政治合格，政治觉悟高；二是有教学经验，业务能力强。张治山老师调走时，苏老师正在学校毛泽东思想广播站工作，尽管当时学校还没有找到人代替他的工作，但为了工农兵大学生的学业，系领导硬是把苏老师给要回来了。所以，在校很长一段时间，我们一日三次听到的山西大学高音喇叭播放的“山西大学毛泽东思想广播站现在开始广播”，那是苏老师的声音。

蔡老师明眸皓齿，语音标准，板书清秀隽永。讲课时永远是文静地站在讲台上一板一眼的，如同小溪的潺潺流水。苏老师的讲课风格是活泼的，一会儿站在讲台上，一会儿站在讲台下，一会儿又会徘徊到教室的某个角落。有时候拿着课本的手背在背后，书上的内容早已了如指掌。我们像一年级小学生一样从字母、音标、单词学起，时常感觉学英语枯燥无味。我们念课文像和尚念经，而苏老师讲课幽默而风趣，吸引了众同学的注意力，提高了我们对英语的兴趣。他读课文时声情并茂，能读出英语的抑扬顿挫，声音优美动听。几十年以后我和苏老师讲起这些事时，他说：“广锁，你知道我为什么会选择报考英语专业吗？”我说：“我愿悉其详。”他说：“我高中毕业时最初的志愿是报考山西大学中文系。后来在老师和同学们的鼓动下，改报山西大学外语系英语专业。他们鼓动我的理由很简单，说我念起英语课文悦耳动听，很有别样的味道。”我恍然大悟，难怪苏老师朗读课文时那么动听，原来在高中时就有童子功的。

苏老师认为好的教学方式是寓教于乐，他引用古人的话说：“知之者不如好之者，好之者不如乐之者。”培养学生对英语的兴趣，让学生在欢乐的气氛中不知不觉地掌握英语是他最拿手的本领。他原本在文艺方面就有特长，能歌善舞。记得他反串采茶姑娘跳采茶舞，一块花头巾系在头上，跳得惟妙惟肖。熊若磐老师是从志愿军文工团转业到山大外语系的，他俩唱当时非常流行的歌曲《老两口学毛选》倾倒了多少人，每唱一次便赢得一片掌声。

记得苏老师还给我们唱美国歌曲《老黑奴》：

Gone are the days when my heart was young and gay.
Gone are my friends from the cotton fields away.
Gone from the earth to a better land I know.
I hear their gentle voices calling “Old Black Joe”.
I'm coming.
I'm coming.
……
我已年老背又弯，
朋友不能重相见。

亲人去世已多年，
我听见他们柔声把我呼唤。
我来了，
我来了。
……

唱到动情处，他的眼角泛起了泪花，把我们也带入了老黑奴的悲伤世界里。现在想起师生共同度过的那段欢乐时光，犹如发生在昨天。

工农兵大学生的主力是“老三届”，年龄相差较大。由于历史的原因，60% 以上的学生英语都是零基础。老师讲课深了，英语基础差的听不懂；讲浅了，英语基础好的吃不饱。苏老师认为，工农兵学员零基础并不可怕，外语系许多老师当初也是零基础，但后来都成绩斐然。关键在于提振他们的信心，切实打好基础。他引用韩愈《答李翊书》中的这段话来阐述他的治学理念：“无望其速成，无诱于势利，养其根而俟其实，加其膏而希其光。根之茂者其实遂，膏之沃者其光晔。”这段话的意思是：不要指望事情能迅速成功，不要被权势利益所诱惑。有茂密的根系，就会有丰硕的果实；有充足的灯油，就会有明亮的灯光。比喻凡事从根基上下功夫，自然会有显著成效。

三班班长凌忠发是江西景德镇人，普通话说得不太好，乡音浓重，他那江西普通话说十句别人难能听懂两句，语文基础也差一些，他怎么也弄不明白天上飞的飞机、地上跑的火车怎么会是名词而不是动词。他学习刻苦，但很焦虑。苏老师循循善诱：“要想学好英语，必须学好普通话，必须打好语文基础，连普通话都说不好，怎能学好英语？当好翻译？”在苏老师的鼓励和帮助下，他百折不饶，经过 3 年半的刻苦努力，终于以优异的成绩完成了学业。若干年后，当有同学告诉苏老师凌班长从部队转业回到了家乡景德镇，在一个大型瓷器出口公司当翻译。得知他穿梭于国际、国内洽谈会，商品交易会，操着标准流利的英语和比较标准的普通话为外宾翻译时，远在山西大学的苏老师会心地笑了，他的治学理念终于结出了硕果。

我们在校时，许多老师都是两地分居。解决两地分居问题是件很难的事，我记得苏老师是在我们在校时解决了两地分居的问题。我还记得苏老师爱人调到太原时，他的女儿“可梅”才五六岁，胖胖的，梳两条小羊角辫儿。我认为，当时学校是为了留住像苏老师这样年轻有为的优秀老师才帮助他调动家属的。我们毕业一年后，事实证明了我的判断。1978 年底，尽管外语系当时有许多共产党员，却选择了他这个虽非党员却政治上可靠、业务能力强的青年教师，受命赴坦桑尼亚共和国莫罗戈罗省中国农业专家组担任英语译员。为了使他安心地在国外工作，系领导把他爱人从医学院机关打字室调回山西大学工作。他在坦桑尼亚工作至 1981 年。其间，他因表现优异，被吸纳为中共党员。

2019 年部分同学为苏湘晋老师（前排左四）祝八十大寿

三、博大精深，永远进取是吾师

为了方便师生之间的交流，我和苏老师加了微信。少了些师生之间那种矜持，多了些熟人之间那种随意。更像两个分别多年的老友，闲暇之余，师生便海阔天空地聊天。我们聊哲学，聊中国近代史，聊毕业后的一些趣闻轶事，相互知晓了对方的许多事情。

1963 年苏老师毕业后留校，脱产学习了两年，师从常风、关其侗、李万杰诸位教授。这几位前辈都是国内英语学界的翘楚。在他们的引领下，他潜心研读了众多欧美文学大师们的传世作品，为他日后的英语教学和科研打下了厚实的基础。

1985 年 8 月至 1987 年元月，他以访问学者的身份在美国乔治城大学外交学院研读国际关系方面的课程。

1994 年底至 1995 年初，又担任英语译员，陪同山西省高教代表团出访德国、法国和英国，观摩和交流中外高等教育的不同模式。

我们毕业后，苏老师主要教授高年级英语，开设的课程主要包括“高年级精读课”和“英美报刊选读”。他授课的特点是：见多识广，底蕴深厚，语言生动，回味无穷。

除正常的教学外，苏老师不仅翻译了许多外国作品，还发表了许多论文，阐述他的教育理念和思想，为中外文化交流贡献了他的聪明才智。

1985 年，他在《山西大学学报》（哲学社会科学版）发表了《从美国〈读者文摘〉的发展看创业精神》的论文。

1985 年 10 月，在《世界博览》10 月号（世界知识出版社，北京）发表了论文《阿拉伯世界的石油大亨》。

1987 年在《山西大学学报》（哲学社会科学版）第 3 期发表了论文《美国殖民时期的文化教育》。

1992 年，翻译了美国纽约大学美籍华人吴百益的文章《明代晚期的五台山》收录于《中国佛教思想与文化》（人民出版社，北京）。

1994 年在《山西大学学报》(哲学社会科学版)第 4 期发表了论文《美国高等教育的发展、渊源及其启示》。

1996 年在《山西高等教育》（第 14 卷）发表了论文《几个环节一起抓——英语专业高年级精读课教学的几点体会》。

1999 年在《山西大学学报》(哲学社会科学版)第 1 期发表了论文《社区学院：高等教育多层次办学的一种有益模式》。

2002 年在《当代教育》(香港)第 5 期发表文章《话说西班牙斗牛——关于异质文化沟通与碰撞的思考》。

我部分地拜读了苏老师的论文和译文。读着读着，我不禁为先生深厚的文化底蕴所折服，为先生对中国高等教育的责任感所感动。特别是他对异质文化的探讨应该是他多年思考的结果，思想深邃而有现实意义。世人不容易理解，但如果坚持做下去，会对中华文化和世界文化的交流有事半功倍的效果。

《明代晚期的五台山》是一篇英译汉的译文，但看不出半点儿译文的痕迹，更像是一篇优秀散文。文章流畅而准确，如果没有丰富的佛教知识，是难以翻译得这样精准的。

在《几个环节一起抓——英语专业高年级精读课教学的几点体会》中，他根据多年的教学体会和经验，阐发了独到的见解。

我认为《话说西班牙斗牛——关于异质文化沟通与碰撞的思考》是一种探讨，是一种提倡，是高屋建瓴。虽然世界各国经济已经不可分离，虽然互联网把全世界紧紧地联在一起，虽然飞机、火车、汽车等交通工具能把人们输送到世界的各个角落，但各个国家、各个民族的文化差异使人们并不相互了解。大多数外国人并不了解中国五千年的文化，不了解中国的哲学，不了解中国人的思维方式，因而也不理解中国人民会在中国共产党的领导下通过艰难探索、改革开放，经过短短几十年使中国发生了翻天覆地的变化。中国需要了解世界，世界也需要了解中国，翻译界自觉地介绍各民族的文化差异应该是长期的，值得提倡的。

四、良师如友

似白乐天描述的“绿蚁新醅酒，红泥小火炉”围炉夜谈的那种惬意，那种享受；如明朝佚名作者“半壁山房待明月，一盏清茗酬知音”那样清闲，那样洒脱；像李义山“何当共剪西窗烛，却话巴山夜雨时”剪烛夜谈那样说不完、道不断的恋恋不舍。师生之间远隔千里，无酒、无茶、无红烛、无明月，但似有酒、有茶、有红烛、有明月那样兴奋和快乐。每次和老师通话、聊天时的那种兴奋，难以用语言来表达。

退休以后，这几年和苏老师接触多了，再次得到老师的教诲，重新受到老师思想的熏陶，在某个事项上还得到老师的支持，和老师共享互联网带来的便利和快乐，于是就有了这篇文章《良师如友》。

2021 年 2 月于晋城

记忆中的几位任课老师

肖文科

我们是山西大学首届工农兵大学生，1972 年 4 月初入学。当时外语系英语专业招收了 100 多名学生，分为 5 个自然班，我们班为四班。经过短暂的入学教育之后，就正式开始了专业学习。在随后三年半的大学岁月中，共有 9 位英语老师为四班讲授过专业课程。他们年长的已越半百，年轻的则刚过而立之年。他们的共同特点，用武志刚同学的话说，就是："爱岗敬业，严谨治学，教书育人，尽职尽责。"这也是我们英语四班同学们的共同感受。

第一学年，为英语四班讲授英语课程的是田际升和刘海量两位老师，他们的分工是一人一周轮流授课。田际升老师，1945 年毕业于西北大学外文系英语专业，1950 年后协助筹建山西大学新的外语系，之后他被派往哈尔滨俄专进修俄语，毕业回校后教授俄语。他于 1956 年 5 月晋升为讲师，1959 年重返英语讲坛，任英语教研室副主

刘海量　　田际升

任、主任等职。当时为我们5个班代课的老师，相当一部分是1963年和1964年毕业留校的年轻教师，他们都是田老师曾教过的学生。田老师时年已经52岁，是英语专业5个自然班第一学年10位任课教师中年龄最长者。他教学认真、细致、有耐心，在他授课的那一周，他总是按部就班一步一步地把计划内的教学任务圆满完成。因为我的英语是零基础，所以一点也没有感觉到他的教学节奏慢。课下，他给我们细心辅导。当他听说我初、高中学过俄语，有点俄语基础后，启发我发挥这点俄语基础优势，指导我利用俄语在语音语法等方面的自觉意识，提高英语学习的效率。由于课下我让田老师辅导得多一点，逐渐和他的关系也更近一些。周日偶尔还去他家请教问题，如正好赶上，也帮他家拉拉烧土、打打煤球。每次田老师总要留我在他家吃饭，田奶奶做的饭菜特别可口，师母也特别热情，现在回想起来还有一种特别甜美的感觉。正如吕典治同学所言："田老师是我们学英语的启蒙老师，和蔼可亲，像父亲一样手把手地教我们书写26个英语字母，不厌其烦地教我们发准每一个音素，纠正我们的口型舌位，耐心地讲解句子的语法结构。他为我们后来的英语学习打下了坚实的基础。今生遇到田老师是我三生有幸。"在武志刚同学的记忆中，"田老师备课认真，教学踏实。由于同学们的水平参差不齐，田老师从学生们的实际出发，采用针对性的、差异化的教学方法，解决学生们在学习中的实际问题，激励学生们的学习热情。"王淑兰同学的话更直截了当、简明概括："田老师的课严谨认真"。

毕业后我再次与田老师相见已经是20世纪80年代初的事了。那是在学校工会门前的拐角路口，也就是现在的学术交流中心往南一点的路口。我与田老师不期而遇，惊异地发现老师拄了拐杖，说话咬字已相对困难。田老师带我到他家，喝茶叙谈。他用左手写字，辅助断断续续、模模糊糊的口头表达，通过这种特殊形式的交谈，我得知那是他于1977年送走74级工农兵大学生后，因积劳成疾患脑血栓而留下的后遗症。他还给我看了他练习用左手写字时创作的多篇诗作。第二次相见是在山西高校外语界的一次大型活动上，活动在山大校内进行，午饭安排在山大北门外的学研大厦。餐厅在二层，我一路陪着田老师，上楼时，干脆背着他老人家。这件事给赵超群老师留下了极深的印象，听他爱人张安琪老师说，赵老师曾多次和她提及此事，对我的这种举动他给予了充分的肯定。说不定在 1985 年扩招我读他的研究生时，在他的脑海中也曾闪现过当初我背着田老师上楼的画面。

此后，我在山大读研期间，在校园里还时常遇见田老师，每次总要闲聊几句，偶尔还会去他家坐坐。1988 年我毕业离开山大后，再没有与田老师这位平易近人、和蔼可亲、父亲般的老师有过面对面的交谈，只是和他的孩子燕妮和庆洪时有联系。2001 年 7 月 26 日田老师不幸病逝，大概是一两天后师母电话告知我这一噩耗，我当即奔赴田老师家，祭奠先人，宽慰师母。师母告诉我，在田老师的心里一直记着我这个学生，他非常珍惜与我们首届工农兵大学生相处的日子。听庆洪说，他把当年为我们编写和讲授的油印教材一直珍藏在他的书房，视若珍宝，借此回忆他的那段教学生涯和师生情谊。他平凡简朴，爱生如子，默默奉献，表现出高尚的师德和优秀的学风与教风，深受学生们的好评和爱戴，我们都很怀念他。

在准备写作本文查找资料的过程中，经与庆洪核实，我才了解到田老师的父亲原来是山西省文联常委、山西大学中文系声名显赫的教授田润霖老先生。据查，田老先生先后毕业于山西大学中文系和北京大学哲学系，有“双学士”之誉；治学以古典文学及古诗见长；兼善书法，“尤工书法各体，擅长汉隶和魏碑，法度谨严，笔力遒劲，刚柔相济，含蓄隽永，自 20 世纪 20 年代起已誉满太原。”坐落于太原市海子边的“革命烈士纪念碑”即是田老先生存世不多的书法作品之一。庆洪听奶奶讲，田老先生 20 年代受聘太原进山中学期间，常风先生正就读该校，他们之间建立并延续了良好的师生关系。20 世纪 50 年代常风先生从北京调到山大外语系后，常去看望田老先生。只要听说田老先生出差，常先生必定送迎，帮着提箱包。

我，一个来自偏僻山村的农家子弟，能与几代书香门第的田老师有这样亲密的师生关系，能和田老师的孩子们建立并保持这么多年的兄弟般的情谊，借用典治的话说，确实是我三生有幸。

刘海量老师的课，与田际升老师的相比，节奏要快一点。他每周的教学计划总能提前完成，然后补充一些教材上没有的内容。估计有英语基础的同学可能更喜欢刘老师的课。整整一年的课堂教学中，刘老师讲过的话不计其数，其中不乏精言妙句，有些我一直牢记于心。对我影响最大的是这么两句，其一，“Brevity is the soul of wit. ”（简洁是智慧的灵魂）。这句话一直贯彻于我工作以后从事教学与管理的全过程。课堂上重点突出，简明扼要，先“捞稠的”；会议上，“不穿鞋”“不戴帽”，直截了当。这可能是我受到学生欢迎和获得同事支持的秘诀之一。其二，“Grass in the spring garden...”（春园之草……）。“勤学如春起之苗，不见其增，日有所长。”我自己的经历极像春园里的那颗小草，一直在不断进取，逐步积累，向着目标，笨鸟先飞。我也常引用这句话鼓励我的学生们，骄傲地告诉他们这是我大学时的刘海量老师曾经教给我的。估计他们也已经或将会体会出其中的奥秘，感悟到它在治学、做事、做人中的激励作用。

刘老师对我的另一影响是他的教育理念和教学方法：特别珍惜讲台，看重对学生承担的责任和在学生心目中的形象；把论文写在讲台上，写在黑板上，写进学生的眼神里，写进学生的脑海中。正如王淑兰同学所说：“特别喜欢刘老师的上课风格”。

除了课讲得精彩外，刘老师的小提琴也拉得不错。我们班的安玉莲同学在唱歌方面很有天赋，尤其是唱晋陕民歌，歌声清脆甜美。听她说过，有时课余她还请刘老师为她伴奏。在任如凤同学的记忆中,“刘老师年轻帅气,才艺双全,讲课幽默风趣,完成教学任务后还给我们用英文讲故事,讲得通俗易懂、情趣盎然。周日他拉手风琴,我们几个跟着唱歌。可惜他只教了我们一学年。”

孟庆瑞

乔寿宁

刘老师确实多才多艺,他的业余爱好光乐器演奏,就曾经“玩”过二胡、笛子、小提琴、手风琴等。据说,“文革”早期,山大文宣队的表演节目单上曾有过由刘老师表演的笛子独奏,下厂(场)下乡演出,颇受观众欢迎。吕典治同学现在还记得刘老师宿舍墙上挂着的那张刘老师拉小提琴的照片。此外,在体育运动方面,刘老师也是外语系篮球和乒乓球的主力队员。

第二学年,为英语四班授课的是孟庆瑞和乔寿宁二位老师。孟老师讲课干净利落,正谓课如其人。王淑兰同学对孟老师讲课特点的最深印象是“幽默”。吕典治同学回忆说:“孟老师教态亲切自然,授课认真,听起来清晰明了,能抓住课文的重点、难点。对短语、句型、新词用法特点反复练习。坚持以教师为主导,以学生为主体,善于点拨、引导,激活学生思维,激发学习兴趣。在他的课上师生互动多,气氛活跃,我们学习起来轻松愉快,知识掌握得扎实。孟老师是我们的恩师,终生难忘。”在王崇光同学的记忆中,“孟老师总是跟我们在一起。课下他总是活跃在我们身边,和我们一起打篮球搞活动。在文水和我们共同感受英雄精神的激励,在运城手把手地教我们登台讲课的要点,在生活上想方设法地关心、体贴我们。他既是我们的智育老师,又在德育和体育方面可称为我们的兄长。”

1976 年，孟老师为了兼顾工作和解决两地分居孩子上学等家庭困难，调回他的老家大同市，先后在大同师专、大同高专、大同大学外语系从事英语教学与管理工作，一直到 2002 年退休。我在大同医专工作期间，曾去坐落在大同市十里店的大同师专拜访过孟老师多次，向他请教或共同探讨一些问题。

乔寿宁老师的课给我留下的最深印象是课堂提问。他的课上师生互动多，他提问的频次高，有简单的一问一答，也有连续的追问。每当提问到我时，他总是采用同学们对我的称呼“老肖”。常常是“这个问题‘老肖’来回答”。他把当时那种师生之间亦师亦友的情感直接带到了课堂上。武志刚同学回忆说：“乔老师讲课语言生动，条理清晰，严格要求，利用各种方法激发学生的学习兴趣，是位可敬可爱的好老师。”

1985—1988 年我在山大读研期间，乔老师曾把我推荐到“中美教育教学交流会”上，为大会和分组讨论做翻译。我所在的小组组长正好是山西财经学院的卢昌治院长。估计我的业务能力和为人处事方式等给他留下了较好的印象，这为我硕士研究生毕业后调到财院工作奠定了很好的基础。1994 年，乔老师又把我介绍给山西省教育厅外事处的吴生彦处长，选派我担任翻译，陪同“山西省教育考察团”赴美、加考察。这一次出访竟开启了我于 1994 年、1996 年和 1998 年三次陪同“山西省教育考察团”赴美、加和西欧等国考察的行程。乔老师给我提供的这些机会为我见识世界打开了又一扇窗户。他的确是我们的良师益友。

第三学年及其后，为英语四班授课的是聂崇信和刘生金二位老师。在我们当时接触到的几位老师中，聂老师学者气派最浓。他 1949 年毕业于国立政治大学外交系，1950 年为纽约大学国际关系学院研究生，1961 年到山西大学任教，80 年代他的译著和辞书颇丰。代表性的有《汉英双解成语词典》（商务印书馆，1982）、《华盛顿选集》（译著，商务印书馆，1983）、《当代英汉分类详解词典》（中国展望出版社，1988）、《英汉辞海》（译审，国防工业出版社，1991）、《论民主》（商务印书馆，1988）、《世界产业工会：美国工团主义研究》（商务印书馆，1987）等。在他的课堂上，每当他讲到兴头时，总是呈现出他那标志性的动作，一手托着下巴，一手拿着教材，在讲台上慢慢地挪动着脚步，细致地讲解着课文的内容，尽情地品味、欣赏着文中语言文字的美妙。那幅画面常常萦绕在我的脑际，浮现在我的眼前。在武志刚同学的记忆中，“聂老师有丰富的教学经验，工作认真负责，教学耐心细致，关心爱护学生。”

刘生金老师的声音浑厚，语音纯正，极富磁性。大学一年级时曾听过他为全年级录制的英语语音和课文磁带。任如凤同学回忆说：“刘老师对学生很客气，也很有耐心。”对刘老师的课堂情景，我现在能记起的是这么一次。在那天的课堂上，他为了把课讲得更加生动形象，特意悄悄带了份“教具”。当课程按照他的设计进行到“表演”环节时，他神秘地拿出他的“教具”，边讲边“表演”。这节课给我，相信也给我们班的其他同学留下了深刻的印象。尽管刘老师并不擅长表演，我们对他当时的“表演”技能也不敢恭维，但他的“表演”确实提升了教学效果，达到了教学的目的，也体现了老师的一片苦心。1975 年春季学期，他受山大派遣赴石家庄空军某部担任英语教官，为部队后勤干部进行了为期 3 个月的英语培训。

刘老师家庭负担一直比较重，需要照顾夫妻双方四位老人，一双儿女又处于入学和需专人照顾的关键年龄段。1976 年正好赶了个机会，他便从山大调回了他的祖籍大同市，进了大同市外事办。这样，他既可以发挥业务专长，又能较好地照顾家庭。我在大同医专工作期间，曾多次和他联系，请教并探讨问题。我还去大同城区南街他的老宅拜访过他。他在市外事办一直工作到 2001 年退休。临退休前，外交部于 2000 年给他颁授了荣誉证书。在大同市外事办的25年中，起初他主要从事业务工作，专业技术职称评定为副译审；后来转入管理，行政级别为处级。刘老师办事认真，干一行爱一行，行行干得精彩，是我们学习的榜样。

刘生金老师赴石家庄期间，他的教学任务由刘金科老师接替。刘金科老师的课常布置一些课后作业，每次都收回去批改。每次的作业发下来，我的基本没改。当时我心里美滋滋的，觉得老师基本没改，说明自己都做“对”、做“好”了。当自己在高校批了多年的学生作业后才知道，批改作业原来是个无底洞，尤其是当追求“好”和“美”的时候。老师在当初那种并不是特别强调的情况下，仍然坚持批改作业，实属不易。每次都收20多份，一次批改完，也只能从“对”“错”角度考虑了。

1979年2月19日，中国联合国教科文组织全国委员会正式成立。据李忠民老师讲，刘金科老师经山西大学推荐，调到该委员会秘书处工作，一直到退休。很不幸，刘老师于2018年在京病逝。他虽然只给我们代了3个月的课，却给我们留下了难以忘怀的美好印象。

此外，我们还上过凌熙华老师的泛读课。据相关资料，凌老师出生于1919年，1944年毕业于中正大学，1948年赴美留学，1950年获硕士学位。回国后，辗转来到山西大学外语系，执教英语，后调往江西财经大学。20世纪八九十年代，他曾将《辞海》（两本）译成英语，参与《中国科技大辞典》等多部著作的编译工作。他还与江西财经大学的金祖钧教授合作，于2008年出版了中英文对照版《诗·管理》。他的泛读课选材难易适中、详略得当，讲授风趣幽默、娓娓道来。在我的脑海中留下最清晰印象的是他在讲台上讲授*Oliver Twist*（《雾都孤儿》）的情景。他为我们日后学习欣赏英美文学奠定了一定的基础。

在付小燕老师的口语课上，我们尽情地享受了她纯正的美式英语，欣赏了她的语言美、形体美和心灵美。

武志刚同学的亲舅舅、北外的刘润清先生，当年对武志刚同学直接

英语四班毕业照。左起前排：李伟格、王淑兰、聂崇信老师、刘生金老师、朱业全、王远雁、贾丽秋；中排：王淑珍、安玉莲、刘胜雪、张红军、任如凤、高胜恩、王素霞、秦麦秀；后排：何德福、吕典治、韩生鹏、肖文科、王崇光、王买根、武志刚

的鼓励、鞭策的溢出效应也间接地对我们产生了积极的影响。他常引用他舅舅鼓励他时提到的“Practice makes perfect.”（熟能生巧），“The mastery of a language is not easy and requires painstaking efforts.”（语言这东西，不是随便可以学好的，非下苦功夫不可）这些话，与我们共勉。

三年半的大学生活中，为英语四班授课的这几位老师，他们都把教学看得非常神圣，都在想方设法鼓励、帮助我们，升华着他们父母般的慈爱。我们很幸运，我们赶上并抓住了好机会，我们遇到了好老师。我们得到了超预期的发展，收获了超预期的成果。我们衷心感谢这几位直接教授过我们的老师！同时，我们也真心实意地感谢所有间接影响过我们的山西大学外语系的和其他院系的老师！

2020 年 12 月 6 日于北京

老师，我们总是想起您

李广锁

“刚读了朱自清的散文《匆匆》，时间过得真快，自上次和你们大家聚会以来，都快 5 年了。现在身体也不太好，很怀念往日时光，很想和大家常见面，旧地重游。”

这是蔡老师在“难忘三班”微信群中发的文字。

我走到书柜旁，找出了朱自清的散文集，翻到了《匆匆》这一页：“早上我起来的时候，小屋里射进两三方斜斜的太阳。太阳他有脚啊，轻轻悄悄地挪移了；我也茫茫然跟着旋转。于是——洗手的时候，日子从水盆里过去；吃饭的时候，日子从饭碗里过去；默默时，便从凝然的双眼前过去。我觉察到他去的匆匆了，伸出手遮挽时，他又从遮挽着的手边过去，天黑时，我躺在床上，他便伶伶俐俐地从我身上跨过，从我脚边飞去了。

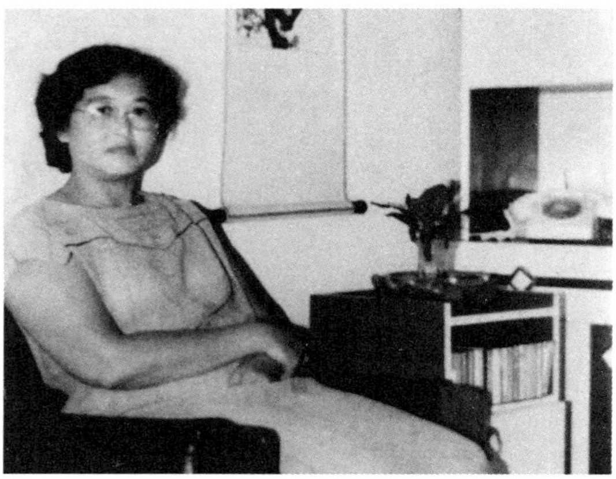

蔡春月老师

等我睁开眼睛和太阳再见，这算又溜走了一日。我掩着面叹息。但是新来的日子的影儿又开始在叹息中闪过了……”以前读《匆匆》这篇散文，是赞叹作者清新优雅的美学旨趣，是欣赏作者清秀隽永的文字风格，是感受作者抒发的真真实实的情感。欣赏这篇美轮美奂的文章时，注重的是文章的美感，忽略了它的主题思想。总觉得我们有大把大把的时间。现在读这篇文章时才真正地感觉到时间的匆匆。毕业 40 多年了，时光真的有脚啊，这是一双谁也拉不住的脚。蔡老师已是耄耋之年，我们也是奔七的年龄了。不过，能和老师天南海北共读名人佳作，也真是一件很惬意的事。真的要感谢创造微信的人们。

蔡老师微信所说的 5 年前的聚会，那是在 2014 年 4 月的一天，我准备去美国看望儿子，正在驱车前往郑州的高速公路上，突然接到一个电话。哇！竟然是蔡老师打来的。蔡老师在电话里讲，她从香港到了太原，想来晋城转一转，问我可方便？蔡老师和我最后一次见面是 1992 年山西大学建校 90 周年校庆时，好多年没有见面了。我真的要感谢我那个尾号 1866 手机号，其实已经不常用了，却一直没有注销。由于一直保存了这个手机号，蔡老师才能在 20 多年后找到我。“对不起蔡老师，我在去北京的路上，买好了去美国的机票。就去十几天，您能在太原等我一下吗？”电话那边蔡老师迟疑了一会儿，然后说：“那好吧，我尽量等你回来！”

一到美国，我就赶紧告诉赵殿华，让她尽快和三班的同学联系，她真是个称职的组织者。柳花梅充当了地主的角色，在我到达太原之前，俩人为聚会做了尽善尽美的准备。

我们是山西大学的首届工农兵大学生，蔡老师是我们的授业恩师。我们 1972 年 4 月初入校，1975 年 8 月下旬毕业。许多同学毕业以后相互再没有见过面，全班在一起的聚会更是没有。听说要和蔡老师相聚，三班同学欣喜若狂，兴奋至极。赵殿华从上海提前回来了，毛维力、柴晋梅、杨凤莲从北京返晋了，从三班调到一班的王振春和李秀英赶来了，凡是在晋的同学能来的都来了。最最欣喜的是找到了毕业后40年从未谋面的贾广臣。听说要见蔡老师，他退掉了回南京的机票，直接从南宁飞来了。曾任外语学院院长的王正仁老师，四班的王淑珍，五班的常仲，一班的银恭喜等同学也闻讯赶来参加了聚会。

时逢蔡老师80岁，难得聚在一起，不拘泥那天是不是诞辰日，择日不如撞日。我们都建议给老师祝寿，酒店给做了个大号的生日蛋糕，同学们给老师定做了一个特大的花篮，我请我市著名书法家、中国书画家协会会员周有夫老先生书写了一幅“桃李不言下自成蹊”的书法送给了蔡老师，这是对老师高尚人格的真实写照。

同学们一个个和蔡老师单独合影，留下了宝贵的纪念。师生们在一起共忆在校时的趣闻轶事，畅叙毕业后的思念情谊。我们改变的是容颜，不变的是相知、相近、相亲、相念的心。

每一个同学都能讲出一个蔡老师对自己好的故事：赵殿华在校时有一段时间夜里睡不好觉，中医让他吃中药调理，蔡老师在家里给他煎中药，一煎就是十几天。就像妈妈照顾女儿一样，让她怎能不感动呢！

1974年，杨凤莲的伯父来太原看病，蔡老师知道后，送给她伯父二斤挂面。当时挂面在市面上很难买到，也许是华侨才有特供。凤莲的伯父感动至极，说蔡先生真是个大好人。女性被称为先生是非常尊敬的称呼，就像我们把杨绛、冰心等女性称为先生的道理是一样的。

那时候学生灶粗粮多，不是玉米面窝窝头就是高粱面轧成的“钢丝面”。王秀成同学在校时有一段日子胃溃疡，吃不下学生灶上的饭菜。蔡老师在教工食堂给他买饭票，让他尽量吃细粮，还给他订了羊奶。

张昕毕业时在分配中有点不太顺畅，由于成了毕业生，学校原来的宿舍不允许毕业生居住。当时她的经济条件不可能十天半月住旅馆，她在太原又无亲戚。蔡老师接纳了她，她在蔡老师家等待分配，一住就是一个多月。蔡老师的家就是同学们的家，蔡老师就像那救苦救难的观世音菩萨。

我们心目中的大学老师是满腹经纶、才高八斗的知识分子，过着优雅闲适的生活，能著书立说，有学者风范。根本没有想到大学老师还要为生活奔波，而且过得是那样的艰辛。也难怪，在那个特殊的年代里，老师和其他人一样十几年都没有提过一次工资。孩子生了病，全额医疗费要由家庭负担，为孩子治病就成了一项重大的开支。那些年蔡老师手中窘迫，过得艰辛，常常要靠国外父亲接济。蔡老师和我讲过，家里经济最窘迫时，月初付给保姆 5 元工资，到月末还要从保姆手中借回来。在这种情况下还能给学生买羊奶，还能让学生在家里住一个多月，我们不能不敬佩她的善良和大度。

闫爱卿几十年来一直是老师家的常客，亲切到可以直呼老师的名讳。临去世前，她还在老师家住了两天。其他班的许多同学都和蔡老师保持着良好的关系，王淑珍、常仲、李海鹰等同学路过香港时都要去看望她。

老师最打动我的是，她看得起来自偏远农村的我们！那时候，我们农村来的学生土里土气，说话带着浓重的家乡口音。我们最大的弱点就是自信心不足。晋东南家乡话有几个音分不清晰，如 s 和 sh、l 和 n 的发音。我总是把“long long ago”读成“nong nong ago”，蔡老师就一遍遍地给我纠正。刚刚纠正得好一些了，蔡老师刚要松一口气，我就又变回去了。蔡老师又不厌其烦地“long，live，lead，life”的示范纠正。我觉得自己真的好笨好笨，认为自己可能根本学不了英语，曾经产生了转系的想法。蔡老师一次次地鼓励我，给予我自信心。第二个学期，我放弃羞涩，不怕出丑，敢于大胆地在课堂上提问和回答问题。蔡老师常用英语表扬我，我听不懂，旁边的李秀英大姐告诉我：“蔡老师一直在表扬你”。正是蔡老师的一次次鼓励，使我一次次地克服了学习上的困难，增强了学习的信心，提高了学习的效率，顺利地完成了学业。在毕业后的工作中，但凡遇到困难和挫折，只要想起蔡老师对我的鼓励，想起学习英语的经历，我就能提振信心，克服困难。

毕业后虽然离开了母校，离开了老师，但是，让我们忘不掉的是老师那字正腔圆的标准发音。记得教室里唯一的那台录音机，那长长的录音带上录的就是蔡老师和刘生金老师的标准示范语音。忘不掉的是老师在黑板上清秀隽永的板书，忘不掉的是她那孜孜不倦、一丝不苟地对待教学的认真态度，忘不掉的是她有教无类的职业操守，忘不掉的是她母亲般的温暖和关爱！

太原聚会后，为了了却蔡老师的心愿，史莲娣和我陪着蔡老师和她的先生杜老师，游览了云雾缭绕、风光旖旎、景色宜人，素有“太行至尊”之称的王莽岭；漫步在一代名相、帝王之师，编撰《康熙字典》的大学者陈廷敬的故居——皇城相府里；荡舟在黄河大型水利工程小浪底水库的碧波上；见证了曾经是“九曲黄河万里沙，浪淘风簸自天涯”桀骜不驯的黄河变成了港湾交错、水光潋滟，享有北方千岛湖美誉的高峡平湖。微风吹拂着蔡老师花白的头发，吹拂着她红润慈祥孩子般开心的脸庞，我心里甚感欣慰。由于蔡老师脚患小恙，没有游览和美国科罗拉多大峡谷齐名的云台山大峡谷，留下了一个小小的遗憾。

回到香港后，蔡老师给我的外孙、外孙女寄来了童装，这是相隔20多年后又一次收到蔡老师千里寄来的礼物。记得我两个姑娘小时候就穿过蔡老师从香港寄来的衣服。我心里暖暖的，暖暖的。

蔡老师大名春月，是印度尼西亚的归国华侨。印度尼西亚是千岛之国，她们家住在一个名叫新及（Singkep）的岛上。在日本发动太平洋战争之前，印尼是荷兰的殖民地，她的父亲就是这个岛上的“甲必丹”（Captain），相当于岛上的行政长官吧。她家是当时岛上唯一家里有汽车的华人，被岛上居民称为大屋人家，也许就是我们所说的大户人家吧。为什么被称为大屋人家？听老师描绘说，屋子的造型像个巨大的“口”字，房子中间是露天的天井，天井周围有 9 个大房间，房子的大堂摆放着两架钢琴和一架风琴，还摆放着一个标准的台球台子。院子里能开汽车，不说其他的，说到这里，我们就可以想象到她家的富有和光鲜了吧。她兄妹 6 人，上面有 1 个兄长，下面有 4 个弟弟。她是真正的富家千金，是父亲唯一的女儿，是父亲的掌上明珠。我想为什么父亲给她取名“春月”？是夸说女儿像降生到蔡家的一轮皎洁似玉般的“月亮”吧！

1955 年，新中国成立不久，蔡老师远离父母兄弟，舍弃了她那庄园似的豪宅，丢弃了她那时即可以享用的小轿车，当然也放弃了她岛主千金公主般的生活，回到了“一穷二白”的祖国。尽管住的是小房子，骑的是自行车，挣的是刚能维持生活的低工资，吃的是一大半粗粮的供应粮，但她却孜孜不倦地为祖国的教育事业呕心沥血。

有件事深深地伤痛了满腔热情回来报效祖国的蔡老师的心，那就是房子。在学校分配住房时，蔡老师本符合条件，但当时的房管部门却几次把该分给她的房子分给了他人。我们那时候也是年轻气盛，义愤填膺，硬是给老师“抢”了一套房子。我们趁着夜黑，就把老师并不多的全部家具搬进了这套“抢”来的房子。现在想起来我们哪像是文质彬彬的大学生，倒像是路见不平的梁山好汉！毕业以后，每次见面，蔡老师都会提及此事，它成了我们师生之间亲密关系的重要见证。

在我们毕业以后，蔡老师还是离开了山大。她成为山西大学那批从印尼回来求学与工作的最后一个离开内地的女华侨。

蔡老师的故事和另一个故事很相像。那个故事说的是 20 世纪 30 年代一位撕毁英国护照，志愿当中国人的英国女传教士格拉蒂丝。她经过重重困难，来到山西的阳城县，开了家“八福客栈”（电影改名为《六福客栈》）。在极其艰难的情况下，她自费收养了当地 100 多名孤儿。后来为了躲避战争，又翻山越岭带领这些孤儿从山西阳城逃难至陕西西安，途中饱受饥饿、疾病和各种危难，却坚持不愿放弃任何一个孩子的动人故事。

格拉蒂丝在山西的传奇故事后来被英国记者写了本书，书名为《小妇人》，还改编成了广播剧。20 世纪 50 年代末又被好莱坞拍成电影《六福客栈》，使格拉蒂丝在中国山西的故事广为传播。

2016 年，我受同学们委托，制作同学聚会光盘。在收集资料时，无意中发现了蔡老师的两张照片。一张是由张昕珍藏的：一个妙龄花季、脸上焕发着青春活力的女孩子的靓丽照片，那是蔡老师在印度尼西亚照的。另一张是蔡老师将要离开山西大学到香港前外语系为她拍的欢送照，蔡老师和常风教授在中间，其余老师分别在她和常教授的周围。一张来时的照片，一张走时的照片，这两张照片中间就是她一生中最美好的年华。从 20 岁踏上祖国大陆的土地到 42 岁移居中国香港，她把一生中最美好的年华献给了祖国母亲，献给了我们这些莘莘学子。“妙龄花季归神州，拳拳赤子心；毕生耕耘育英才，桃李满天下。”这是我们给老师祝寿的寿联，也是对老师一生品德的敬仰。蔡老师，您不光教授了我们知识，还把善良、自信、仁爱和坚毅的种子播撒在我们学生的心田。我们又把您的种子继续传播给我们的学生和孩子们。

童年总是美好的。在那浪花如雪的小岛上，那白白细细犹如地毯的沙滩上，那高高的茅草丛中都留下了老师满满的童年快乐的记忆。和表哥进山去打猎，在河溪中捞一种叫打架鱼的热带鱼，甚至一个人穿过高高的茅草丛去看别人捕鱼。像男孩子一样的性格，从来不知道恐惧为何物。虽然是富家千金，却没有娇生惯养。和大人一样去劳动，帮助大人喂猪、喂狗，种番薯和木薯。由于经过小时候吃苦耐劳的锻炼，炼就了一生中不惧怕困难的勇气和力量，使她渡过了人生中每一个坎坷和劫难。

蔡老师一生中竟然有 3 次和癌症斗争的经历。每次她都以坚强的意志和乐观豁达的心态把病魔打败了。2015 年，史莲娣、柴晋梅、张昕和我去香港看望她。尽管她手术后才一星期，尽管她还照顾着坐着轮椅

2015年，柴晋梅（右一）、张昕（右二）、李广锁（右四）、史莲娣（右五）到香港看望手术后的蔡春月老师（右三）

的杜老师，她依然是乐呵呵的，脸上没有一丝一毫的愁容。蔡老师和杜老师夫妻俩从青春年少的恩恩爱爱到耄耋之年的以沫相濡，夫妻俩就像一首歌里唱的：她们之间最浪漫的事，就是俩人陪伴着慢慢变老。收藏了一路上的点点滴滴的欢笑，坐在摇椅上慢慢地聊。我们几个学生私下议论：如果你想长寿百年，根本不须去找那些养生秘方，吃什么保健品，就向蔡老师学习，任何时候都保持豁达平静的心态。无论遇到多大的困难，总能坦然面对，从无隔夜愁。学习她乐观向上，不怕病魔的精神。笑是她长寿的魔方，让我们和老师一样笑对人生吧。

2016年中秋节，蔡老师回南京探亲，江苏是杜老师的故乡。月是故乡明啊！贾广臣、赵殿华、史莲娣、柴晋梅、张昕与我相约和老师过一个不一样的中秋节。在上海的赵殿华和在南京的贾广臣代表三班同学专门赶到了镇江句容，那是蔡老师女儿“毛毛”的家。蔡老师把广臣戏称为“假”儿子。何止是贾广臣一人，老师，如果您愿意，我们都做您的儿女。

我们把一切的事情都放下，共同期待着那个幸福时刻的到来。当一轮皓月慢慢地从东方升起，我们在太行山上，在首都北京，在南京浩瀚的长江边观赏那属于我们自己，也属于师生共有的一轮明月。我们开始欢呼，我们开始相互祝愿，我们朗诵张若虚的《春江花月夜》：

春江潮水连海平，海上明月共潮生。
滟滟随波千万里，何处春江无月明！
江流宛转绕芳甸，月照花林皆似霰。
空里流霜不觉飞，汀上白沙看不见。
江天一色无纤尘，皎皎空中孤月轮。
……

我们朗诵苏东坡的《水调歌头》：

明月几时有？把酒问青天。
不知天上宫阙，今夕是何年。
……

我们一起对着手机看着视频高呼：

但愿人长久，千里共婵娟。

蔡老师，我们会记住您教给我们的知识，记住您传给我们的道理，记住您给予我们无私的爱，记住和您在一起度过的那些美好的时光。您是我们永远的老师，永远的榜样。您的名字叫春月，您不光是您父母亲心目中的春月，您也是您的学生们心底里永远的一轮明月。

祝您健康长寿！

谨以此文献给我所尊敬的蔡春月恩师的 85 岁寿辰。

2018 年 12 月 17 日于山西晋城

母校情深　往事悠悠

王柱儒

每当路过山大校区，看到掩藏在绿荫中的那一栋栋错落有致、饱含诗情画意的二层青砖红瓦的教学楼和宿舍楼时，就会想起近50年前我们在这里生活和学习度过的青春岁月。近50年了，铁打的营盘流水的兵。校园扩大再扩大却依旧桃花笑春风，而我这个顺水流出的兵虽已变得苍颜皓首，却始终难以忘怀那些发生在校园里的悠悠往事。

我的家乡在太原北郊区，21岁那年，也就是1972年，我参加了山西大学在上兰村公社的招生面试。记得来招生的是一位男老师，他问了问我叫什么名字，哪年初中毕业，中学学的是英语还是俄语。我都一一做了回答。老师让我说几句俄语。巧在初中我特别喜欢俄语，而且教我们班的俄语老师是留过学，从外交部被打成右派下放到中学的，发音特别标准。再加上那时我年轻，记性好，老师让背的课文我不仅全能背诵而且还能默写下来。所以当招生老师问我时，我就给老师背诵了两篇课文。几天后，我接到了山西大学外语系的入学通知书，成了一名工农兵大学生。上大学是我的人生新起点，它彻底改变了我的命运。我们那时上学不用交学费，国家每月除了给15元的伙食费以外，还给4元生活补助。这对一个农村青年来说无疑起到了相当大的作用。

有了那4元的生活补助，我在大学期间从未向家里要过一分零花钱。除了购买老师要求的学习必备书籍、笔记本、洗漱用品外，我从不舍得再买别的东西。为了学好英语，我就从图书馆借书看。对看后感觉很有用的书，例如：《许国璋英语》我没有舍得花钱去买，而是把书中的语法要点全部手抄在笔记本上。在穿衣方面，更是不讲究，只要有穿的就行。

我来自农村，家庭经济比较拮据，但我得到了许多同学的帮助。范志军同学和我住在同一个宿舍，他来自部队，是个高干子弟。但他为人正直，慷慨大方。当他看到我穿着破旧有补丁的袜子时，就给了我几双军袜和一双军鞋。我吃过他从家里带来的肉松，那是我第一次吃，太好吃了，至今想起来还回味无穷。我十分感谢范志军同学在大学里对我的关心和帮助。

在大学期间，我和陈晓理同学是无话不说的好朋友。入学初期，我俩在一个宿舍，但没过多久他就转到了政治系。他经常给我讲政治系举办的辩论会，讲政治经济学、哲学和一些政治术语：什么是上层建筑，什么是国家，什么是社会主义、资本主义、帝国主义，什么是阶级、阶级斗争等。我借看过陈晓理同学整理的哲学和政治经济学笔记，字体工整，内容归纳得有条有理。受陈晓理的影响，我对政治学习也产生了浓厚的兴趣，喜欢上了哲学和政治经济学这两门课，也喜欢上了给我们上课的老师。老师讲课声音特别洪亮，气质非凡。每当讲到精彩之处，我都非常激动。我和陈晓理同学的纯洁友谊终生难忘。遗憾的是，大学毕业时，两人没有留下联系方式，仅知道他来自天镇县。山西大学百年校庆时，我期盼着能够见到他，可是没有……我只能把对他的思念埋藏在心底。

闫爱卿同学曾一度与我同桌。她虽然也是干部子女，但从未瞧不起来自农村的同学。她给我们班的同学照相洗相，从没收过一分钱。毕业后她曾帮助我调动工作，虽因我单位不放未能如愿，但她对我的好，我心里一直铭记不忘，却始终没找到合适的机会当面对她说声谢谢。前几年，外语系几个班的同学在太原大南门的滨河味道饭店聚会，闫爱卿同学也参加了。我看到她苍老了许多，精神状态也不是太好。饭后，她没有与我们一起去汾河公园游玩。可万万没有想到，那次见面竟成了我们的永诀，我哪里知道她是带病参加聚会的！一回想起这些，我心里总有一种说不出的遗憾。愿闫爱卿同学在天堂那边安好！

大三时，给我们班授课的是赵超群和杨德友二位老师。他们一视同仁地对待每一个学生，从未因我是农村来的而轻视过。赵老师曾经是文化部电影局的翻译，知识渊博，很有才华，我非常崇拜他。同时，又觉得他很神秘，特别想知道他是怎样掌握了那么高深的学问，家里是不是有很多的书，住在啥样的房子里。那天听说赵老师的爱人张安琪老师因病做了手术，我很惦念，总想为老师做点什么。于是我来到赵老师的家里看望师母。当时赵老师和师母正在一起包馄饨。啊，赵老师也会做饭！我有些吃惊。赵老师见到我，很客气，就像招呼老熟人一样给我让座儿倒水，一点儿也没有嫌弃我、看不起我的神色。他告诉我说，他爱人乳腺癌手术后状况良好，现在基本痊愈了。说着还把他爱人的上衣掀起让我看。看到赵老师是那么关心疼爱自己的妻子，夫妻是那样的恩爱，我心里由衷地敬佩老师，赵老师真好！

杨老师是北京人，精通好几门外语，翻译出版过好多书。他长得慈眉善目，说话非常文雅，总是笑眯眯的，显得非常友好。我去杨德友老师家的次数多一些。记得杨老师的住房是一间半，房间不大，里面放着一张单人床、书柜和桌子。书柜和桌子上甚至地上摆得满满的全是书，连多放一把椅子的地方也没有。杨老师的爱人在太原河西工作，不常回山大住。我和杨老师都喜欢下棋，他教我下围棋，告诉我下围棋的简单布局和定式，并给我讲围棋占地方讲究的是金角、银边、草肚皮。杨老师还送给我一本围棋基础入门。慢慢地，我和杨老师惯熟了，就领着他到我老家上兰村游玩。杨老师给我母亲照了一张相，那是我母亲有生以来的第一张照片。后来每遇亲戚、街坊、邻居到我家串门，我母亲就指着那张照片骄傲地说："这是三儿子大学的老师给照的"。好像她三儿子有多大能耐，就连大学老师都来家里给照相。

在大学里我还享受到了另外一种师生情。故事发生在1974年夏天我们在山西运城康杰中学教学实习期间。那次教学实习是我们的三次"开门办学"之一。记得老师分配我和赵殿华教一个班。我们听说这个班的英语老师是自学的，发音不标准，学生们也因此不喜欢上英语课。我们了解到这种情况后就汇报给了蔡老师。在蔡老师的启发下，我和赵殿华商定，若想让学生们喜欢上英语，首要问题是解决发音问题。我俩确定每节课要为学生们纠正几个最基础的26个英文字母的发音并教会几个国际音标。通过这种方法，极大地调动了学生们学习英语的积极性。学生们在课后经常拿着英语课本来找我学，念课文让我听，问我念得对不对。通过我们耐心地教，学生们努力刻苦地学，那个班的学生终于在我们短短的一个月的教学实习期间掌握了48个国际音标，能够自己学习

付小燕老师（前排左四）带领英语三班同学在运城康杰中学"开门办学"

生词了！这个效果使我非常高兴，很有成就感。学生们也非常感谢我们。教学实习结束时，学生们和我恋恋不舍，我们一起拍照，互留联系方式。有个学生还送给我一个笔记本，说有机会一定来太原看我。这次教学实习使我认识到，如果不学好英语，毕业后就不能从事英语教师工作，以免误人子弟，影响学生们的前途。同时也使我更加坚定了努力学好英语，将来当个好老师的信心。

1975 年 8 月我从山西大学毕业后，服从国家分配，从最初的太原市北郊区计委工作开始做起，组织上让干什么我就干什么，不论干什么我都会任劳任怨，从不挑三拣四。很快我就得到了领导和同事们的信任，工作上可谓是一辈子顺风顺水。

是啊，往事悠悠，师生情深，难舍难分。转眼我已退休好几年了，每个月都能领到国家发放的退休养老金，生活无忧无虑。可我那些小学、中学的同学们，他们绝大多数一直在农村劳动，辛苦了几十年也没有养老金可领。再看看我的家族，看看我的爷爷奶奶、父母双亲和兄弟姐妹们，他们都是一辈子面朝黄土背朝天的农民，过着非常艰辛的日子。为什么？其实我知道，这都是因为我有机会上了山西大学，我的命运从那时起就发生了改变。是知识改变了我的命运，把我变成了一个幸运儿。感谢山西大学，是山西大学给我插上了翅膀！感谢我的授业老师们，是恩师们给了我知识，使我有了安身立命的资本！

王柱儒，男，1951 年 4 月出生于太原市尖草坪区上兰村，中共党员。1975 年 8 月从山西大学外语系毕业后，先后供职于太原市北郊区计委、山西储备物资管理局、山西储备局。曾任 972 处副处长、党委委员，山西储备局办公室副主任、仓管处副处长（主持工作），调研员。2011 年 4 月退休。

那个时代飘在母校上空的声音

李广锁

子在川上曰："逝者如斯夫，不舍昼夜。"近50年，一个不长也不短的时间就这样一天一天地流逝了。但我们这群人在心灵深处还依稀记得近50年前飘在母校上空的那些声音。

记忆最深的是主楼顶上的那些高音喇叭，从欢迎工农兵大学生入学到毕业，它伴随了我们整个大学期间的生活。每天清晨，天刚蒙蒙亮，当东方刚升起一缕晨曦，太阳还在懒懒地睡觉，主楼上的大喇叭就响起了嘹亮的军号声。接着，是"唰、唰、唰"的跑操声。苏同利排长浑厚的男中音和武浩女排长高亢清亮的女高音的喊操声，贯穿了三年半的早晨，我们大部分晨练都是这样度过的。

熄灯号响时，我们并不会老老实实地睡觉，我们会在昏暗的路灯下，在似亮非亮的盥洗室里，或是在床上蒙着被子、打着手电筒学习，突显出熄灯的军号声在星光下飘荡的无奈。怪不得有老师讲："工农兵大学生是最刻苦学习的一群人"。

在空荡荡的大食堂里，没有一张桌子、一把椅子。我们把饭盆饭碗放在地上，一边吃着窝窝头和那个时代特有的高粱面轧成的"钢丝面"，一边听着学校的大喇叭播音。那里有我们师生的声音。每天中午《东方红》音乐过后，我们可以听到一个浑厚的磁性男中音：“山西大学毛泽东思想广播站现在开始播音”，那是执教英三班的苏湘晋老师的声音。我们还可以听到外语系的陈竹芳、马燕生、赵建峰等女同学的声音，可能当时学校没有专职女播音员吧。他们的声音也经常和中央人民广播电台播音员的声音、学校领导讲话的声音一样，通过这些高音喇叭传到教职员工们的耳中。

外语系的学生大部分都有一个小半导体收音机，那是用来听外语的。有的同学借此训练听力，有的同学借此纠正语音语调。毕业后我们才发现，教我们的老师的语音语调是多么的标准，多么的“伦敦”。在宿舍里打开收音机，大部分电台的文艺节目都是京剧样板戏的旋律，飘来的音乐虽然很美，可听多了也不免有些单调乏味，反反复复都是杨子荣、李玉和、郭建光、严伟才的唱腔。杨子荣的“打虎上山”、阿庆嫂的“智斗”、李铁梅的“我家的表叔”，人人都能哼几句，几十年经久不衰。我们最爱听的还有李谷一的歌声。那是她出道走红的时期，听她的歌真的是一种美的享受。晚上，有时我们悄悄地听邓丽君的歌。她的歌甜美动听，我们非常喜欢。但在当时却被认为是资产阶级的靡靡之音，不敢公开听。还有英文广播 VOA 的 *English 900*（《英语 900 句》），很纯正的英语教学节目，我们听着、模仿着。

陈峰等热爱运动的同学一定记得大操场西北角上空划过的急促的发令枪声，那里是赛跑起跑线。陈峰的百米短跑，聂素娥的 100 米跨栏，李伟格的 400 米赛跑，还有毛维力的跳高，柳花梅的铁饼等。枪声一响，随着操场上的欢呼雀跃，他们就给系里赢来了荣誉和骄傲，给同学们带来了自信和欢乐。

春天，学校农场的上空也曾飘过同学们插秧刚一入水时的尖叫声，有蚂蟥钻进腿里的惊恐声，还有柳花梅、王远雁驾驶的拖拉机发出的轰鸣声，当然还有同学们拥挤在拖拉机上像胜利者凯旋时的喧闹声……

我们不会忘记教室里那台像行李箱一样的方形录音机。它和现在各种录音设备相比，实在是太笨重、太落后了。现在一部手机，一个iPad，一台笔记本电脑，能听、能录，功能齐全，可以储存海量的信息。但在当时，那台录音机却是很先进的，那一大盘磁带在它上面慢慢地转动，录音机里传出蔡春月老师和刘生金老师纯正的英语教材配音。我们会围在录音机旁，一遍遍不厌其烦地聆听、模仿老师每个句子的读音。

我们全系学生听过刘廷玉系党支部书记那软软的、斯斯文文的传达文件的声音，也听过樊维信和高光斗老师宣布某些注意事项或强调具体要求时的大声或略带嘶吼的声音。俄专学生李政文经常在宿舍走廊里走来走去背俄语，发出叽里咕噜的声音。有时也有练嘴皮子“吃葡萄不吐葡萄皮，不吃葡萄倒吐葡萄皮”相声贯口的声音。韩生鹏、贾广臣等借用老师的英文打字机啪哩啪啦打字的声音经常会在宿舍飘荡。然而，最动听的还是英专宿舍传出的王力理拉小提琴的声音，悠扬得让我们如痴如醉！

每每想起母校，脑海里就会浮现出遍布校园的丁香树。透过教室的玻璃窗，看到它抽条、长叶、开花，像迎春花一样迎来春天，迎来希望和理想。我们似乎还能听到丁香树开花的声音，我想一定是蜜蜂的嗡嗡声掩盖了花开的声音。我确信丁香树开花一定是有声音的。校园里像田陌似的路旁是高大的洋槐树，树上有鸟巢，喜鹊的喳喳叫声，其他各种不知名的小鸟此起彼伏的歌声与我们的琅琅读书声和弦，形成一支和谐的交响曲。

图书馆里似乎鸦雀无声。然而，几年远离书籍的我们像沙漠里的骆驼遇到了清泉，像久旱的禾苗迎来了甘霖，我们对书的渴望达到了贪婪的程度。浏览、阅读那些世界文学名著都是在图书馆里进行的。书中的声音流淌在我们的脑海里。《堂吉诃德》打风车的声音，《红与黑》中于连的情话声，高尔基的《海燕》在暴风雨中的鸣叫，保尔·柯察金在

山西大学原主楼前的毛主席雕像

《钢铁是怎样炼成的》中的经典名句：人最宝贵的是生命。生命每个人只有一次。人的一生应当这样度过：当回忆往事的时候，他不会因为虚度年华而悔恨，也不会因碌碌无为而羞愧；在临死的时候，他能够说：“我的整个生命和全部精力，都已经献给了世界上最壮丽的事业——为人类的解放而斗争。”这些声音被我们所有人铭记，在我们脑海中几十年回响。

用英语、俄语表演节目，一班演的《半夜鸡叫》，周剥皮学鸡叫是陈峰的声音，反串高玉宝尖尖的童音是赵保兰的声音；二班演的《红灯记》，李燕霞扮演铁梅“都有一颗红亮的心”的京韵味儿，陈庆馥的木梳叫卖声；英语专业原汁原味的《国际歌》和俄语专业俄文版《莫斯科郊外的晚上》的歌声，这些声音恰到好处地混合，就谱成了我们那个时代真实的欢乐交响曲。

当我们白发鬓鬓，儿孙绕膝，你我坐在摇椅上回顾大学时代的生活，回顾几十年的世事沧桑，感叹时代的飞快前进之时，我们是否还会记起曾经飘荡在母校上空的那些声音?

现在我时常在梦里听到教室里的那台老式录音机还在一遍遍地重复着同样的声音。

工农兵大学生留在山西大学的往事

高胜恩

光阴荏苒，岁月如梭。一转眼，我们山西大学外语系 72 级工农兵大学生离开校园、步入社会已 41 载。当年意气风发的莘莘学子，正跑步进入花甲之年。2016 年 5 月 6 日，在和煦的阳光里，我们这些当年首届工农兵大学生，相约重逢在龙城。

41 年的岁月过去，我们的脸上已脱去当年的稚气和青涩，换上一派稳重与成熟；我们的身体已没有了当年的挺拔，却多了几分富态；我们的步履虽没有了当年的轻快，却多了些许持重。

披着满身的征尘，带着沉甸甸的收获，我们从天南海北、国内国外欢聚在龙城，我们互相拉手、拍肩、搂抱在一起。尽管我们已经不再年轻，但见了老同学，我们的心依旧天真纯洁。当年十七八岁的“老韩”，现在依然是“老韩”；当年二十好几的“小白”，即使今日白发如雪，依旧还是大家的“小白”。

在 1972 年，工农兵大学生绝对是新生事物，学生是地地道道的工人、农民和解放军战士。放下手中的扳手和铁钳，搁下手中的锄头和钢枪，一群手上长茧、怀揣边疆泥土、带着庄稼芳香的青年，涌进大学校门。我们拿起笔，开始了人生新的征程。

2002 年山大百年校庆时，校友于山西大学堂旧址前合影。左起：王崇光、常俊英、肖文科、高胜恩、任如凤、吕典治

我们有着最好的老师，他们是我们人生道路上的良师益友。他们手把手，耳提面命，从 26 个字母开始，教会了我们英语听、说、读、写、译的基本技能。他们为我们打开借助英语看世界的一扇窗户，带我们走进英美文学的殿堂。从此，我们也逐渐了解了西方社会，知道了狄更斯、王尔德和杰克·伦敦，赏析了莎士比亚的戏剧。

梁联发老师和蔡春月老师都是归国华侨，我们地道的口语要归功于他们。不论走到什么地方，当我们的口语受到称赞时，我们无法不为我们曾有过这样好的老师而感到自豪。记忆深处，还有懂六国外语的杨德友老师，还有庞人骐、刘海量、乔寿宁等专业课老师，他们严谨的教学态度、渊博的知识，为我们打下扎实的基础，是我们渴求知识、努力进步的榜样。

记忆中，有山西大学校运会上，陈峰同学打破男子 100 米校纪录时，我们欣喜的尖叫声；还有迎新晚会上，我们表演的舞蹈《在北京的金山上》、小合唱《海蓝江畔》、安玉莲同学的独唱《翻身道情》等等。

除学习专业课外，我们还响应毛主席的号召，“开门办学”——学工、学农、学军。去晋祠学习插秧、栽种水稻时，我们师生学做农活那好笑的姿势，被当地老乡戏称为“山大教授赶毛驴——秀才当兵四不像”。

我们带着老师自编的教材去文水县刘胡兰村，用英语讲解刘胡兰的光辉事迹，刘胡兰的革命精神在我们心底打上深深的烙印。我们去石家庄水泵厂学工，为工厂翻译英文技术资料。毕业前夕，我们去了运城，在全省著名的重点中学——康杰中学和运城中学实习。孙大莱老师短短几行字的课文范读，让我们醍醐灌顶，晓得了高雅语言的魅力，知道了什么才是好老师，也让我们懂得了严师出高徒的道理。

大学几年，同学们朝夕相处，同学情、朋友义，一点一滴渗入心田，融化到血液里，我们共享人生中那段美好的青春岁月。

今天，无论在国内，还是在国外的我们，都在各自的领域里取得了很大的成绩，收获了满满的自信和累累硕果。我们可以自豪地说，我们没有虚度光阴，我们向母校交出了一份合格的答卷。

岁月的风霜可以在我们脸上打上“年轮”，带走我们年轻的容颜，却磨灭不了我们对人生信念的追求。时光可以带走我们的强壮，甚至健康，却剥夺不了我们对生活的热情，更没收不了我们彼此之间的友谊和情义。

再好的宴席，也会有曲终人散之时。当聚会接近尾声，一股眷恋之情油然而生。只恨时光的脚步太过无情，我们还有许多话未说够。两天的欢聚太短暂，我们还有很多事想一起去做。时光啊，你能否放慢点脚步，让我们再好好拉拉手，看看彼此的笑脸，多享受、储存些对方温柔的目光，铭记下彼此的一举一动、一颦一笑，把它们封存在记忆深处，常相思，常相忆。我们不想为朋友送行，我们真的不想说“再见”，因为那后面将是漫长的等待。相聚的时光那么珍贵，我们只想说，请珍重，期待早日再相会。

祝福我们的同学，永远积极向上，充满活力；期待我们早日重相聚，期望再聚会时，到场的人一个不少；祝愿大家都健健康康，快乐安详！

2016 年 5 月 8 日于龙城

忆“开门办学”

李燕霞

近年来，无论是在国内还是在国外，教育界都在提倡一种新型的办学模式，即“开门办学”或开放办学，鼓励学校向民众、社会、生产单位及境外开放。相对于封闭办学，这一办学模式更有利于学生了解历史，认识社会，激发学习的积极性；更有利于学生理论联系实际，增强动手能力；更有利于培养学生的工匠精神与创新精神，使之成为建设国家与推动社会进步的优秀人才。每当看到这一信息和提及“开门办学”，总会令我想起40多年前上大学期间“开门办学”的情景，不禁心潮澎湃，思绪万千，久久不能释怀。

1972年4月3日，我们作为山西省首届工农兵大学生走进了山西大学。在当时“学制要缩短，教育要革命”的思想指导下，我们在山大的学习时间实际是三年半。我们的到来，意味着“文革”停课闹革命的结束。老师们又能够重新走上讲台，尽自己所学，讲好每一节课，教好每一个学生。与此同时，同学们深深感到这一宝贵的学习机会来之不易，利用一切时间来学习，哪怕在节假日，教室里、图书馆满满的都是学生。大家都在争分夺秒像海绵一样吮吸着知识，要把那些年耽误的时间补回来。第一学期，我们一边以小班为单位学习英语，过语音关；一边参加学校为我们专门开设的中文基础知识和写作大课学习。时间过得真快，第一学期的学习就这样顺利结束了。之后，我们的学习主要聚焦于英语基础知识和基本技能以及有限的英美文学知识上。

大学阶段的学习实行“开门办学”，课堂可以设在学校教室，也可以设在工厂、农村或部队营房。我们在思想上走了一条与工农兵相结合的道路，学业上走了一条理论联系实际，边学习边实践的道路。这种开放式的办学方式，不仅使我们学到了必要的基础知识，掌握了学习方法，更重要的是学会了分析问题与解决问题的思路，可以说受益匪浅。

三年半的大学生活，我们班进行了三次“开门办学”，依次是刘胡兰纪念馆、解州中学、石家庄502航校。

1973年秋，山西大学外语系全体师生在系主任高光斗的带领下，扛着红旗，背着行李，一路高歌奔向文水县刘胡兰村。老师们住在刘胡兰民兵班办公室，学生们分别住在老乡家。我们英语二班的女生住在一位老大娘家里。虽然大娘家条件差，但她对我们这些学生却非常好，早早就把院子收拾利落，房子打扫干净，缸里装满了清水。我们住下后，学着革命先辈的样子经常和大娘拉家常，帮大娘洗衣服、挑水、扫院子。丁立松同学曾在农村插过队，身体壮，挑上一担水走起来稳稳当当，还会换着肩膀挑，大家都很羡慕她。同学们还常常把在食堂领到的馒头节省下来给大娘吃，和大娘的关系相处得非常融洽，不是一家人胜似一家人。尽管如此，由于语言不同，还是会闹出一些笑话来。彭漪同学从小学就开始学习英语，对语言非常敏感，于是她试着跟大娘学一些文水话。有一次，大娘从邻村大象镇赶集回来，大娘说：“可红火啦！”有一天大娘感冒了，大娘又说“我风法啦！”这两句文水话听起来音都差不多，这下可把小彭难住了。小彭问大娘：“怎么赶集和感冒都是红火呢？”让小彭好好见识了一下当地方言的厉害。

我们每周都要和老乡一起下地劳动几次。记得有一次是扛玉米秸秆儿。张淑英同学瘦弱的身体扛着大捆秸秆儿，满脸是汗，但她还是不停地一趟一趟地扛，始终没有叫苦喊累。对于参加体力劳动，我们没有一个人借故不出工，总是将其看成是一种增强体质和锤炼意志的好机会。这是一种什么精神？这是一种以苦为乐的精神。有了这种精神，还有什么艰难困苦能够阻挡我们前进呢？在刘胡兰纪念馆“开门办学”期间，鉴于我各方面的表现尚佳，被批准加入共产主义青年团，张俊是我的入团介绍人。何忠寿是我们班的党小组长，又是英语专业的书报义务收发员。“开门办学”期间他更是跑前跑后，关心同学们的学习与生活，受到同学们的好评。

在刘胡兰纪念馆“开门办学”期间，我们的大部分时间还是花在专业学习上。虽然老师们已经把刘胡兰纪念馆的解说词编成英文教材，并且我们在校时已经学过了。然而到了纪念馆，徐忠权老师还是领着我们对照馆里的画，一幅一幅地讲解。老师讲得仔细，同学们练得认真，一个半月下来，我们已经把馆里的解说词背得滚瓜烂熟，语音语调也有了很大的提高。顺便说一句，毕业后我被分配到刘胡兰中学任教。刘胡兰

在刘胡兰家乡“开门办学”时，韩玉英（左一）、王桃秀（左三）、毛维力（左四）与英雄母亲胡文秀合影

中学和刘胡兰纪念馆一墙之隔。那时经常有外宾参观纪念馆，起初是外宾没带翻译时纪念馆找我翻译，后来即使带着翻译纪念馆也找我翻译。因为带来的翻译不熟悉所译内容，往往那么多图片三句两句就翻译完了。我之所以能够如此，完全得益于大学时打下的扎实基本功和“开门办学”时掌握的熟练翻译技巧。由于担任现场翻译时还需回答外宾提出的各种问题，所以自己的听力、口语水平也得到了很大的提高。此外，当学生们看到老师学了外语，立刻就能在接待外宾时派上用场，虽然当时外语只有 10% 计入高考总分，还是激发了学生们学习外语的积极性。

在刘胡兰村“开门办学”期间，我和武浩、李茂海同学还曾到刘胡兰中学给高中学生介绍过学习外语的经验。由于我是本地人，用家乡话讲更加亲切和生动。多年后，原来听过我讲话的同学们还记忆犹新，说对他们当时学习外语帮助很大。当然，介绍学习经验对于我们自己的学习也是一种很大的促进，因为必须对自己的学习方法进行总结并将学到的知识进行梳理。此外，也锻炼了自己在大几百学生和教师面前讲话的能力和胆量。

1974 年夏天，我们大三的同学去解州中学实习。按照规定，两个同学教一个班。我和李芬一组，负责一个高中班的英语教学。第一周我们主要是听课见习，向当地老教师学习包括备课、讲授、课后辅导在内的教学流程与方法，以及如何与学生相处的技巧。从第二周开始，我们就登台讲课了。上讲台前，我们认真备课，仔细推敲课堂上要讲的每个知识点，每句要说的话，甚至准备好要提问的问题及回答问题学生的名字。然而，毕竟是第一次上讲台，面对几十个学生，内心还是有点紧张，好在准备充分，讲课顺利完成。实习期间，我们课上是师生，课下是朋友，一起与学生交流学习方法，拉家常，做游戏，师生相处得十分融洽。此次教学实习，由于感情十分投入，工作尽心竭力，精益求精，不仅教学效果令人满意，而且和学生们结下了深厚的友谊。一个半月后我们要回学校了。分别时，我们和学生们合影留念，师生都流着激动的泪水，难舍难分。返校后，我们还收到学生寄来的照片和信件，说我们是他们见过的最好、最亲切的老师。这次教学实习，我们成功地完成了一个学生向教师身份转换的试验，为我今后当教师增添了信心，打下了基础。

在此次教学实习期间，教课之余，我们用英语排练了《红灯记》中的“痛说革命家史”一节。山大的老师辅导我们英语，当地的艺术老师教我们动作表情。李芬饰演李奶奶，我演李铁梅，唐茂恒演李玉和，陈庆馥演卖木梳的。晋南的夏天特别热，但我们学得很认真。回校后演出多次，反响很好，受到师生们的一致好评。我也真真切切地过了一把文艺瘾，在后来的“开门办学”中我们又给外国人演出，效果也非常好！

1974年底，我们已经大三，具备了一定的基础知识和基本技能，这次“开门办学”的单位是石家庄502航校，学习任务是给苏丹来中国学习的飞机地勤机械师当口语翻译。听到这个消息，同学们既兴奋，又紧张。兴奋的是苦读3年，终于可以有机会与外国人直接对话了。紧张的是我们对飞机一无所知，能否圆满完成口译任务心里没底。正是怀着这样的心情，我们班一行20余人，在陈恩炎老师的带领下进驻航校。来到航校的第一件事是，在部队首长、部队翻译和老师的带领下熟悉环境。在机场上，我们第一次近距离见到了飞机，而且是这么多的“歼-6”战斗机。部队机械师给我们讲解了飞机的结构、部件名称及性能用途等。对我们来说，这些都是一些全新的概念与知识。虽然一时很难弄懂，但我们都兴致勃勃地听着讲解，记着笔记，因为第二天就要上岗当翻译了。回到宿舍，老师把有关单词和句型发给我们，大家一看这么多术语，头都大了。老师又叫来部队翻译，把最常用的词语划了一下，总共标出了150多个。这天晚上我们几乎没有睡觉，一直在背这些术语。我记得背到半夜12点多就困得不行了，小憩了一会儿，起来又背。我看到很多

在石家庄"开门办学"时，作者在"歼－6"飞机前留影

同学都没睡，到天快亮时，终于把这 150 多个词语背会了。第二天正式上岗。机械师、机械员和苏丹的学员（都是当兵的）排好队，由部队的中队长布置当天的任务，然后再由部队张翻译翻译给苏丹学员。我们每个人被分配到一个机组，一个机组内有一名中国机械师、一名中国机械员和 3 名苏丹学员，大家互相认识后便开始工作。首先由中国机械师介绍飞机的基本结构和性能，我们一句一句都得翻译给苏丹学员。陈老师提前告诫过我们，遇事不要慌，不会翻译的地方可以用手比画，实在翻译不出来，可以问部队的张翻译和陈老师。于是，大家分头开始工作。第一天就笑话百出，头天晚上速记的单词在使用的时候一下子就短路了，脑子一片空白，怎么也想不起来了。下午开总结会的时候，我记得王九成同学把"handle"译成"foot"。苏丹学员不知道怎么回事儿，眼睛睁得大大的，不知"foot"怎么也上了飞机？张翻译曾经告诉过王九成，举例说，如果忘了"handle"，你就说成"hand"也行，口语只要对方听懂就行。结果他一紧张把"hand"说成了"foot"，大家都笑成一团，笑得都喘不过气来了。当天晚上，大家都更加认真地背词语、记表达。同学们晚上学习，白天实践，劲头儿特别大。苏同利同学是我们的排长，他怕同学们累坏了，一个一个宿舍通知大家早点睡觉。

一周的时间我们就把飞机上的专用词汇记得差不多了。句型也相对简单，无非是检查一下某某螺丝是否拧紧，某某管道是否漏油，用改锥把螺丝拧紧，等等口语。10天下来，我们已不用再时时刻刻请教张翻译了。第三周清早，我们还是照常准时集合。排好队后，张翻译走到我跟前说：“小李，今天中队长布置任务时由你来当翻译。”我一下傻眼了。陈老师走过来用鼓励的眼神看着我，并且坚定地说：“来吧，哪句不会我和张翻译帮你。”我定了定神走到队前开始翻译，竟然都翻译下来了。陈老师和张翻译纠正了我的个别句型、发音，甚至连神态手势都给我做了指导。真是太感谢他们了！他们真是我的良师益友。每天下班回来，又写又背又熟悉新的知识。一个月下来，大部分同学都已经不用张翻译和老师帮忙，自己基本上能完成任务了。同学们都感到非常高兴，虽然紧张了一段时间，但进步很快，值得！

在石家庄航校“开门办学”期间，我和李芬同学利用晚上和周末，给部队的干部班办了个英语入门辅导班，教他们学习字母音标和简单的口语。老首长们学得很认真，亲切地叫我俩大李老师和小李老师。我们在石家庄同部队的张翻译，还有我们的机械师、机械员朋友们建立了深厚的友谊。多年以后我们一直保持书信往来，互通信息。这种边学习、边实践的方法实在是太好了。

毕业后，我一直从事教学工作，带高中班的英语课，评上了中教高级职称。我曾担任文水中学教学副校长、文水教师进修学校校长兼党支部书记，2000年应聘到太原第十五中学。如果说我们的职业生涯还没有虚度，那是全靠山大外语系的老师们给我们插上了腾飞的翅膀。非常感谢我们的恩师徐忠权、陈恩炎、高键、崗根才、刘生金、付小燕等所有外语系的老师们。

显然，“开门办学”并不是我们大学生活的全部，但三次“开门办学”活动给我留下了极其深刻的印象。从我们“开门办学”的实践中可以看出，这种开放式的办学模式确实有利于学生的思想教育，有利于学生养成理论联系实际的学风，有利于培养学生不畏艰险、勇于创新的精神。我们“开门办学”的实践虽然成为过去，但我觉得对现在的大学教学也有很好的现实指导意义。

李燕霞，女，1954 年生于山西省文水县，中共党员。1975 年毕业于山西大学外语系英语专业。毕业后曾任职多个岗位：英语教师、班主任兼教工团支部书记、政教主任、教务主任、副校长、教师进修学校校长兼党支部书记等。曾荣获吕梁地区“教学能手”“三八红旗手”“优秀共产党员”“山西省骨干教师”等称号。

难忘山西大学的学习生活经历

王振春

如果提到我的大名，除了我们那届外语系的同学，其他系的同学多数都不一定知道。但是，如果说起我的外号“小华（小华侨）”，几乎那届山西大学的所有同学都有耳闻。这个雅号应该是我们班的同学陈峰给起的，没想到其知名度后来居然超过了我的大名。

我是一位缅甸的归侨，1968年回国后，分配到山西省祁县中学上高中。1968年底，毛主席发出了“知识青年到农村去”的号召，由于县里高中班基本都是农村来的同学，因此就被解散。剩下我们几个归侨学生没地方去，县委研究后，就把我们安排进工厂当学徒工，我和其他几位归侨学生被安排到了祁县锻压机床厂。到了1972年，国家启动大学招生，当时的条件是初中以上文化程度，两年实践经历。我们都报了名，但之后的备考工

作根本轮不到我们。一直到招生工作接近尾声，省里下发了一份文件，要求当时祁县36个招生名额中必须有一位归侨，其他条件不变。在这样的侨务政策支持下，我才在最后一刻被录取。本来报的是太原工业大学，但是招生部门一看是归侨，就将我调整到了山西大学外语系英语专业，真是阴差阳错！

就这样，我于1972年4月初前往山西大学报到。由于是“文革”中第一次招生，学校非常重视，报到处都是老师们亲自接待。我清楚地记得，当时我报到后，是乔寿宁老师替我扛着行李，把我带到外语系宿舍，真的让我非常感动。

刚开学时我们是按地区分的班，我被分配到三班（后来称之为“老三班”），只有我和闫爱卿是来自工厂，其他同学都来自部队或农村。闫爱卿同学毕业后也一直和我保持着密切联系，她始终以一位好大姐的身份给予我很多关照，这是让我难以忘怀的。很可惜，她2016年不幸病故，葬礼之后，我们才从她女儿那里获悉，实在令人惋惜。

我们三年半的学习生活，由于大家都清楚机会来之不易，所以非常珍惜这样的学习机会。尽管许多同学基础比较差，但是都在拼命地学习。老师们也非常下功夫。我记得印尼归侨梁联发老师自费买上蜡烛送到学生宿舍辅导，我们班的蔡春月老师对同学们既亲切又严格。当时我自己由于祁县剩下的归侨同学要去港澳定居而心不在焉，但是在蔡老师的课堂上一点也不敢掉以轻心，因为只要我稍微思想开小差，随时就会被蔡老师点名提问。

第一学年结束时，英语专业进行了一次全年级的统考，然后参照考试成绩重新编班，我侥幸分到了新一班。当时的教学理念强调教学与生产劳动相结合，我们除了课堂教学外，还参加一些劳动实践——在学校农场平过地、插过秧、割过稻子，修过学校的马路、操场，挖过防空洞，到学校对面的战备砖窑烧过砖。当然，我们在任何劳动中都是争先恐后，没有一个人会偷懒。劳动虽然很辛苦，但我也是从来不落后，大家都在一种快乐的气氛中得到锻炼。劳动间隙，人手一本外语书都在用功学习，这种精神真的让人很感动。所以，我后来教书时一直和学生们强调，学外语不怕基础差，就怕不用功！因为我们毕业后的实践证明，虽然我们大部分同学外语基础差，甚至没有基础，但经过几年的努力学习，毕业后在工作岗位上继续提高，大部分人都成了各行各业的骨干，都成了业务突出的人。这除了归功于老师们的精心培养，还靠自己的不懈努力。

在特殊的政治形势下，除了学习、劳动，还有一项繁重的任务就是政治学习，这是我最难适应的。要经常学习各大报刊发表的文章和上级

英语一班全班照。左起前排：赵保兰、原因、毛维力、段娟、徐婉丽、秦忠梅；二排：李秀英、冯建平、刘海量老师、杨希敏老师、赵麟、王惠临；三排：武浩、戈小丽、陈少芳、赵宝华、王振春、王力理；后排：陈峰、张学斌、陈晓伦、张福成、李新国

下发的文件，然后每个人都要写总结、谈心得，多亏我们的班长武浩和其他班干部对我的关照，一轮到我就略过去了。实际上，除了语言问题以外，我还是真的不愿意做这种“随风倒”或发表跟风的言论！这真的要感谢班干部和同学们对我的理解与照顾，否则我会很难适应如此频繁的政治学习和人人发言表态的讨论形式。

毕业后，我在1976年暑假调到了山西财经学院任英语教师，1984年10月调到山西省外事办公室任翻译，直到2011年退休。退休后我还一直在做兼职教师，教授英语和做翻译。除此之外，由于我的母语是缅甸语，缅甸也正在从过去的军人政府过渡到文官政府，再到民主政府，逐渐走上对外开放的道路，其中当然离不开中国这个大邻居。在这个过程中，我发现缅甸极其缺乏能够做缅甸语、英语和中文的多语种翻译，我就发挥我的优势，这些年经常被国内和缅甸的有关机构和组织邀请回到缅甸，去主持一些需要精通三个语种的研讨会，或者去担任中、英、缅三个语种的交传和同传，充分发挥自己的余热，同时也为中缅两国的友好交往做贡献。我之所以能够逐渐从一名普通的英语外事翻译过渡到同传，完全归功于山西大学那几年打下的良好基础，使我能够在工作中不断提高自己的专业水平。

总而言之，尽管工农兵大学生曾受到社会上一些人的非议，但我自己从来没有担心被人笑话，自我介绍时，我始终说是第一批工农兵大学生！通过工作实践，自己的业务能力也被人认可，无论是在教师岗位上还是翻译岗位上，我没有给培养自己的母校山西大学丢过脸，也始终对得起当年教过我的各位老师。山西大学改变了我的人生轨迹，我觉得那是我人生的宝贵经历，我会永远珍惜它！

（附注：由于前一段没有时间静下心来写，昨天又接到赵殿华同学的微信，今天一起床就坐下来敲电脑，完成同学们交给我的任务。没有任何提纲计划，想到哪里就写到哪里，但可以保证我写的都是真心话。遗憾的一点是目前我在温哥华，没办法提供有关当年的照片资料，只好附上我的一张工作照，希望同学们见谅。）

2020 年 1 月 17 日于温哥华

王振春，男，缅甸归侨，1951 年 10 月出生。1975 年毕业于山西大学外语系英语专业，大学学历。1976—1984 年山西财经学院英语教师，之后调到山西省外事办公室任英语翻译至退休。始终活跃在翻译界，从事中、英、缅交传和同传，为山西省的国际交流项目以及中缅两国文化与经济交流做出贡献。曾任山西省翻译协会副秘书长。

真爱无价

赵殿华

人这一辈子，要经历许许多多的事儿，会遇到千千万万个人。许多事都会随风飘散，在脑海中留不下多少痕迹；但有些事儿却铭刻在心，一生一世也不会忘记。

贫下中农给我的情与爱

上大学以前，我是山西省山阴县玉井公社水头大队的插队知青。当我们被敲锣打鼓地送到那个小山村时，我对贫困一词才有了真正的概念：许多农民家里的炕上没有炕席，取而代之的是牛皮纸；谈论谁家富不富裕，是要数一数他家有几个腌菜缸。那里的气候无霜期短，主要粮食作物有莜麦、土豆、胡麻、豌豆等；而在菜蔬方面，人们只种胡萝卜和圆白菜。春夏之交，农民们会到田地里挖野菜。叶子绿绿的长得壮实的那种叫苦苣菜，不好吃；叶子背面稍带紫色、个头较小的叫甜苣菜，也就是人们要挖的苦菜。他们不像我们知青挖点够吃就行了，而是把野菜当粮吃，一天要挖满满的压得瓷瓷实实的一麻袋。晚上回到家，处理干净，开水氽过，凉凉，腌制到菜缸里。直到把家里的菜缸全部腌满。

家境好一些的村民除了腌苦菜以外，还会腌几缸圆白菜和胡萝卜。这些腌菜就是他们一年四季的桌上菜。

那里虽然有大片大片的土地（人均10多亩），但黄土高原肥力不够，水土流失严重，亩产只有100多斤。我们知青的粮食标准按国家规定是每年510斤。生产队每年给我们分260斤粮食，其余部分由国家补足。那时我们按月到公社去批粮，然后再到粮店领粮，领清一色的玉米面。说到粮食定量，记得1972年4月3日我到大学第一天报到时，因粮票（卖掉村里分的半年的粮食，只有130斤）太少，还专门与公社联系补开了证明。

因为粮食紧缺，青黄不接时农民家里断顿儿时有发生，遇到雨天不出工，家家晚饭不做干饭，只喝莜面土豆糊糊。村里有个小伙子画得一手好画，好多农民家的墙壁上都有他的作品。虽然他给老乡家画画不要报酬，但还是有很多人家因为管不起一顿饭而不敢请他去画画。

我16岁到水头大队插队，在那里度过了整整4个春秋——我的最美花季！那里是我的第二故乡。老乡非常善良朴实，他们可怜我们这些城里来的娃娃，见面总是问："吃了吗？"他们的家常饭是莜面窝窝、莜面饺子和莜面糊糊，等到过年过节或遇到红白喜事儿时，才偶尔吃一顿油炸糕、猪肉炖粉条。那里的小麦产量极低，一亩地只收几十斤麦子。因此社员们只有在八月十五中秋节时才能分到几斤小麦，才能见到白面馍馍，吃上一顿扁食（我们称之为饺子）。那里的饺子并不是我们平常吃的白面皮饺子（他们称之为扁食），而是莜面皮的。饺子馅儿是从缸里捞几个腌制的胡萝卜，再洗几个土豆，把它们擦成丝拌在一起，红白相间，色香味顿时显现。包好的饺子上笼蒸15分钟就熟了。饺子蘸料就是舀一勺腌菜缸里的腌水。我在这些老乡家里学会了上炕盘腿，坐在小炕桌旁吃饭。每当他们改善生活吃好饭或者有点新鲜的菜肴就叫我去家里品尝。当然，当时所谓的好饭也不过是"抿八股""饸饹面""莜面鱼鱼”。由于粮食太少，叫我去吃一顿饭有时甚至会侵占了孩子们的那份儿。有一次，我到村团支部书记曹德祥家吃饭，我盘腿坐在炕桌旁，招呼孩子们一起吃，曹大娘说，孩子们吃过了，在里屋玩儿呢。我便开始吃饭，一会儿，里屋门开了，伸出两个小脑袋，眼睛直勾勾地盯着桌子上的饭菜。我心里立刻明白了，孩子们肯定是没吃饭，至少是没有吃饱。大娘是把孩子们的那份儿省出来让我吃。我心里一酸，眼睛都湿润了。在那种物质匮乏的年代，能从自己紧缺的口粮中分出一点来照顾一个无亲无故的知青，该是一种怎样的爱！这种爱若放在一个物欲横流的社会该值多少钱？

1972 年春节后，大学招生开始了。县招生办给玉井公社 3 个指标，其中一个是专门指定给知青的。当时全公社 100 多名知青已经因为参军、招工、随父母调动等原因都走得差不多了。以我们大队为例，我们同时到水头大队插队的男女生共 20 人，我是第 14 个离开的知青。我也许不是 100 多名中最优秀的，但我是留下的知青中最符合条件的，我成了上大学的第一人选，公社上报的 3 个名额有我的名字。全村的父老乡亲都为我高兴，大队书记更是乐得合不拢嘴。年前有工厂招工，队里推荐了我，但是却被别人挤掉了。有了那次教训，大队书记说：“小赵，咱们这次可别含糊，我要亲自见招生老师推荐你。”大队书记步行 5 里山路，拦截运煤汽车搭乘 70 多里盘山路，去到县招生办亲自见了招生老师。一个普普通通憨厚朴实的农村支书竟然为一个本村插队知青上大学之事，找招生老师进一步介绍情况，以保我上大学万无一失！想想看，这份情得花多少钱才能得到！就这样，招生老师（应该是教授理工科的，因为我的报考志愿是工学院和医学院）现场考查了几道数学题及一些其他常识性的问题。最后老师考察的结果是：“尽管你学过的东西比较少，但掌握得比较好。”于是我被录取到山大外语系。虽然我没能上成工学院或医学院，但能够进入大学学习英语那是我梦寐以求的事儿。

母校老师像妈妈

我能够进入大学，成为一名大学生，有多么幸运！因为在当时相对全国2000万知青和1亿多蛰伏于工农兵等基层岗位上的不同年龄的中学毕业生来说，上大学的概率不到1%。追求知识改变命运，上大学几乎是每个青年人的梦想。而我有幸在1972年4月初迈进山西大学校门，从一名前景迷茫的知青跨步到山西省最高学府的大学生，这是我人生非常重要的转折点。我暗暗下决心一定要努力学习，争取在较短的时间内学习更多的知识，掌握更多的本领，以便将来从事外文外事工作，当一名合格的翻译。前景是多么光明！目标有多么明确！紧张的学习生活开始了。我如饥似渴地学习，在教室、图书馆，在丁香树丛中，在核桃树下……清晨、下午、晚上，我抓紧一切时间学习，甚至还把午饭后的时间安排学习哲学，自学数学。可令人万万想不到的是欲速则不达，没多久我就出现了神经衰弱症状，经常整夜整夜睡不着觉，听着马路上的马蹄踢踏踢踏地走近又走远，水房内水龙头没拧紧嘀嗒嘀嗒的漏水声，舍友们的梦语声、咬牙声、翻身声……时间一长精神就紧张，还没有上床就担心睡不着，常常服用安定，后来安定不管用了，时而半夜起来到学校卫生所找值班大夫打一针安眠酮。或许是因为我在农村插队长期营养不良导致体质太差，或许是由于自己基础差，学习压力大，或许是从农村一步跨入大学这个人生转折点来得太突然，我一时适应不了，医生说我的病是植物神经紊乱。学校介绍我去山大医院、山西省中医院、太原市人民医院看病。医生给我开了很多药，有口服西药，有针剂，有中成药，还有中草药。医生建议我最好服用中草药汤剂，他们说这样调理可以既治标又治本。可是在那个年代所有医院都没有帮助患者熬制中药这项服务，中草药汤剂必须由自己在家熬制。我开始情绪烦躁，甚至时而

作者与蔡春月老师、李广锁同学在山西大学90周年校庆时留影

与同学讲话也有些粗声大气。可接下来的情景，却使我终生难忘，定格了我一生的待人准则。班里的老师和班委们为我碰过头，当时的口号是“不让一个阶级兄弟掉队”。蔡春月老师，我的班主任和英语启蒙老师，也就是当我第一天踏进山西大学校园为我拎着行李，把我送到女生宿舍的那个温柔漂亮，像妈妈一样可亲可敬的老师，开始为我熬药了。是谁告知老师我需要服用中药，又是怎样把第一服药带到老师家中，我已经不记得了。我记得的片段只有她家的房子非常狭小，一家五口人挤在一间十二三平方米的房间内，里面除了床、书架和摞得高高的书籍以外，只剩下一张桌子、两个凳子和安放在地中央的那个铁炉子了。那天老师在地中央火炉上用砂锅为我熬药，不时地掀开盖子用筷子翻动药物……白色热气充满了整个房间。那一年，蔡老师才37岁。老师为我熬好药后，刷了刷锅，接着为她的女儿熬药。她的女儿“毛毛”那年刚刚两岁，得了一种病，需要每天服用中药。就这样，蔡老师像妈妈一样每天为我熬完中药后再为她自己的女儿熬。我的药一吃就是一个多月。老师不光为我熬药，还经常把熬好的药亲自或托付同学用搪瓷缸子端到我的宿舍，嘱咐我分开两份，晚上睡前喝一份，第二天早饭前再喝一份，这一情景深深地刻入了我的脑海，随着时光的流逝，刻痕越来越深。当年的我竟

然那样的傻，不懂得心疼老师，连声“谢谢”好像都没有说过。老师对我的这份爱无法用金钱衡量！

同学——没有血缘关系的兄弟姐妹

低落的情绪一度影响了我的学习。同学们同情我，都设法帮助我。首先，闫爱卿同学向我伸出了温暖的手。闫爱卿，1949 年生，属牛，比我大 3 岁，1968 届高中毕业生。入学前是榆次液压件厂工人，其父亲是一位职位较高的领导干部，具体什么级别，她没有说过，但我认定她爸爸是一个身居要职的干部。因为她讲起过“文革”期间领导干部几乎都曾遭受过红卫兵的批斗，而她的爸爸却免受此苦。说那些话时，她的眼睛亮亮的，透露出智慧的光芒。她说：“每当一派红卫兵批斗我爸爸时，总会有另一派红卫兵冲上去把我爸爸接走”。“你知道我和我弟弟分别是对立派红卫兵的头头，无论哪一派要批斗我爸爸，都会有另一派出来把我爸爸接走”。这些话把我听得傻傻的，暗暗被她的聪明才智所折服。

爱卿大姐为人义气，敢作敢为，聪明又有智慧。她想方设法为我寻找安静的住宿环境以利我尽快恢复。她带我找了英语教研室主任乔寿宁老师，向他说明了我的身体状况，力求得到系里的帮助。乔老师很同情我，但也无能为力。我们告别了乔老师，回到宿舍。没想到，第二天爱卿悄悄地告诉我说，她找到了一间没有人居住的宿舍，让我搬进去。为了照顾我，她也一起搬来住。我不知道她是怎样找到的，也不知道是怎样打开了房门。只记得她帮助我把行李搬进了那个房间，而且在里面一住就住到学期期末，直到我的神经衰弱症状基本消除。讲到之所以可找到无人居住的宿舍，这里补充一下，因为我们是山西省首届工农兵大学生，那时学校只有我们一个年级的学生，有许多宿舍是空着的，但是也无人敢像爱卿一样为了我而设法打开一个空房间。

另一方面，爱卿大姐为了给我疏解情绪，还时常约我一起散步，向我介绍一些校园中的名人趣事，讲述一些翻译大家的生平故事，甚至还带我拜访过关其侗先生。她告诉我，关老是我国著名的翻译家，作品等身，年轻时曾与胡适先生同桌办公。记得那是秋天的一个晚上，爱卿带着我敲开了关老的宿舍房门，房间就在当时的男生宿舍楼上。室内昏暗，除了床和书桌、书架以外，我不记得还有什么摆设，只记得桌子上凌乱的书稿、笔、纸和摆放在地上的盆盆碗碗。关老热情地给我们让座。他非常爽朗，当得知我总是睡不好觉，视力明显下降时，他告诉我说，他的两只眼睛都曾因用眼过度患疾做过手术。我很吃惊地望着他，而他却平淡地说："好在是右眼睛患疾做手术时，可以用左眼睛工作，一年后当左眼患疾做手术时，可以用右眼睛工作。"此情此景，我记忆犹新。那天晚上，我的心被震撼了。如此一位德高望重的老教授，一个为中国翻译事业奠基的老翻译家在疾病面前竟是那样坚强，那样从容，又如此忘我地工作，而我却因为小小病痛就情绪不安。关老的人生态度，以及他为中国翻译事业鞠躬尽瘁的精神永驻我的心田，为我的人生之路指明了方向。

慢慢地，闫爱卿和我成了最要好的同学，她成了我名副其实的大姐。

美丽的浪花都是因为平静的水流遇到了岛屿和暗礁产生的。在我生病期间还得到李广锁同学的帮助。在许多课外时间，他时常陪着我，慢条斯理地给我讲述一些幽默小故事，以缓解我焦虑的情绪，还经常介绍一些励志名著给我看。我记得最深刻的是他把苏联小说《钢铁是怎样炼成的》介绍给我。书中的主人公保尔·柯察金是那么坚强，他是我们那一代人心目中的英雄和偶像。书中有一段很励志的名言：人最宝贵的是生命。生命每个人只有一次。人的一生应当这样度过：回首往事，他不会因虚度年华而悔恨，也不会因卑鄙庸俗而羞愧；临终之际，他能够说：

“我的整个生命和全部精力都献给了世界上最壮丽的事业——为解放全人类而斗争”。这段话不仅记在了我们各自的日记本上，更是深深地铭刻在了我们的心里，激励着我们为理想而奋斗终生。

有了宁静的环境，有了妈妈般老师的呵护，又有大姐大哥般同学的因势利导，还有像关教授、书中英雄那些榜样的鞭策，我的身体在不知不觉中恢复了。学习成绩也好了，我度过了人生中那段困难时期。

历经近50载，这些人和事不但没有淡逝，反而变得越来越清晰。像一首《老同学》歌曲中唱的那样：“无论相隔有多遥远，仿佛你从未走远。无论分别多少年，好像你一直在身边。”无论是村书记还是曹大娘，无论是蔡老师、闫爱卿大姐还是李广锁同学，无论他们当年对我的帮助是物质的还是精神的，都对我度过那些艰难困苦的时日，促使我在大学很好地完成学业和成就人生产生了极大的影响。我感谢他们！感谢他们给予我的那种大爱！所以我要说，真爱无价！

2019年9月于上海

赵殿华，女，1952年生于北京，户籍地山西大同。1975年毕业于山西大学外语系，副译审职称。1981年起就职于第五机械工业部（1982年改为兵器工业部）下属某厂，任英语翻译至退休。曾主持翻译《走进殿堂的中国古代科技史》（上、中、下三册），并负责全书的审稿定稿。该书英文译本已由施普林格（Springer）出版公司出版，并在全球发行。

记忆的相册

李广锁

那是憧憬梦幻的年龄，
1972 并州的花季。
老师帮我拎着行李，
我们在校园初次相遇。
把那忐忑不安的心情，
埋在了记忆的相册里。

小树林里死记硬背，
大操场上挥汗如雨，
英雄像前默默起誓，
水稻田中欢歌笑语，
我们将这帧帧美好的回忆，
刻在了记忆的相册里。

如果心灵可以穿越时空，
毕业不过是另类的结伴同旅。

如果荒芜了最初的梦，
不应是遥远的距离。
我们把无价的情谊，
珍藏在记忆的相册里。

我们曾经是那么纯真，
我们曾经是那么自信；
我们也曾玉树临风，
我们也曾青春靓丽。
把那昔日的光彩，
绣在了记忆的相册里。

当你不再跋山涉水去旅行，
当你在篱笆边倚仗伫立，
当你含饴弄孙之空余，
当你弄琴泼墨之间隙，
别忘用你历经沧桑的双手，
把记载共同时光的相册捧起。

永难释怀的“青葱”岁月

孙淑云

1968年秋，全国在校的1966、1967、1968年三届初、高中学生，即“老三届”，同年毕业。离校后，除少数招工、参军外，城里的基本都当了知青，上山下乡去农场、兵团，或插队农村，农村的直接回村，共同接受贫下中农的再教育。

《山西日报》刊文报道孙淑云（前）等人的先进事迹配图

我怀揣油印的纸质中学毕业证，回到了临县三交公社三交大队。三交是临县第一大镇，农业人口4000多人。我以回乡知青的身份很快就得到了大队领导的关注与培养，入团提干，协助两位复员退伍军人做青年团的工作。

三交在抗战期间曾是日本驻守临县的一个大据点，敌伪人员多，社会关系相当复杂。在那个“以阶级斗争为纲”的年代，民兵工作在这个复杂的环境中起到了举足轻重的作用。1969年中苏边境紧张，全国处于战备状态之际，在县人武部的指导下，我们团总支成员协助大队民兵独立营老营长，成立了三交大队民兵独立营青年战备团，人武部给我们配备了充足的旧式武器。老营长是一位抗美援朝时曾赴朝作战的老兵，威望极高。他从实战出发，严格训练战备团。我们边劳动，边接受战备训练，一切为了战备。在老营长的带领下，三交大队民兵独立营青年战备团成为一支奉命开山炸石、拦河筑坝、回填造地、架桥铺路的生力军。在“战天斗地”的口号声中立功受奖，成为全县民兵战备团的一面旗帜。期间，我们几位女民兵实地演练的场景曾被记者捕捉到，照片荣登《山西日报》，我居主位的架桥劳动场面照片也被登上了县城的广播宣传栏。1972年春，在一次大队全体干部的工作会议上，议程之一是向公社推荐一名工农兵大学生预备人选。我时任大队团总支书记，大家一致推荐了我。后经公社、县、高校的层层推荐、审核、文化考查、面试，得以批准，我终于如愿以偿地圆了大学梦，于1972年4月初兴高采烈地步入了山西大学外语系，成为一名英语专业的学生。

入学后，学校安排我们女生1个宿舍5人。估计是老师们在调配宿舍时有意考虑工农兵搭配，我们宿舍的5个人，武浩、渠小平、刘之光、王秋菊和我，组成了名副其实的工农兵大学生宿舍组合。班长武浩入学前是省军区的话务兵，王秋菊是古交一家工厂的绘图员，渠小平和刘之光是北京来山西插队的知青，而我则是从贫困老区农村来的半个农民。说实话，当初我确实有点儿忐忑不安。我这个乡巴佬能与人家4个城里人相处来吗？人家能瞧得起我吗？

三年半的朝夕相处证明，我们不仅相处得来，而且相处得很好，亲如姐妹。

武浩，1968年从天津外国语学院附中参军。我们开学的军训就是由她任“教官”训练的。她那严肃认真的工作作风，一丝不苟的严格要求，飒爽英姿的军人风度给多少人留下了永久的美好记忆。入学前，她已是月薪50多元的军官。上学后，她每月的薪酬除了留下生活费外，其余都寄给天津的父母。但每当有同学需要帮助时，她就会从自留不多的生活费中挤出一些接济这些同学。她的英语基础入学前本已很好，入学后她仍勤奋刻苦，每天清晨早早起床后便到室外晨读。在她的影响下，我们几个也如法效仿。

那时不熟悉的人，若仅从她严肃的外表判断，定会认为她是位高不可攀的冷美人。然而，在宿舍里她会绘声绘色地给我们讲她的家人、战友以及“支左”时工人中的趣闻轶事。宿舍里充满了欢声笑语，其乐融融。2002年底，我从徐婉丽那儿得知班长当时的近况后，思念心切。于是，我按婉丽提供的邮址，试着给远在大洋彼岸美国波士顿的班长发了一封电子邮件，她马上回复。没几天，她又打来越洋电话，一聊就是40多分钟。2014年，当她在回国期间召集几位在京同学聚会时，担心我找不到聚会地点，又是电话又是短信，告知我详细路线。合影时，专把我拉在她身旁。自我俩续联以来，友谊越来越深，感情越来越浓。愿班长永保靓丽的容颜，安度幸福的晚年！

渠小平和刘之光二位均出身于干部家庭，但她俩从未表现出一点儿干部子弟的优越感。在校时，小平总能借出图书馆收藏的一些“禁书”，我俩在各自的床头安了个小台灯，用布罩着，在不干扰她人休息的情况下，偷偷看了不少中外名著。她一直像大姐一样关爱着我。2011年，我到京后随她去了趟三亚，我俩一起每天手牵手在海边散步，晒太阳，一起听海浪拍岸。她还带我去景点游玩，开心快乐地度过了十几天。我俩都感叹大学时凝结成的纯真友谊！

1972年的寒冬来得早，刘之光看到我的衣服单薄，就把她的毛衣拆掉，全室同学谁有空谁编织，共同给我织了一件厚厚的毛背心。1974

年暑假前，我在宿舍刚表达了想去北京度假的愿望，小平就表示说她打算去南方度假，我可以使用她的乘车证（学生票半价），之光和我相伴同行。我住在北京工作的叔叔家。到京的第三天，之光专程步行到我叔叔家来接我去她家。我记得那天还有柳花梅和柴晋梅等好几个女同学，在她家集中后，我们决定乘公交去颐和园游玩。我们刚到车站，就看见之光妈妈满头大汗地骑车追来了。后来，我才得知她是给之光送钱送粮票来的。伯母说我是农村来的，嘱咐之光，万不可以让我花钱。那天我们在颐和园玩了整整一天，非常开心。又过了两天，之光又把我接到她家，伯母做了一桌丰盛的饭菜热情招待之光的这个农村同学。老人家当年对我的厚爱，令我感念终生。

王秋菊跟我同岁，失联多年，直到2015年，经多方周折才找到了她，得以相见。中午在去饭店的路上，她牵着我的手过马路，40多年前一高一矮相伴而行的场面，一下子从脑海的记忆深处浮现在眼前。我笑着对她说，又找到40多年前的感觉了。饭后，我们聊了整整一下午，有说不完的话道不完的情。原来她援藏二年后就调回了北京，一直从事新闻工作。当年秋菊妈妈在太原五龙口开了一间小照相馆。王妈妈孩子多，工作又很辛苦，秋菊却大包大揽地把同学们的几乎所有胶卷底片拿回家，让她妈妈熬夜洗放照片。我一直都保存着王妈妈给同学们洗放的不少照片，每次看照片时，似乎都能看到照片外王妈妈忙碌的身影。

那时进城舍不得花钱坐公交。偶尔要进城时，总是秋菊骑车带我。有一次，让交警逮住，要扣车罚款，好不容易托人求情才放行。于是她牺牲了自己的3个午休时间，教我学骑自行车，把她累得大汗淋漓，我却笨得学不会，实在过意不去，只好主动放弃。从此再未张罗学骑车，反倒增添了步行的功力。

我们宿舍的5位仅是工农兵大学生的一个缩影。在大学期间，我这个来自农村的土姑娘，从未感受过来自老师和同学们的轻视或看不起。

1981 年春，在太原五一广场偶遇外语系的学术权威常风教授，他老人家一句“小孙，什么时候上来的？”令我惊愕！在校时和老先生接触很少，离校几年后，老师竟然还记得我！为此，多年后我专程去了一趟常家祠堂，拜谒我们敬爱的常风先生。

我们是带着“人民送我上大学，我上大学为人民”的使命感和责任感进入大学的。所以同学们都非常珍惜这一来之不易的机会。恩师们对我们这些基础薄弱的学生尤其倾注了大量的心血，花费了大把的时间。我们也不辱使命，努力进取，刻苦掌握知识。在运城中学进行毕业实习时，我被安排第一个登上讲台讲课。白有存同学是我们班的学习委员，他和庞人骐老师在我走进教室之前，鼓励我要自信，别紧张，务必打响这至关重要的第一炮。当我登上讲台，看到满教室听课的学生和老师，心突突地跳了起来，但当我紧张的眼神对上庞老师鼓励的目光时，我稳定了情绪，越讲越顺畅，并能沉着解答学生提出的问题。课后得到了庞老师的肯定和同学们的认可。可亲可敬的恩师们成为我一生效仿的楷模，我们学到的不仅是专业知识，更重要的是懂得了做人的道理。

从事教育工作几十年，我始终牢记使命和恩师们的教诲，爱岗敬业，教书育人，做出了一些成绩。1997 年我被评为中教高级职称，得到了学生的拥戴和社会的赞许，为工农兵大学生增添了些许光彩。

回首往事，思绪万千，我所拥有的一切都归功于家乡人民和亲爱的母校。衷心祝愿母校繁荣昌盛，青春永驻！

2019 年 8 月

孙淑云，女，山西临县人，生于 1952 年 9 月。1975 年毕业于山西大学外语系英语专业。后分配到临县一中，一直从事高中英语教学工作。中教高级职称。2011 年退休。

年华向晚　岁月沉香

聂素娥

是岁月，将瞬间定格为永远；是时光，将此刻演变成过去；是怀念，将过往升华为暮恋；是思念，将往事镌刻为铭记。一切的瞬间，一切的过去，一切的暮恋，一切的铭记，都是温暖我们的理由，那个年代的人和事，都是我们不能舍弃的记忆。

一、家族苦难

1973 年 1 月 12 日，放寒假了。经过两个学期的学习，我兴高采烈地回家了。一进家门，泪奔了。43 岁的母亲一人蜷缩在炕角，面色苍白，眼睛无神，看见我话都说不出来。我见母亲想伸手又伸不出来，急忙趴在她身边，搂住她。妹妹进来告诉我，妈妈得了肺结核，10 天前吐了半脸盆血，病危！现在终于稳定住了，父亲又可以上班去了。肺结核是传染病。父亲担心结核菌传染给孩子们，安排 3 个妹妹住一个房间，母亲（尽管一切都不能自理）还得单独住另一个房间。“你们为什么不告诉我？我宁可不上学，也不能没有妈妈啊！”我又气又恨地责骂妹妹。

父亲不让我知道母亲的病情是有原因的，他把我的学习看得比生命还重。我父亲兄弟姐妹六人，他是最小的。他天资聪颖，10 岁时家里人设法送他上了学，勉强上了 3 年，还跳了一级，因欠学校一元学杂费，怎么也筹不够，老师无奈地说："初小毕业了，回家吧！"与我父亲同桌的同学后来成为山西大学数学系的教授。我父亲却因生活所迫 13 岁就去药铺打杂，给掌柜端茶壶倒夜壶。志存高远的父亲连高小都没能上成，现在他的女儿竟然上了大学，他心里有多么骄傲和自豪！天大的事他也要自己一人扛，哪舍得耽误女儿的学业。

我家有部辛酸史。在旧社会，我的姥姥曾抽吸鸦片，不幸让我母亲也染上了毒瘾。姥姥带坏了她的孩子们，气死了我姥爷。姥姥改嫁到河北，我的 3 个舅舅挨饿受冻，死在村里的庙里。我母亲 16 岁嫁给了我父亲，好心的邻居帮母亲针灸戒毒。毒瘾终于戒了，可她的左手中指却不能弯曲，落下终身残疾。父亲的叔叔也染上了烟瘾，毒瘾上来六亲不认，把祖父的房地都变卖了。我祖母走投无路，离乡背井投靠了娘家。娘家有两个哥哥，有一处里外院和七八亩地。祖母就和娘家人共同劳作。农闲时，再出去打点短工来谋生。祖母的娘家姓李，日子并不富裕。一下子增加了老聂家这么多口人，人口增加而地不变，让本来不太富裕的生活显得更加艰难。村里人说，舅爷爷是抱着银碗讨饭吃，艰难的生活让舅爷爷卖了房子。没有了房子，祖母也只好带着全家离开了娘家。天啊，当时真是上天无路入地无门啊！

春雷一声震天响，来了救星共产党。我的家乡车辋村解放了，无房无地的赤贫户每人分了两亩地、两间房，祖父一家人返回了故乡。感谢共产党，感谢毛主席！记得祖父 80 多岁的时候有点糊涂了，住在车辋村，仍整天喊着要回车辋。一次，亲戚家办喜事特邀我祖父参加，我们向生产队借来小平车，祖父坐在车子上，高兴得像个孩子，见人就招手，"我要回车辋村了"。可见他拖儿带女在他岳父家生活那几年，有多么委屈。叶落归根，刻骨铭心。列宁说，忘记过去就意味着背叛。

苦难的家族史鞭策我永不忘本。

二、农村磨炼

我与共和国同龄，生在红旗下，长在毛泽东时代。20世纪50年代初，新中国刚刚诞生，“一穷二白”，遍地文盲。祖国建设急需用人。我父亲会打算盘、会记账，因此在太原运输公司上了班。随后我们家也搬进了太原交通局宿舍。童年可以说是幸福的。五六岁时，我穿着花裙子小皮鞋，人见人夸。

1962年，国家压缩城市人口到农村去。听完文件后，我父亲第一个报名回农村。那时，我在太原西缉虎营小学上五年级，这是一所一流的小学，五年级就把六年级的课程都快要学完了。当年4月，母亲带着我们姐妹4人离别了省城太原，回到了车辋村。新安家需要做的事情太多了，我决定先回去帮助母亲料理家务，等收秋后再去上学。

秋天，生产队分给家里一片高粱地作为自留地补偿。红红的高粱穗很喜人，我与母亲从4里路外往回扛。我用一个小面袋，母亲用一个大口袋，一上午能扛两次。有一次快到中午了，火辣辣的太阳把人烤得浑身冒汗，又饥又渴。我实在扛不动了，只好放下休息一会儿，距母亲越来越远。母亲放下她的口袋，返回来接我。就这样，来回倒腾着终于到家了。当时我12岁，妹妹们在家里等着吃饭。身高不到150厘米、体重不到40公斤的母亲，立马放下口袋，又急忙给我们做饭。苦水里泡大的母亲含辛茹苦，不知道抱怨，咬紧牙关，吃苦耐劳，让我们上学，让我们按时吃饭，用她无限的爱抚养着我们一天天长大。父亲在太原上班，交通又不太方便，难以来回跑。后来有了自留地，春播秋收全靠母亲和我们几个孩子。在农村一般没有女人掏大粪的，但我家播种时，却是母亲和我们把茅厕的粪便掏到粪桶里，再合力抬到地里，一勺一勺地浇到玉米苗旁边，从那时起我就不知道什么叫脏活累活了。

麦收时节，我们凌晨两点就去割麦子（因麦穗上的麦芒在阳光下扫在皮肤上，会痒得没法干活）。生产队给送来馍馍、绿豆粥早饭，大家高兴得像过年一样。上午 10 点多收工回家，下午 4 点多再继续出工割麦子，晚饭后还得轮流到麦场上打麦子。记得一次中间休息，我睡着了，社员们看我年龄小就让我再睡一会儿。等到实在缺人手供不上机器了，才把我推醒。我们这里说夏至麦断根，收割麦子就是这么几天，可称作龙口夺食，因为天气变化无常，要是遇上暴风雨或冰雹可能会颗粒无收。正是经受了这样的磨炼，以后的工作我就不知道什么是累。

那时城乡生活差距很大，我记忆中城市供应粮至少 30% 是细粮（白面、大米），每人每月 3 两食用油。我的家乡小麦产量低，为了多打粮，就限量种小麦。有一年，我们每人全年只分到 5 斤小麦。那时人们没钱，即使有钱，一般人也买不来白面。我们早饭玉米面糊糊，午饭高粱面里加榆皮面（榆树皮加工成面粉很筋道）做成剔尖，晚饭玉米面窝头或高粱面糊糊。

1963 年，我考入了全日制中学后转吃供应粮，学校离我家 30 多里，同学们大多数来自农村。我特别期盼周六中午的白面馍馍，我总是把馍馍带回家让妹妹和妈妈分享。中学期间，秋季农忙时我们常去学校附近的农村帮忙收秋，我们被安排在农民家吃派饭，每户一人。我的老师是南方人，一次农民家给他做了红面糊糊，他看了看说不会吃，成为村里的笑柄。他的确没吃过也不会吃，可怜的老师饿了一晚上。上中学这段时光，我刻苦学习，积极参加学校组织的各项活动，学习成绩遥遥领先，还擅长百米跨栏和乒乓球。

三、徒步赴校

1972年4月3日，榆次市教育局的领导，把省城高校在榆次招收的全体工农兵大学生召集到榆次市革委会门前，宣布让我们徒步去太原。他们说，年轻人要继承和发扬红军的优良传统，不怕苦，不怕难，学好知识，为祖国做贡献。领导们千叮咛万嘱咐，环境变了决不能忘本，等等。我们身背行李，心情激动，高举红旗，排着整齐的队伍，迈着矫健的步伐，8点整，浩浩荡荡地向太原进发了。一路上，鸟语花香，歌声嘹亮，谈笑风生。不知不觉的，60里的路程甩在了身后，我们雄赳赳气昂昂地踏进了山西大学的校门。校园内彩旗飘扬，锣鼓喧天，口号声响彻云霄，师生们夹道欢迎，记者们忙着拍照，我们也高声喊着："谢谢老师们！"校园里一派节日景象。太原工大、山西矿院等院校的接生车辆已在山大校园内备好，前来迎接他们的新生。我们是多么的自豪，多么的骄傲！这是一次别开生面的入学报到形式。谢谢榆次市教育局的领导！谢谢山大的迎新老师！时过境迁，热烈欢迎我们入校的场面仍然时时浮现在我的眼前。

四、师生情深

山西大学1972年4月初正式开学。我是被录取到外语系英语专业。中学时我学的是俄语，学了3年都不会发那个颤音。因方言太重，讲话别人都听不大懂，加之年龄比较大，所以，我觉得我学英语是弱项，而数学是我的强项。于是我找了位数学系的同学想对调，校方未批，也只好作罢。既来之，则安之，安心学习英语吧。我相信没有克服不了的困难。

万事开头难！在语音学习阶段，刘生金老师不厌其烦地示范，一个一个地纠正我的发音，一次又一次地为我们录音，面对面地讲解每一个单词及其用法，累得刘老师满头大汗。他一次次地鼓励我说："好点，好点了。"但我深知没有多大进步。在老师的一再鼓励下，我下决心赶上同学们，对着镜子练，虚心向同学们请教。外语系的同学几乎都一样，早饭前在校园里大声朗读，周末外出乘公交车时，手里还拿着单词纸条又记又背，刻苦努力，你追我赶，都不甘心落后。世上无难事，只怕有心人。经过刻苦努力，我的英语听说读写能力有了显著提高。在体育运动方面，我也稍有表现。1973 年春季，山大第一届工农兵大学生运动会上，我获得了女子 100 米跨栏第一名，并代表学校参加了大学生省运会。

在山大外语系打下的英语基础在我后来的英语教学中发挥了至关重

参加第一届工农兵大学生省运会的运动员和山大焦国鼐校长等校领导合影。外语系 72 级学生有：李伟格（前排左四）、聂素娥（三排左二）、毛维力（三排左四）、冯建平（三排左五）、陈晓伦（四排左二）、贾广臣（后排左四）、张胜利（后排左八）、陈峰（后排左十）

要的作用，更在我职称评定的关键时刻还立了一功。在晋升高级职称讲课时，我刚读完课文，高评委的老师就说，纯正的伦敦音。这得感谢刘生金老师的耐心辅导。王正仁老师给我们上课，他告诉我们半月不读英语就张不开嘴。1973 年春季开学，因我母亲生病，我请了半个月假照顾母亲。我牢记王老师的教导，回家后每天坚持朗读英语一小时。提起王老师，我终生难忘。

人有时会烦心。记得那时我每每遇到烦心事儿，就去庞人骐老师宿舍唠叨。交谈是开心的钥匙。庞老师不仅仅是我们的老师，还是我们的知心朋友。1999 年我领女儿去山大教育系面试，到了庞老师家，师母端茶倒水热情招待，他的家就是我们休息的地方。常风教授和我是同乡，上学期间我回家时常给常教授与村里常家人捎书带信，便利他们之间的书信往来。常教授本是北京大学的教授，1952 年他应山西省邀请，毅然放弃了首都名校各方面的优越待遇，回到了山西，心甘情愿地为山西的教育事业做贡献。

1973 年 6 月的期末考试，时间到了，没有一个人交卷。常教授走进我班教室，第一个收了我的卷子。阅卷后，他对我说，97 分，继续努力。常教授对我的严格要求和及时鼓励让我学会了如何做学生和当老师。三年半的师生情谊永恒，我们亦师亦友，在这里我衷心感谢我的老师们，给他们深深地鞠一躬。

同学情是没有血缘的亲兄弟姊妹，同吃、同住、同学习、同劳动，互帮互学。渠小平从北京给我买了一件粉色的的确良衬衣，那是我 30 岁前最漂亮的衣服。一个周末，我带着肖杏花、吉小雪、刘之光等同学回到我的家乡车辋村，即现在闻名遐迩的常家庄园所在地。第二天，我陪她们参观了整个庄园。冬天周日的晚上，我返校时天很黑，同学们就去北营车站接我。我给赵宝华缝过裤子，肖杏花带来了晋南馍馍、苹果，张三玲带来太原小菜等等，真是说不完道不尽……同学啊，同学，我想念你们！难忘我们一起在校办农场插秧，一起在砖厂劳动，一起修汾河地下桥。“开门办学”时我们一起去过刘胡兰村、大寨村、河北石家庄、运城等地。这一幕幕情景经常浮现在我的眼前。朝披寒露晚凝霜，田里稻花冉冉香。历尽秋冬芳华付，油菜黄花向夕阳。这是凝结我们师生纯真情谊的真实写照，怎能叫人忘记呢？

五、牢记使命

初心是拼搏的动力，是前进的选择。泰戈尔说：“生若夏花之绚丽，死若秋叶之静美。”花开荼蘼，也有她自己的本真之心，无论绚丽或静美，她都维持花朵的骄傲，不屈不挠。

不忘初心便是前进的砝码。上了大学环境变了，但辛勤劳动的本色不能变。1973 年秋季我们去文水县刘胡兰村“开门办学”，利用下午空闲时间，我同房东大妈去秋收场地做农活，剪谷穗，往袋里装高粱等。在总结大会上，村党支部书记表扬我是贫下中农的好后代。

参加工作后，我依然牢记使命，不懈奋斗。20 世纪 90 年代我校高中生的课表安排周日上午为自习，为了加强他们的英语学习，我义务辅导。当时山西的中学英语教学很少关注听力，因高考没有这一项。对一些有精力的学生我就个别帮助他们练口语、练听力。功夫不负有心人，1996 年 11 月，进入清华大学两个多月的要杰同学听力就通过了三级，清华大学给我们学校发来了喜报。只要有英语竞赛，我带的两个班的学生一等奖、二等奖几乎占学校十多个班的一半。

都说往事如烟，但并不是所有往事都能成为烟云随风而散。那些给我快乐、使我深受感动，甚至痛苦不堪、伤心流泪的往事，以及那些关心过我、帮助过我的人，必定在我的脑海里留下不可磨灭的记忆。我们经常哼一些老歌，因为老歌会把人们带回到那个年代，会使人想起一些人、一些事，或者是那时的心情，那时的心态。

对一个人来说，非凡的成就和圆满的结果并不一定很重要，重要的是他为此成就和结果所经历的不可复制的努力过程。岁月沧桑芳华去，往事依稀又复年。尽管我们早已退去当年青春的容颜，但我们相同的经历、共同的回忆，那年那月那日是那么的刻骨铭心。不忘初心，砥砺前行，牢记使命，不懈奋斗！学会给予，懂得感恩。这才是留给子孙后代最好的精神财富。这就是我的初心，我的使命！

聂素娥，女，1949 年 12 月生。1975 年毕业于山西大学外语系英语专业，中学高级教师。论文收入在《全国中教优秀论文集》中。参与山西人民出版社出版的《高中英语最新题型课课练》的编写。在“全国中小学生素质教育英语知识能力赛”中，多次荣获优秀辅导教师奖。

银针情怀

胡海江

人的一生总有一些珍贵的东西难以忘怀。大学毕业至今已近50年，在校期间发生的好多事已逐渐模糊，但那小小的银针和爱不释手的银针夹始终陪伴在我的身边，常常勾起我美好的回忆。

1972年4月初，我怀着对家乡的眷恋，告别了亲人，走出了大山，进入向往已久的山西最高学府——山西大学外语系英语专业学习。入学不久的一天傍晚，我在楼道听同学们说，有一位同学肚子疼得很厉害，我本能地朝患病同学的宿舍跑去。一进门，就看见那位女同学在床上蜷缩着身体，摁着肚子，脸色煞白。我问明情况后判断出是女孩子常见的痛经，立即给她按摩了几个相应的止痛穴位，并急忙取来我的针灸盒给她扎针。同学的疼痛渐渐缓解，她就是后来成为我好朋友的闫爱卿大姐。大学二年级，我从英一班调到英三班，就和爱卿大姐成了同班同学。那时我俩和史莲娣、李月莲、李瑞仙5人同住一间宿舍。爱卿大姐非常乐于助人，她有一部“海鸥”牌照相机，每到周日，她就带着我们到处拍照并负责洗照片。至今我还珍藏着好多她给我们拍的照片。遗憾的是，这些照片中唯独没有她自己。爱卿大姐家住距太原近60里的榆次市（现为晋中市榆次区），恰好我二叔也住在那里。每当我俩搭伴去榆次，她经常会抢先替我买好长途汽车票。而当我给她车票钱时，她会以各种理由推托。到榆次后，她总是先把我送到我二叔的住处后才回她自己的家。爱卿大姐毕业后还专程到和顺县来看望我这个在山区工作的朋友，她的热心和挚诚使我非常感动。后来，终于有时间了，本想与她多走动走动，可遗憾的是，爱卿大姐过早地离开了我们。每当我想起这些令人难忘的同学情，眼睛就会慢慢地湿润起来，热泪盈眶。

正是这一次不经意间为同学诊治，我会针灸按摩的消息在外语系女生中迅速传开。接下来的日子里，同学们有些小病小痛就会向我咨询，我就尽可能地把自己知道的一些生理和病理常识讲给同学们听。对同学们常见的感冒发烧之类的小毛病，特别是女同学的痛经，我就及时给她们扎针按摩。当我每次看到同学减轻病痛的笑脸时，就会感到由衷的高兴。

时过境迁，我记不得曾给哪些同学看过病，但在英语二班的宿舍给一位同学扎针时，张淑英同学送我银针和银针夹一事至今难以忘怀。那次扎针，张淑英同学发现我的银针放在一个装香烟的铁盒子里，用时要在盒子里翻来翻去寻找对症适中的银针，很不方便。她就找出她自己的银针夹和20多根银针全都送给了我。当时，我一看到这个银针夹真有种如获至宝的感觉，但我又怎能夺人所爱，就婉言谢绝了她。但淑英同学诚挚地反复解释说："我在插队时准备学针灸，但没有学会，一直放着也没啥用，送给你才能发挥它的作用。"看到淑英的一片诚心，我收下了针灸夹，激动的心情久久难以平静。淑英的银针夹是专用工具，很别致。我把原来铁盒子里的银针取出来也插进夹子里，60多根长短粗细不一的银针一看便知，用起来非常方便。每当取银针给同学治病时，淑英同学的爱心也会随着银针的轻轻捻动、渗入、溶化，以减轻同学们的病痛。在这里，我代表接受过针灸治疗的同学们谢谢张淑英同学。

从那以后，我带着淑英送给我的银针夹经常为同学们解决小病小痛，积累了很多实践经验，不断提高治疗效果，同时更加增强了我为同学服务的热情和信心。特别是 1973 年 11 月我们在文水县刘胡兰村“开门办学”期间，学校没带校医，把校医的任务交给我和俄语专业的刘志峰同学。于是，我俩成了这次实习的编外校医。刘胡兰村是英雄刘胡兰烈士的故乡，选择在那里“开门办学”是当时教学所需。由于那段时间实行半军事化管理，我们背着背包排着队从学校徒步行走了两天，第一天在姚村休息了一晚上，第二天到达刘胡兰村。我们行进的队伍后面紧跟着一辆大卡车，可以让跟不上队伍和身体不适的同学随时上车。我们三班有 4 个女同学走完了全程，我是其中之一。当随着队伍行进时，我需要不断地来回跑动服务于同学，多走了很多路，脚上打了水泡，但我还是坚持到了最后。一是我认为行军拉练是锻炼意志的机会，二是我可随时为行军中出现不适的同学服务。一到宿营地，同学们分散地住在老乡家中。我和刘志峰同学不顾自身疲劳，即刻到每个同学住处查房，对同学脚上的水泡进行护理处置。同学们都会道声谢谢，并劝我们早点休息。

在“开门办学”的一个多月里，我除了上大课，参加集体活动，给老百姓担水、扫院子外，基本上都在固定的医疗点接待病人。同学们有小毛病可来医疗点诊治，重病号我就登门送医送药。时间长了，当地老百姓也前来求医问药。记得有一次，一个六七岁的小男孩发高烧，通过望闻问切的中医诊法，我发现小孩是因为积食引起上呼吸道感染，以至于发炎导致高烧。我给这个小男孩进行了推拿按摩，同时配以消化药综合治疗，一天内烧就退了。这件事一传十、十传百，村里来看病的人逐渐增多，占去了白天正常的学习时间，我只能利用晚上和早上时间学习，把一天的时间当作两天来用，虽然辛苦一点，但能有这样一次为大家服务的机会我深感欣慰。

三年半的大学生活，同学们亲切地把我看作是外语系特别是女生宿舍的“赤脚医生”，我受到同学们的格外尊重。其实我没有当赤脚医生的经历。1970 年 2 月，我在和顺县中学上高中，实际上是农医班，1971 年底毕业。因当时教育改革的宗旨是面向农村，服务基层，解决贫下中农缺医少药的问题。上学期间学校非常注重实践，经常组织我们到县医院各个科室轮流实习，我们初步掌握了打针输液、量血压、包扎伤口等一系列护理技术，初步懂得了各科的临床基本知识。特别幸运的是，在中医科实习时，有机会跟着老中医郝西英大夫学习。郝大夫是国家中医药大学博士生导师郝万山的父亲，是和顺县医院医术精湛、德高望重的好大夫，更是位和蔼慈祥的老人。郝大夫耐心认真、深入浅出地讲解，手把手地教我们针灸按摩，使我受益匪浅。学校还组织我们到乡下实习。我们在联坪公社保健站实习时，又得到和顺县小有名气的老中医宋国珍大夫的指导。他给我们讲中医常识并带着我们出诊，我们会遇到各种各样的病人，有宋大夫现场指导，不厌其烦地对症讲解，手把手地教我们把脉、扎针、开药方，使我学到了一些诊治疾病的临床经验，锻炼了临场发挥的信心和胆量。

1972 年春，大中专院校在和顺县招生。我最大的心愿是上医学院学医，以进一步深造自己。但由于名额有限，未能如愿。记得当时的招生老师同时面试八九个学生，他用中文出题，让我们用俄语回答。唯有我能比较流利地回答老师的提问。因我是 1966 年的初中应届毕业生，学了 3 年俄语，可能这也是老师录取我上山西大学外语系的原因吧。虽然我没有实现学医的梦想，但我还是非常珍惜这来之不易的上大学的机会。入学后，我在努力学好专业课的同时，经常到理科图书馆查阅医学方面的书籍，以掌握更多的医学知识，加强我的基本功，以更好地为同学们服务。

大学生活虽已成为过去，但浓浓的同学情却不减当年。近 50 年来，一次又一次的搬家，我都把淑英同学送我的银针夹安放在我的药品专用床头柜里，让它一直伴随在我身旁。原以为与淑英同学的情谊这辈子只

同学共游迎泽公园。左起：李玉莲、史莲娣、李瑞仙、胡海江

能深深埋藏在心底，没想到《别样年华——山西大学外语系首届工农兵大学生纪实》这本书给了我表达心意的机会，让我再次送上我对淑英同学的诚挚谢意，这正是我写这篇文章的初衷。

现在，我们已由20岁左右的青年变成了70岁上下的老人，可回忆起当年的大学生活，记忆犹新的往事就像发生在昨天。小小的银针夹，看似平凡，但它体现了淑英同学的慷慨无私，蕴含着我们的姐妹情感，见证着山西大学外语系老同学的深情厚谊。这种同学情、朋友情、姊妹情将永驻我心中。

2019年11月30日

胡海江，女，1951年11月出生于山西省和顺县，中共党员。1975年毕业于山西大学外语系英语专业。曾先后在和顺中学、晋中地区档案局工作。历任和顺中学、和顺县“五七”农大团委书记，晋中地区档案局副科长、科长等职。于1988年和1994年先后评定为档案馆馆员、副研究馆员职称，系中国档案学会、山西省档案学会会员，晋中市档案学会理事。

我的大学快乐时光

柳花梅

春天的花开秋天的风以及冬天的落阳，
忧郁的青春年少的我曾经无知的这么想。
……
遥远的路程昨日的梦以及远去的笑声，
再次的见面我们又历经了多少的路程。

这是《光阴的故事》的歌词，我觉得它写得很美，因为它引起了我的共鸣。也许每个人都有各自美好青春岁月的回忆，但不是每个人，特别是50后们都有上大学的经历。

记忆里，近50年前的那一天就像是昨天，在我记忆的长河中留着深深的印迹。那天早上，太阳刚刚升起，妈妈一次又一次地催促着："快吃饭，收拾好，妈妈送你去汽车站。"然后把棉被大包和爸爸专门为我上大学而购买的帆布箱子一起放在自行车上。爸爸上班去了，妈妈把我送往长治市英雄路附近的长途汽车站。我双手推着家里唯一的那辆自行车，妈妈一路扶着箱子和大包袱，嘴里不停地叮嘱着，我只是心不在焉地"噢、噢"地应答着。快到长途汽车站了，我内心告诉自己，我长大啦，将是大学生了。我告诉妈妈把东西放下来，我自己过去上车吧。我看到妈妈在强忍着泪水，不让它流出来，我匆忙和妈妈说了声再见，然后一扭头，双手拿起行李，直奔长途汽车站。那时长治到太原还没有通火车。在长治到太原那条太行山脉崎岖不平的公路上，大巴车摇摇晃晃地走了近一天。从那天起，我就由一个插队知青变成了一名大学生。

长途汽车在崎岖的山路上摇晃着前行，我的身体随着汽车一路颠簸，心却留在了我插队的那个村庄。那是我一段与众不同的快乐时光。

在农村插队时，我有幸学会了开拖拉机，那时候我才十五六岁。当时我插队的长子县草坊公社大京村买上了拖拉机，村里没有拖拉机手，我父亲就帮助他们介绍了一个很有经验的老师傅，而且我成了他的徒弟。春耕时分，我们师徒二人就到公社的各个村轮流给他们耕地。轮到哪个村，那个村的生产队像迎接贵宾一样迎接我们。接待拖拉机师傅的规格是当时最高的待遇，有面有肉，有烟有酒，晚上耕地完了，上几个凉热菜，喝二两小酒，提神解乏，我就是在那个时候学会了喝酒。在物质匮乏的那个年代，这样的生活，堪比小康水平了。以前很少见到的小轿车现在已进入了寻常百姓家，把每个城市都塞得满满的。现在的青年人怎会理解，在 20 世纪 70 年代我能开上拖拉机的那种洒脱劲和自豪感。同样也很少能理解我们的父辈为他们理想中的美好生活奋斗的意义。新中国成立初期是学习苏联老大哥，理想中的生活是楼上楼下，电灯电话，集体农庄，拖拉机耕地，农业机械化，这曾经是我们的父辈为之奋斗的神圣目标。我父亲在 1957 年被派到苏联学习农业机械，并成为我国首批农业机械专家，那个年代被誉为中国农业机械行业“十八罗汉”之一。常言道，干一行爱一行。他是到什么地方都不忘他的农机事业，他为下放劳动的公社费心费力地买上了拖拉机，也想把他的女儿培养成一名拖拉机手。

那个年代拖拉机在农村少之又少，一般能开拖拉机的都是男士。一个小姑娘能开着拖拉机在田野中奔驰，那个爽劲是当时许多人十分羡慕的，也是现在的人们难以体会的。1962 年第三套人民币一元面值上印有一个飒爽英姿的女拖拉机手，可见那个时代女拖拉机手在人们心中崇高的地位，它是妇女解放的象征，是许多女子心中的梦想呀！这在我幼小的心里留下了深刻的印象。如果我长大了能成为一名女拖拉机手，驾驶着拖拉机在广袤的大地上耕耘，那该是多么狂野、美好的事！这个愿望竟然梦想成真了。

20 世纪 70 年代初，从工人、农民、解放军战士中选拔优秀的人才上大学，是我国教育史上的一大创举。1972 年全国仅招收 14 万大学生，我是那幸运的一分子。正值花季少女的我，那时候随着前行的大巴车把我从一个插队知青带到大学的校园里。在我的人生经历中，大学生活是我最美好的回忆。记忆中，我的大学生活因为我和我的拖拉机“伙伴”而有些与众不同。这是我永远抹不去的美好回忆。

为了贯彻毛主席的“学制要缩短，教育要革命，要学工、学农、学军”的指示，山西大学有了校办农场，全校各系的学农活动都在农场进行。我去农场劳动时，没想到学校的农场也有拖拉机。当时山大农场在什么地方？只知道从校区大门出发，走过北张村后，沿着向南的一条小土路就到了。（今年 8 月我们三班几位同学一起到南京看望我们敬爱的蔡老师，才问清楚农场是在大学南边叫西吴村的地方。）农场当时有位开拖拉机的师傅，他个子不高，圆圆的脸，胖墩墩的，大概 30 岁左右，一开口就笑，善良、随和，是个非常好的人。可惜我忘了这位师傅叫什么，也忘了当时我怎么就和他聊上了天，聊天中他得知我在农村曾经开过拖拉机，好像第二天系里就通知让我开拖拉机去犁地了。

记忆中，我和王远雁一人一辆拖拉机。我开“铁牛 55”，她开“东方红 100”。我开的是轮胎式拖拉机，马力小，能拉 6 个犁刀。她开的那台是链轨式，马力大，可以带 10 个犁刀。我开轮胎式拖拉机可以上

左起：王远雁、贾丽秋、柳花梅在刘胡兰烈士陵园

路，她的“东方红”不能上路。记得当时去农场劳动或者收工后返回学校，都有很多同学坐着我开的拖拉机往返，拖拉机成交通工具了。当时大家乘坐拖拉机都没有什么安全意识，就是坐在车帮上或者站在车上，而且人挤得满满的。从学校去农场的路是一条凹凸不平的土路，路两边是小沟渠，长着杂草和苇子。那时的我也太胆大了，如果碾压上一块儿大石头，或者没走在车辙中，一个晃悠，一个急刹车，或任何一个失误，都可能会发生意想不到的事故，那后果将是非常可怕的。现在想起来，心里还会忐忑不安。当时的我还洋洋得意，感到能让同学们坐上我开的拖拉机，不用疲惫地走在崎岖不平的土路上，会省他们不少力气。那个开心，那个兴奋，说得意忘形也不过分。同学们谁坐过我开的拖拉机，我也记不住了，如果有人坐过可以告诉我当时的感受。

想起那一群群朝气蓬勃的年轻学生：穿绿色军装的军人，穿蓝色工装的工人，我们排着整齐队伍，迎着朝阳阔步迈向农场。在农场挑秧的同学们快步如飞，在水边向稻田里扔秧苗的大甩手，站在冰冷的水里插秧的同学们那个热火朝天的干活场景真的是让人难以忘怀。现在的大学生们肯定想不到当年那群老学哥、老学姐那战天斗地、其乐无穷的风采。现在的我，开车时还会常常回忆起当年怎么会那么胆大，还有一点点冒险的精神。万幸没有什么意外发生，但是年轻时的喜乐和愉悦，像一幅幅美丽的画面，永远留在我的记忆中。

大学生活，永远是美好的回忆。那明亮的教室里、寂静的图书馆里、宽阔的大操场上、幽香四溢的丁香树下，藏匿了我们多少个难以忘怀的故事，也藏匿了多少艰辛和泪水、欢声和笑语，充实了我们宝贵的岁月和青春的年华。我留恋校园的每一个角落，因为我们曾经是这里的主人，当然这里也是我茁壮成长的园地和快乐时光的见证。那时的我，也曾不负韶华。

蔡春月老师是我们班第一位任课老师，她是一位美丽大方、和蔼可亲的归国华侨。她颠覆了我以前对老师们的印象，我以前的老师们几乎都是不苟言笑，严厉有加的。后来，以我40年教龄的老教师身份深深感悟到，能在整洁安静的教室里聆听蔡老师讲课真的是我一生中独特的享受。

苏湘晋老师那时才30多岁，他寓教于乐，寓学于趣，语言诙谐幽默。他教我们跳采茶舞，反串采茶姑娘，他那认真而又滑稽的舞姿逗我们笑得直不起腰来。在课间休息时间，在教室外槐树荫下，十几个人围成一圈，打排球，纵情地跳跃。那时我们班教室后面有个乒乓球台，我们几个爱活动的同学每天中午吃完饭就相约去打乒乓球，满身大汗，痛快淋漓，快乐无比。

记忆中，每年一次的运动会是我们心情最放松、最开心的时候，也是最能体现团队精神的时候。陈峰的百米短跑，冯建平的铁饼，毛维力的跳高，在校运会上都有很好的成绩。我也特别喜欢体育活动，参加了学校运动会的多项比赛，还拿到了跳远、铁饼等项目名次。同学们在大操场跑道两旁为我们大声呐喊，加油。拿着奖状，喝着同学们递过来的水，听着同学们的鼓励，那真是开心快乐。

记忆中，在大学期间外语专业的文艺活动丰富而独特，为了锻炼同学们的口语表达能力，凡排练节目都必须用英语，我们曾经演过《半夜鸡叫》和《红灯记》。记得李艳霞扮演铁梅，陈庆馥扮演卖木梳的，陈峰同学学周扒皮鸡叫的滑稽，陈庆馥模仿特务的那种木讷表情都会惹得我们捧腹大笑。

在那花香沁心的丁香树丛中，在那粗壮的核桃树下，同学们围坐一圈开会、朗读、背课文、情景对话或窃窃私语……那校园内外的一幕幕情景都是心底里挥之不去的美好记忆。

我们的大学生活，留有那个年代深深的历史烙印。但是，接受高等教育，学习专业知识，是不同时代的大学教育所共同的。那个年代的大学环境中，同样有那么多优秀的老师，那么多认真学习的同学。老师们严谨治学的精神，我永远铭记在心。山西大学毕业后，我在大学执教英语，一干就是近40年。一生从教只为传道授业、释疑解惑，努力做个有爱心、有使命感的辛勤园丁。我那么热爱我的教学事业，热爱我的学生，都是我在大学期间从恩师们身上学到的。那个年代让我们肃然起敬的老师们那种兢兢业业、勤奋踏实的敬业精神，是我取之不尽、用之不竭的宝贵财富。

我的青春岁月，我的快乐的大学时光慢慢地远去了。像父辈们给我们讲述战争年代的故事一样，我也会给孙辈们讲述当年我的大学故事。从前啊，奶奶在十七八岁的时候……

柳花梅，女，1954年3月生。1975年山西大学外语系毕业后先在晋东南医专任教，后调入山西财经大学任教，副教授。

我好幸运

史莲娣

I am one of my classmates who were born in 1952. 老人爱把过了60岁的人说成是过了一辈子。如果按照这个说法，说我们过了一辈子，一点儿都不过分。夜晚，白天的喧嚣随着夜幕的降临渐渐退去，月亮把银色洒在窗前，蟋蟀在草丛里低吟着自己的歌。我躺在床上静静地回忆着自己这一辈子走过的曲曲折折的路，回忆那些镌刻在心底的心心念念，犹如在含蓄的文字里书写一份诗意。那些渐行渐远的已经淡然释怀的往事，如果用哲学的眼光来看，我觉得我们这一代人好幸运，我自己好幸运！

我们生在新中国，长在红旗下。在那个物质极度匮乏的年代，虽然我们穷过，饿过，冻过，累过，苦过，但是我们没经历过战火纷飞的年代。渣滓洞的惨无人道，共产党人的视死如归，我们只是从《红岩》的小说中读到过。比起先烈，比起我们的父辈，我们是多么的幸运！

只记得每天我们戴着红领巾，背着妈妈亲手缝制的花布书包，在乡间的小路上，是跳着、蹦着上学的。我不知道外面的学校啥样，只知道我们的学校很好。我们的学校在村上的大庙里，鼓楼、戏台、大院、大殿、东西偏殿，在我儿时的眼里，可大了。

1965年我考上了县中学，那时候，考初中非常不容易，有的完小几年也考不上一个学生。考上初中就能吃上供应粮，在那时可是很高的待遇，毕业后基本能在县里参加工作。村里的老人说，咱们村可是出了个女秀才，我很幸运。刚刚正规学了一年功课，学校就停课闹革命。我们戴着红袖章，扛着红旗，徒步从潞城中学出发，行程93天，用我们的双脚丈量着祖国的山山水水，瞻仰了红太阳升起的地方——韶山。后来，知识青年下乡，我们回乡，就是回家了。城里的知青同学们，当年告别父母，远离都市，来到农村，都是只有十六七岁的孩子啊，比起他们来，我好幸运！

在村里大田劳动了两年，我被选拔到公社当广播员，公社通讯方面有“四大员”，分别是电话线务员、话务员、广播线务员和转播员。农村的那些年轻人，整天在大田里风吹日晒，我舒舒服服地坐在广播室里，可把他们羡慕死了。

大学招生了，我被推荐上了大学。看看现在一年又一年的高考学子们，孩子们披星戴月，苦熬寒冬酷暑，我不用参加高考就上了大学，真是超常规、跳跃式发展，到了山大外语系英语专业三班。我的外语基础是学了一年俄语，英语零基础，完全从ABC学起，我好幸运！

三班第一学年的主讲教师是蔡春月老师和苏湘晋老师。蔡老师语音纯正，字正腔圆，板书中规中矩，字体隽永俊秀；苏老师谆谆教诲，循循善诱，苦口婆心，启迪心智。到了高年级，遇到了赵超群老师，那可是燕京大学的高才生，他和高健老师、聂崇信老师、彭阜民老师一起被戏称为外语系的“四大金刚”。业务是绝对的精湛，学识是绝对的渊博。继赵老师之后，又得到了杨德友老师的教诲。杨老师后来曾1年出版7部译著，荣获过波兰外交部长奖。他们都是才高八斗、学富五车、满腹经纶、学贯中西，是山西大学外语系顶尖的名师。遇到了他们，我好幸运！

无论他们身处何地，他们的师德师风影响了我一辈子，他们的音容笑貌永远留在我心中。从事大半生教育的我，现在回忆起当年的情景仍很惊叹。蔡老师，当时您看着我们这些已经是成年人的农村学生，尤其是我连英语字母都没学过，我让您发愁了吗？我们的四线格练习本和现在小学生的一模一样。您在黑板上清晰明了的板书，和您人一样秀外慧中，中英文板书一样漂亮。略带福建口音的华侨腔普通话清晰温婉，我所有的不安、焦躁、困惑在不知不觉中渐渐地消融，现在回忆起来当时我不明白的问题实在是太简单，可是老师却耐心地听着、看着、讲着。当老师看到我们依然没理解透彻的表情，立刻回到黑板上，一步一步地拆解，直到我们彻底明白为止。我从来没见过老师眉宇间流露出丝毫的急躁与迟疑，我们不安的心很快平静了下来。在学校时我并不知道自己究竟学得怎么样，后来到了工厂，当口译翻译时，得到了“老外”的夸奖；年轻时教学，得到了同行们的肯定；创办学校之后，基本上是学生、家长、社会的赞誉一直陪伴到现在。

老了，老了，又有了群，有了同学们的朝夕相伴，蔡老师和苏老师的言行举止，事事、时时、处处都是榜样，亦师亦友，再无悠闲时的寂寞，我好开心，好幸运！

佛家云：相由心生，境由心造。一个好的心态，可以使你乐观豁达；一个好的心态，可以使你战胜各种苦难；一个好的心态，可以使你淡泊名利，过上快乐的生活。心态决定命运，我生活简单，因而也很幸福，因为我觉得我这一生好幸运！

史莲娣，女，1952 年生于山西省潞城市。1975 年山西大学外语系毕业后入职长治市友谊学校，任英语教师。1982 年后分别就职于山西化肥厂和山西水泥厂，任英语翻译，参与了两个大型国有企业初建期的中外商务谈判，包括设计联络、现场建设、试车投产等工作。2002 年创办了自己的学校至今。

大学校园轶事记略

张学松

老子曾经说过，九层之台，起于累土；千里之行，始于足下。1972年4月初，我作为一名来自部队的学员踏进了山西大学的校门，开始了全新的校园生活。时光荏苒，已度过了近50年的光阴。我从一个踌躇满志的热血青年，转眼成为一个白发苍苍的老人。

虽然离校几十年了，学校的一草一木，一砖一瓦，那一幢幢排列整齐的教学楼，那一间间白净整洁的教室，那一丛丛精心修剪的花草树木，老师和同学们那一张张和蔼可亲的笑脸，都铭记在我的记忆之中。

2015年北京聚会时，解放军学员演唱《我是一个兵》。左起：武志刚、李幼平、李海山、唐茂恒、苏同利、贾广臣、万利民、李仲华、张学松；指挥：张淑英

在记忆的长河里，需要写的东西很多，但因篇幅有限，只能捡拾些学习和生活中难以忘怀的轶事作为记略，奉献给读者。

半军事化管理

不积细流，无以成江海。我们是“文化大革命”期间山西省首批工农兵大学生，分别来自工厂、农村和部队，文化水平参差不齐，每个人的生活履历和学习经历也有着很大的不同。在这种情况下，如何使新一代大学生得到德智体的全面发展，是摆在学校和老师面前的一个重大课题。为此，老师们除了要求每个同学充分利用有限的时间狠补专业知识以外，还特别注重学生们的社会实践活动。每个学年都要有计划、有目的地定期组织大家到工厂、农村、部队“开门办学”，让学生们通过不同的社会实践，接触不同阶层的人士，体会不同的人生，努力提高每个同学的个人素质，深入进行行之有效的思想品德教育。

上学期间，我们统一采取半军事化管理。各班的老师，包括年级的老师和系里的有关领导，无论年龄大小，都和我们一样，每天早上 6 点起床，整队出操，晚上 9 点半预熄灯，10 点正式熄灯休息。课前课后或遇有大的活动，都要整队前往。课余活动时间，还经常组织全校或全系范围的歌咏比赛，活跃学生们的校园生活。

现在回想起来，每天的生活就像在部队一样，过得紧紧张张，非常有朝气和活力。

浓浓的师生情

一日为师，终身为父，这话不无道理。景瑞雪老师和弋成隆老师是我们的班主任，对我们全班 18 个学生就像对待他们的子女一样，疼爱有加。两位老师虽然家庭负担都很重，但他们始终坚持从早上出操到晚上自习都陪伴着我们。学习上耐心解答每个同学提出的问题，生活上无微不至地关心每个同学的成长进步。若是哪位同学生病了，他们除了寻医问药以外，有时还专门做好鸡蛋挂面汤送到患病同学的手里。景瑞雪老师出身于书香门第，不善下厨，按她自己的话讲，“最拿手的厨艺，就是做鸡蛋挂面汤”。要知道，在一年四季供应大部分是粗粮，肉蛋都是凭票供应的20世纪70年代，一碗香喷喷的鸡蛋挂面汤是何等的珍贵！

景瑞雪老师身体不太好，每天下了晚自习之后，同学们也都自发地送她回家。

现在，几十年过去了，只要有机会，我们都要想方设法和曾经教过我们、领导过我们的老师们见一面，在一起吃个饭，聊聊天，回忆一下逝去的时光。这都是一种莫大的享受。即使师生多年没见面，只要走到一起，老师都能瞬间把同学的名字叫出来。这种浓浓的师生情，不单我们班是这样，其他班同样如此。整个外语系的老师和同学们就像一家人一样，关系非常融洽。

俄语一班毕业照。左起前排：王雪立、晁淑芬、徐小飞、景瑞雪老师、宋蓉珍、田春生、翟明贤；中排：吴仁和、刘连保、孙茂森、李仲华、马国华、王凤枝；后排：郭振海、李政文、张喜乐、吴增和老师、夏华安、张学松、荆明

跟着张文郁老师学照相

在众多的老师当中，可以说，张文郁老师是一名德艺双馨、受人尊敬的长辈，他的爱好也非常广泛。专业上他教我们口语，业余时间，他教我们说相声、演小品，排练文艺节目。大凡学校或系里有大的活动，总少不了他腼腆的微笑和忙碌的身影，老师和同学们都非常喜爱他。

一天，张文郁老师突然问我，课余时间想不想学照相？瞬间，我被突如其来的惊喜击倒了。那种春风得意马蹄疾，一日看尽长安花的兴奋心情，迅速溢满了我的全身。我立刻回答说，想啊！要知道，20世纪70年代，私人拥有相机的人寥寥无几。闲暇时间，若能几个人相约一块出去照个相，那都是一件很奢侈的事情。更何况，懂得照相、洗相的人更是少之又少。

从那时起，我就开始拜他为师，向他学艺。张老师教得非常认真，也非常耐心。从胶卷的安装到快门、速度的使用，从取景的原则到瞬间镜头的抓拍技巧，从胶卷的冲印到所需照片的放大处理，每一个环节都手把手地教我。正是由于张老师的悉心指导，使我在那个特殊的年代掌握了照相技能，这种技能在我后来几十年的工作、生活中，发挥了很重要的作用。

到军部招待所蹭饭吃

俗话讲，民以食为天。20世纪70年代，学校的生活条件有限，伙食也比较差。每个月的粗粮供应标准高达65%，肉、蛋、油也要凭票供应。每天，不管是男同学还是女同学，因肚子里缺油水，粗粮又多，经常是还没等上完晚自习就觉得饿了。睡觉前都要想方设法找点东西吃，否则就难以入睡。实在没有办法，有的同学甚至把早饭没有吃完的咸菜，拿到开水房反复冲洗几遍，待没什么咸味了，就连汤带水一块喝下去。

有一次，无意中听说学校附近的第63军招待所对就餐军人的身份把关不是很严格。只要是军人，仅交纳半斤粮票2角钱就可以饱餐一顿。这在当时学校生活条件相对艰苦的情况下，可是难得一遇的好事。在我们那一届学生当中，全校部队学员就有百十来个，分别来自不同的军兵种和单位。那段时间，每逢下午下课以后，只要学校和系里没有什么大的集体活动，我们就三三两两结伴去第63军招待所偷偷蹭一顿饱饭。俗话说，好事传千里。这种难得一遇的好事，很快就在部队学员中传开了，去招待所蹭饭的同学逐渐多了起来。第63军招待所几乎成了我们的编外食堂。

记得有一天晚上，正赶上招待所吃包子，大家就甩开膀子吃上了。炊事员抬出一屉，很快就吃光了，接连又抬出两屉，又吃光了，最后只能把中午剩下的馒头又抬出来，才勉强够吃了。招待所的管理人员最初不知道是什么原因，事后经过调查，才知道了事情的原委。以后加强了对就餐人员的审查，我们去蹭饭的经历也就从此画上了句号。

诗人王安石曾说过，岁老根弥壮，阳骄叶更阴。在人生的旅途中，校园，总是能够引起人们永远留恋和怀念的地方。岁月如梭，当人们历经工作、生活、学习上的种种经历，有了相对稳定的生活之后，总能时不时想起曾经的校园生活，这就是永久的记忆。

张学松，男，1952年9月出生于太原，山西大学外语系俄语专业毕业。大学毕业后，就职于原北京军区某部，主要负责单位业务和管理。历任副处长、副大队长、后勤部长、副局长兼参谋长、副局长兼总工程师等职，直至退休。

“两广”轶事

贾广臣　李广锁

世界上有各种各样的友谊，同学之间的关系和友谊是最纯洁的，最无私的，最深厚的，是能经得起时间考验的。有人说，同学关系是除了父母兄弟姐妹外最重要的社会关系。我和广臣的友谊经历了从年少到暮年几十年的时间，成为同学们都熟知的良好同学关系，同学们把我们戏称为“两广”兄弟。

那个解放军学员（李广锁）

如果不是在40年以后找到他，我的脑海里永远装着的是在学校时那个青春健美、英俊潇洒，如玉树临风的青年的肖像。

1972年，我们作为首届工农兵大学生满怀激情地来到山西大学，经过入学教育以后，开始正式上专业课。每当吃完早饭到教室时，总会看到有一个解放军学员在拖教学楼的走廊，他每天都把楼道拖得锃光发亮。他长得壮壮的，身体棒棒的，是女孩子喜欢的那种脸形和体型。以后我知道，这个解放军学员的名字叫贾广臣。

现在大学的环境卫生是靠学校雇人打扫的，我们那时候的环境卫生是学生自己打扫的。划分有卫生责任区。宿舍周围和教室周围的卫生责任区每周打扫一次，教室和宿舍的卫生是轮流值日，但是楼道的卫生，你如果不抢是打扫不上的。这是工农兵大学生和现在大学生的区别之一。

贾广臣无疑是把部队的优良作风带到了大学，起到了模范带头作用，这是毋庸置疑的。为了追求进步，我暗下决心要向这位解放军学员学习。每天一吃过早饭，别的同学会在宿舍里聊一会儿天，我就背着书包穿过大操场，到教室里拖地，擦桌子，擦黑板，然后坐在课桌旁温习功课。这个习惯坚持了很久很久。在第二年改选班干部时，我被全票通过当了班里的生活委员，一直到毕业。因此，我也赢得了同学们的信任和尊重，这是学习解放军的收获，也是向广臣学习的结果。

养成读书习惯（贾广臣）

我认识李广锁是到了英语三班之后。我们俩睡一张床，我睡下铺，他睡上铺。他沉默寡言，不爱多说话。除了正常的功课以外，他最大的特点是爱看书。据说他的这个习惯早在入学前就养成了。那个年代苏联的文学作品对我国青年影响很大，课本里有高尔基的《海燕》。《卓娅和舒拉的故事》《钢铁是怎样炼成的》更是广大青年励志的必读小说。恰逢我们系里还有几个国内顶尖翻译家的子女。例如戈宝权大师，高尔基《海燕》的翻译者，他的姑娘戈小丽就是我们同学。还有《钢铁是怎样炼成的》翻译家梅益，他的儿子梅天是外语系 73 级同学。这些都会在我们心中引起波澜，试想有哪个学外语的同学不想当翻译呢！广锁对世界名著的翻译作品更是情有独钟。他认为，如果毕业后当文学翻译，看译著是相当重要的。像巴尔扎克的《高老头》《欧也妮·葛朗台》，托尔斯泰的《安娜·卡列尼娜》，普希金的《普希金诗集》，高尔基的

《母亲》《我的大学》，西班牙作家塞万提斯的《堂吉诃德》等，他都读过，有的还读过数遍。我曾经诧异过他看书的速度，而且发现他对书里的内容记得非常清晰，可见他在文学方面不仅下了许多功夫，而且还有一定的天赋！以至于后来蔡老师在许多场合都说过，他应该去读中文系而不是外语系。

我和广锁能成为最好的朋友不仅是因为我俩说得来，愿意在一起。例如，我俩一起学习，一起打篮球，一起打扑克，甚至一起拆洗被子，一起到第 63 军招待所蹭饭，形影不离。更重要的是，我受他的影响也喜欢上了看书。那两年，我俩一块儿去图书馆学习，他常常会顺便还书借书。他每看完一本，就介绍给我，跟着他，我也阅读了许多世界名著，养成了爱看书的习惯。

冬日的蚊帐（李广锁）

我们之间的友谊还源于一段非常有趣的小故事。大约是 1973 年冬季的一个星期天，贾广臣翻出了他的蚊帐，认认真真地挂了起来，把蚊帐的边际部分压在褥子下边，弄得严丝合缝。我笑话他，你发什么神经？冬天又没有蚊子，怎么挂起蚊帐了。他笑了笑，没有吭气。到了晚上，我突然觉得痒得不行，好不容易挨到白天，找问题所在，不是虱子，也不是跳蚤，后来确定是臭虫。白天躲在墙壁里，晚上才出来找东西吃。原来是进攻贾广臣的，贾广臣有了防御的蚊帐进不去了，就顺着床上来进攻我。我这时才恍然大悟，贾广臣挂蚊帐不是防蚊子而是防臭虫。

我立即向他抗议，他也没有想到臭虫那么聪明，会跑到上铺。他连说对不起，随即就卸了蚊帐，兄弟俩一起分担臭虫咬的痛苦。再后来，我们就想办法消灭了臭虫。这件事过后，俩人更加亲密。

太行山深处的春节（贾广臣）

1974 年的春节我在广锁家里度过。他的家乡在山西的东南部，古称上党，是南太行深处的一个小村子。那是一个不平凡的年。那时候农村还没有实行土地承包责任制，山西的农村是很穷的。李母千方百计地弄来许多好吃的东西来招待我这个远方的客人——她儿子的朋友。

贾广臣（右二）与李广锁（右三）的朋友们在晋城羊头山炎帝庙

晋东南的饸饹面、臊子面我都是第一次吃，还有那甜甜的玉米面发糕，那黏黏的、软软的黄糕里面包着红豆馅，虽然都是粗粮，却非常好吃。广锁还搞来几瓶白酒，香烟是“墨菊”牌和“恒大”牌的，这是中等偏上的烟，当时买什么烟都是要号的，不太好买。这些东西在当时是很奢侈的。我知道他当时是拿出了他家最好的东西来招待我的。

广锁还召集了他幼时的小伙伴来陪伴我。我们去附近的名胜古迹游玩，他家的附近是羊头山。那时规模没有现在大，是高平八大景区之一，叫“首阳夕照”，当时广锁还背诵了清代陈颢写的赞首阳夕照的诗：

羊头山高落日斜，
余光低处野人家。
巡行不谓前程晚，
犹纵青鬃步月华。

当然，诗我已经忘记，写这篇文章时又问了广锁还记得那首诗否？广锁说，描写家乡的诗，当然记得。

我和他的小伙伴们一起喝酒，打扑克牌，下象棋，那个寒假着实过得快乐。

2015 年，我故地重游，除游历了美丽的太行风光外，又去看了我当年住过的老房子。小院已无人居住，荒草丛生，残垣断壁，李母也去世多年，想起当年那个热闹的情景，不禁唏嘘不已！

失联 40 年后再相聚（李广锁）

毕业以后，我分配到滑翔学校，贾广臣回了工程兵部队，刚开始还有联系，以后就中断了。隐隐约约听说他去了柬埔寨。这是部队的秘密，也不便细打听。再后来，他和所有的同学失去了联系。直到 2014 年，蔡老师回到太原，我们班同学准备聚会时又一次发动大家找贾广臣。赵殿华在互联网上搜索“贾广臣”三个字，结果出来十几个叫贾广臣的，根据年龄、学历、地点等比对，最后以其中一条“我的老师贾广臣”为线索，想办法与发布这条帖文的学生取得了联系，根据该生提供的广臣的原工作单位，由毛维力通过部队电话，终于在毕业 40 年后找到了他。这真的要感谢互联网。

广臣毕业后，在部队真的学习过柬埔寨语。后在原第二军医大学附属医院当翻译。1978 年调入原南京工程兵学院（现解放军陆军工程大学）

任翻译和英语教员。几十年以后，他由一个普通的战士，一个普通的工农兵大学生成长为解放军工程兵学院的副教授，成为解放军大校军官，成为同学们中的佼佼者。

发生在广臣身上还有一件非常特殊的事情，他亲爱的妻子 2000 年因病下肢瘫痪，他四处求医，到过许多大医院，就诊过许多有名的专家，都未能使她恢复正常。他细心呵护妻子 20 年，端屎倒尿，端茶送水，精心护理，以沫相濡，常人不能做到的事情他都做到了。我到南京他家做客，他妻子真情流露出对他的感激，夸他是个好丈夫。在他的精心照顾和鼓励下，他妻子的下肢功能奇迹般地在慢慢恢复。

多年以后，兄弟俩在一起谈心，广臣深情地说："是山西大学改变了我的人生轨迹，是英语让我发挥出自己最大的能量，是英语为我插上了翅膀，让我飞得更高更远，对人民、对社会的贡献更大。"

同学聚会"涛声依旧"（李广锁）

聚会承载了同学们的美好回忆，是青春岁月那段美好时光的重新播放，是学生时代纯洁友谊的又一次凝结。过了花甲之年的贾广臣仍然是活力四射，热情有加，还是部队培养出来的那种做好事、利他人的风格。相隔 40 年重新回到同学们的团队中，他有那种指挥若定的大将风范，有那种热情似火的激情。2014 年和同学们久别重逢后，2016 年就组织了两次同学聚会。一次是在太原，在德国照看外孙的王远雁和在加拿大居住的李海鹰回到了太原，他从南京跑到太原，最早来并，组织同学聚会。聚会以后又把所有从外地赶来的同学一一送走，最后自己独自返回南京。

2016 年 9 月 10 日是教师节，时隔 40 多年，72 级外语系的同学在北京聚首。那是一次空前的聚会，有从美国回来的贾丽秋、丁立松，从意大利归来的秦忠梅、王秀成，从广东赶来的王雪立、银恭喜，从安徽过来的朱业全，从大连飞来的武志刚等。同学们从四面八方，从世界各地欢聚北京，人数达历次聚会之最。广臣是聚会的总指挥。在欢聚的背后，需要做大量的细致入微的工作，甚至要防范想不到的醉酒、晕厥、脑梗等风险。除聚会筹备组北京的同学做了大量的工作外，广臣还调动了他在北京的学生。广臣也是桃李满天下，他的学生大都是部队团一级的干部。他们扛着摄像机来帮助摄像，开着私家车接送同学，安排住宿，他甚至悄悄地安排了救护车辆防止突发事件。同学们都念他的好，纷纷赞扬他，感激他。赵保兰甚至写了一首诗赞美他的贡献。

聚会之后（贾广臣）

当一场欢愉聚会拉上了帷幕，当同学们带着满意的笑容踏上归途，一场聚会似乎结束了。但广锁的工作才刚刚开始，为了留下同学们聚会时激情四射的场面，留下那难舍难分的瞬间，留下杯觥交错相互祝福的一刻，更重要的是要留给 10 年、20 年以后的我们，证明我们当年也曾有过“年轻的倩影”，他需要收集资料，选择照片和视频，写解说词，制作光盘，出版相册。然后再一个个快递给分散在全国各地的同学们，耗时费力，他把大把大把的时间用来做聚会以后的事情。

同学聚会是一两天的光景，聚会以后的事情要做很久很久。印度的伟大诗人泰戈尔说过一段话：夜把花悄悄地开放了，却让白日去领受谢词。埋在地下的树根使树枝产生果实，却并不要求什么报酬。和其他同学一样，为了同学聚会，广锁默默地做了许多事情，却从不声张，他说，能给同学们做点事情是他的荣幸！

友谊天长地久

真正的友谊是无私的奉献，真正的友谊是经得起时间考验的。两个同学，一对朋友，从青春少年时在山西大学相遇，成为至厚不薄的朋友，经过近50年的岁月洗礼，越过花甲之岁，虽相隔千里，天南地北，仍不相忘，互帮互助，尤重晚晴。与其他同学一样，为同学们做一些力所能及的有益事情，也许能安抚那颗经历过贫下中农再教育、部队历练、山西大学培养的感恩的心。同学友谊，时光雕刻的花。

贾广臣，男，1952年12月出生在河南省淮阳县大连乡贾庄，中共党员，大校军衔。1970年12月在原工程兵后勤部汽车连当兵。1972年4月到山西大学外语系英语专业学习。1975年8月毕业后到原广州军区外训大队学习柬埔寨语。广州军区外训大队毕业后，在原第二军医大学附属医院当翻译。1978年2月调入原南京工程兵学院（现解放军陆军工程大学）任翻译和英语教员。

那朵美丽的山丹丹花

徐素平　刘胜雪

地堡式营房和红艳艳的山丹丹花（徐素平）

初春的风还略有寒意，但万物已经萌动，一缕阳光静静地洒落在窗台上。忽然一阵歌声随风飘进窗户："山丹丹那个开花哟红艳艳……"那久违的悠扬的歌声，把我的心带到那开满山丹丹花的山坡上。那是1969年的冬天，我穿上绿军装，和一群懵懂少年一起来到原北京军区守备一师，一起走进军营，成为一名真正的军人。我们所说的"真正"，是因为军营里的每一名战士都配备一支小型冲锋枪，我们卫生兵女战士也不例外。一级战备，时

徐素平（右）和刘胜雪在部队合影

刻准备打仗。背包带永远放在叠好的军被里。晨曦伴随每日的紧急集合，进行严酷的军事训练：实弹射击、投掷、长途拉练。同时，我们卫生员还肩负着全师的保健和伤病员的康复任务。紧张而有序的工作让我们深深地感受到军人的职责重大。记得刚开始参加紧急集合，军号一响迅速起床，窸窸窣窣地在黑暗中穿衣服，有人错把棉衣当裤子穿。棉衣扣子和鞋带来不及系好就往外跑，新兵的狼狈相不言而喻。长途拉练是检验体能的重要科目。那时全师只有我们 5 名女兵，行军时师长走在队首，女兵只背皮大衣，枪支、被子都放在车上。如今，十八九岁的姑娘小伙还会把他们当孩子，但那时像我们这些参军不久的女战士，却必须紧跟在大个子师长身后，不能掉队，那无疑是严酷的考验。十几天的行军途中，我曾因胃部不适，每餐勉强吃半小碗饭。老排长硬给我盛一小碗，说剩下的他吃。院长命令我坐车，我“违令不听”，辩解道：“无论年龄大小，只要穿上军装就是军人，要适应现代化战争，吃不了苦的军人就不是真正的军人。”几十年来我一直走路快步如风、办事麻利，那正是在部队练就的本领。作为军人，我感到自豪！感谢部队大熔炉熔掉了我身上的娇气，铸就了我的坚强。

让我们感到特别骄傲的是，那一排排像地堡式的营房，建在半山腰，超级隐蔽。那是我俩和战友们磨破双肩将一块块大石头抬上山腰，用汗水亲手筑建的营房。我们就要住进自己建设的新营房了，心里那个高兴劲儿就甭提了。

微风中，我突然发现在不远处的山坡上有那么多小红花在阳光下忽闪着大眼睛笑弯了腰，似乎也在向我们点头祝贺。老兵告诉我那种红花叫山丹丹花，我感慨极了，在这近乎光秃秃、满是石头、连绵起伏的大山里，连土都少得可怜，竟然还有这么美丽的花在不屈不挠地盛开！

无惧风沙雨雪　军中绿花别样风采（刘胜雪）

我是一名卫生兵，1970 年入伍，穿上绿军装，来到原北京军区守备一师。我们的宿舍叫营房，一排排地建在山腰上，像地堡一样隐蔽，又像地堡一样厚实有保障。入驻那天，政委宣布了水的金贵及节约用水的妙招：洗完脸的水不能倒掉，留着洗脚、洗衣服。因为生活用水要到山下去挑，即使寒冬腊月也要踏着厚厚的积雪下山，少不了两个来回。若是大雪封山，化雪洗漱即成为营地常态。大雪纷飞时，无需多久便会满山遍野银装素裹，天地相连。这时会想起毛主席那首气势磅礴的《沁园春·雪》：“北国风光，千里冰封，万里雪飘……山舞银蛇，原驰蜡象……”着实惊叹的是大自然的妙笔神工。严重时大雪竟封闭房门，须用铁锹开道，战友们方可出入。从白雪覆盖的地堡中传出的“山丹丹开花红艳艳”的歌声，凸显了军中绿花以苦为乐，不怕天寒地冻的大无畏乐观主义精神。

寒冬过后，春天刮起呼呼黄风，飞沙走石，天昏地暗，甚至让人昼夜难辨。每到那种日子，煤油马灯便成了战友们不可或缺的伙伴。没关系，风沙抵挡不住军中绿花竞相绽放。

1971 年 9 月 13 日后，部队一级战备提升到特级。军区首长亲临战地指挥，所有指战员全副武装，打好背包不许解开，晚上和衣而卧。将个人所谓多余物品打包并写上家庭地址。那时深深震撼我们的只有四个神圣大字——军人天职！军中绿花永不言败，誓死保家卫国在边塞。

山丹丹花伴我学英语（徐素平）

1972 年春节过后，大学招生开始了。鉴于我俩的表现突出，部队首长决定选送我俩到山西大学外语系学习。4 月 3 日入学的那一天，是我们终生难忘的日子。来到山西大学外语系，我被分到英语一班，胜雪先在俄语专业，后转入英语四班。谁也想不到，此后的几十年我们俩竟然不离不弃地学习、工作在一起。

我们一班共 22 个人，分别来自省内各地区，方言重。难忘梁联发老师针对方言对英语发音干扰的问题，要求我们每人准备一面小镜子，26 个字母和 48 个音标都要对着镜子清晰地读出。老师一遍遍地纠正，直到基本准确为止。我家在北京，普通话说得好，当时自认为发音标准，觉得对着镜子练发音有点失雅，认真不足，被老师看在眼里。梁老师走到我的面前，耐心说服，检查了我的发音，还给我示范了那几个特别容易混淆的音素。现在回想起来，仍觉得愧对老师。为了提高教学效果，梁老师还组织我们用英文排演高玉宝的《半夜鸡叫》的故事。我那时不爱讲话，也不善言辞，梁老师就让我担任报幕员。后来，我们班逐渐成为英专口语学习进步最快的集体。大二时，系里调班，我被分到五班，直到毕业。在校期间，我牢记部队首长的嘱托，努力刻苦地学习，取得了很好的成绩。

每当我遇到困难时，总会悄悄地拿出我珍藏的那一枚山丹丹花书签，久久地凝视着。那朵小花是我临行前从营房后山特地采来夹在书里的，是我的最爱。它象征着我们边塞女战士的风骨。它没有牡丹华贵，没有秋菊淡雅，但她盛开在边塞干旱贫瘠的山地，它是生命力极强的烂漫山花，有大山一样的顽强性格，有磐石一般的钢铁意志，它永远激励着我克服一切困难坚定地前行。真的，它很有灵气。每当看到它，我就仿佛听到了那首气势磅礴、振奋人心的军歌："军号、操场、课堂、营房，这是我们的第二故乡……"于是，我便有了使不完的力量。

我们在山西大学学习了三年半。三年半在人生旅途中很短暂，可确确实实给我们烙上了不可磨灭的印记。老师的亲切教诲和同学间淳厚的友谊，深深地印在我的脑海里，难以忘记。

学以致用　服务国航（刘胜雪）

我和素平不一样，由俄语专业调到英语专业后，一直在英语四班学习，从大一到大三，没有换过班。三年半的大学生活很快过去了，我和其他同学一样，带着满满的学业硕果回到了部队，回到当年的营房。我和素平仍在一所医院工作。

机遇总是留给有准备的人。由于“文革”开始后，为了确保飞行安全，保证空中航线畅通，中央将民航编入了空军序列，当我们毕业回到部队后，民航局与军委政治部、干部部，以及北京军区干部部协商决定，将外语专业毕业的部队学员安排到民航系统工作。于是我俩于 1976 年 7 月双双调入民航北京管理局，我在国际货运处，素平在国际售票处。

到了新的工作岗位后，单位首先对我们进行业务培训。我这才发现要想干好这一行有那么多知识需要学、需要掌握。好在我大学学的是英语，语言优势帮了我很大的忙。再加上我努力学习专业知识，经常向老业务员请教，很快就入门了。领导安排我做货运销售，我就从业务员做起。说实在的，开始时真的很难，关键是能不能留住客户，要想办法让客户与我们合作。于是我对老客户、新客户和准客户都一一做了了解，了解每个客户公司或工厂的详细情况，了解他们的产品是销往哪里的，都是什么类型的产品，一个月大概出货多少次，每次有多大量，出货方式是怎样的，谁在负责，负责人是不是老板自己，等等。我做了一本账，详细记录客户方方面面的情况。功夫不负有心人，两年下来我就上路了，慢慢地成了单位的业务骨干。1987 年公司派我到民航北京管理局驻澳大利亚墨尔本办事处工作，在那里我独当一面，一干就是 4 年，涉及的业务有货运销售、客运销售和会计。不管做什么工作，我都是兢兢业业，因为我的工作无论对进出口货物的收货人、发货人，还是对承运人，以及机场、仓库经营人都有重要的桥梁和纽带作用，我必须向他们各方负责，而且我的工作状况代表的不是我个人，而是中国国家形象。我亲身经历了祖国航空运输事业的蓬勃发展，我骄傲，这里面有我的汗水，有我的辛劳。

我在京管局国际航空公司工作了30多年，顺风顺水直至退休。退休了，儿孙们都大了，不用我操心这操心那了。回首往事，我很知足，我感谢解放军大熔炉对我的锻炼，感谢部队首长送我上大学，感谢山西大学培养了我，感谢外语系的老师们教我学会了英语。机遇总是垂青有准备的人，我就是那个有准备的人啊！试想，假如我没有参军，假如我没有上大学，假如我没有学英语，就不能取得之后的成绩。总之，没有山西大学就没有我的今天！

山丹丹花赞（徐素平）

岁月如歌，毕业已近50年。但每每听到那首陕北民歌“山丹丹花开红艳艳”，就会想起边塞那巍巍群山、地堡式的营房和在光秃秃的山头石缝中顽强生存着的山丹丹花，红彤彤的像火焰一般热烈开放，它象征着我们边塞战士在那艰难困苦的自然条件下乐观向上的张张笑脸。那个山丹丹花书签，伴随我走过了大学和职场生涯的每一天，它阴雨连绵时送我阳光，风雪严寒时送我温暖，遇到挫折时又鼓励我勇往直前。

一叶知秋，层林尽染。走过了春天的芳华，夏天的炽热，夕阳染红了崇山峻岭，我们相约夕阳，相信慢慢变老的路上也会有满径的精彩。用一首小诗献给我们爱了一生的山丹丹花，献给我们的战友，献给我们72级相知、相爱、相随的同学。

山丹花赞

何须名苑看春风，塞外军营留倩影。

山大国航呈锦样，古稀又映夕阳红。

2019 年 5 月 31 日于北京

徐素平，女，出生于 1950 年 12 月。1969 年 12 月入伍，1975 年 8 月毕业于山西大学外语系。1976 年 7 月调入空军京管局国际航空公司工作，直至退休。

刘胜雪，女，1950 年 5 月出生于河北省。1970 年 12 月入伍，1975 年 8 月毕业于山西大学外语系。1976 年 7 月调入空军京管局国际航空公司工作，直至退休。

山大生活二三事

聂素娥　车艳兰

向前，向前，向前！我们是首届工农兵大学生。我们来自工厂、农村、部队，有两年以上的实践经验。我们脚踏着祖国的大地，背负着民族的希望，走进了山西大学。社会主义建设需要大学生。上了大学，环境变了，但不能忘本，要牢记使命。在大学我们互帮互学，发扬优良传统。我们的生活充满阳光，我们的友谊万古长青。

聂素娥（右）和车艳兰合影

时光流水，日月穿梭。弹指一挥间，我们走过了近50年的历程。回首在山西大学的学习、生活，仍有许多往事历历在目。我们工农兵大学生经过在工厂、农村、部队的磨炼，思想境界和业务能力都有很大的提高。大家学习上刻苦钻研，工作中互相帮助，劳动中争先恐后。虽然我们来自基层，但每学期都要参加一些劳动。

记得一次去农场插秧，对于大部分同学来说是件新鲜事，没见过，更没做过。五月的天乍暖还寒，光脚踩进水里刺骨地寒，再加上蚂蟥的威胁，使人提心吊胆。稻田插秧时，一部分人下田插秧，一部分人供秧苗。我们俩是插秧的。刚开始插秧，我们掌握不了深度，往往插得太浅，秧苗刚插下去又随水浮起来。好不容易插好了，抬头一看，秧苗在田里七扭八歪，根本达不到株距和行距的严格要求，也就马马虎虎勉强算通过。一上午下来，腰酸腿疼，累个半死，才能插半畦。运送秧苗的同学需把秧苗从育秧池用扁担挑着箩筐送到插秧的田间。负重走在田埂上，田埂在水里浸泡着软硬不一，深一脚浅一脚，一不小心就栽进田里。来自太原的王秋菊同学，掌握不了扁担的平衡，在田埂上艰难地行走着。这天上午，当她最后一次挑着秧苗要送往田间时，有人说不要秧苗了。我们赶紧朝远处的秋菊扯开嗓门大喊："秋菊，不要了！不要过来了！"一旁的陈峰同学说："怎么，着火啦？"逗得同学们哈哈大笑，笑声中大大缓解了一上午的疲劳。我们来自第一线，又回到劳动生产中，就是让我们保持劳动人民的本色。秋天收割稻谷后，学校给我们发了大米票。吃着自己亲手种植的大米，感觉特别香甜。

不同的时代有不同的特色。20 世纪 70 年代的工农兵大学生有自己的特色。我们系里部队的同学较多，他们多为战士，也有班排干部。虽然离开了军营，他们仍然身着军装，把军人的形象带到了学校，把军人的优良作风传给了我们这些来自农村和工厂的学生。他们政治理论基础比较扎实，革命信仰坚定，军纪如铁，意志如钢，刻苦学习，严格要求，也熏陶了我们。

我们从宿舍到教室有近 10 分钟的步行路程。早饭后，我们外语系全体学生在宿舍楼前集合，排着整齐的队伍，在解放军学员的带领下，我们也像是不穿军装的战士，迈步走在山大校园的大道上，途中雄壮的口号声，嘹亮的歌声响彻校园。这样，既增强了同学们的纪律性，又提升了我们的气质，成为校园内一道靓丽的风景线。那是大学校园里从未有过的情景，那是我们工农兵大学生的特色。近 50 年过去了，回想起来还是那么自豪。

我们的班长武浩是一位部队学员。她高高的个子，圆圆的脸庞，梳着两条小短辫，在红领章、红帽徽的衬托下英姿飒爽。她处处严格要求自己，以身作则，模范带头，让人敬畏。一次检查宿舍卫生，一位男同学床边贴着一幅不大合时宜的画。她严肃地对他说："把它揭下来。"那位男生乖乖地把画揭了下来。这或许就是军人的作风。她特别关心爱护同学，同学们也很维护她，尤其是女生之间，我们亲如姐妹，谁身体有点不适，都相互问候帮忙。一次，武浩做扁桃体手术住进了解放军 264 医院，术后同学们去看望她。因为她名字的发音还引发了一个小故事：孙淑云和车艳兰两同学去看望她时，警卫员听到他们说要看武浩，直接把她们带到 5 号病房。她们正与警卫员解释时，武浩听到同学熟悉的声音，急忙从隔壁的病房走出来，术后又不能说话，三人笑得前仰后合。同学之情，终生难忘。

1975 年 6 月我们临近毕业，学校为我们选择的毕业教育地点是昔阳县。一辆大卡车上载着我们 20 多位同学，大家都坐在自带的马扎上，几乎跑遍了昔阳县。第一站来到了大寨虎头山，碰巧时任国务院副总理、原大寨大队党支部书记陈永贵正在田间。同学们高兴万分，精神倍增。

近 50 年过去了，我们还记得在昔阳县的另一个村，他们把一条长长的山沟改造成农田，涵洞下面流洪水，涵洞上面的土地种庄稼，土是从山下用扁担挑上去的。这就是闸沟造地。我们即将毕业奔赴工作岗位，大家暗暗下定决心要向大寨人民学习，服从分配，听从党的指挥。无论在什么地方工作，都要牢记大寨人民自力更生、艰苦奋斗的精神，把自己的工作做好。

从大寨治山治水的事迹中我们学到了一种精神，得到了一种力量，它鼓舞着我们克服困难，勇往直前。在毕业后几十年的工作中，我们的同学们在改革开放中为祖国的建设在不同的战线上做出了应有的贡献。如：李广锁同学，山西新一代儒商，经营有道，酷爱文学，颇有收获，已开始陆续出版文学作品。李政文、王振春、贾广臣等同学在各自的工作岗位上都取得了突出的成绩。再如，李海鹰同学为了祖国的利益，敢担当，敢斗争，以理获胜。现在 70 岁左右的我们，有的还奋战在一线，发挥着余热。例如，我们班的白有存同学，女儿在太原工作，儿子在上海工作，他还站在应县的三尺讲台，不辞劳苦，年年把相当一部分高三毕业生送入大学。

英语五班大一时师生合影。左起前排：孙淑云、聂素娥、赵宝华、庞人骐老师、刘生金老师、王正仁老师、戈小丽、武浩；中排：肖杏花、吉小雪、刘敏、马花荣、刘之光、王秋菊、张三玲、车艳兰、渠小平；后排：李幼平、李建生、吴志东、白有存、万利民、李海山、王惠临、常仲

忆往昔，峥嵘岁月心潮澎湃。当年 20 岁左右的小伙子小姑娘变成了两鬓苍苍的老头子老太太。也不知怎么搞的，越老越怀念山大的校园生活，越感恩山大对我们的培养教育。

车艳兰（又名车彦兰），女，1950 年 1 月出生于山西省柳林县吉家塔乡兴庄则村。1968 年中学毕业后返乡任民办教师。1972 年 4 月初入读山西大学外语系英语专业，1975 年 8 月毕业后，先后在柳林一中和吕梁会计学校当老师。1988 年调到榆林市工业研究所工作，2006 年退休。

面壁三载磨一剑　曾向长空歌大风

陈　峰

又是一个桃花盛开、春光明媚的四月天，尽管受疫情影响，街上的行人少了很多，但路边的柳树依然吐出新绿。以往游人如织的公园也冷清了不少，但姹紫嫣红的丁香、月季和迎春花依然千娇百媚。沐浴着初春的暖阳，凭栏远眺，我又想起了母校山大那槐树蜿蜒的林荫道，教室窗外那香气袭人的丁香花，那韵味悠长的百年门楼；想起了我的老师和同学；也想起了近50年前那些难以忘怀的往事。

1972年4月初，一股强劲的春风吹遍神州大地，在那特殊的年代，我非常荣幸地作为首届工农兵大学生的一员踏入了山西大学。三年半外语系的英语学习饱含了老师们的辛勤教诲，沐浴了丰富多彩生活雨露的滋润，受到了来自五湖四海同学们的友爱帮助，为自己人生道路描绘出新的轨迹，奠定了坚实的基础。

近日，山大外语系首届工农兵大学生都在热议合出一本书，回忆当年那些点点滴滴却终生难忘的人和事，相信老同学们都会手不辍笔，一定会写太多太多的美好往事。我生怕过于重复，想来想去，决定将亲爱的母校赋予我的知识、道德、理想和信念，以及毕业后在新的工作岗位上的一些回忆写下来，仅供老同学们茶余饭后解闷儿吧！

1975年大学毕业后，我来到民航北京管理局航行处工作。1966年“文革”开始后，为确保飞行安全，中央决定将民航编入中国人民解放军空军序列，这也是后来有英专的许多部队学员出现在首都机场的原因。

工作初始，我被任命为航行处航行通告员，主要工作是每天清晨5点到电台收取世界各通航机场发来的各种有关飞行空域、机场设施、航路变化、进离场要求等英文代码电报并翻译成中文稿，在6点前送至领航室，供当天执行飞行任务的机组查阅。由于我的老师教了两天就急诊住院，而我又缺乏专业知识，不得已每天半夜3点就起床去报台取电报，然后一手民航专业简语英文词典，一手英汉大辞典，将每份电报“啃”了出来，保证6点前将译文送至领航室。除了抱着极大的热情和责任心，让我更加感受到的是山大外语系给了我英语知识这一工具，让我刚开始工作就圆满完成了任务。两个月后，处里通知我调到塔台工作。机场指挥台是整个机场的灵魂，是组织飞行、指挥飞行、保障飞行安全的最重要的核心部位。我也成为塔台指挥室第一个英语专业毕业的大学生。在被送到民航总局教导队（现民航大学）航行调度班进行专业学习后，我正式开启了人生17年的空中交通管制员的专业生涯。虽然一晃已是40多年前的事了，但很多经历却历历在目。由于不少事还属于国家机密，我就只写以下几个回忆片段吧。

一、总统访华

我执行过无数次重要的专机任务。记忆最深刻的是20世纪80年代执行某国总统的访华专机任务，他的专机要求可谓是我遇到过的等级最严格的一次了。好嘛！几十架次飞机运送各种物资、装备，甚至连食品、饮用水等都一一备全。当时我是紧急备用一号指挥员，负责专机在北京和八达岭长城的降落，任务非常光荣而艰巨。我们指挥组和各协同单位用了近一个月的时间做了各种方案，计算不同天气条件下各种飞机进场降落的条件和时间。经过多次测算，模拟指挥，我们制定了多套方案并得到上级部门与外方的认同和批准。当专机抵达北京那天，我作为一号指挥员，带领塔台指挥车在东跑道南头按预案准确无误地完成了整个指挥任务，分秒不差，亲眼看着总统专机安全着陆。游览万里长城是总统在北京行程中的重要活动之一。为了应对外宾在游览时万一发生身体不适，可以马上载送他到北京 301 医院，我们指挥组和外交部、民航局、总参、空军、北京军区、卫戍区等多部门主管人员及外方先遣队 5 次赴八达岭长城考察选址，制定直升机的起降方案。我们在通过长城关口后的下坡处找到了一块可供直升机安全起降的位置，并且进行了试飞。没想到这一安排竟让一位外国首席记者用上了。记得那天清晨 5 点钟，我们就带领塔台指挥车及通讯、气象、保卫等保障人员，从首都机场出发上山了。我是指挥，王战是副指挥（后来先后任华北空管局书记和西北空管局局长），我们抵达位置后，按指挥方案通知机场塔台安排直升机准时飞抵长城，并通知派往 301 医院指挥点的指挥员待命，一切进行得十分顺利。

总统车队抵达后，他们夫妇登上长城拍照，远眺，谈笑风生，好不热闹。半小时后活动结束，总统车队随即返程，看起来一切正常。我一直守在直升机旁待命，和外方空军机长交谈，并准备指挥直升机起飞返回首都机场。此时一大批外国记者从长城通道上下来准备上车返程，当他们刚好走到我面前不远处时，一位年纪大约六七十岁、身高 1 米 80 左右、身挎两三部相机的外国记者突然绊了一下，直挺挺地摔了出去，顿时满脸鲜血。此时一片混乱，因为所有的保障车辆，包括救护车均已离开长城。那时没有手机，无法迅速通知救护车返回。有几人向我走过来，其中有两人自我介绍说，他们一个是陪同外国记者团的驻华使馆官员，另一位是外交部礼宾司的工作人员。他们向我提出可否使用此架直升机将受伤老者送至医院，我立即回答说这是总统专用直升机，一旦飞向北京城区必定会引起外方重大误解。外方机长也表示无权动用此架直升机。此时塔台主任提醒我用无线电向首都机场塔台汇报这一突发情况并立即通报值班室，还让我告诉外方陪同人员，用他们的卫星电话向大使馆报告。也就是 10 分钟左右，通过民航局及外交部与外方驻华使馆联系，得到了外方批准，同意使用这架专机运送伤员，但不能飞往 301 医院，只允许飞回首都机场降落并立即安排救护车在降落机坪接送伤员到医院。协助伤员登机后（只允许伤者一人上机），我发出起飞命令，直升机平稳升空飞回首都机场。事后才知道这位受伤的老先生是外方首席记者、本次记者团团长。后来该国驻华使馆及他本人向民航局、外交部以及我们指挥组表达了诚挚的谢意。这真得感激山西大学外语系教给我的英语知识，让我能够随时随地与外国友人顺畅地沟通交流，在执行本职任务的同时还能为祖国的外交工作做些意想不到的贡献。

二、赴美深造

1986 年夏，在北京举办了第一届国际航空博览会，处里让我去参观内通设备（塔台专用内部通讯设备）。在展厅，我们发现有美国联邦航空局的展台，并且展示几种最新的内通设备。在参观交谈中，美方对于我们几个空管员的身份表现出很大的兴趣，提出有无可能参观首都机场塔台。作为第一次来华参展，他们对于中国的空管是既陌生又抱有极大的兴趣。经请示，局领导批准同意美方代表参观首都机场塔台等空管设施，局长还设宴款待美国客人，其中一人是美国联邦航空局西太平洋局的局长。席间，美方偶然谈起交通管制员培训的问题，引起了我们浓厚的兴趣，之后处里让我和美方保持联系，试探有无可能送中国空管员赴美深造。3 个月后突然接到美方通知，同意接收 4 名中国空管人员前

美国联邦航空局《西太平洋通讯》封面，左起第四人为陈峰

往美国位于俄克拉荷马市的美国联邦航空学院（FAA Academy），参加国际高级雷达管制课程的学习。我们都非常兴奋，随即处里向北京管理局打报告并报至民航局批准，又得到国务院人才引进办公室的支持和批准，且提供了 50% 的经费，经过层层选拔、考试，我和其他 3 名空管员（具有 5 年以上独立管制工作经验）被批准赴美深造。这是新中国成立以来第一次有中国空管人员前往美国学习此类课程。正如美方所说，这是第一次接纳社会主义国家的空管人员来美学习。因为新中国成立后我国的空管体系主要还是参照苏联的规则制定的，与欧美有着较大的差别，况且空管领域包含很多军事上的要素，所以在我们去之前从未有社会主义阵营的人员能参加学习此类课程。我们参加的这个课程一年只举办两期，上、下半年各一次，一个班只招收 18 名学员。1987 年初，由我领队的 4 名中国空管员踏上了赴美学习的新征程。

我们这个国际班由 4 名中国空管员和 6 名土耳其、5 名埃及、2 名西班牙、1 名巴基斯坦空管员组成。我们克服了语言、航空条例、空域规则的重大差别，以及缺乏雷达管制经验等诸多因素导致的困难，在毕业考试中，4 名中国空管员全部进入班里前 6 名。考试要求在 45 分钟内在雷达模拟机上指挥37架次的飞机，其中包括正常起降的飞机，飞越机场管制区的飞机和战斗机，发生故障需要紧急降落的飞机，以及突然失去通信联络而立即采取避让和调整指挥方案的特殊情况指挥等等。成绩在80分以上予以毕业，我们全部以优异的成绩毕业并得到美方的高度赞扬。30多年过去了，我们4个人的照片还挂在美国联邦航空学院空管教学楼的墙上。按照出国前局里的要求，希望我们尽可能地实地了解美国空中交通管制体系和指挥实况，经过申请和FAA学院推荐，美国联邦航空局批准我们4名中国空管人员前往美国圣地亚哥机场塔台进行实习工作（ON-JOB-TRAINING）。这又是一次新的纪录，从未有中国空管人员在美国机场塔台实习工作过。在美国塔台实习工作期间，我们每天认真观察学习，和全体美方空管人员建立了深厚的友谊，并引起当地媒体的关注。加州当地几份主流报纸还派记者专访我们，并在报章上进行了详细的报道，登载了我们在美国机场塔台实习工作的照片，美国FAA的专业杂志也在封面及头条刊登了我们的实习工作情况和照片。一时间，在当地引起了不小轰动。实习期间又突然接到通知，经美国五角大楼特批，允许我们4人参观位于圣地亚哥的西太平洋最大的海军基地内的空管中心。在我们进入基地时，美国海军哨兵向我们持枪敬礼，陪同人员告诉我们，这是有史以来第一次允许中国人进入这个基地参观。

休息期间，还让我们登上一架F4“鬼怪”舰载战斗机。我们感到既骄傲又自豪！为中国争了光！为中国的空中交通管制争了光！

三、同窗重逢

前面提到英专不少部队学员后来都在民航系统工作。由于很多部队学员毕业后返回单位基本没有从事外语工作，民航局得知此情况后，与军委政治部、干部部、北京军区干部部联系，将许多外语专业毕业的部队学员调入民航系统。进入民航北京管理局工作的部队干部大约有 70 多人，我和李幼平是 1975 年毕业后即到民航北京管理局工作的。我在航行处，他先是在国际商务，后在国际处。武浩、陈晓伦是 1976 年调入的，陈晓伦和我同在航行处，武浩先在商务处，后调入国际处，再后来任国际处处长。1976 年调入的还有李新国（局资料室），刘胜雪、朱业全（国际货运），徐素平（国际售票），王秀成（总局国际司），李海山（总局国际清算中心）。没想到，我们山大外语系的首届英专大学生可以重逢在首都机场，为祖国的民航事业又一次携手战斗！

岁月如梭，往事悠悠。近 50 年过去了，当年踌躇满志、意气风发的学子们，如今已经鬓发斑白。当年的母校经过代代校友们的薪火传承，已经成为名师荟萃、力量雄厚的世纪学府。往日不可追，来日犹可期。愿母校继续发扬中西会通、求真至善的精神，为欣逢盛世的祖国培养出更多的英才。

我的外语系，我的山西大学，我的母校，永在心间！

2020 年 4 月于北京

陈峰，男，1950 年 6 月生。1968 年毕业于北京外国语学院附中西班牙语班。1975 年山西大学外语系英语专业毕业后，进入中国民航北京管理局航行处工作，历任塔台管制员，塔台进近管制室副主任，民航华北局指挥调度室副主任，首批中国民航空中交通管制检查员。1987 年，作为中国首批空管人员领队赴美国联邦航空学院学习雷达管制。1993 年，赴香港工作。

卅载杏坛育桃李　一路芬芳话感恩

赵保兰

2019年年底，李广锁在电话中邀我为《别样年华——山西大学外语系首届工农兵大学生纪实》写篇回忆文章，他说大家都在写。我想，那得行万里路啊，路上才有诗，才有远方！

今年年初，赵殿华在微信中又劝我说，为《别样年华——山西大学外语系首届工农兵大学生纪实》写点东西吧，不然会后悔的。我想，那得读万卷书啊，书里才有神笔，才有灵感！

可是我，既没有行万里路，又没有读万卷书，如何写得？转念一想：我去过山大，那个地方不是就在“太原（远）”吗？我在山大读过书，那里不就藏有万卷书吗？

山大有我青春的足迹，山大为我插上腾飞的翅膀。想到这些，心中总觉得有一种温暖，有一种激情，有一种欲罢不能的东西在澎湃……

于是，我打开电脑，让思绪在指尖缓缓流淌。

岁月不居，时节如流。最美好的人生，莫过于行走在快乐的路上。回顾，有一路的故事；前瞻，有清晰的远方。童年有无忌的纯真，青年有激情的奔放，中年有丰盈的收获，老年有静谧的分享。

在晋中市灵石县南关镇，有一个叫董家岭的村庄，它既是中国历史文化名村，又是中国传统古村落。它的周边被绵长的群山环抱，古朴的民居按照“九五之尊”的布局依山而起，顺坡而上，层楼迭阁，雄厚壮观，俨然一座黄土高坡上的布达拉宫，诉说着斯地斯人数百年的沧桑。这就是我那可爱的故乡。我从小生活在它的怀抱里，遥望着远处的文笔塔、魁星楼，在九头古槐下嬉戏玩耍，感受着它的厚重历史，它的古风古韵，它的风土人情，它的时代变迁。感恩养育我的山山水水，虽然离开多年，依然是我魂牵梦绕的那片热土。

我出生在一个普通的农民家庭，父亲上过旧时的高小，算是村里的文化人，一辈子经营土地，种的一手好庄稼，人送外号“紧土神”。母亲在村办的女子学堂念过几年书，能识文断字，堪称知书达理，秀外慧中。正是在父母的熏陶和教育下，我们姊妹几个得以茁壮成长。感恩养育我长大成人的可亲可敬的父母，即使还能在梦中相见，你们依然是我朝思暮想的至亲。

学校是我们成长的摇篮，老师是我们前行的领路人，一辈子能遇到几个好老师，真是人生之大幸。

特别感谢我的启蒙老师，一年级期末给我颁发了“标兵学生”的奖状，激励着我一直向着“标兵”的方向努力前行，无论在哪个阶段，都丝毫不敢松劲。在小学，感谢班主任老师把班长、大队长的责任交给我，让我学着为他人服务，扛起小小的社会责任；在中学，感谢学校给我每月发放 5 元钱的助学金，在我的心田里种下了感激和感恩；在大学，感谢才高八斗、学富五车的老师们给我插上了腾飞的翅膀，赠给我一辈子取之不尽、用之不竭的英语知识“金饭碗”。端着它，我为祖国建设培养人才，怀揣力量，信心满满；端着它，我上养老、下育小，家里有粮，心中不慌；端着它，我一辈子安居乐业，退休后也安享晚年，轻轻松松，欢乐无限。

农村是个广阔的天地，知识青年在那里是大有作为的！这一号召，曾调动了千千万万知识青年到农村去，到边疆去，到最艰苦的地方去。我也是那浪潮中的一朵浪花，回到我的家乡，参加农业生产劳动，接受贫下中农的再教育。那几年正赶上“农业学大寨”，在我还没弄清肩上的大任是什么的时候，先经历了苦其心志，劳其筋骨，饿其体肤之历练。20 岁不到的姑娘和男劳力一样战天斗地，春种秋收，修田垒坝，担水抗旱，出羊圈，掏大粪；学做“四能手”（喂牲口、养猪、放羊、耕地），组织突击队（“铁姑娘队”“红大嫂队”“红大娘队”）；白天地里场里一出勤两送饭，晴天一身土，雨天两腿泥，晚上开会学习，点灯熬油，陪了星星、陪月亮；逢年过节不放假，天阴下雨写体会、出墙报，抽空还要排节目、搞宣传。就这样，一天天的劳作，一年年的辛苦，经历了无数次的风雨，也一次次看见了天边的彩虹。我当过村里的“铁姑娘队”队长，村妇联主任，光荣地加入了中国共产党，荣幸地被推荐到山西大学外语系学习，成为第一批工农兵大学生。一个个荣誉，一道道光环，心里有太多的感想、感慨和感动。感谢那个时代锤炼了我，感谢艰苦的生活磨炼了我，感谢我的父老乡亲养育了我，感谢党组织培育了我，感谢我抛洒青春热血的故乡，是它给了我自强不息的修身之魂，是它给了我不屈不挠的立世之本。

大学毕业后，按照“哪儿来哪儿去”的分配原则，我回到我的家乡，在三尺讲台辛勤耕耘，一干就是 30 多年。中间也有几次机会调离，但是由于热爱，所以始终坚持。

刚回来的时候，县组织部的人说，你跟着组织部长下乡吧，完了再考虑分配单位。我想了想说，我学的是英语，很喜欢，舍不得荒废，让我去学校吧。于是，我当上了人类灵魂的工程师。

20 世纪 80 年代，爱人在部队，我可以随军。他来信说，到北京吧，来了想办法重新安排个工作。我左思右想，教了十多年英语，我已经习惯了，舍不得丢掉这份工作，也舍不得离开我的学生，后来他转业回来了。

有几次学校领导说，干了这么多年，接班人不少了，离开教学一线，干行政工作吧。我辗转反侧，前思后想，一再推辞说，我已经熟悉了英语教学，不想离开课堂，也放不下我的学生，还是算了吧。结果，我从讲台直接走到退休才离岗。

我特别感谢家人的理解和支持，感谢领导的信任和体谅！

人这一辈子，选择一份适合自己的职业不难，但要坚持做一辈子，做到人人满意，做到极致，确实很难。记得有人说过：职场是一个修炼场，工作就是一场独自修行，你终究要一个人穿过漆黑的夜，走过坎坷的路，渡过湍急的河，承受生活中所有的苦痛，才能蜕变成更强大的自己。其实自己心里也明白，没有哪一种工作是不委屈的，更何况是教书育人。

那些年，在教育这座大熔炉里，我经历了一次次历练。在历练中不断成长，不敢说化蛹成蝶，只能说是一步步走向成熟。刚开始，国家还没有恢复高考，学生英语基础很差，英语师资又有限，一个老师有时代四五个班的课，好在当时不高考，教学也没有什么压力。学生学制两年，春季招生，冬季毕业，到时候大都回家就是了。即使这样，我依然乐此不疲，因为做的是自己喜欢的事情。

即便 1978 年恢复了高考，英语教学的路也走得很艰难，经历了不是高考科目、只做参考、按 30% 记分、按 70% 记分、记满分 5 个阶段。

恢复高考后的第一批学生，因为英语不是高考科目，只作为选修课，所以上课的学生随着高考的临近逐渐减少，到最后只剩下两个学生。然而可喜的是，其中一个同学竟然考取了清华大学。我高兴地想，我传授给他的那一点点英语知识也许会在他日后的深造中有些许帮助吧。

头几年，学生高考英语几乎没有及格的，最高 59.5 分。直到 1983 年，终于有一个学生以 81 分（满分 100 分）的成绩考取山西大学化学系；1984 年，一个 55 人的班，39 人英语及格，一个同学以 93 分的成绩考入山西大学外语系。我美美地高兴了一把，我们的英语教学从此有了生机和希望，我们的教学之路也越走越顺畅，越走越宽广。

那些年，我和所有的中学教师一样，经历了教学改革的风风雨雨，走过了教学改革的曲曲折折，尝过了教学改革的苦辣酸甜，领略了教学改革的柳暗花明。于是，我理解了不经历风雨怎么能见彩虹的深刻内涵。

那些年，我和所有的中学教师一样，付出过教师应付出的一切艰辛和努力。比如起五更睡半夜，废寝忘食；比如披星戴月，呕心沥血；比如战严寒斗酷暑，兢兢业业。于是，我感悟到了每个捧着一颗心来的教者，都心甘情愿承受为师的艰难。

那些年，我和所有的中学教师一样，努力践行教师的职业道德。比如德才兼备，为人师表；比如爱岗敬业，爱生如子；比如学而不厌，诲人不倦；比如天道酬勤，勤能补拙。于是，我逐渐领悟到了什么才叫学高为师，身正为范。

那些年，我和所有的中学教师一样，做园丁，培育幼苗茁壮成长；做蜡烛，燃烧自己，照亮他人；做人梯，托起颗颗日月星辰；做基石，承载座座冲天大厦。于是，我体会到了所有不带半根草去的老师，会意外收获从教的累累硕果。

那些年，在教学这个大舞台上，我们经历了许许多多的事情，最难忘的是那浓浓的师生情。30 多年，我只完整地送过 4 批应届毕业生，其余时间都在高三和补习班忙碌。一个个春夏秋冬，究竟有多少个学生走进过我的课堂？一年年迎来送往，我记住了多少个学生的脸庞？我到底帮助多少学生插上了腾飞的翅膀？他们是学士、硕士、博士，还是普通建设者？他们是在国内，还是在国外工作？这些都不再重要。留在记忆里的除了自己付出的努力和艰辛，全都是和学生在一起的美好时光，以及收获季节的那些喜悦和自豪。

曾记得，上课前，我和学生一起高喊：I am full of confidence and I can do anything better. I will make great efforts and I will be more successful！（我自信，我能行；我努力，我成功！）我们信心满满，一起在知识的海洋里遨游，为梦想而共同努力奋斗。

曾记得，课堂上，我们一起做英语游戏，一起用英语表演课本剧，交流远足感想，分享学习体会，谈友谊，谈理想，谈人生。圣诞节召开英语联欢会，将所学知识运用到生活中。

曾记得，高考前二练后，我把《沙家浜》中郭建光的名言："同志们，最后的胜利就在再坚持一下的努力之中！"写在每一个同学的作业本上，同学们齐声朗读时，我看到了他们眼中的泪光、自信和坚毅。

曾记得，那年圣诞节，我把叠好的幸运星一颗颗放在学生的手心里，让他们闭上眼睛，默默许下心愿。仪式完毕，他们的目光里流露出欣喜、快乐和希望。

学校里，在校生的青春、阳光、激越、豪情感染着我们；大街上，毕业生的微笑、问候、热情、关心感动着我们。闲暇时，翻看一张张学生的毕业照，回想一个个学生的名字，重读一封封学生的来信，浏览一张张学生的贺卡，接听一个个学生的电话，品味一条条学生的短信，都能让你喜上眉梢，乐在心头，那真是相当的快慰！我不知道除了教师谁还会有这种享受？因此，我觉得我这辈子选择做老师，做英语老师，不是品尝了苦，而是享尽了福。

不忘初心，方得始终。我这辈子虽然只做了一份工作——普通的中学英语教师，可我知道，这是一份职业，更是一份志业；是一种责任，更是一种使命。几十年如一日，我与学生相互成就，每天都在神圣与平凡中穿行。脚底下三尺讲台扎根，黑板上天高地厚开阔，心底里喜怒哀乐翻滚，有付出，更有收获。

感谢我的老师，给我知识和能量；感谢我的职业，让我和青春相伴；感谢我的学生，使我在耕耘中播撒希望，在收获中分享快乐。我真的无怨无悔，如果有来生，我会依然选择做教育战线的追梦人，继续我的梦想。

退休后，县上的一家民营企业为中老年人搭建了活动平台，组建了中老年合唱团，我有幸参与其中，和老年朋友们一起学声乐，练合唱，排节目，搞宣传，丰富多彩的退休生活让我非常享受。我从心里感谢祖国，感谢党，感谢这个伟大的时代，让我们过上了这么美好的生活，让我们的晚年生活如此绚烂。

静下心来仔细想想，我这辈子真的好幸运，在我走过的每一个路口，都能收到炽热的爱；当我每一次遇到困难，都能握住温暖的手。我所有的付出都得到了丰硕的回报。在我心里，一切都是幸福和美好的模样。

此时此刻，怀揣着深深的感恩，我真想高歌一曲，献给我亲爱的老师。“小时候，我以为你很神秘，让所有的难题成了乐趣……长大后，我就成了你，我就成了你，成了你！”

2020 年 6 月

赵保兰，女，出生于1951年8月，山西省晋中市灵石县人，中共党员。1975 年 8 月毕业于山西大学外语系英语专业，一直从事高中英语教学工作，中学高级教师。

圆　梦

张银海

引　子

我曾对我的亲人们讲述我的人生经历，其中童年的辛酸过往可车载斗量，而桩桩件件总离不开我那慈祥善良又无比伟大的母亲，这就难免要拨动我伤痛的心弦，说到伤心处，不禁泪流满面。女儿曾建议我写回忆录，可我却不敢轻动一颗久已平复的内心。

为迎接2022年山西大学建校120周年庆典，外语系英专72级李广锁等同学发起了《别样年华——山西大学外语系首届工农兵大学生纪实》一书的征文活动。在各位热心同学的一促再促、退无可退的窘况下，不得已而拿起了沉重的笔，勉强写一点我的大学圆梦故事。

谨以此文告慰我已在天堂的母亲。

一、京城出生　父母婚变

1948年冬，作为抗日战争和解放战争的直接参与者，受党的派遣，我的父亲带着母亲和两岁的哥哥，从冀中平原的一个小山村出发，赴东北解放区参加新政权建设。当他们到达保定的时候，平津战役打响了，组织上安排他们在保定暂住待命。1948 年 11 月 29 日开始至 1949 年 1 月 31 日，历时 64 天的平津战役以中国人民解放军的胜利结束了。我父亲临时受命进入北平加入新政权的建设工作。

1952 年农历 2 月 29 日，我出生于北京南池子大街的一座宅院里。

1953 年父亲提出要和母亲离婚，我爷爷说，你要离婚，除非我死了。一语成谶，1954 年春，爷爷病逝在北京协和医院。全家人离京送爷爷回原籍安葬。之后，母亲、哥哥和我都被留在了老家。父亲加快了离婚的进程。不久，父亲将叔叔叫去北京，商议并交代善后事宜。叔叔回来后的当晚，夜深人静，他同我奶奶和婶子讲了我父亲的安排：离婚后把哥哥接到北京继续上学，如果母亲改嫁不带孩子，我就由叔叔抚养，如果不改嫁可以不离家，我由母亲抚养。我懂事后母亲告诉我说，那天晚上因为我不舒服，一直不睡觉，她就听到了我叔叔他们的谈话。我们家老宅正房的格局是一明两暗，我们和叔叔家分住东西两头，中间一间相通。故此母亲听到了他们的谈话。我叔叔家的大儿子小我 10 个月，母亲不想我沦为叔叔家的小长工，坚定选择了不改嫁亲自抚养我长大成人。

之后不久，父亲回原籍和母亲办理了离婚手续。成年后，在内蒙古呼和浩特市工作的堂叔告诉我，当年他看到我父亲拉着母亲的手没吵没闹去了乡政府，他都不知道是干什么去了。母亲真是太善良了。母亲告诉我，当年父亲带着痛苦的表情对她说，北京这边的女方是甩不掉了，如果不离婚他就要受到处分。他答应母亲离婚不离家，每年给母亲多少粮食多少布匹的生活补偿，两个儿子，老大回北京上学，老二到上学年龄他也供上学，只要儿子有本事，上大学他都供。

二、少幼艰辛 仁慈吾母

父亲对母亲的承诺终究是没有兑现。女本柔弱，为母则刚。有句话叫：生易，活易，生活不易。为了生活，母亲开始背着两岁多的我下地干活。为了能吃饱饭，母亲没明没夜地拼命劳作。由于她吃苦耐劳从不惜力，社员们一度还选举她担任生产队的妇女队长。在大跃进的年代里，社员们晚饭后还经常加班干到半夜，多少次我晚上醒来摸不到母亲就号啕大哭，惊醒了街对面的三奶奶，她过来把我抱到她家。第一次，母亲下工回来不见了我，急得哭喊了起来。以后只要看到我不在了，就去三奶奶家接我回来。在我的记忆里，母亲每天上工总要背一个大筐，下工后沿路捡拾柴草，回来就有了做饭的柴火。

长年累月的劳作，使才到中年的母亲患上了严重的关节病，膝关节肿大，笔直的双腿成了罗圈。由于一侧严重，走起路来像瘸子一样。母亲白天在生产队上工，晚上还要侍弄自留地，她一个人推不动水车，就和别人家合着推，碰不到别人时，就我们母子二人拼尽全力去推。

母亲的善良和孝悌在村里是出了名的。与父亲离婚后，母亲对待奶奶仍然是始终如一的好，奶奶只要在老家居住，逢年过节改善伙食母亲总要亲自给奶奶端去一碗。母亲的善良无处不在，对村里的孤寡老人也很怜悯，就是上门的乞丐也从不让人家空手而过。母亲的孝敬长辈和积德行善赢得了村民的尊敬和友好相待，在与叔叔分家时，大家都想要老宅（村里人说是风水好才出息了我父亲），村里专门处理分家和财产纠纷的几位人品公正的老人，因为同情我们孤儿寡母而最终让我家留在了老宅。我曾问母亲，他们偏袒我们，叔叔能让吗？母亲说，他们只是和我说，抓阄时婶子一定会抢先抓，你就让着她。而两个纸蛋儿一个松软略大些是新宅，一个紧凑稍小些是老宅，婶子上来就抢先抓了那个大纸蛋儿。这些智慧、纯朴的大爷大叔们是利用了婶子爱贪小便宜的习惯，不动声色又不失公允地把老宅分给了我家。

小时候我从未见过母亲流泪，我总以为母亲是个无所不能且又刚强的人。母亲不足160厘米的瘦弱身体里像是永远有着用之不竭的力量。1959年我上学了，这一年的大年初一，吃过饺子，母亲让我穿上干干净净的衣服，送我出门随小伙伴们去给长辈拜年、玩耍。近午回来，一进屋就看到母亲坐在炕沿上哭，从未见过母亲流泪的我一下子惊呆了，抱住母亲也大哭起来。母亲止住哭声替我擦干了眼泪，认真地对我说："总算盼到你上学了，你要好好学习，将来要上中学，还要上大学，你要有出息，以后让娘也能到人前说笑。你爹不管我们，娘就是砸锅卖铁也要供你上大学。"母亲常和我说，"宁舍做官的老子，不舍叫街的娘，有娘护着就不让你受委屈。"自此，母亲每年大年初一都是如此，我就这样每年一次看母亲流泪、听母亲教诲，直到参军离家。母亲的生活里没有任何娱乐，可她酷爱看古装戏，邻村只要有演出《铡美案》，母亲必定是高高兴兴地去，泪水涟涟地回。母亲一定是把我们母子的现实遭遇放到剧情里去了。那些年的母亲真是泪花子泡月亮、汗珠子滚太阳啊！

母亲在人前是无坚不摧的强者，人后才是伤痕累累的自己。强烈的刺激和母亲经年累月不厌其烦的教诲，让我从小立志：一定要好好学习，将来一定要上大学！要为母亲争气！让母亲有朝一日能在人前欢笑。

我学习的动力源于此，源于深深的母爱。我上小学正赶上三年自然灾害，亲眼看到我的本家大伯因为吃不到粮食，以草根树皮充饥，肚子胀得像个鼓，病倒在床上数日后突然肚子一声巨响瘪了下去，气绝身亡。可几年下来母亲硬是没让我因饥饿而生病或辍学。母亲常说的话是：我还不饿，你先吃；这个我不喜欢吃，你吃。长大后我才懂得，世界上最温情的谎言，莫过于母亲对我说的了。而我的母亲为了我不挨饿，自己却患了严重的肠胃病，像我的大伯一样肚子经常鼓鼓的，晚上睡不着觉，就让我坐在窗台上用双脚给她踩肚子，我担心踩痛了母亲，可母亲总是说，使点劲，再使点劲。看着白天上工，晚上被病痛折磨的母亲，我经常会无助地偷偷掉眼泪。

1962 年暑假，奶奶带着在北京邮电大学上学的姑表兄和我的哥哥一起回老家度假，要走时，奶奶跟母亲说让我也去北京上学，说在老家会饿死的。母亲不舍，但为了儿子活命就打点我一起走了。可奶奶是做不了主的，我们乘夜车到北京的当天上午，父亲就买了两张火车票让表哥把我送回离家 40 多里外的东长寿火车站，交给了去车站给村里拉煤的叔叔。母子连心啊，当我坐着马车刚一进村，远远就看见母亲站在家门口的高台上向村口张望，她好像知道我今天一定会回来。我看到母亲眼睛红肿得像桃子，一夜间增添了无数的白发。母亲把我紧紧地搂在怀里……我第一次在当街人前看到了流泪的母亲。

母亲的爱是一根长长的线，一头牵着的永远是她最珍贵的我啊！

上高小，我是在 4 里之外的邻村。班主任何老师是县一中“反右”下放来的，学识渊博，心气儿也高。由于我们学校不是重点高小，历年小升初五六十个学生才能录取一两个。何老师带着我们夜以继日地发奋学习，每天晚饭后还要提着马灯走夜路去学校上晚自习。他说，你们这一届我有信心升学率达到 10% 以上，争取考上 5 到 10 人。同学们的学习热情被他鼓动得无比高涨，可 1965 年的升学考试结果又是只考取了两名，其中一名是我，另一名是邻村的复读生。我想是母亲成就了我，我是幸运的，也是幸福的。

三、青春无悔　遂愿参军

1965 年，我考入河北省行唐县上碑中学。一年后“文化大革命”开始。在停课闹革命的日子里，有的同学离校回家挣工分去了，我也想回家给母亲帮忙，可母亲坚持要求我参加学校的一切活动，直到复课。1968 年

11 月我初中毕业回村，村里闹派性，张家大姓掌了权，本家叔伯们想要安排我当会计，母亲一口回绝，说要我等有学校可以读高中时再去读书，一定要上大学。她说，我不要你在村里当干部，我要你将来出去当干部。可我心里明白，就当时的国家形势来看，上大学已经是不可能的了。

1969 年 1 月，部队来我们村征兵，我是村里唯一的初中生，带兵的首长见了我很喜欢，问我愿不愿意当兵。我当然愿意，可一想到 1962 年我离开母亲一天的状况，就心痛得厉害。我走了，留下相依为命十几年的母亲怎么办？几天下来，白天茶饭难咽，晚上睡觉不稳，睡梦里我叹着气说梦话：心病啊！母亲摇醒了我问，你有什么心病啊？我流着眼泪对母亲说，我想当兵，又舍不得你。母亲笑着说，她以为我刚满 17 周岁，年龄还小，不符合 18 至 22 岁的征兵条件，去不了呢。如果我愿意去也能去的话，她就不拦我，反正上学也是没影儿的事。就这样，1969 年 2 月，我穿上军装，来到了石家庄第 63 军直属警卫连。我们村一共招了 5 个新兵，离家时，别人家的母亲都哭成泪人，只有我的母亲有说有笑地叮嘱这叮嘱那。我已经懂得，这就是母亲的坚强。可每当目送我的背影渐行渐远，回头后母亲一定是悄悄地流下眼泪。

带着母亲的嘱托，我很快就融入了部队的集体生活。在连队首长的关怀、战友们的帮助和自身努力下，我于 1969 年 8 月入团，1970 年 10 月入党，1971 年 3 月当了班长。1969 年底，第 63 军从石家庄调防来到山西省太原市，当我们乘车来到军部所在地坞城路时，发现我在 1967 年春天和 10 余名初中二年级小伙伴学红军长征，背着背包徒步大串联赴延安朝圣时，翻过太行山，第一站停留的太原煤校就在坞城路上，后来又进入山西大学，还是在坞城路旁。多年后我曾调侃自己，当年就是来这里找归宿来了。

四、征衣未脱　梦圆山大

1972 年初，山西省招收第一届工农兵大学生，军政治部给警卫连下拨一个山西大学外语系俄语专业的名额，连党支部经过评议、选拔，推荐了我。当时我正带领一个班的战士在远离连队的榆次县南部山区独立执行军后防基地的安全警卫任务。喜讯从天而降。上大学早已经是我不敢想也不再想的一件事了，那是我从上小学第一天起，母亲就天天讲年年讲并深深地灌输到我脑海里的理想，是母亲执着的心念，更是我几近破灭的梦想。如今一下子变为现实，让我彻夜难眠。我多想第一时间大声对母亲说："娘，您儿子的大学梦圆了！"

1972 年 4 月初，我进入山西大学外语系俄语专业学习。当年有个口号是："人民送我上大学，我上大学为人民。"1969 年 3 月珍宝岛战役加速了中苏之间的紧张关系，野战部队送我上大学学习俄语是为备战。我上大学除了为人民、为备战，还多了一份责任：为我平凡而伟大的母亲。

为了抢回"文革"中浪费掉的学习时间，我和同学们一起争分夺秒、废寝忘食地学习。每天天刚蒙蒙亮，我们就在校园的小树林里背单词、练口语，晚上熄灯了还常常打着手电筒蒙着被子看书。为了锻炼口语能力，我利用一切机会和系里两位来自苏联的外教塔玛拉和苏妮娜（中文名苏平）老师用俄语聊天交流，其中塔玛拉老师的口语课讲故事我几乎都要踊跃举手复述，而苏妮娜老师（是负责灌制录音带而不常见面的非代课老师）还曾鼓励我说，很欣赏我的大胆和努力。故此只要一见面就和我用俄语聊上一会儿。进入第二学年后，同学们的学习拉开了距离，为了带动后进，不让每一个同学掉队，班主任老师组织了"一帮一结对子"活动，这之后我除了自己学习之外，还要每天负责结对同学的课后学习。我们这一届学生由于"文革"的影响，文化水平参差不齐，"老三届”的高中生、初中生都有，还有相当一部分是像我这样从严格意义上讲连初中毕业生都算不上的学生。尽管我们的文化基础先天不足，可大家的学习热情却是十分高涨。为了补足短板，学校还给我们安排了补习文化课。同学们非常珍惜这一来之不易的学习机会，掀起了你追我赶不负韶华的学习竞赛热潮。记得当时甚至有同学因为学习时间过长、精神负担太重而导致植物神经功能紊乱。难怪我们的老师们常讲：教书多年对比历届学生，工农兵大学生是最用功的一届了。

当时我们在学校几乎是实行准军事化管理，外语系英专五个班为一个排，俄专三个班为一个排，大部分的班、排长由部队学员担任。我被系里安排做俄专二班班长。部队学员把人民军队的好作风、好传统带到了学校。我们每天早上集体出操，三餐也是集体分组打饭就餐，业余时间打扫楼道和教室卫生。“开门办学”住在老乡家，为老乡挑水、扫院子。班里或同学之间出现任何的问题，我们都像在部队一样开展谈心或者通过班会自行解决，从不向老师提交矛盾。那些从工厂和农村来的同学也不甘落后，他们把艰苦朴素、吃苦耐劳、勤奋进取的思想作风带到了学校，每天耳濡目染，我从他们身上学到了许多优良的品质。系领导和党支部对学生们的政治思想工作抓得非常紧，不时开展忆苦思甜、艰苦朴素和不能“一年土，二年洋，三年不认爹和娘”的不忘本思想教育，使我们这届学生在政治思想和文化知识上都收获颇丰。

山大外语系的俄语专业具有一支经验丰富、知识渊博的一流教师队伍，相当一部分老师是从北京外国语学院和黑龙江大学等名校过来的，有从苏联进修或留学回来的，还有其他学校所不具备的两名外教，实力雄厚的甚至让人觉得有点奢侈。当时我们的俄语水平除很少一部分老高三同学外，大部分都是从字母学起，教学难度非常大，可老师们硬是竭尽全力让我们每个学生在有限的时间里掌握了应该学到的俄语知识。老师们把数年闲置而积蓄下来的精气神儿一股脑都用在了我们这届学生身上，除了教授知识、释疑解惑，他们爱护我们、关心我们，对我们认真负责到除学习之外的思想、生活等各个方面。他们启迪我们的心灵，拓展我们的智慧，发掘我们的潜力，激发我们的创造性。在这样一群正直、真诚、善良的恩师身上，我们学到了人生必备的而且是在社会上学不到的东西，对我们以后进入社会起到了相当大的作用。他们是授业恩师，更像是兄长和大姐在关爱着我们，这种亦师亦友的师生关系是那个特殊年代所独有的，师生之间的感情是历久弥坚的。难怪几十年以后师生相聚，他们非但能叫得来我们每一个人的名字，而且对我们当时发生在班上的趣闻轶事也都记得清清楚楚。

我们的恩师心中是真的有我们的。我们这一届学生和恩师们之间的故事将永远铭刻在记忆里。在这里，我想感谢我们所有的恩师：陈志濂、杨继舜、张安琪、张文郁、吴增和、同鸿印、薛高保、陈贻谋、景瑞雪、梁立生、弋成隆、王明华、常文嫣、姚应芳、孟绍贲、高光斗、郑海石、智亚男、吴长福、白素蓉、武树元、樊维信、塔玛拉、苏妮娜，以及那些记不起名字的老师们。是他们孜孜不倦的教诲，使我丰富了学识，增长了才干。也感谢同窗苦读的同学们，我们互敬互爱，互帮互助，开阔了视野，加深了友谊。三年半的大学生活奠定了我们人生和事业的坚实基础，为我们这些青年学子、共和国的同龄人再次走向社会，为祖国、为人民建功立业，为实现理想插上了翱翔的翅膀。

五、春种外语苑　秋收俄罗斯

1975 年 8 月我于山西大学外语系俄语专业毕业后，又回到了原来的连队，当初部队派我去学俄语是为准备打仗储备干部。1975 年后中苏关系缓和，俄语在野战部队用不上了，学非所用成为我心中的痛，加上胃病常常发作，已不适应长期在基层连队工作。柳暗花明，经英语专业分配在公安厅工作的杨凤莲同学推荐，得知山西省公安厅政治保卫处需要俄语干部，我即于 1978 年 10 月转业到省公安厅工作。

1983 年山西省五大语种统考评定职称，我参加并通过了考试，被评审为助理翻译职称。之后利用业余时间为山西省电力设计院翻译神头、漳泽电厂俄语资料 20 余册（约 20 万字）。1987 年铁道部从苏联购买 100 台电力机车，项目交由太铁分局实施，我被派遣到太铁分局外事翻译组担任驻太原苏联专家组翻译。

1988 年 8 月，我因胃及十二指肠球部溃疡出血住院，出院后的第二天，即随太铁边境接车组奔赴满洲里口岸，往返于苏联边境小城后贝加尔与满洲里之间，检查验收苏方交付的每一台电力机车。

1992 年 4 月，山西省派出 30 余人的大型经贸考察团访问俄罗斯，我随团担任翻译。考察结束后，省里决定由省经贸厅牵头在俄罗斯首都莫斯科开设贸易公司，10 月 5 日我受命担任公司副经理兼翻译，到达莫斯科。在莫斯科工作前后 10 余年，运用山西大学成就我的语言工具为山西经贸事业和祖国需要，舍小家，为国家，做出了自己应有的贡献。不得不说的意外收获是：我曾经七八次胃出血，多次住院治疗，医生曾建议做胃切除手术。这样严重的老胃病，竟然在莫斯科几年间神奇地自愈了，如今已近 30 年没有吃一粒胃药。我常想，是与俄语结缘，又给

1990 年作者（后排左二）与俄罗斯专家在工作现场合影

了我健康的生命。

退休后，我继续发挥余热，为单位翻译俄文资料，担任翻译并参与科技攻关项目，取得了对国防建设具有重大突破意义的科技成果，得到了国家领导人的指示褒奖，并荣获省部级记集体一等功荣誉。

回顾以往，我的大半生工作和点滴成就大都与俄语分不开，由此更让我感恩恩师、感恩同学、感恩山大——我的母校。

六、仁者不忧　乐享晚年

难忘挚友曾笑谈我的人生，说假设你的父母没有离异，你在北京多半会是一个纨绔子弟。命运没有假设，它还是给了我一个无怨无悔的人生。

而人生的经历让我能够理解到人性的复杂，因而也就学会了宽恕别人，超越自己。故此，我除了深深地感恩生我养我的母亲之外，还特别要感恩我的妻子和女儿，她们为了支持我的工作和事业，从精神到物质上承受了过多的付出和牺牲。我要感恩生命中遇到的每一个人，所有帮助或是伤害过我的人，其中也包括我的父亲。

对于父亲的心结，成年后我已经选择了放下。我曾有着对父亲深深的怨恨：记得从小学三年级开始，母亲就经常让我给父亲写信，要求他兑现承诺，供我上学，可父亲却从未寄回过一分钱；上初中后，因为父亲是“高干”，我享受不到助学金；1965 年和 1967 年，我曾两次去北京上门找父亲求助，可不仅拿不到钱，还搭上了进京的路费；征兵时村里的对立面检举父亲是“走资派”，使我差点不能参军。但我还是选择了宽恕，他毕竟是我的生身父亲。再想想他家，有哥哥和 4 个弟、妹，一家 7 口也不容易。孔子说：“仁者不忧”。忘掉了人生中最后的一点怨恨，轻松前行，是一件多么愉快的事。我们赶上了好时代。因为爱好，我参加了山西省爱乐合唱团，合唱团聘请原海政文工团常任指挥和作曲王晓刚为客座指挥，为我们排练了由他亲自改编的十余首山西民歌混声合唱，2019 年 7 月《再唱山西好风光》交响合唱音乐会，在太原工人文化宫为省城人民举行首场汇报演出并获得极大成功。我们合唱团还参加一些重要演出活动，如山西省庆祝中华人民共和国成立 70 周年文艺晚会，以及省教委组织的“高雅艺术”进校园和太原市教委组织的“双百工程”优秀艺术进校园等活动。多姿多彩的文化艺术活动为我的晚年生活增添了色彩和情趣，也带给我快乐。我坚信，只要坚持乐观向上、积极进取的人生追求，那就会如一首歌中所唱到的：“如今我们虽然已是风霜满面，而岁月给我们留下的却是七彩斑斓……”

结束语

每一个人来到世上，都会拥有一个不一样的人生、不一样的故事和不一样的邂逅。总要穿过春夏秋冬，看过沧桑变幻。当你历经风雨磨砺，走过繁华荒芜，才会懂得生活的真谛和生命的意义。待到夕阳西下，给自己画上完美的句号之时，才不枉在人间之旅走一回，才不负光阴的恩泽以及岁月的馈赠。品味季节变换，感恩生活圆满，余生太珍贵，往事永不回。有些经历和缘分仿佛“南柯一梦”，瞬间消逝而成萍踪过往。而我的“圆梦山大”和“师生情缘”却早已根深蒂固，永远留在了我的生命里……

张银海，男，1952 年出生，河北省石家庄市行唐县人。1975 年 8 月毕业于山西大学外语系。1978 年 10 月部队转业，就职于山西省公安厅，历任科员、副科长、科长、副处级侦查员、正处级侦查员。1992 年就职于山西省驻莫斯科经贸公司，任副经理、经理兼翻译。

漫漫人生路　总关英语情

王秀成

一、家学溯源

我老爷爷是晚清秀才，我们王家到了他那一辈算是发展到了比较好的时期。我老爷爷有三个儿子，我爷爷又有三个儿子。我老爷爷的家产两次一分为三，到了我爹这儿，只剩下了二亩盐碱地和一条驴腿（四分之一头驴），这时也就到了土改前夜，所以土改时，我家的家庭成分就划成了贫农。尽管如此，我爹小时候还是有条件读了 9 年私塾，在农村也算得上是饱读诗书了。他还能写一手好毛笔字，有这般文化底蕴的人，当时在三里五乡也寥寥无几。

到我们这一辈，我们姐弟三人（姐姐、哥哥和我）在读书方面都比较上进。在"文革"以前，整个衡水，地区所属的中学只有一所，县属中学有两所。那时候能考上中学的人，真是太少了，而我们姐弟仨都上了中学。

在校时，我们读到不少战斗英雄的故事，特别是 1963 年以后，全军和全国人民都在学习雷锋，中国人民解放军的声誉和威望在全国人民的心目中空前高涨，当一名光荣的中国人民解放军战士，就成了青年们的理想。1968年初，我如愿以偿地参了军。

二、军营成长

我是一名从中学直接参军入伍的战士。入伍时，童音未变，身体尚未完全发育成熟，身高172厘米，体重46公斤。新兵训练结束，我被分到师直勤务连。第一次执行临时任务，从火车上往下卸水泥，对我来说，是一次前所未有的考验。50公斤一袋的水泥，压在我那46公斤的身躯上，感觉肋叉子就好像要套在胯骨上似的，踉踉跄跄一路小跑地往前冲。班长和排长看到我那般样子，几次劝我休息，我一直坚持，心想一定不能落后，直到把水泥卸完。

我们连队负责师机关和弹药库的站岗任务，每一班岗都是由我们连同时派出两名战士，一名到师部机关去站岗，离我们连队宿舍很近，另一名到弹药库去站岗，离连队宿舍约有500米的距离。我总是主动地去弹药库那边站岗。在弹药库站岗，白天还不觉得怎么样，夜间那边没有一个人住，也不开灯，又黑又静，让人感到害怕。在大雪纷飞的严冬，我在弹药库站岗，呼出的哈气在眉毛上结成冰霜，稀鼻涕不停地往下流，手绢擦湿了又结成冰疙瘩没法再用，我也顾不了那么多了，用两只大衣袖子左右开弓地擦着那不断往下流淌的鼻涕。

锻炼成长为一名合格的解放军战士，说起来容易，做起来难。我时常用这样一句话鞭策自己：院子里炼不出千里马，温室中长不出万年松。环境条件越艰苦，越能锻炼人！日复一日，年复一年，要始终起模范作用，对于一般战士来说，也许需要付出百分之百的努力，而对于我这个瘦弱学生出身的战士来讲，就得付出百分之一百二十的努力。平日里，军事训练，业务训练，跟战士们摸爬滚打样样都不甘落后，业余时间自己学习，或帮助来自农村文化基础较差的战士学文化。我的简谱基础知识比较好，就担负起连队里的教歌任务，指挥本连队和兄弟连队比赛唱歌。在部队的第一年里，我成长为一名共青团员，第二年光荣地加入了中国共产党。职务也从战士晋升为副班长、班长、副排长。期间，我还曾被派到农村支农半年，到阳泉煤矿下矿井锻炼三个月——算是工农兵都沾边啦。

三、大学寒暑

1972 年春天的气息格外清新，那已经是我入伍后的第 5 个年头了。我所在的部队被分配到一个山西大学外语系的招生名额。部队经过反复挑选，这个名额最终落在了我的头上。4 月 3 日，沐浴着明媚的阳光，迎着和煦的春风，我怀着激动的心情来到了山西大学外语系报到，接待我的是李慧敏老师。她面带微笑地接过我递交的报到材料，快速地浏览了一遍，深深地看了我一眼说：“你在部队是副排长啊？”我说：“是。”

分班时，系领导把外语系的新生们召集起来，第一个被叫的名字就是我，我被分到英语一班，并被委任为班长（一年后，一班重新组合，我又被委任为英专的排长）。

我们工农兵大学生的历史使命是：上大学，管大学，用毛泽东思想改造大学。这是历史赋予我们的史无前例的使命，谁也不知道该怎样来实行。很快我也意识到，对于“上、管、改”的课题，不但我们学生在探究，那些聪明的老师们、教授们也早已开始探究了。老师们、教授们积极探讨研究，是为了主动配合同学们实践好这一新课题，师生共同完成这一使命。

那时的教育方针和教学方法是：

1．教育为无产阶级政治服务，教育与生产劳动相结合。

2．培养德育、智育、体育全面发展的人才。教育方向：学生来自工农兵，毕业后服务于工农兵。

3. 抛弃了以往的旧教材，教材完全根据当时的社会形势和社会实践需要编写。一边教学，一边编写，随时征求学生们的意见，并不断改进。

4. 教学方式：师生之间亦师亦友，互相尊敬，相互友爱。教学是商量讨论式的。

5. 注重实践，走出校门，实行“开门办学”，结合社会实践教学。

第一个学年里，梁联发老师和孟庆瑞老师是我们一班的任课老师。两位老师都积极认真，耐心细致，对同学们和蔼可亲。在学语音阶段，梁老师还对班里每个同学进行单个教学，使我们的语音语调打下了良好的基础。孟老师的家属不在学校，他的单身宿舍就在我们男生宿舍楼的二层，晚饭后同学们常去他那儿聊天或请教学习上的问题。

来大学以前，我没有英语基础，在山西大学外语系学英语，我是从ABC开始。由于梁老师和孟老师诲人不倦的教导，第一个学年下来，在考试中，我的笔试答卷得分是96分。口语测试，由5个英语班的老师一起主持，以A、B、C、D记成绩，我的口语测试成绩被评为A级。这都得感谢老师们教得好。

第一次走出学校“开门办学”，是外语系师生步行到了文水县刘胡兰村。老师把英雄刘胡兰纪念馆的解说词翻译成英语，供同学们在现场学习。这种方法能让同学们理解得快，记得牢。老师和同学们同吃、同住、同学习，生活上互相体贴，进一步加深了同学和老师之间，同学和同学之间的了解和感情。

另一次是到石家庄“开门办学”，有1个班去了红星机械厂，3个班去了水泵厂，1个班去了空军航校。到红星机械厂的同学们翻译飞机资料，到水泵厂的同学们翻译水泵资料。同学们可以接触飞机或水泵实物，请技术员和工人师傅面对着实物给同学们讲解机械构造及其原理，这样，比在学校教室里学习效率高多了。在空军航校，中国空军正为苏丹、坦桑尼亚等国家培训空军地勤人员。同学们去那里“开门办学”，是协助做翻译。这是同学们第一次面对面接触外国人，是很好的学习锻炼机会，也学到了课堂上学不到的东西。

第二个学年，我在三班，蔡春月老师和苏湘晋老师是我们的任课老师。两位老师平易近人，和蔼可亲，既关心同学们学习，又关心同学们的生活和健康。那时候我的胃不好，当时学校食堂的伙食又比较差，蔡老师看到我弱不禁风的样子，主动帮助我订购羊奶，并在家里用炉子把羊奶热好，让我去喝。这使我深受感动，终生难忘。

在最后的一个学年里，我们三班有缘遇到赵超群老师和杨德友老师作为我们的任课老师。这两位老师资历深，教龄长，授课有方，为我们打下了坚实的英语基础。正因为此，才为我后来的展翼启航、德国深造、服务德航、侨居意大利铺平了道路，使我能够一辈子顺风顺水地在异国土地的多种岗位上为祖国的建设和发展做贡献。这是后话，也是我几十年的人生感悟。

四、部队军官

大学毕业后，1975 年 9 月 1 日我回到了部队，被任命为师司令部侦查科参谋。在此期间，我一方面学习参谋业务，一方面组织基层战士们进行侦查技术训练，觉得很有意义。

在师机关做参谋工作，我很喜欢。让我心里不安的是：所学的英语用不上，时间长了担心英语会被忘掉。于是我找部队领导谈了自己的想法。我说:“国家培养了我们,所学的东西用不上,这对国家也是个浪费。”部队领导说：“你说得对。这样吧，你可以自己对外联系，咱们部队也尽量帮助你联系。一旦联系好了什么单位需要你,咱们部队不会阻拦你。”听到这话我高兴极了！于是我立即给北京军区政治部干部部和解放军总政治部干部部分别写了信，说明了自己的情况和想法。没过几天，就收到了答复，通知我到中国民用航空总局（以下简称民航总局）干部部去参加考试。考试主要是测验英语水平，有笔答试卷，有阅读，有口语。又过了几天，我接到民航总局干部部通知，让我于 1977 年 9 月 1 日到民航总局国际司报到。

五、展翼启航

民航总局国际司是整个民航系统中对外联络的中心，主管：参加国际民航组织的会议，向国际民航组织派遣代表，同各国民航局签订通航协定和销售总代理协定，制订航空规定、规章、法规和运价，并监督实施，审批中外班期时刻，审批加班包机，筹建各驻外办事处和派遣驻外办事处工作人员，等等。

1981 年，国内形势发生了很大变化，整个中国民航系统将结束军管，全部移交给国务院领导。空军和民航总局达成协议，在民航系统工作的团职以上（包括团职）的现役军人，由空军全部调回。团职以下的现役军人，愿意回空军的，空军欢迎，民航不阻拦；愿意留民航的，民航欢迎，空军不阻拦。那时候，民航总局已经基本确定派我赴联邦德国接受培训了，6 月底我就地转业留在了民航总局。

六、德国深造

1981 年联邦德国政府和德国汉莎航空公司提议要为中国民航培训两批机场管理人才，资金由联邦德国政府和巴伐利亚州政府负担，培训工作由德国杜伊斯堡协会和德国汉莎航空公司组织实施。中国民航总局同意并与德国方面签订了协议，双方同意培训工作分两批进行，每批

12 人，共 24 人。

我被任命为第一批临时党支部书记兼副领队，带领 12 名经全民航系统考核挑选的优秀学员赴联邦德国学习。我们于 1981 年 7 月 4 日离开北京，经沙迦前往法兰克福。到达法兰克福机场后，联邦德国杜伊斯堡协会派人迎接我们，紧接着用大轿车把我们送到了德法边界城市撒阿布律肯，在那里杜伊斯堡协会协助我们办好了各种必要手续，安排我们学习德语。那时候，像撒阿布律肯这样的城市，还很少见到有从中国来的人。当地人好奇地问我们是从哪里来的，日本还是韩国？我们告诉他们是从中国来的，他们很惊讶，很友好，甚至邀请我们到他们家里去做客。

在撒阿布律肯学习了一个月，我们又被转送到科隆市，生活和学习还是由杜伊斯堡协会为我们安排。为了促进我们的德语学习，我们被两人一组安排在当地居民家里居住，自己做饭。杜伊斯堡协会按每人每月 800 马克发给我们生活费。上课就在杜伊斯堡中心，学习德语，强化英语。

科隆市比较古朴，到处是高尖顶的哥德式建筑，著名的莱茵河流经这座城市，是我们喜欢的城市之一。在这里，我们生活学习了半年。在这半年里，除了在学校上课，还给我们安排了一些有意义的活动，印象最深的是巴伐利亚州州长约翰内斯·劳（多年后当了德国总统）接见了我们，当地的一些报纸还刊登了州长接见我们的新闻报道和照片。协会还安排我们参观了卡尔·马克思故居。

离开科隆后，我们到离法兰克福不远的德国汉莎航空公司训练中心学习机场管理。学习很紧张，每上完一个科目的理论课程就测验一次，然后到机场去实习。我们先后在法兰克福、杜塞尔多夫和科隆 3 个机场进行过实习。培训期间，还安排我们去参观了汉诺威航空博览会。会上，有各国展出的飞机及飞机模型，还有很多惊心动魄的飞行表演。

我的生活习惯是早睡早起。即使到了欧洲国家的花花世界，我也不

作者（后排右二）1981年在联邦德国法兰克福德国汉莎航空公司参加培训

喜欢晚上出门。在杜塞尔多夫机场实习快结束时，带我们实习的师傅们、同事们请我们晚上到市区中心地带吃饭、逛街，或去酒吧聊天。让我意想不到的是，当我们在繁华的街道散步时，看到一个酒吧里，一伙年轻人正在弹着吉他大声高唱《国际歌》。

最后，联邦德国政府派官员来参加我们的结业典礼，给我们颁发结业证书，和我们照相留念。

就要离开那留着我们美好学习训练记忆的城市和国度了，虽然我们有些恋恋不舍，但一想到要返回阔别已久的祖国，又让我们感到心潮澎湃。1982年9月3日，我们结束了德国学习，高高兴兴地回到了祖国首都北京。

七、服务德航

德国汉莎航空公司北京办事处向中国民航局（1982年6月11日，中国民用航空总局改称中国民用航空局）国际司提出请求，希望能将经过德国培训过的一位人员调配给他们办事处协助他们工作。民航局国际司经过研究决定派我去，时间是 1984 年 4 月。签订了工作合同，工资比前期中方外派翻译高出近一倍（但大部分要交给民航局财务部）。

德国汉莎航空公司很早就开始重视中国市场，自然也很重视发展他们和中国民航的友好关系。我去了汉莎航空公司北京办事处不久，汉莎航空公司总裁鲁瑙来中国访问。晚上，鲁瑙董事长宴请汉莎航空公司北京办事处全体人员，我坐在鲁瑙董事长对面。因为是吃饭聊天，大家都找一些轻松的话题，问在座的每个人的出生地是什么地方。德国雇员们都分别说了自己的出生地，并捎带说了一点儿他们各自的方言。接着董事长问我的出生地是哪儿，我答道："我的出生地不是北京，是距离北京大约 270 公里的衡水。"紧接着，我笑着对董事长说："您已经注意到我的方言了吧？"董事长一时不知说什么好，做着鬼脸儿左右看了看办事处那些德国雇员们。第二天早晨一上班，办事处那些德国雇员们来到我的座位前跟我说："王先生，昨晚和董事长一起吃饭聊天，你一开口，就让董事长对你刮目相看了！"

刚进入汉莎航空公司北京办事处时，汉莎每周只有一班飞机，常常是我一个人在城区办公室柜台上工作，很忙，特别是上午，8 点开始，坐在柜台前为旅客们办理业务，一位接着一位，等接待完所有旅客后，往往是中午 12 点了。后来随着班次的不断增加，办事处又来了几位中国雇员，刚来的雇员业务不熟悉，我就一个一个地带他们入门。当然，汉莎航空公司每年也为我们中方雇员安排一两次去德国汉莎航空公司训练中心参加短期业务培训，提高我们的业务能力。德国汉莎航空公司训练中心是我很熟悉的地方，每次去都是坐汉莎航空公司的飞机。有一次我说："以后再去参加培训，能不能坐坐其他航空公司的飞机，瑞航、法航、澳航、荷航、北欧航空公司等，每次换一家，也做个比较和参考。"汉莎航空公司北京办事处经理说："没问题，咱们可以向其他航空公司申请免费机票，因为他们同样也向我们申请免票。"

上完短期培训课程后，我们可以利用周末时间去玩儿。那时候西德和东德还处于分裂状态，从联邦德国本土到西柏林（当然也属于联邦德国管辖）之间，有3条特别空中航道，分别属于美、英、法，只有这3国的飞机可以飞行。联邦德国的飞机是不允许飞行的，因为需要飞越德意志民主共和国的领土领空。我有幸乘坐法国航空公司飞机去西柏林和柏林墙那儿看了看。

欧洲所有航空公司中，德国汉莎航空公司是比较强大和具有竞争力的，除了德国人的经营理念和严谨的工作态度以外，还有一个重要的“地利”因素。打开地图，我们可以发现，法兰克福机场地处欧洲中心，这就为那些去欧洲国家转机的乘客提供了方便。正因为如此，我注意到，来往中国和欧洲之间的乘客中，乘坐德国汉莎航空公司飞机的乘客，远远不只是德国人，而是欧洲各个国家的人，因为他们通过法兰克福转机很方便。就这样，我在汉莎航空公司北京办事处工作的那些年里，认识了很多欧洲国家的人，特别是欧洲各国大使馆的工作人员和欧洲各国在中国的常驻机构的工作人员，这自然而然地为我将来申请签证打下了良好的基础。

世界在变化，中国的变化更大。尽管在德国汉莎航空公司北京办事处工作的环境条件和待遇都很不错，我还是在酝酿着人生轨迹的下一个目标——走出国门。

八、海外游子

意大利是一个欧洲国家，主要由南欧的亚平宁半岛及两个位于地中海中的岛屿——西西里岛和萨丁岛所组成。国土面积为30余万平方公里，人口约6000万。北方的阿尔卑斯山地区与法国、瑞士、奥地利以及斯洛文尼亚接壤，其领土还包围着两个微型国家——圣马力诺和梵蒂冈。意大利是一个发达的资本主义国家，欧洲四大经济体之一，也是欧盟和北约的创始会员国，还是《申根协定》、七国集团和联合国等重要国际组织的成员。意大利共拥有48个联合国教科文组织认定的世界遗产，是全球拥有世界遗产最多的国家之一。意大利在艺术和时尚领域处于世界领先地位，米兰是意大利的经济和工业中心，也是世界时尚之都。

1990年春，我来到了意大利。我喜欢意大利温和湿润的气候，阳光充裕，平缓的海滨细沙滩，比萨饼，鲜奶酪，可口的冰激凌，等等。意大利的足球也着实让中国的球迷们疯狂。

米兰的工商业经济比较发达，所以我决定在米兰发展。初到时，我发现意大利讲英语的人很少，在大街小巷用英语无法交流。要想在意大利生活和工作，就必须学习意大利语。于是我边学习边工作，意大利政府为了让移民尽快融入社会，出资为移民开办了很多意大利语免费培训班。我上了几个不同的学校。当意大利语老师听到我能发出"R"这个颤音来的时候，感到很惊奇，老师说，她教过的所有中国学生中，王先生是唯一能发"R"这个颤音的人。我笑着说："其实在我们中国农村，很多赶大车的人都可以发这个颤音，他们赶牲口时，把鞭子一甩，吆喝着：'得儿，驾！'"老师笑着说："那还是让他们来学意大利语吧"。

工作方面，最初为了维持生活，先打打零工，比如给意大利旅行社做翻译，到米兰展览会做翻译，等等。但是要解决根本问题，还得想办法做买卖。我在米兰注册了自己的贸易公司，和国内一些进出口公司签订了合作协议，协议中规定了合作双方的义务和责任，佣金比例，等等。我帮助国内在意大利成功推销的商品有：医疗用品、化工产品、钢铁产品，等等。帮助国内采购的产品有：纺织机械配件。米兰的夏天，六七月份就有点儿热了，而我们的意大利客户有时候还在订货。从报价到订货，是我最忙的时候，也是我最兴奋的时刻。为了和国内供货商协调，我写文件、发传真，经常干到半夜。然而，当装着我们客户货物的货轮从天津港向着热那亚驶出，还在海洋上航行的时候，这是我最轻松快乐的时候。我或已经光着脚悠闲地漫步在那平缓清爽的图伊嘉细沙海滩上，或在阿尔卑斯山中的鲍尔米奥盆地眺望那被终年不化的积雪覆盖的山峰。

有了一定的经济基础以后，我把家人也都接来了。一家人在一起其乐融融，过得有滋有味。闲暇时间，到海边、湖边、山里，或意大利周边国家——瑞士、法国、奥地利，甚至西班牙、德国等地，去旅游观光。

1994 年，我从意大利回国，特意飞经香港，去看望居住在香港的蔡老师和她的全家，给蔡老师带去了米兰特产 panettone 大蛋糕。

我于 1990 年春天来到意大利，到 2020 年春天整整 30 年了。30 年来，我一直持中国护照，坚持不入外国国籍，坚守中华人民共和国公民身份。虽然我们在海外，所处的环境和地理位置与国内有所不同，但同样是在为祖国的建设和发展做贡献。

2020 年 10 月于意大利

王秀成，男，1950 年 5 月出生于河北省衡水县，中共党员。1975 年，山西大学外语系毕业。毕业后回部队历任见习参谋、参谋。1977 年就职于中国民用航空总局国际司，任翻译。1981 年转业后被公派联邦德国学习机场管理。回国后，在民航局国际司任职。1984 年 4 月接受派遣，在德国汉莎航空公司北京办事处工作。1990 年 4 月侨居意大利，从事国际贸易。

我欲乘风归去

李海鹰

引　言

老同学广锁多次和我约稿，让我为《别样年华——山西大学外语系首届工农兵大学生纪实》写一篇回忆文章。我自感一生经历平平，没有干出惊天动地和出类拔萃的事业，本不想写，架不住他一直耐心的催促和执着的等待，当然也不愿意拂他和组织写书同学们的好意，思来想去就把几十年来经历的平凡琐事，以及应用英语帮助企业和他人解决问题的几个小故事，写出来博大家一哂，也以此文告慰已在天堂的父母双亲。

我漫步在多伦多 Applecreek 大道上，大道上几乎没有一个人，车辆也很少。大道的旁边是草坪，春姑娘刚到这个城市，草坪上的草是韩愈诗中描绘的“天街小雨润如酥，草色遥看近却无”那种感觉。草坪上有两只大雁，我拿出手机想给它们拍照，加拿大的大雁不怕人的，它们好像知道我的心思一样，不飞不动，还往我跟前走一走，摆出姿势让我拍照。看到大雁，勾起我满腔的心事，想起了鸿雁传书的典故。我想起了祖国，想起了我已故的父母双亲，想起了我的母校，想起了我的同事们、同学们。少年时代的幼稚，青春时代的浪漫，参加工作以后的拼搏，那一幕幕、一桩桩、一件件往事，像电影一样在脑海里回放。我茫然地望着远方，眼前是白帆点点、波光潋滟的安大略湖，湖那边是美国的芝加哥，再远处应该是太平洋，太平洋那边是我的祖国。大雁啊，你要是真的能传书，请你飞过那辽阔的太平洋，飞到我亲爱的祖国，告诉我久别的乡亲们，告诉我母校的老师和遍布在中华大地的同学们：我想他们了！

梦幻童年幸福家

我小时候有一个幸福的家庭，有那么好、那么善良的可敬可亲的父母双亲，因而，我的童年是幸福的。

我从小就特别文弱，小学三年级的时候，父亲说，改个名字吧，希望我长大后勇敢、坚强，不要什么花花草草的名字，给我改名：海鹰。从此以后，我有了一个众所周知的在大海里搏击风浪的鸟类的名字。说来也怪，每每在工作、生活中遇到艰难险阻，我就会想起父亲的殷切期望，因而就能坚强起来。

我父亲在1934年就参加了革命工作，是老红军，抗战时在山西青年决死纵队，新中国成立以后一直从事经济工作。我小时候不说是锦衣玉食含着蜜糖长大的，但也没有受过多少苦，就连三年困难时期也没有吃糠咽菜。我从小一方面受到父母百般宠爱，受到他们无微不至的关怀，另一方面受着父亲那润物细无声的正统的革命传统的熏陶。直到父亲去世几年以后我才知道他们是我的养父母，但他们待我比亲父母还要亲。后来，我的同胞姐姐找到了我，谈及了我生父母的许多事情，这时候我才知道我的生父姓白，山西太谷人，新中国成立以前是很成功的商人。晋商在明、清几百年中是中国有名的商帮。祁县、太谷、平遥简称“祁、太、平”，是中国当时的“华尔街”。我的生父是太谷富户，他的老宅和民国时期四大家族之一的孔祥熙老宅在一条街上隔街斜对，曾经是太谷县县政府所在地。太原现在那条食品街（以前是太原的“王府井”）上曾经有半条街是他们家族的财产。现在的钟楼街上也曾经有他们的绸缎庄。但这些曾经的辉煌在“文化大革命”时期并不值得显耀，相反只能昭示你的阶级成分太高。但我小时候是不知道这些事情的，生父和养父都心知肚明，暗暗地配合默契。在那个讲究成分、讲究出身的年代，也许由于我和生父的血缘关系，我就会因为成分问题和山西大学失之交臂，我的人生可能会是另外一种轨迹。也就没有了《别样年华——山西大学外语系首届工农兵大学生纪实》中的这篇文章。所以，我十分感谢给我红色基因的养父母，也感谢暗里呵护着我的生身父母。

母校情深　同学谊长

加拿大的生活很悠闲，女儿她们工作去了，孙辈们都长大了，不再为他们操心。时间过得真快啊，孙辈们都步入了大学。看到他们高高兴兴地开始他们的大学生活，也勾起了我大学生活的回忆。太阳斜斜地照进房间，大概是下午三四点钟了吧，我的祖国应该是星光璀璨的深夜。现在我有足够的闲余时间来回忆在大学的点点滴滴，这是一种美好的享受，尽管它像昨夜的星辰，已坠落在遥远的银河。

三年半的大学生活在我的一生中是短暂的，但留给我的记忆却是美好的、深刻的，是永生难忘的。印象最深的是那主楼前的毛主席雕像，他微笑着迎来了一批批青春嫩雅的青年，又送走了一届届学有所长的学子。那每到春天就让满校园飘香的丁香树，那藏书万卷的图书馆，那打印装订飘着油墨香教材的印刷厂，那被我们称作“海南岛”的物理、数学大楼，还有当年我们在插秧时笑语欢歌飘满田野的农场，都是留在脑海中难以忘怀的记忆。在那里我继续着我的人生旅途，那是特别美好的一段时光。

我在大学第一批入了党，当上了英语二班的班长。我们班是一个优秀的班集体。苏同利是解放军学员，是英语专业的排长。张淑英大姐是高中毕业生，年龄比我们大一些，沉着稳重，乐于助人，是外语系的团支部书记。陈晓伦是老班长，唐茂恒是副班长，宋海元是生活委员，还有汪义祥他们都是部队学员，把解放军的优良作风带到了学校。何忠寿，标准的美男形象，说一口地方方言，他是英语专业的生活委员，负责取报纸和同学们的信件。丁立松在农村插过队，吃苦耐劳，进取心强，是班里的团小组长。李芬、李艳霞、刘东、韩淑秀、彭漪活力四射，聪明伶俐，美丽动人，都说我们二班美女多。解艳珍、郭峰、李静等农村来的同学朴实忠厚，学习特别刻苦。赵慧敏老大姐看见哪位同学不愉快时，就会和颜悦色地进行开导、劝教，常给我们讲人生哲理。王九成就是个大孩子，耍心大，学习目标不明确，丁立松会耐心地帮他，教育他。张淑英也像一位大姐姐似的批评他，鼓励他，帮助他。还记得陈庆馥同学毕业时送我一本世界地图册，在封页上写着：祝你胸怀世界，放眼未来。每当我看到那本地图册时，眼前就会浮现出他那憨厚朴实的模样。可惜，他和王九成、张俊都英年早逝了，他们在另一个世界团聚了吗？但愿他们在天堂能够听到远在大洋彼岸的老同学我的问候。

特殊的父爱

大学毕业分配时，省直单位的指标有省外办、省外贸、省公安厅、省滑翔学校、省经纬纺机厂。大概每个地区能平均一个指标，系里把决定权交给了学生们，由他们自己推荐，外语系来自同一个地区的所有学生坐在一起举手表决，推荐出留在省直单位的那个人。我上学之前工作过的电子研究所的下设工厂没有分配指标，而省经纬纺机厂在榆次。也许太原的同学都想留在太原，没有人和我争的缘故吧，我得到了去榆次省经纬纺机厂这个名额，工作是在资料室翻译资料。

当年在太原电子研究所工厂的时候，别人的父母是千方百计想让孩子上大学，我的父亲是到厂里找领导，让我别上大学，让我走另外一条道路。当时父亲认为，上大学出来的知识分子是被改造的对象。那个时代的干部都是从基层选拔上来的，既然我在厂里干得不错，厂里工友拥护我，领导赏识我，今后从工农兵中选拔干部，尤其是妇女干部，我的希望还是很大的。1972年4月初，我兴高采烈地到山西大学外语系报到，父亲在我报到上学之后，又去找校长，想让我转到物理系。在人生道路选择上，父亲的理念和我始终不一样，他认为就算学了外语，在山西只能当个老师，不如学工科出路多。我深知自己初中、高中都没有读过，基础太差，物理也不是我的兴趣。而外语是从头开始学，从ABC开始，我有决心学好，总有一天我们国家会需要大量的外语人才。

毕业后，我被分配到厂里资料室做翻译，那可是厂里几千人都羡慕的工作。可父亲又去厂里，让领导安排我从第一个铸造车间干起，从翻砂到车工，一个车间一个车间地轮流着干。在车间干了一年多，与那些老工人们在一起的日子虽然辛苦，但很快乐。我意识到父亲的想法和安排有他的道理，让我学到了许多课堂上学不到的东西，这对我以后的工作给予了很好的帮助。

当时对父亲的不理解，很快转变为对父母的感谢。父亲是老革命，他在作风上严格要求我，培养我走与工农相结合的道路。他是以他的经验和方法教育我、培养我。无论他的观点是否和我的愿望相左，我都当作特殊的关心和爱护，那是一种如山的父爱！

圆梦外贸　学以致用

大概是在2000年，我们小学的同学在太原聚会。马桂芳同学在会上说："我记得咱们小学四年级时写过一篇作文《我的理想》，咱们班大部分同学都写的是：长大当老师，也有的写当工程师、当医生、当飞行员的。唯有李海鹰写的是：长大后，当个记者。结果，'文化大革命'把咱们的梦想都击碎了。只有李海鹰一个人上了大学，虽然没成了记者，但在外贸工作，一天到晚出国，不但接触的外国人多，还能接触省市领导、厂长经理等，见多识广，和记者差不多，终于实现了自己小时候的梦想。"

其实，非但是小时候的理想，就是在大学时，大部分同学把做翻译当成学外语的最佳选择目标。每当在电视新闻中看到领导跟前的翻译、外宾跟前的翻译，就心生羡慕，还有把莎士比亚、狄更斯、勃郎特等文学巨匠的世界名著介绍给中国读者的那些翻译大师，看到他们的名字就会激动。1981年，山西省国际信托投资公司成立，需要懂外语的人才，我调入搞国际业务。我高兴得要命，我在大学时的夙愿终于实现了。

学到用时方知爽

日本的证券公司为宣传证券业务，邀请中国各省市国际信托公司派1人，中国银行、中国计委、财经贸委员会各派1人，去日本参加为期3个月的培训。我作为山西省的唯一代表前去学习。有一个星期日休息，陕西信托公司的老总及国家建委、计委、福建省代表8个人想去附近的电子街逛逛，没有日语翻译，他们就把我叫上，让我用英语帮他们翻译。我们出了酒店不知怎么走，习惯性地去路口问警察，警察要看我们的护照，可大家出门怕丢护照，根本没有随身携带。结果警察立刻打电话招来两辆车把我们带到警察署，非让我们每人写份悔过书才让离开。我们坚决不写，因为我们没错。最终，通过我用英语和日本警察交涉后，日本警察作出妥协，同意和我们回酒店，在确认身份后说了对不起。过后，大家对于我用英语和日本警察沟通交涉表示赞扬。当时，我真为大学时期老师的努力教学及我们工农兵大学生的刻苦学习，终于学以致用而兴高采烈，那真是一种爽爽的感觉！

单刀赴会　化干戈为玉帛

前进的道路上不尽然是笑语和鲜花，工作中也会有艰难险阻，会有各种各样的困难需要你去面对，等待你去解决。但是我绝对没有想过做外贸还要深入虎穴，单刀赴会。

那是在 1986 年，我上学前曾经工作过的电子厂签约采购了一批香港的零配件，港商拖欠货物迟迟不履行合同，想把我方拖垮以便赖账。工厂的领导和我商量后决定，派一位技术副厂长和两位工程师配合我去深圳，想办法约出港商，要回这些零部件。我们事先制定两个方案：如果要回零部件最好，如果他们不交货，赔偿钱也行，反正不能让国家的企业受损失。怎样才能把这个港商“请”到深圳来和我们谈判，艰巨的任务落在了我的头上。我通过香港其他公司了解到，这家公司经营不好，生意惨淡，老板是个很不守信誉的人。我们这笔业务很难做成。可是再想想，再困难也得去，而且不获全胜不能归。

于是我给香港做电子业务的好几家港商透露，我省有大量的电子业务要做，我们要去深圳洽谈，而后通知欠我们零部件公司的老板，约他也可参加。到深圳的当晚，接到香港其他公司人的电话，告知我们该老板第二天会带着黑社会的人到。他们觉得我一个弱女子，想使狠的，吓唬我，让我胆怯，放弃追讨。

当时和我随行的副厂长、工程师们都吓坏了，根本没经历过这样的事情，顿时都没了主意。我何尝不是第一次经历呢？但我告诉自己，不能胆怯，我不能没有主意，不能失败而归，只有往前走，因为我们是正义者。我跟工厂的人讲，对方说第二天10点半到，我一个人先去对付他们，你们在隔壁房间听着，如果谈不拢，或者他们来硬的、行凶，我就摔茶杯，你们其中一个赶快打电话报警，另外两个进来帮我。当时副厂长吓得腿直抖，我反而不知哪儿来的勇气，拼死也要要回这笔钱，不能让国家受损失，这是我的使命，义不容辞！

第二天，香港老板果真带着3个黑社会的人气势汹汹地来了，我坐在椅子上一动不动，心里其实也是紧张得要死。但我想，我不能让他们看出我的情绪，一定要镇定，在气势上压住他们。我平和地说："曾老板，我叫你过来谈生意，你带这么多不相干的人来干吗？一看他们就不是生意人，请他们到屋外等着，咱俩谈。"他一看就我一个人，就让其他人出去了。我跟他说，山西省及内地其他省与香港的生意那么多，你别为了这一笔小买卖而丢了大生意。你先还了我们零配件，让工厂正式运行，产出了成果，我再多和你做几笔大生意。你眼光要远一些，否则我们有时间、有精力，也有能力陪你打这场官司，而且最终我们肯定赢。但你失去的不仅是山西的市场，而是整个内地市场。在我软硬兼施的商谈中，最终他答应赔偿我方损失，两天之内将所购零配件派人送过来。

通过这场商战，我懂得了，只要心里时刻想着国家，想着自己的重任，一定会战无不胜，胜利永远属于有信念、勇敢、顽强的人。

拒绝他就　不忘初心

1982年，我作为业务员兼翻译，陪同某工厂的厂长和工程师去联邦德国考察设备。那次在联邦德国遇到了中国租赁公司的老总，他给予我很大的鼓励和帮助。在游玩的时候，在电梯里，遇到几个美国客人，无意中开始闲聊，临了，他们夸赞我的英语纯正流利。这时候，我想起山西大学外语系谆谆教导我们的老师，想起我们在学校勤学苦练的那些日子。真的是感谢山大，感谢老师。那次联邦德国之行，我不但很好地完成了任务，还结识了许多世界各地的朋友。

有一次，德意志银行总裁和中国租赁公司老总与我们一起吃饭时，总裁表示想让我留下来，在他们的银行工作，先送我去德国大学学一年德语，然后在银行做对华业务。租赁公司老总也劝我应该考虑此建议。但我想，我们国家刚改革开放，国家曾培养我们，正在祖国用我之时，因为自己会点儿英文就见异思迁，我还是一名共产党员吗？我不能留下，我必须回国，工作还在等着我，祖国需要我。之后，联邦德国最大的纺织机械设备公司迈耶老总也恳请我留在他们公司，我也婉言谢绝了。

从那以后，出国政审时，我们厅长、省长都说，李海鹰就是一个人出国，我们都放心。不担心她跑了不回来，给她一座金山她也不会去，因为她爱祖国、爱父母。

人生最美是拼搏

中华传统商业文化倡导讲诚信，求双赢，抓商机，交朋友。现代国际商务理念也提倡学习和了解各国的法律法规，风土人情，嗜好习惯，宗教信仰等，要求熟悉营商环境，掌握商务谈判技巧，把控谈判火候，想方设法防范和化解风险。

商场如战场，多年在外贸工作中的摸爬滚打，我逐渐适应了带点硝烟味的商务谈判氛围。有时，我不得不与非常老道的商人唇枪舌剑；有时，又不得不与政府官员接触。他们对我的共同评价是，没想到外表上文质彬彬的弱小女子，在生意场上竟会那么沉着稳健，不惧风险，不受诱惑。每当听到他们这样的评说时，我总会情不自禁地哼起京剧《红灯记》里李铁梅的唱段和他们开玩笑：“爹爹的品德传给我，儿脚跟站稳如磐石坚；爹爹的智慧传给我，儿心明眼亮永不受欺瞒；爹爹的胆量传给我，儿敢与豺狼虎豹来周旋。”如果我真的像他们所说的那样坚强勇敢，我就没有辜负我父亲的期望，他把我的名字改成海鹰，就是希望我像海鹰一样在辽阔的大海上，在暴风雨中翱翔。

后来，我从一个单纯的业务员逐步走上领导岗位，独立处置外贸业务。这是我把英语这门工具发挥最好的时候，这也是我人生最靓丽的时候，熟练地运用了英语这门语言，使我在工作中如鱼得水。

我长年累月地穿梭在不同国家之间，许多时间在蓝天白云中度过，在机场码头等待中度过。或为了谈判，或为了庆贺交易成功，许多时间在觥筹交错、灯红酒绿中度过。我的工作和努力使我们国家的企业引进了先进的设备，出口了他们的产品，换回了国家急需的外汇，为企业解决了许多问题。工作之便，我也游历了许多世界名胜古迹和著名风景区。

工作上的成功和个人理想的实现得到了完美的统一。因为工作关系，我认识了许多政府官员，还有省一级的领导，甚至是我父亲抗战时的老部下。他们劝我弃商从政，或者组织自己的公司干一番事业。这个时候遇到了女儿到加拿大留学读书。这是一个两难的抉择，一边是我热爱的如日中天、顺风顺水的事业，一边是独生女儿的前程，最后我选择了后者。

辛苦浇开幸福田

来到加拿大之后，为了让女儿安心地工作，我担当起照顾外孙女、外孙的任务，辛苦并快乐着。

女儿大学毕业后，通过自己的努力，成为加拿大中文电台的主持人，主持过新闻及不同类型的脱口秀（Talk Show）节目。目前主持“音乐家”节目及佛教节目“湛山法语”，同时担任各类型晚会、活动的主持人。她现在还有自己的影视制作公司 W Films，拍摄制作的影片《真赝》获得加拿大 2016 年微电影杰出奖（Canada Shorts Festival 2016 Distinction Award）。女儿是加拿大多伦多山西同乡会理事和晋商加拿大总商会的秘书长，她愿意为在加拿大的同胞如山西老乡们尽绵薄之力。

让我颇感骄傲的是，现在外孙女、外孙都已长大成人，如今都在念大学。外孙女在多伦多大学音乐系学习长笛表演，课余时间教授学生钢琴和长笛。外孙在滑铁卢大学读医科，今年疫情开始，他决定奔赴医护最前线，我们很担心他的安全，很想阻止他。但他说：“老人院的护工都走了，如果没有人照顾那些老人，那他们的处境会很困难。我年轻力壮，我会注意的，不怕的。”外孙在外面自己租了房子，4 个多月一天也没有回过家。我们几次想去探望他，都被他拒绝，理由是：由于他的工作环境，他有潜在的危险，不想带给我们。他每天上下班都要搭乘公交车，司机见到他身穿防护服，礼貌地向他敬礼；当他走进餐厅点外卖时，经理和员工们会为他热烈地鼓掌……

我现在最欣慰的就是看到孩子们健康快乐，看到他们事业有成，看到他们身上有中华民族的美德和大爱精神，我感到由衷的高兴，感到我来加拿大的选择非常正确，也非常值得！以后，我会义无反顾地做他们坚强的后盾，永远地支持他们！

我的故事在东方

到加拿大已经许多年了，对于我来说这是一个既熟悉又陌生的国度。多伦多是加拿大最大的城市，犹如美国的纽约、中国的上海。多伦多地

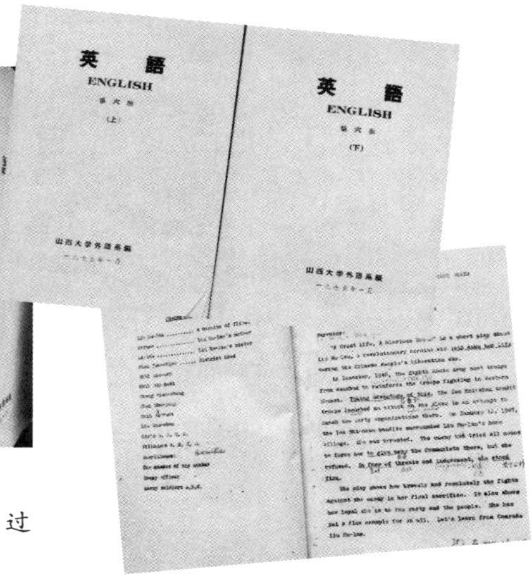

王买根同学珍藏的当年英语专业使用过的外语系自编油印英语教材

处加拿大的南部，属于温带大陆性湿润气候。多伦多气候颇为温和，拥有加拿大较为暖和的春季和夏季。多伦多四季分明，春天短暂，夏季湿热，秋天阳光普照，气候怡人。是北美现代化的城市之一，也是一个休闲度假养老的理想城市。在互联网上和同学们常常聊天，知道许多老同学父母还健在，我好生羡慕他们。如果我的父母健在，现在能承欢他们膝下，给他们做做饭，给他们洗洗脚，陪他们唠唠家长里短，陪他们在风景秀丽的自然风景区游玩，陪他们颐养天年，该是多么幸福美好的事。可惜他们魂归天际了！我那在天堂的父母亲啊，从小到大我受你们的养育，受你们的教诲，受你们的影响和熏陶，我的一切都来自你们。你们的恩情如山高、似海深，叫我难以报答。

回顾我走过的路，小时候有关爱我的父母双亲，有一个幸福的童年。16 岁参加工作，单位是电子研究所，那是当时最好的工作单位，遇到了关爱我的师傅和领导，鼓励我积极向上，当了厂劳模和学习毛著积极分子。幸运地上了山西大学，受到人才荟萃、学术气氛浓厚、书香气息四溢的环境熏陶，得到满腹诗书的老师的教导，遇到了相知相亲相伴几十年的同学。毕业后，用上了喜爱的语言，发挥了自己的特长，做了自己喜爱的工作。我真的很满足，老天真的待我不薄！

我的故乡在东方，我的亲人在东方，我的人生最精彩的部分在那里度过。我无时无刻不在想念着我的亲人、老师、同事和老同学，想念着龙的传人的祖国。

2020 年 6 月 18 日于加拿大多伦多

李海鹰，女，1952 年 5 月生，中共党员。1975 年毕业于山西大学外语系英语专业。1979 年起先后在山西省进出口管理委员会、山西省国际信托投资公司、山西省技术进出口公司工作，从事国际贸易，曾任副总经理。1994 年派驻香港恒山贸易公司工作。2000 年定居加拿大。

捧起《记忆的相册》

——致英一班同学

赵保兰

时光荏苒，岁月无痕。当我们蓦然回首，翻阅自己的心灵，总有一些记忆在生命中留下深深的印迹，无法忘却。每当我们拾起它时，心里总涌动着一丝久违的感动。外语系同学于 2015 年 9 月在北京聚会后，李广锁同学为大家做了一本纪念册，并赋诗《记忆的相册》，相册中每一张照片都能唤起一段美好的回忆，引起我们对那段岁月无穷的思念。

捧起记忆的相册
唤醒了尘封在心底的记忆
请你耐心倾听
让我慢慢回忆
那是一九七二年四月三日
我们手提肩扛相会在山西大学外语系
是缘分让我们相遇相识相知
是梦想让我们同窗同读同习
时间过得真快

三年四个月又二十天
仿佛在转瞬间消逝
毕业离校的那一天
是王秀成和胡海江帮我把行李拉到北营车站里
纯真的同学情谊深深记在心底

翻看记忆的相册
明朗了埋藏在心底的记忆
二十二个青涩的俊男靓女
走出工厂农田军营
端坐在老一班的教室里
聆听梁老师一丝不苟寓教于乐的和声细语
还有那偶然间揪人心的咳嗽不止
品味小孟老师机敏的思维形象的比喻
还有那风趣幽默的话语
老师重新走上讲台尽心竭力地教
不厌其烦呕心沥血精益求精
学生再次返回教室如饥似渴地学
不耻求学潜心钻研发奋努力
那是六年所积蓄的能量啊
一朝爆发便势如破竹不可阻挡
结果自然是相得益彰教学相长
师生情谊也扎根在我们的心里

再翻记忆的相册
清晰了铭刻在心底的记忆

手捧老师们自编的一本本油印教材
我们在那美妙又神奇的二十六个字母中
如鱼得水般畅游嬉戏
教室里课堂上师生互动听说领先
考场里试卷上不敢懈怠读写看齐
清晨小树林里读啊读念得口干舌燥
晚上大黑板上练啊练写得粉笔末满头满衣
冬日暖房里的温暖让人流连忘返
夏天树荫下的微风让人不想离去
星期天搬把椅子用功在树丛后墙角旁
图书馆更是我们补充能量的神圣领地
大教室补习语文历史地理文化课不敢懈慢
业余时间还要写“批林批孔”的心得感想
校园里到处都留下我们“青葱”的足迹

细翻记忆的相册
甜蜜了保留在心底的记忆
曾记得老银（恭喜）的汉语注释：
“额抱住脑袋硬磕”（a bottle of ink）
不会忘李茂海王秀成的小品：
“Today I'm going to die.”（town）
妻子说：“I'm dirty now.”（thirty）
丈夫说：“I'm dirty，too.”（thirty）
贾丽秋指着天上的飞行物说：“噢，飞机”
贾广臣喝着剩饺子馅做的玉米面糊糊说：“嗯，家味”
排长王秀成与大吴老师交流时笔直的站姿

李茂海王崇光的淳朴善良全在满脸的笑容里
小韩（玉英）天生乐观心直口快无忧无虑
小边（银爱）操着寿阳口音软绵绵的话语
陈峰排球场救球翻滚时的灵巧身姿
同学们参加各项活动时的热情洋溢
系里表演时王力理把“我叫买买提”唱成“我叫王小义”
陈峰不得已唱：“我也叫王小义”的滑稽
惹得全场同学们笑得前仰后合流下眼泪
突然间我想起这样的台词
“The cock has already crowed.
You，lazybones，get up.
Get up and go to work．”
这是我们在梁老师的指导下
精心排演英语短剧
The Cock Crows at Midnight
陈峰把周剥皮演得惟妙惟肖
段娟地主婆的装扮表演都很到位
我扮演的小高玉宝机智勇敢
全班同学群众演员配合默契
“Stop thief！ Stop thief！”喊声高亢有力
值得你为我们把大拇指竖起
还有同学们口语测试时紧张的神情
考试结束后垫排球放松心情时的欢喜
年轻的我们有嬉笑有嗔怒有高兴有忧伤
青涩的我们有坦荡有淳朴有任性有率直
那一切只不过是成长中的轶事情趣

快乐温馨坎坷曲折都留下无尽的回忆

品味记忆的相册
温暖了铭记在心底的记忆
星期天去梁老师家和小兵丫头玩耍
留在记忆里的是许多洗净的尿片和杂乱的家
那是因为老师忙于教学工作不能顾及
于是心中常常会涌起深深的感动和敬意
我困难时期得下的胃病常常发作
每次都是海江帮着按摩穴位缓解疼痛
还有赵慧敏大姐的那件条绒上衣
想起来就觉得温暖在心里
国家每月十九元五角钱的生活费
包吃包喝还有四元发到个人手里
男生女生同享一日三餐
互相体谅共度快乐时光
教室里课堂上你追我赶
修操场插稻秧你争我抢
生活中思想上互助互帮
运动会文艺场共同亮相
二十二个人劲往一处使心往一处想
二十二颗心青春热情阳光向上
展示着工农兵上大学管大学改造大学的力量

手捧记忆的相册
还原了心底所有的记忆

无论是“青葱”时日还是蹉跎岁月
不管是青涩年轮还是灿烂韶华
因为我们手拉手一起走过
那就是光辉的岁月不朽的年华
因为我们肩并肩一起走过
那就是幸福的经历永恒的记忆
相信在夕阳中含饴弄孙抚琴泼墨之空余
我们会把《记忆的相册》千百次地捧起
万岁无悔的青春
万岁纯真的友谊
感谢亲爱的同学
让聚会成为我们新的记忆

同学们，恕我脑不是电脑，不能把所有的从前复制；恕我笔不是妙

2016 年 5 月外语系 72 级部分同学在太原聚会合影，前排左六为赵保兰

笔，写不出更加生花的篇章。我只是想表达心中对于那个时代，那段岁月，那些老师同学，那份真情厚谊的深深怀念和感动，因为拥有了怀念和感动，我的心变得更加明亮、宽敞、纯净、美好。

2016 年 5 月于太原同学聚会

翻开记忆的相册

原　因

记忆是一条流淌的河
河水从岁月里流过
那是憧憬梦幻的花季
校园里邂逅青春的你
还有喜迎学子的老师
我那一颗忐忑的心哦
埋进了记忆的相册里

记忆是一片凋零的叶
叶片从岁月里飘落
寒窗苦读不忘初心
大操场上挥汗如雨
水稻田里欢声笑语
英雄像前举拳肃立
帧帧年轻笑脸的画面
镌刻在相册的记忆里

记忆是一本泛黄的相册
相片从岁月里飘过
英俊少年玉树临风
穿蓝不掩青春如日
窈窕淑女万般柔情
戎装不掩青春如玉
那一幕幕难忘的昔日
珍藏在相册的记忆里

记忆是一首欢快的歌
歌声从岁月里淌过
当你不再奔波风雨
当你倚仗伫立柴篱
当你闲暇弄孙含饴
当你琴棋书画之余
不忘时光留下的记忆
去翻开那相册的记忆

2015 年 10 月 8 日

原因，中共党员，高级经济师。中国诗歌学会会员，上海市作家协会会员，上海市朗诵协会监事长，上海市科技翻译学会会员，上海市玫瑰女诗人朗诵队会员。上海外服（集团）有限公司对外汉语教师。近年来，诗歌、散文作品散见于《上海歌词》《当代词人》《出海口文学》等杂志。先后出版诗集《花开无声》《一粒芳馨》。2020 年获上海市民诗歌节原创诗歌优秀奖。

妈妈眼里的建平们

赵宝华

我念中学的时候，妈妈管我的同学叫大学生。我上大学的时候，她倒是管我的同学们叫娃娃："红五星""瘦高个儿""两个酒窝""圆脸娃""胖乎乎"……她说的这些"名字"都是我们班的女同学，她记不住她们的名字，就用特征来代替。即使特征，她看得也不是很清楚，因为我哥哥当兵后，她哭坏了眼睛，看什么都是模模糊糊。这些名字占据了她后半生几乎全部的思维空间，她们是妈妈最亲的人。

妈妈和我一起生活的那几年，没有一天不问我大学同学的情况的。我没课的时候，通常都是在家里备课。我和婉丽两张办公桌对着，我的办公桌后边是妈妈的小床，妈妈通常坐在办公桌旁边的沙发椅里。她看我没事儿的时候，就会问："红五星那娃儿在哪儿？""在北京呢。""结婚了吗？""都有孩子了。"那些名字她挨个儿问个遍，这往往是我们每天数次的对话内容。除了"红五星"，我不知道其他的名字都具体代表的是谁。其实，即使是"红五星"，我也不知道她问的是武浩还是毛维力，我就顺嘴那么回答。我们班的女同学中只有她们两个是解放军战士。还真巧她们俩都在北京工作，一个在中国民用航空局当处长，一个是海军司令部的大校。不管是"圆脸娃"，还是"两个酒窝"，这两个问题几乎是她唯一的问题,这样的问题在她的潜意识里可能是最重要的。

妈妈唯一能记住的名字是“建平”，这个名字她说了千万遍，一直到她临走前还在念叨。建平姓冯，祖籍山西汾阳市。祖父年轻时到天津开办公司。父亲执掌产业时,正值抗日战争,他一心投入民间的慈善事业,倾其所有为国家捐款捐物。新中国成立初期，他积极响应政府的号召，带头实行公私合营，并为合营后公司的发展继续呕心沥血。20 世纪 60 年代初，由于所谓的政治问题被贬职，携带妻子儿女回原籍接受再教育。建平母亲为改变当地落后的教育状况，再执鞭站上了三尺讲台。父亲平反后，建平已过回天津的年龄，但是乡亲们并未忘记他们家的厚德，1972 年乡亲们敲锣打鼓送她上了山西大学。工作后，她两次出国深造，践行国家改革开放的大政方针，为中美经贸发展做出了重要贡献。她和力理在纽约帝国大厦的办公室成了同学们去美国的歇脚地。她是我们这一届工农兵大学生的佼佼者，是妈妈的亲人。在妈妈的心里，建平代表了我们班的全体同学，也代表了我们那一届的工农兵大学生。

妈妈和她们的缘分要从我在大学时的一个梦说起。“宽同，快回家吧！”姥爷另一只脚还没迈进门就告诉我。宽同是我的乳名。“姥爷，您怎么来了？”我纳闷他都 80 多岁了是怎么来的。在老家的时候，他可是连公社所在地厂汉营都去不了，才 8 里远。走多了就喘不过气来。“你妈病了，医生说不能看啦！”他说得那么清楚。

姥爷的话如同晴天霹雳，我抱住姥爷痛哭流涕。姥爷要走，我拼命想拉住他，同他一起走，可是手脚都不听使唤。我就像被定海神针钉在那儿一样，动弹不得。我声嘶力竭地喊，像是谁都没听见一样。觉得有人推了我一下，姥爷瞬间消失了。我醒了，惊得浑身是汗，原来是一场急梦。这是 1973 年我们到刘胡兰村“开门办学”的第一个晚上，我记得太清楚了。在那以前，我从来都不相信梦的预兆，再者好多关键的梦都是假的。例如：我在大队当民兵连长时，带领基干民兵建坝，有一次梦到刚建的一段坝被洪水冲垮了，公社开会批判我；当民办教师时，梦到领学生拾秋，被狼叼走一个学生，挨家长打；当借干时，还梦到过邻村堂姐家邻居的姑娘非要嫁给我，不要一分钱彩礼……凡此种种都子虚乌有。其实姥爷在我上大学后的第一个学期就去世了，家里没敢告诉我，怕影响我学习，直到暑假回去我才知道。

此前，我从未梦见过姥爷，冥冥之中有一种不祥之兆。这种感觉如影随形，很长时间挥之不去。小时候经常听妈妈说急梦是好梦，会有喜事。刘胡兰村的乡亲们对我们这些学生就像是他们自家的孩子一样，尽管我们都不小了，连炕都是他们给烧好的。已是深秋，同学们看到我的被褥单薄，让我睡炕头。其实他们的被褥也不比我的厚多少。炕头是一铺炕最热的地方，因为离灶台最近，离炕头越远越不热。我想可能是因为睡得热了出汗，做了一个急梦。自己这样宽慰自己。虽然忐忑的心暂时放下了，但是总觉得疑疑惑惑。上课开始后，学业重了，也就慢慢地淡忘了。

“开门办学”接近尾声的时候，突然收到哥哥的一封信。他平时几乎不给我写信。在学校时看到他最多的字，是每隔一到两个月 10 元钱的汇款单上附言栏里鼓励我好好学习的一两句话。我告诉他不要给我寄钱了。我分到新一班以后，助学金从原来的 4 元增加到 6 元，都快赶上他们部队的津贴了。他所在的部队是专门放马的，他是模范炊事员。家里的后墙上贴满了他历年来的奖状和喜报。他做饭做得好，义务期满后留在部队继续做饭。记得我上小学的时候，哥哥从部队回家探亲。他给我带回两本书，一本是《高玉宝》，另一本就是《刘胡兰》。这是我最早看过的课外书，两位英雄是我崇拜的偶像，鞭策着我树立正确的人生观。

我没有把信打开，折起来装到书包里。晚饭后，我拆开信。哥哥在信里告诉我，张家口最好的一家医院的大夫说，妈妈得的是宫颈癌，已属晚期，没有好办法治疗。仅开了一些安慰的药，慢慢地服用，疼的时候吃些止痛药。信是在我大嫂的坚持下写的，他本来不打算告诉我，怕影响我的学习。因为前些时候姥爷托的梦，我心里或多或少有些准备。我知道哥哥说得对，妈妈就医的医院在张家口地区是出了名的好医院，要比我们县医院好得多。可是，我不明白这是什么病。陈峰看出我心神不定，知道有什么事，我把信递给他看。这是我有生以来第一次知道了癌症是这么可怕的疾病。他劝我不要急，他说太原有专门的医院看这种病，李芬妈妈就是治疗这种病的专家。他说接下来的事他联系。我很信任他，觉得城里来的同学都是百事通，什么都懂，什么都会。几十年后，戈小丽和我聊天的时候，她还说我那时候傻傻的。

次日，班里同学大多都知道了，都安慰我。我心里觉得暖暖的，好像他们都是我的大哥哥大姐姐，其实我比他们很多人岁数都大。武浩安排我回去接妈妈。武浩在部队的时候是排长，选送上大学后当班长。1972 年入学时，我们就在一个班，她是我们的班长。我是生活委员，管给大家领助学金、饭票，放假时买火车票。1973 年秋季学期开始，我们又一起被调配到新的一班。她仍然是我们的班长，我和徐婉丽两个

王力理夫妇到宾馆看望到美国旅游的同学。左起前排：徐婉丽、冯建平、赵慧敏、孙淑云；后排：王力理、赵宝华

人管大家生活上的事，婉丽在四班的时候也是生活委员。新的班集体里，家在城市里的同学多，来自农村的同学少。城里的同学大多放弃助学金，尽管他们中有些人家境并不宽裕。这是我后来慢慢发现的。我们的伙食标准是每月15元，以饭票的形式发给大家，是学校免费发给每一个人的。没有用完的饭票，月底可以统一退换成钱和粮票。早饭不吃退1角钱3两粮票，午饭票和晚饭票分别都是退2角钱4两粮票。城里的同学为了省钱，一个月退两三天的饭票也是有的，但是他们却把助学金的机会留给农村的同学。所以我们班农村来的同学都有助学金，多的每月6元，少的也有4元。这6元可不是一个小数目，当时新入伍的战士每个月的津贴也才6元！

我接妈妈到太原时，同学们已经从文水县返回学校上课了。那时候交通极其不便，我家离最近的公交车站有50里山路，距县城100里，也不是每天都有班车。上省城看病，还要在县卫生局办理手续。县城才有去大同市的长途汽车。妈妈从小裹脚，走不了路，很多时候我背着她更方便。从家里来的时候只带了一床被子。背着她的时候，我要两个手兜着她，行李卷儿挂在胸前。从大同长途汽车站到火车站，坐公共汽车1角钱，我都舍不得。火车站的设备也很简陋，没有为行动不便的乘客准备轮椅。

那时候的通信条件可不像现在这么方便，打长途电话是非常奢侈的事，连想都不敢想。到了学校，同学们早就准备好了吃住。打那一刻起，她们什么都不让我管。我要看妈妈，也得她们“批准”！妈妈住我们班女生宿舍，她睡建平的床。建平和保兰挤一个床板儿，睡一个被窝，她把一切都留给了妈妈。妈妈说她出嫁时的被褥也没那么好，得病倒是享福啦，端茶倒水，洗脸洗脚都是那些娃娃伺候。

看病的事，陈峰和班长早就联系好了。从门诊检查到办理住院手续，什么都不要我过问，都是同学们办的。班里安排了一切，班长只准我正常上课。我猜测每天缺课的同学，一准是看护我妈妈去了。后来，我知道我的猜测是对的。我第一次去医院是妈妈入院后的那个星期日。妈妈已经习惯了医院的生活，还和对面病床的阿姨成了朋友。那位阿姨家就在我们大学旁边的许坦村，阿姨说每天下午都有我的同学去看妈妈。我从来没有看到妈妈那么开心过，她说医院的饭菜比家里过年还吃得好。她让我看床头柜里一样一样的好吃的，都是同学们拿来的。除了梨以外，其他水果她以前都没吃过。红红的苹果足有拳头那么大，还有一种皮是黄色的苹果。还有点心和罐装食品，她连见都没有见过。那天我见到了李芬妈妈梁阿姨，她是妇产科主任。梁阿姨大高个儿，待人谦和，讲纯正的普通话，说话语速虽然快，但是非常清楚。她给我介绍了妈妈的病情和治疗方案，以及需要的时间。她让我不要有思想负担，病能治好。我深信妈妈在那儿就像进了保险箱。梁阿姨还告诉我大概需要多少钱，有部分药是不需要花钱的，属于科研项目。梁阿姨退休后一直住在北京李芬家，我多次想去看她，但因种种不便未能如愿。

20 世纪 70 年代，农村虽然有了合作医疗，但是医疗费用都要病人负担。唯一免费的是医生出诊费和注射手续费。妈妈是重病，县卫生局和民政局的叔叔阿姨都很同情，但是他们也难为无米之炊。他们从紧缺的经费中拿出来 30 元救济金，以解燃眉之急。那时候住院也需要押金，妈妈先交了很少的一部分。到出院时全部住院费用 270 多元，一分不少都补上了。父亲说不能让梁医生为难，他卖掉了家里的一间房。

妈妈住院时的吃饭钱几乎都是班长给的，前前后后她给了我 50 多元。没有人能够明白这些钱对于我的价值。那时候，我们村一个壮劳力一年出工 365 天也挣不了这么多钱！现在的年轻人可能不知道，70 年代吃饭光有钱不行，还要粮票。粮票是国家定量发给具有城镇户口的市民的，只有钱没有粮票买不到米面和用米面制成的食品。妈妈虽然吃得不多，一个月也要不少粮票。听妈妈同病房的阿姨讲，妈妈吃菜少，她觉得菜比饭还贵。多亏有那么多同学给我粮票，刘之光一次就给我近30斤。不久前戈小丽打电话来，我还问她，她给我的15斤粮票是哪儿来的。她先是一惊："啊！我还给你粮票？"她个子高，我知道她的饭量一点儿都不比我小。我们从1972年入学到毕业一直在同一个班。二年级时我翻译过简易读物《汤姆·索亚历险记》，还让她带回去请她爸爸看。现在想起来真是可笑，不知天高地厚。她爸爸是我们国家非常著名的文学家、翻译家戈宝权，懂好几种外语。他曾奉周总理之命接收国民党驻苏联大使馆，担任临时代办和文化参赞。我工作后，妈妈多次问过我："娃娃们给的钱都还上了没？"我心里非常清楚，那不是钱，那是亲人的心，那是同学们的情，我要用一辈子来报答同学和老师们的恩情。

那年春节妈妈是在医院度过的。放寒假，同学们都回家了，宿舍的整个楼道就住我一个人，可是我从来没有感觉到一点点害怕。我将大家留下的行李都搬到我的宿舍，怕丢了。那个假期我熟背了 *The Linguaphone English Course* 1（《灵格风英语教程》第一册），书是从图书馆借的，书店没有，再说也买不起。庞人骐老师帮我从系里借了英文打字机，我边学边把课文都打了下来。我不是同学中第一个会使用打字机的，但是，我是同学中打字速度最快的。后来系里照顾我，让我勤工俭学，还让我给学校印刷厂打过英文资料。在学校的每个假期我都没闲着，修路，挖排水沟，有什么活儿我都参加。到毕业的时候还攒了30多元钱。这些都离不开系办公室孟老师和刘老师的关照。

假期中还有同学写信安慰我。春节前收到陈少芳从北京寄给我的一个包裹，里面尽是好吃的。有一种甜里带苦的糖，后来我才知道那就是巧克力。这是我第一次吃巧克力，我一生中有好多的第一次都发生在山西大学。

妈妈出院后，我把妈妈送回老家。返回学校的时候，天渐渐地转暖。

右玉属高寒山区，与太原的节气要差近一个半月。老家还在穿厚棉衣的时候，太原已经穿夹衣了。上衣有头年夏天陈峰给我的一件衬衫，那是他爸爸穿过的一件衬衫，上学时给了他。去年我才知道，原来他爸爸是“两航起义”的功臣，我要是当时不穿，把它留到现在，那该多有意义！我的棉裤是大裆裤，外面罩一条单的西裤，这是1972年上大学的时候，三舅给我的。我总觉得自己穿衣服比别人费，一年半的时间屁股后面已经打过两次补丁。我想自己做一条西裤。头年我自己做棉背心的时候，去学校小卖部买过布。有一个阿姨待我特好，她卖给我一块布头特便宜，还不要布票。这一次我花两元钱买了一块灰色的斜纹布，说是布头，其实一点儿都不脏，只是皱皱巴巴，有几个粉笔印儿。我会用缝纫机，但是不会裁剪。不过我可以把我那条破的裤子拆开了，比画着裁。可是我要是把旧的拆了，穿什么呢？原来大老张会！

我们宿舍有两位老张，老大是张福成，我们管他叫大老张；二老张叫张学斌，他们都是“老三届”。大老张上学前在代县粮食局工作，曾经是门市部的付粮员。20世纪90年代国家取消粮食定量供应以前，所有城镇市民吃粮都要凭粮票，或者持粮食供应本去粮食主管部门开设的粮油门市部购买。卖粮不仅是个良心活儿，也是一个力气活儿，近万口市民的口粮都要从这里一秤一秤地量出！他打第一天上班，就给自己立了个规矩：秤平斗满，童叟无欺，既不能亏了国家，也不能亏了百姓。他把这斤斤两两看得比天还大。是啊，世上还有比百姓的饭碗更重要的吗？他来门市部上班后，买了一台很好的收音机。不管是在门市部卖粮，还是在办公室对账，只要有时间就收听VOA和Radio Peking。他把听英语节目当作是听音乐，觉得边听边干活儿效率更高。因为他打中学起就喜欢英语这门课，听英语广播成了一种习惯。门市部和粮库在一起，房多人少，只要你不嫌寂寞，一人可占一个屋子，不管是“喊”英语，还是听收音机都没人管。他工作勤奋，吃苦耐劳，深得市民的赞许与同事的好评。一年后，他被提拔到局机关的政工组坐办公室。办公室人多，他的“戏匣子”成了大家的玩物。他年轻随和，任劳任怨，大家自然也都喜欢他。有一次，局长到办公室“视察”，正好看到他听英语，以为他在听敌台。那时候不准收听外国电台，VOA 属于严格禁止的敌台（我们上大学后外语系的学生允许收听）。他人缘好，运气更好。可巧他正在收听的是 Radio Peking，他告诉局长，这是国家对外宣传的电台。领导不相信中国还有说外国话的电台，他让领导稍等一会儿，正好到了播放开头曲《东方红》的时间，以后再也没有人管他听英语广播了。他的英语程度能给我当老师，他看英文 *China Reconstructs*（《中国建设》）根本不查字典。在新一班，英语学得像大老张这么棒的可多了去啦！他毕业后到北京的一所大学任教，他授业严谨，语言妙趣横生。他严肃的表情下，流出的语言往往让人捧腹大笑，自己却一本正经。大老张的藏书无论是量，还是质，都堪称一绝。他的收藏中，*Encyclopedia Britannica*（《大英百科全书》）都不止一个版本！他还是我国著名的官版老剪纸收藏家。在国内，他的官版老剪纸藏品多，品相好。这几年，他一直在寻找合适的地方政府和有关部门，希望捐献部分官版老剪纸作为展品，成立一个中国各地官版老剪纸博物馆。我为他的远见卓识点赞。首届工农兵大学生中，大老张只是来自工人的一个缩影，他没有辜负送他上大学的父老乡亲，更没有辱没工农兵大学生这个神圣的称呼。

二老张叫张学斌，他出生在一个富农家庭。“文革”时期将富农归为所谓的“黑五类”“地富反坏右”之一，他是以“可以教育好的子女”被选送上大学的。但是，在那个“以阶级斗争为纲”的年代里，同学们没有一个因为他的出身而歧视他。他的记忆力真神，我们比赛吃饭记单词，看谁一顿饭的工夫记得最多。从动筷子开始到吃完饭，他能记住 80 个单词。我们俩睡上下铺一直到毕业，我在下铺。他打呼噜那个响，震得床都晃。但是，好像并不影响大家的睡眠。我们都是倒头着，睡得像死猪，抬出去卖了也不知道。

我们宿舍不仅有大老张、二老张，还有大老王和二老王，两老王都是北京人。老大叫王惠临，他是我们的活字典，他看英文版《毛泽东选集》一到四卷就像我们看小人书那么容易。老二是王力理，他虽然出身高干家庭，可是看上去跟我们来自农村的一样土。他平易近人，没有架子。他不仅英语好，还拉一手好小提琴，我觉得他比学校艺术系的学生拉得都棒，那悠扬的琴声是我们平时唯一的音乐享受。他是同学们的义务理发员，差不多半个男生楼道的头都让他承包了。可以看到他隔三岔五将推子拆开，取下锯齿状的刀片在毛玻璃上蹭，原来他把毛玻璃当磨刀石用。三年半下来，不知道他掏腰包买了多少把推子。他还是我们的摄影师。他有一个 120 照相机，那时候这可是稀罕物件儿，我们谁想用随便拿，来者不拒，我们好多老照片都出自这个照相机。不要以为他做这些会影响学习，他可是我们班的高才生，我们都觉得他的语音纯正圆润，与 BBC 的播音员有一比。我们每天从早上吹起床号，到晚上熄灯，大家都在玩儿命地学。晚上吹熄灯号后，没有一个按时睡觉的，只是将大灯关了，应付老师检查。我们每个人床头都有一个小灯，用厚纸卷个喇叭筒，灯光正好聚焦在书上。这是同学们用来蒙骗老师的，其实这样的把戏老师都明白。

大老张的裁缝手艺还真棒，我得给他点个大大的赞！大老张给我裁好了裤子，还有一个裤口袋差一点布。我认识学校裁缝店里的阿姨，我去那儿补过衣服。我想也许她能给我一点下脚料。那时候什么都奇缺，细布条都回收派用场。阿姨特帮忙，停下手里的活儿，为我拼凑了半个兜布。万事俱备只欠东风。我知道聂素娥家有缝纫机，我想借素娥家的缝纫机自己缝。她帮我们宿舍几乎所有同学都拆洗过被褥。我们一年级时在一个班，虽然后来分开了，但是没有任何疏远的感觉。倒是因为见面的时间少了，见了以后觉得更热情。周末我们去了她在尖草坪的家。

同学在张福成书库小聚。左起：张福成、徐婉丽、赵宝华、任如凤、肖文科

这是她爸爸单位分配的，房子不大，很整洁。她妈妈在老家带孩子，平时只有他爸爸住。屋子里家具不多，缝纫机很显眼。我只是在当民办教师的时候用过缝纫机。那个村子里有一家生活算是宽裕，聘了姑娘后用彩礼钱买了一台缝纫机，给未成年的儿子结婚做准备。可是缝纫机还没用，就出了毛病，缝出来的针脚大的大、小的小。全村 20 多户人家，没有一个人能看懂说明书。他们自然想到老师兼会计的我。其实就是一个螺丝钉松了！这样一来二去，我就成了他们家维修缝纫机的老师。可是要把这么多布片儿缝成裤子，心里还真有点儿发怵，狗咬刺猬，真拿不准打哪儿下手。素娥看我有点儿笨手笨脚，她说她试试。她的身手真不凡，手不扶转轮，脚踏机器也不倒转。没用半天的工夫，一条崭新的裤子就做成了！毕业后我很少见到她，还是肯德基在中国开第一家店的那一年，正好她来北京参加一个有关高考的会议时才有幸与她相见。听说她是榆次最有名的英语老师，真正的桃李满天下。在她的努力下，解决了边银爱同学的退休金问题。

妈妈知道我的同学为我做西式衣服后，高兴得合不拢嘴。她说要是能找个学生娃当媳妇儿，那可是天大的福气，老天满足了她的奢望！她要我和同学们说：“你和娃们说不要那么没明没夜地学，别把脑子用坏了。”这句话近50年后的今天，我才转告大家。在她眼里，我的同学个个都是喜人的好娃娃。后来我和婉丽调到北京工作，同学送我们一个雅号“驻京办”。我们愿意一辈子为妈妈的这些娃娃们和娃娃们的娃娃们服务，乐在其中。

2019年11月于北京

赵宝华，男，1950年生，山西右玉县破虎堡村人。1975年山西大学毕业，后留学澳大利亚悉尼科技大学。1990年调任教育部考试中心，副研究员。

独立完成教育部《全国外语水平考试计算机管理系统》的架构、研发与代码编写。负责撰写国家“八五”计划重点科研项目《中国考试史资料汇编》第八卷第二十章。参与教育部重点科研项目《当代中外考试制度的比较研究和当前我国考试制度的改革》，负责GRE考试资料编译与统稿工作。负责《中国教育年鉴》1993—2008年有关国家公派留学考试内容的编撰。与徐婉丽等合作出版译、专著4部，发表交流论文数十篇。

自信的女人最美丽

李广锁

潞城属长治市，是个古老的地方，古老到它有些地名来自3000多年前的殷商时代。微子镇就是这么一个古镇，在殷商时期是微子的封地。微子、比干和箕子统称“殷商三仁”，微子应该是纣王的兄长，而箕子和比干应该是纣王的叔叔。《论语·微子第十八》就记载：“微子去之，箕子为之奴，比干谏而死。孔子曰：‘殷有三仁焉。’”在微子镇的牌坊上有副对联：上联“千年古镇山川秀”，下联“三省要冲经纬通”，横批“微子镇”。镇的北面岭上有比干庙，俗传能住庙前，不住庙后。庙前是风水宝地，潞城二中就坐落在比干庙前。

近年来，潞城二中办得风生水起，“潞”人皆知。它竟然能让一些桀骜不驯的学生一进校门就变得遵规守矩、专注学业；使许多对学习失去兴趣与信心的孩子在学校里逐渐变得认真研读、刻苦学习；许多成绩平淡、潜能无限的学生经过3年或6年的学习后展露才华，考入名校。这是传说吗？有位黎城的孩子，中考280分，走遍了黎城所有的学校，全被拒之门外，最终来到二中。复习一年后，中考成绩598分，上高中毫不犹豫地留在了二中。2018年以体育成绩927分，文化课分数超出一本线30多分的优异成绩考取了北京体育大学。家长无比感激，挂在嘴边只有一句话：我孩子的变化真是天壤之别啊！截止到2019年，这所学校已经走过了第10个年头，10年来类似情况不胜枚举。是这所学校真的能够点石成金？可走进校园，映入眼帘的就是那么一幢楼，一排房，一个大操场，普普通通，与别的学校没有什么两样。是校长有魔法魔杖？校长是谁？是谁能让孩子们一进这个校园就有奇迹发生？其实校长也是一个普通人，她是我的大学同学史莲娣。

如果将40多年前在大学时的记忆简单地勾画一下的话，我对她的印象有三：一、学习刻苦努力，普通话说得好。二、平易近人，作风朴实，和同学关系处得很好。三、毛笔字写得秀气。打乒乓球横握球拍，攻势凌厉，大刀阔斧。

在学校时世风没有现在这样开放，那时候几乎每个学校的校训都是“团结紧张、严肃活泼”。男女生之间关系是活泼不足，严肃有余。彼此之间接触少，相互说话少，彼此了解更少。但是，由于我俩都来自同一地区，她来自潞城，我来自高平，我们是晋东南老乡，从情感上讲，觉得比别的同学要近些，相互关照也多一些。

毕业后，史莲娣分配到长治市的友谊学校，友谊学校是晋东南行署的子弟学校。从“文化大革命”开始到1975年已经出现了6年的大学毕业生断层现象，英语老师师资极缺，各部门都缺人才，行署负责毕业生分配的部门无疑是把最稀缺的资源配置到他们认为最需要的地方。

那时候大学毕业生的分配原则基本上是“哪儿来哪儿去”，来自县城的同学能留在长治市应该是最为理想的。一星期几节课，一年有两个假期，学生的家长大多是地委和行署的干部，想办点事儿托托人也是比较容易的。学校的生活舒适而恬静。但是史莲娣并没有把长治友谊学校作为她人生的最终目标，她不想过那种平静的、没有挑战性的生活。尽管友谊学校那位慈祥的老校长千方百计地挽留她，她还是下定决心离开了那所别人十分垂涎的安逸美丽的校园。

改革开放后，党和国家把工作的重点集中在经济建设上来，百业待兴。潞城被山西化肥厂、山西水泥厂、王曲电厂这些国家级重点企业选为厂址所在地，成为大型企业建设的黄金地段。山化、山水的整条生产线是进口设备，无疑需要大量的外语人才，史莲娣把她的人生目标投向了国家级大型企业建设方向。首先，她应聘进入了山西化肥厂做英文翻译。这项工作应该更符合她的性格。那时候英语专业的学生如果能从事口、笔译翻译，是许多同学非常向往的工作。陪着领导或技术人员参加一轮轮大大小小的谈判，或各级各类的签字仪式，使双方能成功地解决各种难题，满意地签署协议，心里总会生出几分惬意。

当山西化肥厂投入生产后，外事部门的工作量逐渐减少。史莲娣又把目光投向了正在建设中的山西水泥厂，那里更需要外语专业人才。在山西水泥厂工作，业务上可谓驾轻就熟、应对自如。那些年月一般人难得有出国的机会，但引进外国设备，工作需要她陪团出国，工作之余还可饱览异国风情。在尼亚加拉大瀑布前，在自由女神像前，在林肯纪念堂前都留下了她青春的倩影。当老外诧异那标准的英格兰语音语调，称赞她那流利的口语时，史莲娣对恩师、对母校的感激之情油然而生。没有恩师，没有母校，就没有她的今天。

在山西水泥厂，她一待就是十几年。在此期间，她不但从事翻译工作，还办过纸厂，当过纸厂厂长，做企业有多难只有做过的人才能理解其中的艰辛。技术更新、材料更新、工艺更新，环保问题，政策变化，以及市场的瞬息万变实难掌控，也许只是一个很小的环节过不去，一切努力全部归零。或许正是这段办企业的经历，磨炼了她的意志，练就了她百折不挠，自强不息，面对所有困难的从容与坚定。我们常说，不经一番寒彻骨，那得梅花扑鼻香。我们吟诵这几句诗时是轻松的，真正体验“寒彻骨”是痛苦的。

应试教育给每年参加高考的学生造成了巨大的压力。学生数量众多，而优质教育资源有限，“高考独木桥”已变身为“名校独木桥”。如果高考成绩不理想，有些学生会选择复读，希望考取自己理想的大学。

上帝给你关上一扇门，就会给你开启一扇窗。史莲娣在办厂失败苦于寻找出路和方向时，国家教委出台了不允许公办高中在校园内开设复习班的政策。她像一只田野上的灵狐，敏锐地嗅到了市场的需求，她嗅到了远方那个需要她攀登的另一高地。她当机立断，立刻创办了高考复习学校。她告诉孩子们：You are all made of stars. 你们都是明星的料。只要你们发奋图强，拼搏进取，你们今天热辣苦涩、晶莹剔透的汗珠，一定会浇灌成明天颗颗璀璨夺目的明星。功夫不负有心人，没有谁能够随随便便成功。2002 年，她组建起“新星源”高考复习班，2003 年，在那个令人难忘的“非典年”，“新星源”的莘莘学子高考达线率、名校录取率均为潞城第一，“新星源”打响了高考第一炮。从此史莲娣带领她一批又一批学生，跋涉在险象环生的高考征途上，再没有停下来。

潞城一中的前校长，1954 年出生，办了退休手续的第二天就骑着自行车到“新星源”带起了文科数学课至今。他当校长时怎样要求别人，现在就怎样要求自己，无论是上课还是约定处理其他事务，比如开会，迄今为止，一次也没迟到过，你信吗？他真的就做到了。

1950 年出生的原潞城体委的副主任吴学松，也是一退休就加盟了“新星源”，一个一辈子倾情于体育教育的体育人，他爱体育、爱学生。有多爱？北京体育大学每年分给山西全省的名额不超过 20 人，区区潞城一个小小的“新星源”高考复习学校，每年都有被北京体育大学录取的大学生。北京体育大学在体育界相当于文、理科大学的北大、清华，是所有体育生向往的神圣殿堂。2008 年有 4 名学生同时达到北体大的录取分数线，“新星源”的体育教练在山西的体育高考训练界闻名遐迩。10 多年来考入北京体育大学的有 18 人，21 人分别考上华东师大、华中师大、西南大学和陕西师大公费生，61 人被北师大、西安建筑科技大学、太原理工大学、山西大学和山西师大等一本体育专业录取，53人被天津体院、首都体院、武汉体院、沈阳体院、成都体院、西安体院等体育院校录取，还有169人被华东交大、南昌航空大学、四川师大和山西财大等高等院校录取。这个团队可以自豪地说，在山西体育专业高考界，“新星源”体育绝对是全省第一。凭什么史莲娣能将如此优秀的人才吸引到她的团队并且任劳任怨地工作这么多年？是她的人格魅力。

在“新星源”积累了几年办学经验以后，2009年她信心满满地办起了一所民办完全中学校——潞城二中。第一年只招了26名学生。从确立教学理念、选择师资队伍、建立教学团队，到实行小班教学、全封闭式管理，她稳扎稳打，一步一个脚印踏踏实实地做好每一件事情。2014年，学校扩展了高中，2017年第一届高考学生成绩斐然，许多进校时才200多分的学生竟然考入了名校，那些调皮捣蛋的孩子三年后判若两人。

在二中教学楼前有一幅标语：“把握生命里的每一分钟，全力以赴我们心中的梦”，这是写给学生的，也是写给全体教职员工和她自己的。这是一首歌里的歌词，后面的歌词是：“不经历风雨，怎么见彩虹，没有人能随随便便成功”。史莲娣为她的教育事业付出了太多太多，和同学在一起度假时，学校的电话一个接一个。多少事需要她来处理啊？举个小小的例子：有一次聚会，和她同宿一屋的同学听到她在梦里喃喃呓语，还差……两个……数学老师……

最使人感动的还是她那份对学校、对学生的爱。有一个孩子考上了浙江大学，但是因为家庭经济困难交不起学费，史莲娣负担了这个孩子整个大学期间的5万多元学费。谈到对学生的爱，还有一个故事想讲出来与大家分享。那是在2013年，潞城二中办学的第4个年头，当时潞城有一所乡镇中学十年来排名一直倒数第一，年年统考数学、英语成绩的及格率都是零，学生大多流失。那一年，这所学校的校长几次三番找到史莲娣，希望能和二中联合办学，以求挽救这所学校。用那位校长自己的话来说：“我真怕这所学校在我手里关门倒闭，我成了被历史遗弃的‘末代皇帝’。”他的诚意打动了史莲娣，通过市教育局有关部门的协调，她接手了这所学校。说是一所中学，初一招生只有16人，小考成绩无1人上300分。接手后的第一件事就是提升成绩。史莲娣真真切切地知道了这是一件多么艰难的事情。但是“后悔”二字和她的性格似乎无缘，她很快想到的是：就这几个孩子，无论什么原因，每个孩子都是每一个家庭的宝贝和希望，谁都没有理由放弃！她心中立刻有了决定。既然无退路，就义无反顾地向前行。2013年9月1日开学，2014年1月17、18日全潞城市期末统考，这16个孩子总成绩在全市公立学校中名列前茅。他们到底经历了什么，已经不重要了。史莲娣对学生的爱，诸如此类的事例还有很多很多，孩子们亲切地称她为“妈妈校长”“奶奶校长”。

《潞城新闻》刊文《崛起的二中》，说：“学校拥有一支充满活力，教学业务能力强，整体素质高，工作态度认真负责，对学生充满爱心和耐心的精英教师团队，学校奉行先进的教育教学理念，实行科学化、人性化的管理模式，教学成绩突出。学校远离闹市，校园花团锦簇、静谧优雅，实施全封闭管理，让您的孩子在这里可以潜心接受优质的教学服务，享受舒心、快乐的学习生活。”

2016年《潞城新闻》刊登《爱·让孩子圆梦》一文，写道：“一些原来成绩不好的孩子由于上了潞城二中，由于史校长的团队，由于史校长的努力，由于史校长的爱心，使一个个孩子圆了他们心中的梦。”2018年，她被评为“潞城市最美校长”。2019年在全市教师节晚会上，教育局安排她第一个出场，以一位资深教育人的身份与大家分享她教育之旅的苦与乐。站在舞台上，她从容、优雅、自豪地向全市教师致辞问候，台下许多领导、同仁、学生不断地给她发短信：“史校长，太精彩了！”“史老师，太亲切了！”“史校长，太感动了！”……这是家长的信任，学生的信赖，社会的认可。

从最初大学毕业分配到学校工作，历经几十年，辗转跨越几个行业后再次回到学校，她的人生似乎画了个大大的圆。从教育口出发又回到了教育口，绝对不是从原点出发又回到了原点，而是从教书为了生存，提升到把教育作为一种事业、理想和责任来完成，这是质的升华，是大教育情怀。

越过 60 岁，大多数同学已经退休。大家开始筹划退休后的生活，有人含饴弄孙，享受天伦之乐；有人 K 歌跳舞，挥毫泼墨，陶冶情操；有人趁腿脚还能接纳山的崇高和海的辽阔，精选世界上最纯净的风吹拂襟怀，让最艳丽的花朵染香衣角，遍游世界各方。有诗曰：“待到你我花甲，相携乡村安家。房后几畦菜地，屋前栽树种花。支锅林下野炊，养条大狗伴驾。悠哉绕园散步，品茗共话桑麻。”可奔七的史莲娣却依然乐此不疲地耕耘在她那块教育的田野上。许多学生慕名而来，学校不能拒绝。学校高中扩容从两轨到四轨，学生从 26 人到成百上千人，我们可以想象到几百上千师生员工的吃、喝、拉、撒、睡。教学质量，家长的期望，学生的理想，教职员工的生活保障，教师业务能力的提升，师生的安危冷暖，学校的软硬件设施，学校的发展方向……统统压在了她的肩上，对于她来说，这是一种压力，是一种责任，是一种成就感，当然也是一种幸福的享受。

每当毕业季，学生们考上大学的喜讯频传，这是她最兴奋的时刻；每当毕业后参加工作的学生来看望她这个母亲校长的时候，这是她最快乐的时刻；每当那些进校时贪玩的学生毕业后在社会上有了成就，成了社会有用之才，这是她最欣慰的时刻。这时候，她心中的那份自豪、快乐和骄傲溢于言表，是那种眉飞色舞的自信和美丽。就像我们的恩师收获我们对恩师的爱戴一样，史莲娣也在收获着学生们对她的爱戴，享受着桃李天下芬芳的无比幸福。

著名文学家杨绛先生在她的《百岁感言》中写道：“一切快乐的享受都属于精神，这种快乐把忍受变为享受，是精神对于物质的胜利，这便是人生哲学……我们曾如此渴望命运的波澜，到最后才发现：人生最曼妙的风景，竟是内心的淡定与从容。”史莲娣把喧嚣的时光梳理成荷塘月色般的淡然与恬谧，静守一份淡泊，从容地在书香中坚守，在琅琅读书声中穿行，让灵魂芳香四溢。

女人的美丽不仅仅限于外在的漂亮与华丽的服饰，更多的美则在经历了各种坎坷与困顿之后，潜移默化地融入她的灵魂深处，而从气韵、内涵、心智、胸怀、道德等方面体现出来。

女人，拥有的东西不一定很多，但是，她却不能没有自信，自信是一种魅力，它永远不会被外人夺取，是永远属于她自己的财富。因为闪耀着自信的光芒，因此，她就是最美丽的那个女人。

史莲娣的人生哲学如她在2019年的教师节晚会致辞：“从青春年少到夕阳垂暮，还能和70后、80后、90后一起庆祝教师节，还能工作在第一线，感觉真的很满足，我觉着青春从来就没有离开过我。”不拒绝忙碌，因为忙碌是一种充实；不唉声叹气地抱怨，因为静默是一种坚强；不拒绝微笑，因为充满自信笑容的女人最美丽。

晴空一鹤排云上　便引诗情到碧霄

——记李伟格同学

赵殿华　李广锁

一、中央电视台中文国际频道（李广锁）

每日看电视，CCTV-4中文国际频道是我必看的频道。有些大部头作品如《大国崛起》《公司的力量》《互联网时代》等都做得相当好。这几天播放的大型纪录片《国家记忆》正播到"'两弹一星'之功勋郭永怀与妻子李佩"一节。情节特别感人，昨天和前天已经看了两集，今天该播第三集了。我急切地等待着，时间还没到，就打开了电视机。今天主持人请了一位特邀嘉宾——李佩先生的生前秘书来到节目现场。哇，是格格，真的是格格！格格身穿深蓝色西装，脖子上围着一条蓝白相间的花丝巾，素雅大方。作为李佩先生的生前秘书，格格在电视里落落大方，侃侃而谈地介绍着李佩先生的动人事迹……

二、和伟大的人物在一起

"格格是我们同年同系同专业的大学同学，大名叫李伟格，格格是她的微信昵称。”

敢肯定，同学们中很少有人能像李伟格一样长期和那么多伟大的人在一起工作和生活。这些人为祖国和人民做出了杰出的贡献，他们像闪耀在天空中的永不坠落的星辰。不，他们本身就是星辰。

小行星是目前各类天体中唯一可以根据发现者意愿命名，并经国际天文学联合会小天体命名委员会组织审核批准从而得到国际公认的天体。由于小行星命名的严肃性、唯一性和永久不可更改性，使得能够获得小行星命名成为世界公认的荣誉。例如以科学家的名字命名小行星，是对这些科学家们卓越贡献的认可，是对他们的尊敬和爱戴。2001 年 12 月 21 日，经国际小行星中心和国际小行星命名委员会批准，中国科学院紫金山天文台，将其 1980 年 10 月 14 日发现的国际编号为 3763 号的小行星命名为“钱学森星”，以表彰这位“两弹一星”的卓越功臣对我国科技事业所做出的杰出贡献。

2016 年 1 月 4 日，在北京钓鱼台国宾馆举行了由国家科技部和中国科学院共同组织召开的“科学家小行星命名仪式”，会上，郑哲敏院士获此殊荣，小行星号为 12935。郑哲敏是钱学森的弟子，两院院士，获最高国家科学技术奖。

2018 年初，中国科学技术大学和中国科学院紫金山天文台联合向国际天文学联合会提出了小行星命名申请，提议将 2007 年 10 月 9 日由紫金山天文台盱眙观测站近地天体望远镜发现的两颗小行星，以中国科学技术大学郭永怀夫妇的名字命名。编号为 212796 号的小行星被永久命名为“郭永怀星”，编号为 212797 的小行星被永久命名为“李佩星”。

2018 年 7 月 20 日，国际小行星中心正式发布了命名公告。公告称：“郭永怀是中国科学技术大学教授，首任化学物理系主任，是中国近代力学事业的开拓者和奠基人之一，在力学、应用数学和航空领域做出过杰出贡献”；“李佩是中国科学技术大学教授，著名语言学家，在外语教学和研究领域做出过杰出贡献，被誉为‘中国应用语言学之母’”。

李伟格正是生活、工作在升起这四颗小行星的地方，她为李佩先生担任了十几年的秘书，目前正在帮助郑哲敏院士主持“钱学森科学和教育思想研究会”的工作。

三、站在翻译界的塔尖上

伟格上大学之前是一名北京知青，运城绛县是她的第二故乡。大学毕业后分配到县中学担任英语教师。后来国家有了政策，在城市工作的父母身边可以留一名子女在同城工作，便于照顾老人。伟格因此又告别了和她朝夕相处的乡亲、师长、同学、闺蜜，回到了阔别9年的家乡——北京。那是1977年春天。

回到北京后，伟格的工作单位是中国科学院力学研究所，地点在北四环西路15号。这是一栋普通的建筑。但自从20世纪50年代起，这里就成了科学家们办公的地方。伟格在中国科学院力学研究所情报岗位上一干就是几十年，从情报室助理馆员到力学研究所图书信息中心副研究馆员。中国科学院翻译工作者协会于1982年在人民大会堂成立，钱三强、钱伟长、李佩等为首届理事会科技界成员。它是科技翻译工作者的最高学术引领团体，代表着中国科技翻译的最高水准。2007年，李伟格挑起了中国科学院翻译工作者协会秘书长的担子。写到这里，我们不禁想起发生在我们学校的一个故事：当时，“文化大革命”还没结束，我们的课本没有沿用“文革”前的老课本，而是采用系里组织老师们自己编写的教材。大约是1973年，刘海量老师带着编写的教材去和其他大学交流。回来后，在全系师生大会上汇报交流情况。刘老师说：“为什么我们的教材没有被评为优秀，不是教材编写得不好，是因为我们的学校不出名。”刘老师的这句话几十年来一直深深地印在我们的脑海里。

今天，李伟格不是名校毕业，又是他人经常议论的“工农兵大学生”，但是她担任了中国科学院翻译工作者协会秘书长的要职。这对以培养外语人才为宗旨的山西大学外国语学院（当时称外语系）来说真的是一种骄傲。

四、担任李佩的秘书

伟格之所以有机会、有能力承担此重任，与她多年担任李佩先生的秘书分不开。

李佩，“两弹一星”元勋郭永怀先生的夫人，钱学森和蒋英的挚友。1978 年，她创办中国科学院研究生外语教学部，被誉为“中国应用语言学之母”“中关村的玫瑰”。1982 年，她与钱三强、钱伟长等科学家一起创办了“中国科学院科技翻译工作者协会”。1987 年，她创办了“中关村老年互助服务中心”，每周五举办“中关村专家讲坛”。2008 年，她接受钱学森的嘱托，翻译《钱学森文集》。李佩先生在院士工作局和力学所的支持下，带领 20 多名资深科学家，经过三年多的努力，在钱学森百年诞辰之际给历史留下了辉煌的篇章。

李佩先生对人才的要求特别严格，近乎挑剔。当伟格被问及当时怎么就能被李佩先生选中，成为她的秘书时，她说：“这真的要感谢母校，感谢山大外语系对我的培养。那时候我们国家的外语人才大多数是聋子英语、哑巴英语，就连在力学所工作的有些硕士生和博士生也存在听不懂、不会说的问题。咱们是英语科班出身，在校扎扎实实地学了几年，记单词、练口语，从宿舍到教室，从图书馆到小树林，甚至熄灯后还打着手电筒在被窝里接着复习功课。到了工作岗位，优势很快就显现出来了。”她还讲了一个故事：当年在学校为了收集学习资料，需要使用英文打字机（20 世纪 70 年代没有计算机，没有复印机，没有网络，没有手机，只能用机械打字机打印），当时刘海量老师有一台，四班同学们常借老师的打字机用，但凡借一次许多同学都想用，但人多机少，我经常和韩生鹏同学抢着使用这台打字机。就这样，我不断地收集资料，不断地打字，在学校就练就了熟练的盲打技能。当调到力学所以后，一口流利的英语和噼里啪啦的打字声很快就引起了李先生的注意。我经常为李佩先生打印资料、习题和试卷。几年以后，伟格便得到了李佩先生的信赖，再后来就成了李佩先生的兼职秘书。当然也有一点点小运气——刚刚调入力学所的那一年，她认识了郭芹，并且和郭芹成了闺蜜。郭芹是郭永怀和李佩先生的独生女儿。

五、妈妈，第二个妈妈

伟格和李佩先生的情感故事，让我们来听听殿华的叙述：我到上海以后，伟格因工作关系几乎每年都来上海出差，也时不时地给我带些小东西，几年来给我的小包包就不下5个。每次公事儿一办完就急着回北京。说实话，我非常希望她能多待一两天。有一次我说："你现在是退休返聘，公事儿办完了，再玩一天吧！"她回答说："不行呀，家里有3个老人等着照顾呢！""3个？"我很奇怪，"你婆婆来了？""不是，是父母和李佩先生。"哦，我立刻明白了，原来那次她办完公事后急急忙忙地找我陪她到城隍庙服装一条街挑选的那件瘦小老太太穿的白底小蓝碎花的衣服，是给李佩先生买的。

1996年11月，郭芹病重，她躺在床上，含着眼泪把年迈的母亲托付给她的闺蜜伟格。她信任伟格的为人、品格和能力，她觉得只有把母亲托付给伟格照顾才能安心。从此以后，伟格就多了一位母亲。

伟格除了在工作中担任李佩先生的秘书外，在生活上着实成了李先生的女儿。是伟格帮她处理家中的大小事务，帮着她把郭永怀先生的金质奖杯装在一个朋友的行李箱里捐给了中国科大；陪着她去银行把她一生的积蓄60万元分别捐给了力学所和中国科学技术大学。

2003年春节期间，86岁的李佩先生病了，发烧。伟格赶紧通知了李家春院士（郭永怀和李佩的研究生）、刘剑峰先生（在中国科技大学读书时，是郭永怀和李佩的学生）、谈庆明教授（其夫人江瑜书生前是郭永怀先生的秘书）。他们4个人是一个小团体，专门负责李佩先生的健康。伟格还请了她的发小马小平大夫帮她们拿主意，共同商量李佩先生生病时怎么应急。马大夫带着司机开车来到李先生家，果断决定送北医三院。这时中国科技大学研究生院老干办的负责人也到了，但因放寒假支票取不出来。细心的伟格早就办好了信用卡，她告诉大家不用着急，她能垫上。于是她们即刻带着李先生坐着马小平大夫的私家车去就诊。当李家春院士和刘剑峰老师赶来时，看到伟格将李佩先生安排住进病房后心里才踏实了，很感谢她办事及时果断。

2013年下半年，伟格的孙女在温哥华出生了，寒假期间她和丈夫去照顾孙女。儿子对她说，他们夫妇在加拿大工作很忙，孩子需要奶奶照顾一段时间。伟格犯难了。一面是刚出生的孙女，儿子的请求是不好拒绝的；另一面是李佩先生，如果她较长时间待在加拿大，李佩先生怎么办？她知道李佩先生年龄越大越依恋于她，隔几天她们就要通个电话。电话中李先生总是说最近又有什么事，他们需要做什么，比如周三的“钱学森科学和教育思想研究会”安排谁来作报告等等，总之，一通话就有好多事要说，不能回国的想法无法向李先生开口。伟格爱人石振平知道她和李先生的感情。因为伟格，李先生对石振平也非常好，90多岁的老人每次让学生开车去超市买东西时都叮嘱着给石振平买点儿他喜欢的鸡腿啊、烤肉类的好吃的。在伟格两头为难的情况下，石振平主动对伟格说：“你回国吧，这边我一个人顶着。”66岁的石振平在温哥华管孙女，一待就是半年。伟格按出国前与李佩先生商量好的日子准时回来了，一切风平浪静，她心里踏实了。

2016年年底，李佩先生病重住进了中日友好医院。伟格曾经在微信上向广锁描绘过她陪李佩先生住院的一段情景："她躺在病榻上看我们编的《李佩画册》，并用手机放《抗敌歌》。她指着画册中的照片告诉我'这是在重庆，我教夜校工人们唱这首歌呢'。随即她闭上了眼睛，用手伴着播放的音乐打着节拍，手指有节奏地一上一下落在雪白的被单上，动作越来越轻。也许，她在回想，回想风华正茂时……她在想丈夫、想女儿、想朋友、想学生……我轻轻地对她说：'李先生，我们等您回中关村，回力学所，回到您主持的研究会，教我、教我们这些老人唱这支歌呀。'李先生听到了，她点了点头，眼睛湿润了……出了病房门，我再也控制不住情绪了，眼泪止不住地流淌。她多想出院回家呀！她多想见'钱学森科学和教育思想研究会'的这些朋友们呀！"

作为李佩先生的秘书与"女儿"，伟格曾对我们说，她目睹了先生痛失爱女的情形，那时的先生没有眼泪，变得更加坚强。李佩先生爱丈夫，她说爱一个人就要像他一样。她越来越质朴、博大、平常，对待任何人都像对待自己的家人一样。她是中关村一朵最美的玫瑰，永远散发着人间大爱的芬芳。她的爱，她的那种无私奉献的精神潜移默化地在伟格身上传承，在伟格的心灵深处生根发芽。有首歌颂老师的歌《长大以后我就成了你》，以此形容李佩先生和格格的关系一点儿也不为过。

2017年，李佩先生临终前把郭芹生前最喜欢的洋娃娃，也是李佩先生对女儿的念想，交给了另一个女儿，陪她度过最后20年的女儿——伟格，一颗伟大的心脏停止了跳动！

2016年清明节，“钱学森科学和教育思想研究会”全体会员在郭永怀墓前合影。李伟格（前排左二）和李佩（前排左三）等学者在一起

六、奔波劳碌为先生

伟格退休几年了，但她很忙，甚至比在岗时还忙。她忙着宣传李佩先生，忙着讲述中国科学家的故事，讲述共和国英雄的故事，忙着继续做李佩先生没有做完的平凡而又伟大的工作。

从北国龙城到青藏高原，从齐鲁大地到南国水乡，伟格走遍了祖国的大江南北。在齐齐哈尔市，她为第一中学高一年级500余名学生讲开学第一课：“郭永怀和李佩的故事”；在青海原子城，作为编剧，出现在纪实电影《郭永怀》拍摄现场；在山东荣成，为英雄家乡的少年儿童朗诵《人民不会忘记你》这首歌颂英雄的诗；在江西萍乡，参加中国科协主办的科学家精神报告团“传承2019”活动；在上海出席《苍穹之恋》首演，替李先生履行十年前的承诺。不要以为那些活动都是轻松的旅途，在微信里伟格如是说：“凌晨4点多就动身赶往机场，搭上6点多的飞机到长沙，现在又坐上了去江西萍乡的长途车到达目的地，下午就给萍乡中学讲郭永怀和李佩的故事。3天内返京，一天作一场报告。”是啊，在青海原子城的拍摄现场，气温低至零下20多度。行程紧张，旅途劳顿，高原反应，气候恶劣，对于一个近70岁的“年轻人”来说真是一种考验。

CCTV-4中文国际频道《国家记忆》纪录片《郭永怀》片段的制作，接受东方卫视台主持人陈辰关于《闪亮的名字》的访谈，山东荣成郭永怀陈列馆的落成，访谈纪录片《人们不会忘记》和芭蕾舞剧《郭永怀》的构思，清明节《春天的思念》特别节目，以及《星的絮语》，哪一个不需要她的参与？哪一部作品不花费她的心血？伟格几乎把她所有的时间和精力都倾注在宣传中国科学家英雄上。她亲力亲为，绝不放过一个小小的机会。

为编辑出版《佩瑜怀瑾　纨质蕙心》（郑哲敏主编），伟格提供了全方位的支持和帮助。中国科技大学教授郁百杨在致谢中讲：“这本影集收集了李佩先生跨世纪、长达百年反映她生活与活动方方面面的照片，每张照片反映一个瞬间，合起来却是一部记录伟大生平的传奇。在本书的编撰过程中，如果没有李伟格保存的照片，她的生活记录是不完整的，是留有缺憾的。我们能对搜集到的李佩先生的第一手资料进行精心的考证、选择，将一位百岁老人坎坷而多彩的人生，用真实的照片呈现出来，真真切切要感谢李伟格女士。”

记得2015年同学们在北京聚会后，决定做一本纪念相册。当动员同学们提供照片时，伟格提供的就是一张李佩、顾淑林和她的合影。2016年录制的同学聚会光盘中，还有她写的一首歌颂李佩先生的诗：

有一种止仰，叫高山苍穹；
有一种大爱，叫爱在天际；
有一种信念，叫终身不悔；

有一种情怀，叫家国情怀。

病榻上的您

还清晰地记得那句歌词：

“家可破家可破

国需保国需保……”

您指着画册中百杨修复的照片，

尘封了70多年的画面终于又完好如初地呈现在您的眼前。

“这是我，在重庆夜校教工人们唱歌呢。”您轻轻地说。

百杨即刻从上海传来了MP3，

他与您心有灵犀

我用手机送到您耳边播放，

“血正沸、血正沸，气正豪、气正豪，”

歌声在病房里回荡。

您闭着双眼合着音乐，

下巴轻轻地点着，

手指有节奏地敲打着床铺。

您陶醉的面容，

绽放着那永恒的微笑，

您那淡然的笑容，

蕴含着沸腾的热血和浩然正气。

您似乎回到了20世纪40年代，

回到那热血涌动的青春岁月。

沸腾着“难酬蹈海亦英雄”的律动，

这，延续了整整一个世纪。

您是谁？

您就是李佩，

血正沸、气正豪的李佩！
永远微笑的李佩！
青春不老，我们不散。
您就是永远在我们身边的李佩！
您就是中关村最美的玫瑰！

七、缘起母校

伟格和我们一样对母校有着深厚的感激之情。记得 2017 年 8 月伟格回到山西大学赴 72 级同学聚会后，她、韩生鹏、史莲娣和我俩一起游览了风光秀丽的太行山。在那峰险石奇、林木苍翠、碧波荡漾的平顺井底村，同学们不时地回顾母校的生活片段，伟格由衷地说："对我们这一代人来说，当年能上大学是改变我们一生的机遇，是时代给了我们这个机遇。如果没有山西大学外语系，我现在哪有资格参加各种活动？也许早已退休了，普普通通地度过一生。所以说时代很重要，时代成就了我们。上大学是我的人生转折点，三年半的大学生活为我以后的道路奠定了基础。"

八、一副长联

毕业 40 多年后，几个相知的同学在网上谈对李伟格的印象。广锁说："我记得她在大学时梳着两个小短辫子，两个腮帮子胖嘟嘟的，像只可爱的小松鼠。"殿华说起来滔滔不绝："20 世纪 90 年代末我在北京见到伟格，她把我带回家，我忘了为什么还在她家住了一晚。第二天清晨早点过后，她翻箱倒柜找出许多东西，有方便面、米线、麦片、麦乳精、干果等等，满满地装了一大塑料袋，足足有七八斤重。出门时她叫我把这个袋子拿上。她说：‘你刚到北京，先安排好生活，再去找工作，现在改革开放了，北京到处是金子，就看你怎么去发现、去挖掘了……’总结起来我对她的印象是，她对同学热情大方，乐于助人，点子多，经常给找她的人支招。”生鹏说：“伟格在校时虽低调内敛，但还是青涩的。她真正的成熟，有大格局、有大智慧、有大爱是毕业以后，更准确地说，是退休以后的事情。不是说她这个时候才成熟，而是这几年同学们聚会多了才发现了她的修养、格局和品德。”

韩生鹏把同学们对伟格的总体印象用一副长联加以概括：“孝顺父母美德不忘顾朋助友为事业为家庭国事家人大小兼顾尽显忠孝；传承精神慧兰永怀亲力亲为为科技诵英雄影视诗书本色再现喝彩有声。”

九、光荣使命

2011 年李佩创办了“钱学森科学和教育思想研究会”，会员是固定的，他们来自科技翻译工作者协会、中国力学名词收编组和《钱学森文集》翻译组，都是力学界的精英和科技界知名人士。20 来个会员都是 80 岁以上的老人，伟格这个快届古稀的“年轻人”，以李佩秘书的身份兼任研究会的秘书(研究会未设秘书长,其实她是事实上的秘书长)。李佩先生去世后，由钱学森的学生、两院院士郑哲敏担任“钱学森科学和教育思想研究会”的主持人，伟格仍身兼该研究会的秘书重任。这是一项光荣的使命。

能够担任研究会的秘书，原因是伟格的亲和力和组织协调能力。例如在翻译《钱学森文集》期间，她成功地协助李佩先生组织 20 多名资深科学家参与工作。这些科学家们对待工作的秉性是个个较真儿，追求完美。因此在翻译过程中，时常会各持己见。提到伟格的这个能力和智慧，赵殿华颇有感触，记得有一次闲聊时，殿华说，伟格的协调能力不容小觑，那些老科学家好比是砂子，个个坚硬无比，但要把他们结合起来则需要水泥，而伟格的工作就恰恰是这水泥。伟格在这个团队中威信很高，她积极为“钱学森科学和教育思想研究会”服务，发挥着“秘书长”的重要作用，赢得了老科学家们对她的信赖。

十、大爱无痕

佛家说：“人人皆有佛性，一切众生皆可成佛。”同样，爱是人类与生俱来的天性，它并不是圣者独有的禀赋。不同的是，圣者的大爱，已成为一种生命的习惯而使其自然。当我们还没有拥有这种大爱的时候，我们可以不断地升华小爱，让它渐渐变成一种无我的爱。那无我的爱，就是大爱。其区别在于，小爱转瞬即逝，大爱相对永恒；小爱是个人的觉受，大爱是心灵的滋养。任何一个人，只要愿意升华心灵，改变自己，尝试用另外的一种方式来对待人生，对待生命，他就能拥有一种大爱。反观李佩先生所做的事情都是平凡的，平凡成就了她的伟大。

今天，我们仰望星空，看到了一对真正的牛郎织女星。一对伉俪在康奈尔大学相遇，时隔50年后又在浩瀚的宇宙中重逢。他们将长相厮守，再也不会分离。李佩先生逝世后，伟格默默地义无反顾地把她的全部精力投入到了叙写李佩先生的故事中。她帮助出版了记录李佩先生世纪生涯的影集《佩瑜怀瑾　纨质惠心》，并在整理出版《中关村大讲堂》文稿和李佩先生的其他文稿。

退休以后的生活怎么安排？有的同学选择了挥毫泼墨，书写丹青；有的同学参加了老年合唱团，把革命歌曲唱响大江南北；有的同学选择撰写回忆录，整理出版个人作品；有的同学趁着自己的腿脚硬朗开始环游世界；有的同学在家含饴弄孙，安享晚年。唯有伟格在继续李佩先生的事业。李广锁在一次聚会感言中特别提道：“我和她从2016年同学聚会后才慢慢加深了了解，我觉得她一直生活在李佩中。”可不是吗？你看，聚会后征集照片做光盘时，她发来的是她和李佩的照片；同学聚会的光盘中，她朗诵的是歌颂李佩的诗；她和我俩的个人微信中，90%的内容都和李佩先生有关。她说：“在母亲节的今天，我想推掉工作，给 98 岁的母亲和父亲尽尽孝，多陪伴他们一会儿，但又觉得还有李佩先生的使命没有完成，只能对各种事情尽力而为了。”

伟格在继续做着李佩先生的生前工作，她愿意像李佩先生一样为中国科学技术和教育事业的发展再工作 10 年、20 年。她决心像李佩先生一样，为弘扬中国科学家精神做平凡的事。我们相信，平凡的事做多了也会成就她的伟大。就像一句饱含哲理的名言所讲：“功成不必在我，功成必定有我。”我们为有伟格这样的同学而骄傲！

伟格喜文学，爱诗词，也喜以诗言志。2017 年 11 月，她用微信发来刘禹锡的一首诗《秋词》：

自古逢秋悲寂寥，
我言秋日胜春朝。
晴空一鹤排云上，
便引诗情到碧霄。

这也许是她退休以后生活心境的写照。今天把它借用于文章的标题，作为对同学李伟格的赞誉，并引以为骄傲。

2020 年 6 月 6 日

天南海北忆同窗

陈　峰　史莲娣　赵宝华　赵保兰　肖文科　李广锁

一、伟大的互联网（李广锁）

有人讲，忆旧是人老的缘故。

午休起来，泡一杯酽茶，来到书柜旁，抹去书柜上薄薄的尘埃，找出那发黄的相册和书信。靠在书柜旁，思绪飞到了几十年前的母校。往事如撒落一地的珍珠，被思念的丝线串连成一条精美的链子。故人敲开记忆的大门，乘风而来，带着不变的笑颜，带着迷人的气息。旧时光里，很多人很多事，在我们的生命里留下痕迹，难以磨灭。

古人思念朋友，常常是以诗寄托思念。杜甫梦见了李白，在他的一首诗里写道：

三夜频梦君，情亲见君意。
告归常局促，苦道来不易。

李白思念朋友，写下了：

我寄愁心与明月，随风直到夜郎西。

王昌龄思念朋友，留下了：

洛阳亲友如相问，一片冰心在玉壶。

黄庭坚想朋友了，道出了：

桃李春风一杯酒，江湖夜雨十年灯。

我们现在想同学、想朋友了，只需打开微信，或视频通话，或语音通话，或文字表述，不管是天南地北，不管在天涯海角，像同处一个地球村，不，更像在一个家面对面聊天谈话。没有山高路险，没有车马劳顿，不怕狂风骤雨，只一部手机就可以“相约同上互联网、笑谈当年校园时”。真的要感谢科技的发展，感谢互联网的时代，感谢创建微信的那些人。

去年以来，因为和同学们共写《别样年华——山西大学外语系首届工农兵大学生纪实》一书，有空就会与同学们在网上聊天：聊满腹经纶的老师，聊“开门办学”，聊学校南门外的“海南岛”，聊校门口那个小小的炸酱面馆，聊遍布在天南地北的同学们。聊来聊去，聊到远在美国的王力理、冯建平一对伉俪身上，把同学们你一段我一段的聊天记录拷贝下来，于是就有了这篇文章《天南海北忆同窗》。

感谢伟大的互联网。

二、悠扬的小提琴声（陈峰）

我们上学时的外语系宿舍楼是一进校门右侧的拐角楼，每到节假日，就会从拐角处那个宿舍传出悠扬的小提琴演奏声，那琴声是那样的美妙动听，在那个音乐生活贫乏的年代，那琴声几乎是我除八个“样板戏”以外的唯一的音乐享受，我常常听得如痴如醉。拉琴的人是我的室友王力理，一位从北京到山西插队的知青。

王力理

1972 年 4 月初，我作为首批工农兵大学生进入了山西大学外语系，那正是春暖花开一派欣欣向荣的时节。记得我那天进入山大的正门，在伟大领袖毛主席全身雕像后的旧主楼前报到之后，引导员将我带到外语系男生宿舍楼。我是外语系第一个报到的学生，男生宿舍就在山大正门右侧的第一幢两层灰色小楼内，一层住学生，二层是老师宿舍。我被安排在一进楼左侧的 103 室，宿舍内有 3 张上下床，一张桌子、两把椅子。尽管一切都是那么简朴，但我却感到深深的满足和幸福，并憧憬着即将到来的大学学习生活。

刚刚收拾完毕，一位身着洗得发白了的学生蓝衣服的同学推门而入，自我介绍后，我得知他叫王力理，是北京来晋的插队知青，“老三届”高一学生，是我们的学长。他选择了我的上铺，至此我俩成为同班、同宿舍、同床（上下铺）的学友。之后在 103 室的还有唐茂恒、贾广臣两位学友。

自从和王力理认识的第一分钟起，好像我们已是多年的朋友一样，彼此不觉得生疏。他并不多言，一说话总是带着磁性般的男中音及笑容，让人感到信赖和亲切。我还发现他床头放着几本英语书和英汉词典，一聊才知道他已学过几年英语，并且都能阅读英文小说了。我大吃一惊，尽管自己在北京外国语学院附中学过几年西班牙语，但毕竟是个英语文盲啊，这个差距是追不上啦！在我记忆中最深刻的是，我第一次见到力理时，他手里提着个很旧的小提琴盒，他非常小心地将它放置在上铺并靠墙放好。现在回想起来，他真像是对孩子般地对待这把小提琴。在入学教育阶段，我从没听到过力理拉琴，也不知道他水平如何。一天下午，我在操场打完篮球往宿舍走，一进楼，一阵灵动流畅、悦耳动听的小提琴声余音袅袅。我轻轻地推开宿舍门，发现力理正面朝窗户熟练地拉着小提琴，完全陶醉在动人的音符中。随着小提琴浪漫动人的乐曲，我也沉浸在了音乐的世界里,后来据他介绍,这是一把很有历史价值的小提琴。

在与力理同处一室的时日里，受他影响最深的是读书。记得每晚下了自习回到宿舍洗漱完毕，大家都是听听半导体收音机，或写写家信，或背背英语单词，而力理却是打开床头 15 瓦的小台灯静静地沉浸在书海中。后来在他的影响下，我也养成了读书的习惯，每晚睡觉前读一两个小时的书已经成为我最奢侈的享受。力理和物理系的袁勃信、宋小阵还教会了我打桥牌，一种汇集了精算、配合、胆识、默契和团队精神的绅士扑克。

一晃快 50 年了，好怀念这些同窗啊！后来我在纽约两次和力理相聚，力理和建平夫妇还曾邀请我和夫人在他们家小住，带我们去大西洋城观光，遍尝当地的美食，晚上在他们家漂亮的客厅里一起回忆过去美好的时光……

三、温馨的友情（赵保兰）

人这一辈子，友情是最令人感到温馨的，有时候都不知道该用怎样的词语来形容它的馨香和美丽。然而朋友就是朋友，绝对没有任何别的东西能代替它在人心中的位置，我和冯建平的友谊正是如此！

和建平相遇是在山西大学外语系英语专业（72级）晋中班里，开学伊始，所有晋中去的学生都预分在一个班，她来自汾阳，我来自灵石，当时都是晋中人。她和言善语，文静腼腆，一说话就脸红，挺惹人喜欢。后来，她在三班，我在一班，按理说应该没有什么交结，可是也许我们两个本该有一段缘分，我被分配在混合宿舍里，和三班的闫爱卿、柳花梅是舍友。这样，和三班的人接触多一些，了解也多一些，再加上刚入学时曾在过一起，彼此有过交往，相互有好感，见面总喜欢说说话，慢慢相识相知，我感受到了她的淳朴、真诚、善解人意。我们虽不在一个教室上课，有时也会交流一些学习上的事情。我学英语是从零开始，自然很吃力，又不甘落后，所以很认真，有时会根据自己的情况，采用适合自己的学习方法。比如我把大一那几本书的练习部分全部翻译在一个小本上，考试前对着小本复习，方法虽然笨，效果却非常好。建平知道后，我们便一起分享，一起进步，友谊的种子在不知不觉中生根发芽。

一年的时间是短暂的，一年的努力没有白费，大二重新调整班级，我们俩双双进入新一班，从此，我们在一起度过了大学的后两年时光。同一个教室，相同的老师和同学，同一间宿舍，头对着头，背着同样的黄书包，课堂上一起学习，课后一起上图书馆看书，一起在小树林复习功课，星期天一起上公园玩，一起去看展览，一起上街购物。有时午饭后会买5分钱1根的冰棍儿，边溜达边慢慢地嘬，假日里会买2分钱1斤的黄瓜，或4分钱1斤的西红柿，洗净后咔嚓咔嚓地嚼。探亲时她从家里带来核桃，我们用门夹开，剥出核桃仁，坐在床上细细地品。晚饭后坐在主楼前的台阶上，或漫步在学校的林荫道上，并肩促膝，敞开心扉，交流思想，谈人生，谈理想，谈天说地。晚上熄灯后，我们躺在床上，头对着头看书学习，直到深夜（我们两张床紧挨着，床的中间有一个台灯，灯座挂在床头的钉子上，灯头朝前，有灯罩遮光，不会影响他人休息）。我们一起去给刘海量老师缝过被子，一起拆洗我们自己的棉衣裳，就这样朝夕相处，相同的理想信念，相同的兴趣爱好，使我们渐渐走进彼此的心里，成为无话不说的好朋友。

四、妈妈眼中的建平们（赵宝华）

妈妈唯一能记住我同学的名字是“建平”，这个名字她说了千万遍，一直到她临走前都在念叨。

那是1973年，妈妈得了癌症来太原看病，为了给我省钱，同学们就把妈妈安排在女生宿舍。建平和宝兰挤了一张床，把她的床腾出来让我妈妈住，就连被褥、床单、枕头都留给了妈妈。在妈妈住院期间，以建平为代表的女同学们为她端饭送水，洗脸洗脚，像女儿一样嘘寒问暖，照顾了几十天。妈妈记住了以建平为代表的同学们。

冯建平

建平姓冯，祖籍山西汾阳市。祖父年轻时到天津开办公司。父亲执掌产业时，正值抗日战争，他一心投入民间的慈善事业，倾其所有为国家捐款捐物。新中国成立初期，他积极响应政府的号召，带头实行公私合营，并为合营后公司的发展继续呕心沥血。20世纪60年代初，由于所谓的政治问题被贬职，携带妻子儿女回原籍接受再教育。建平母亲为改变当地落后的教育状况，再执鞭站上了三尺讲台。父亲平反后，建平已超迁回天津的年龄，但是乡亲们并未忘记他们家的厚德，1972年乡亲们敲锣打鼓送她上了山西大学。工作后，她两次出国深造，践行国家改革开放的大政方针，为中美经贸交流做出了重要贡献，她和力理在纽约帝国大厦的办公室成了同学们去美国的歇脚地。她是我们这一届工农兵大学生的佼佼者，是妈妈的亲人。在妈妈的心里，建平代表了我们班的全体同学，也代表了我们那一届的工农兵大学生。

五、我们同在团支部（肖文科）

我与王力理和冯建平同学相识于山西大学外语系。当年英语专业有5个班，共105人。我和他们二位虽然不在同一个班，但对他们俩都有所了解。王力理同学入学前就有很好的英语基础，学习成绩和英语水平始终在全年级名列前茅，在我们这些零起点的学生中享有盛誉，同学们羡慕不已。冯建平同学和我都是英专团支部委员，我们一起工作过3年，留下了比较深刻且十分美好的印象。

英专团支部由5人组成，分别来自英专的5个班，依次是一班的

72级英语专业团支部成员合影。左起：冯建平、肖文科、万利民、李志军、张淑英、常仲

冯建平、二班的张淑英、三班的李志军、四班的我和五班的常仲，外加一个党代表万利民。张淑英是支部书记，我们其余各有分工，定期召开会议，工作做得有声有色。在支部委员会上，冯建平同学说话总是轻声慢语，很平和。不笑不说话，一笑两酒窝。她善于换位思考，处处替别人着想，显得很成熟。她虽然年龄比我小，倒像跟张淑英一样的大姐姐似的。

六、一件小小的囧事儿（李广锁）

我和建平在三班同窗度过一年。以后，由于她的英语成绩好分到了一班，我仍然留在三班。我和建平有点共同的爱好，喜欢读一些文学作品。那时的我少年懵懂，也胡乱写些东西，并有幸在山西大学全校赛诗会上朗诵过一次自己的作品。其实对许多文学常识性的东西似懂非懂，或者干脆不懂。记得有一次在农场劳动，建平负责黑板报宣传，她向我约稿，让我给黑板报写首诗。我写了一首，标题下写了个“外一首”。其实只有一首诗，建平拿着草稿来找我，说应该还有一首诗，否则不能叫“外一首”。我红着脸，羞涩得恨不得钻到地缝里，真的是很出丑。以后才知道，“外一首”是指“作者兴尽之余，又有偶作，其作品可与前首相媲美，同时，‘外一首’与前首作品有一定的相关性，而且，更有补充作者没有写到的地方，更加完善作者的内心表达之意”。我这件稀里糊涂的囧事儿，建平当时没有和任何一个同学讲过，以后也没有和任何人说起过。如果换作其他人，也许会到处宣扬，闹得沸沸扬扬、满城风雨。当时我记住了她的好。后来几十年读过许多书，渐渐地悟到，这其实是她从小受到良好的家庭教育的体现。

一个人的教养总是在很多小细节中反映出来。比如下雨天，你在路边走着，一位司机开车从你身旁经过，踩刹车减速，尽量不溅起水花，从你身边悄然开过去，你会不会心里一暖；比如你跟着前面的人走进一扇门，他会一直推抵着重重的门，或者为你抬手举着门帘，生怕松手后会砸到你人，你会不会心生暖意……

和有教养的人在一起，你会感到特别舒坦。大概就是，夏天感觉很清凉，冬天又感觉很温暖。安全感蔓延在周身，不会害怕对方的行为和言语让自己感到难堪。

美国著名旅行作家凯鲁亚克说："教养是一种不用说出来的美好。"真正有教养的人，会让人感到无比舒服，他们会在出去时悄悄把门关上，不会吵醒你；他们会在接到电话时跑到图书馆外面，不会打扰你看书；有教养的人，仿佛春雨，在每一个角落温暖世人，总在不经意间让你舒畅无比。

我在想：为什么同学们都叨念力理和建平的好，都愿意和他们相处，无关金钱，无关学问，无关地位，无关利益，是和他们的乐于助人的善良和良好的教养有关。

七、学业爱情双双收获（赵保兰）

建平的大学生涯，收获颇丰，不仅完成了学业，还收获了爱情。她和王力理同学结为伉俪，组成了幸福的家庭。我既做过他们的"黏合剂"，因为我和力理从老一班到新一班都是同学，相处较好，常约他们一起活动；也做过他们的"电灯泡"，因为只要外出，他们大都会拉着我一路同行。

八、旅居海外（李广锁）

提起力理和建平毕业后的历程，我多少还是了解一点。建平应该

冯建平和王力理合影

是以访问学者的身份到亚特兰大佐治亚理工学院学经济管理。一年后佐治亚州立大学国际关系学院接受她为硕士研究生，于是她一边学习一边给教授当助理，这样不用交学费。她助理的这位教授是一位特别能干的女士，她同时兼任卡特总统办公室的工作，非常忙碌。建平除了学习，全天候辅助她工作。那一段时间对建平学习和了解美国各方面情况帮助很大。力理毕业后在最高人民检察院工作，他 1988 年到了美国，在亚特兰大大学读了计算机科学与技术硕士。然后，他们俩各自找了工作。1991 年建平工作的公司调她去纽约总部工作，全家就到了纽约。他们于 1992 年底注册了公司，风风雨雨 20 年。直到 2012 年俩人退休。然后他俩大彻大悟，不再为金钱所梏，关掉了他们的公司，开始乐享晚年。目前他们在美国纽约过着安居乐业、琴瑟和鸣、含饴弄孙、与世无争的生活。

九、相约纽约（史莲娣）

1992 年，我在山西水泥厂当翻译，该厂是一个利用加拿大政府贷款的建设项目，加拿大一家水泥设备公司中标提供水泥厂的设备。加方公司的总部在美国，1992 年 7 月 1 日我随山西水泥厂出国技术培训人员参观了加方公司的美国总部，7 月 4 日到纽约，参观世贸大楼、自由女神像等景点。那时候建平已经从亚特兰大到了纽约，我们约好时间和地点，大约上午 9 点多，建平上了我们的车，我们急切地开始了难忘的纽约一日“游”。由于 1991 年我已经随商检团到过纽约，同样的景点，同样的路线，我和团里领导说好，参观团到哪里，我们就到哪里，他们参观，我俩聊天。

十几年没见，彼此上上下下端详了个够，异口同声一句话“你变化不大”。然后我看她眼边有丝浅浅的纹痕，就想帮她擦去，她轻轻地拉下我的手说：“别擦了，擦不掉的，是皱纹，今年已经整 40，我们老了。”随团导游是个华人，立刻接口说：“Beautiful ladies are never old until 99.”那时的我们，心里觉着 40 岁真是不小了，总是感叹时光太快。现在我们的孩子们大多已经 40 多岁，我们觉着他们都年轻，有着大把时间，前途无量，好羡慕。建平说：“我当时想好了，今年生日不告诉任何人，悄悄过，结果晚上来了一大帮朋友，鲜花、蛋糕，一起喊着，我们给您过 40 大寿来了。”我心想，她就是人缘好，无论走到哪里都有好朋挚友成群。

我们聊工作，聊家庭，聊同学，聊朋友，信马由缰，想到什么聊什么，无话不说。中午时分，接待方带我们吃肯德基。第一次在美国吃肯德基，看着顾客们用过餐后都端着餐盘往餐余箱方向去，我也学着过去连同餐盘都扔了进去，建平在我身后笑得前仰后合，“你比美国人还大气，只倒垃圾不能连盘子都扔进去。”我看看旁边整整齐齐码放着的餐盘好尴尬，赶忙捡了出来，放好。改革开放几十年，快餐在中国遍地开花，连长治、晋城这种四五线城市，仅城区就好几个点，但是很少有人自己端盘子清理自己的餐余物，那都是服务员的事儿。其实我觉得这件事，美国人做得挺好。

建平在美国考了研究生，取得了硕士学位，听她轻描淡写地说怎样边工作边学习，数学怎样稀里糊涂考了 80 多分，现在几乎全忘了。以当时我们的数理化基础，可想而知考取这个学位需要付出多少艰辛。

对我们这俩久别重逢的同学、知心朋友来说，时间过得太快了，下午 5 点左右，旅行团离开纽约回到驻地，建平在上车点下车，我要随团工作了。她那时刚到纽约不久，很忙，难舍难分，依依惜别，一天太短，太难忘，所有情景历历在目。

2002 年建平回太原探望父母，我们又相约一起去了灵石，保兰夫妇款待我们吃美食、赏美景，第一次游览了王家大院。

2022 年是我们的母校建校 120 周年，但愿我们能有缘再相逢。

十、纽约“联络处”（肖文科）

我与力理、建平还有一次当面叙旧的经历。那是 1994 年 12 月，我首次陪同“山西省教育考察团”赴美、加进行为期 3 周的考察。在纽约期间，经多方打听，我终于联系上了力理和建平夫妇。在我完成主要考察任务后，他俩带我到他们家做客，盛情款待。近 20 年后首次重逢，似有说不完的话。我们知道，在美国等西方社会能够被邀请到家中做客的都是至亲好友。

后来听说，他们在家接待过的远不止我一人。我们同学中享受到这种规格待遇的，仅我所知就有李新国、陈峰、万利民、王振春、张福成、史莲娣、戈小丽、李海鹰、王远雁、车艳兰等以及不少 73 级的同学，甚至还有我们同学的子女。当然，也有因人们的日程紧张或时间冲突等原因而失去这种机会的，如赵宝华、徐婉丽、赵慧敏、孙淑云一行 4 人，就因旅游行程太紧，只能在酒店小叙，未能挤出时间到家中相聚。

甚至还有更特殊的情况，虽然得知同学或老师去了纽约，但他们却在外地，苦于分身无术，留下了抹不去的遗憾。如李广锁同学，当年他到纽约后曾与力理、建平联系，但当时他俩刚巧在加拿大经营公司的业务，实在抽不开身，未能赶回美国，错失了与广锁同学见面的机会，只能在电话里长聊，互致问候。还有原因同学到纽约的某个周末，力理、建平他们去了外地，信息不通，待周一回到纽约后，才从办公室电话的留言机上听到原因的两次留言，可惜原因同学在前一天已经回国了。他们对此特别遗憾。再比如杨德友老师到纽约那次，他俩正好又在加拿大，那些年他们公司在加拿大业务较多，他们经常往返于美、加之间，同样未能谋面。为了消解内心的纠结和愧意，他们托人给杨老师带去了一份礼物，以补缺憾。

在这点上，彭阜民老师就比杨老师的机会好多了。1998 年 10 月，彭老师夫妇俩到纽约看望儿子时，力理、建平请彭老师夫妇和他们的两个儿子以及十几个山大外语系后来几届的同学到他们家聚会，师生共叙友谊，留下了今生异常珍贵、难以忘怀的美好记忆。

天有不测风云。2001 年 2 月初，彭先生突发心脏病与世长辞，享年不到 80 岁，令人十分惋惜。噩耗传来，力理、建平异常悲痛。2 月 3 日，他们强忍着泪水，把能召集来的彭先生曾经教过的山大外语系的历

1999 年彭阜民老师夫妇和部分山大外语系学友在纽约王力理、冯建平夫妇家

届学子都召集来，在纽约为先生开了个庄重的追悼会，送先生走完了他人世间的最后一程。追悼会上，王力理代表同学们发言。他深情地回忆了先生为人师表，奋斗不息，在教学科研，特别是汉译英方面取得的突出成就，表达了同学们对先生无尽的思念。彭先生于 1963 年调入山西大学外语系执教英语，一直到退休，为山西的外语教育和翻译事业作出过杰出的贡献。他们协助彭先生的 3 个孩子（彭工、彭农、彭建）将彭先生的骨灰安葬在纽约市的一个公墓。

王力理和冯建平这对同学伉俪，品学兼优，事业有成，美满幸福，是我们外语系 72 级工农兵大学生中的佼佼者。正如同学们所言，赵宝华和徐婉丽这对同学夫妻北京的家，是我们外地同学进京的“驻京办”，而王力理和冯建平同学纽约的家，则是同学们赴美的“联络处”。

十一、一把撑了很久的伞（赵保兰）

真正的友情是日积月累的，是用心血浇灌的，是能经得起时间考验的。

前些年我们在 QQ 上聊天，后来不慎把 QQ 弄丢了，好在可以通过别人得到他们的消息。直到今年，美国，尤其是纽约的疫情越来越严重，我心里特别担心他们，急切之际，通过婉丽同学的帮助和他们建立起了微信联系。说来也怪，失而复得，没有埋怨，没有客气，没有生疏，一切是那么自然，那么顺理成章，宛如一直就在跟前，从未离开。

很喜欢这样一段话：有一把伞撑了很久，雨停了也不肯收；有一朵花闻了很久，枯萎了也不肯丢；有一种朋友，希望能做到永久，即使是青丝变白发，也能在心底深深保留！

十二、借诗送友人（李广锁）

少日同窗侣，天涯一伉俪。
振奇风骨卓，坦率性灵真。
早卜仁能寿，遥知德有邻。
白头望好在，迹旷愈情亲。

这原是钱钟书送友人的一首诗，把诗中“天涯一故人”换成“天涯一伉俪”，借此送给我们远在美国纽约的同学，那一对伉俪王力理和冯建平。遥祝他们家庭美满，幸福长寿。

一年有十二个月，我们文章写了十二小节，代表一年到头，从春到冬都有远方的思念。让我们相伴百年，喃喃着青春的往事，慢慢地、慢慢地变老。

2020 年 6 月 30 日

念奴娇·世纪聚会

李广锁

逝者如斯，
细数着，
万余日日夜夜。
我辈亦雄，
工农兵[①]，
岂输书生历届。
社科院内，

2016 年 9 月 10 日，山大外语系 72 级 60 多名同学在北京中科院博思苑聚会合影

金融高管[2]，
也执亚夫鞭[3]。
译著颇丰，
力撰《尔雅》洋典[4]。

遥想学府三年，
苦学五更寒，
驻足云周，
执教河东[5]，
承师恩，
从此人生卓绝。
今聚京都，
往事谈笑间，
含饴弄孙？
效褚时健[6]？
快乐益寿延年。

2016 年 9 月

注释：

①这里的“工农兵”单指工农兵大学生。

②指社会科学院、金融领域都有工农兵大学生的身影。

③周亚夫，汉朝名将，这里借指在解放军里的将、校级工农兵大学生。

④《尔雅》是我国最早的词典。“《尔雅》洋典”指同学们参与编纂《中国大百科全书》及编译英汉工具类书籍和作品。

⑤“驻足云周，执教河东”指曾在文水县刘胡兰纪念馆和运城市运城中学、康杰中学“开门办学”。

⑥“褚时健”，原云南红塔集团董事长，75 岁重新创业，取得成功。

挥挥手，不说再见

原　因

曲终了——
依然流连
宴散了——
依然思念
合上影集——
不舍掩卷

用分离了的四十年
换回相聚的一瞬间
瞬间太短
短的来不及对你——
说再见

人生能有多少次相聚
曲终宴散唯有多别离
不等几年期盼再相聚

到那时——
不论拄拐还是坐轮椅

伫立在京都的暖阳里
却如在分别的惆怅里
握手相拥道别——
挥挥手——
不说再见

2015 年 11 月 24 日

侨居美国的戈小丽同学于 2015 年和同学们在北京聚会，这是聚会后同学们在北京街头分别的场景

我想回到从前

赵保兰

我想回到从前，
回到我朝思暮想的山大校园。
撷一缕晚霞的光焰，
将散落在那里的青春记忆点燃。
为它们编织五彩翅膀，
让梦想再一次扬起风帆。

我想回到从前，
回到我魂牵梦绕的外语学院。
看看德高望重的师长，
往日的容颜有没有改变？
为他们捶捶背揉揉肩做一顿好饭，
让他们在睡梦中也笑声不断。

我想回到从前，
回到我梦寐以求的神圣杏坛。

老骥伏枥，志存高远，
在知识的殿堂里再次将能量充满。
携手亲爱的同学、尊敬的师长，
为“一带一路”的新愿景摇旗呐喊。

我想回到从前，
回到我们相遇相识相知的地方。
和同学们一起尽情欢乐、畅快叙谈，
期盼在未来的日子里，
事事顺其自然，人人随遇而安，
年年风调雨顺，家家花好月圆。

我想回到从前，
不，我分明早已回到从前。
“涛声依旧”群主一声呼唤，
外语系 72 级的学子再次团圆。

在这里，我们
诉离愁别绪，聊家长里短，
谈新闻时事，侃百科大山。

在这里，我们
听贾广臣聚会安排调遣，
看银恭喜相册美轮美奂，
赏贾丽秋庭院百花盛开，
贺史莲娣学堂桃李满园。

在这里，我们也曾
忍着满腹的悲伤，燃上一炷心香，
抚平寸断的肝肠，编织一只花环。
为敬爱的赵超群老师献上挽联，
为亲爱的凌忠发班长送去祭奠。
祈祷他们师生结伴同行，
西去的路上永不孤单。

亲爱的同学！
也许你没能参加山大百年校庆，
也许你没能光顾北京九号楼聚会酒宴，
也许你没能品尝龙城滨河味道，
不要后悔，不必遗憾！
只要你今天来到博思园客座公寓，
就如同回到阔别多年的山大校园。

欢笑吧，拭去眼角的泪花，
交谈吧，敞开尘封的胸怀，
高歌吧，舒展丹田的气息，
干杯吧，开怀畅饮把酒言欢。

让我们在欢乐中共同举杯：
祝愿我们的聚会次次圆满！
祝愿我们的未来云蒸霞蔚！
祝愿未来的我们幸福平安！

于 2016 年 9 月北京同学聚会

浪　花

韩生鹏

写在前面

海风吹拂，浪花拍岸，卷起千堆雪。我和晚辈在海滩上一边散步，一边讲述着自己年轻时的故事。孩子抬起头不解地问道：“什么是工农兵大学生？”“他们就像那朵朵浪花”，我指着那一朵朵浪花对他说。这首诗写给我的同学们和不知道我们故事的后辈。

如果岁月是条长长的河，
我们是那长河中浪花朵朵。
带着人民的重托和希望，
开创了教育的改革先河。
虽然只有几载年轮，几度春秋，
共和国的史册上已有了重重的一抹。
也许我们已经淡出人们的视野，
但深深的脚印不会被历史淹没。
因为我们也曾砥砺前行，不忘初心，

唱过一支我们自己激昂奋进的歌。

我们生在红旗下，长在新中国，
伴随着共和国成长，
与她一起走过了崎岖坎坷。
系着红领巾，
唱响《学习雷锋好榜样》，
英雄的风范造就了我们的品格。
广阔天地
知识青年上山下乡，
严寒酷暑中练就了坚强的骨骼。
我们是时代的幸运儿啊！
从千千万万个青年中脱颖而出。
从工厂、田野、兵营迈进大学校门，
那是一生中最靓丽的一刻。

我们是浪花朵朵，
随着改革的大潮涌向各个角落。
勇往直前是我们的脾气，
碰到阻挡的礁石就开花结果。
越过山川，流过田野，
一路播撒种子，一路高歌，
大江南北五湖四海，
都有我们同伴唱着同样的歌。
我们奔向世界各地，
把中华文明向世界传播，

取其之长补己之短，
洋为中用，邃密了群科。
戏称的“洋插队”啊，
我们的兄弟姊妹最多最多！
贸易、劳务、投资、合作，
我们还把爱与友谊收获。

改革浪潮澎湃扬波，
各个领域百端待举人才短缺。
“文革”前的学长们已经不敷其用，
时代注定要吾辈发光发热。
在科学高峰的攀登路上，
我们曾是勇敢攀登者的人梯。
在前进的崎岖险路上，
我们曾是铺桥垫路的开拓者。
淡泊名利，承上启下，
平平凡凡，默默奉献，
跟随改革的大潮永远进发。
昔日我们的父兄浴血奋战，
收拾了破碎的山河；
如果今朝祖国依然贫穷落后，
那就是我们的过错。

我们是浪花朵朵，
在奔流中笑看潮起潮落。
学会了怎样承受痛苦，

学会了冷静地对待讥讽诮呵。
学会了怎样对待误解和流言，
也尝遍了生活的辛酸苦辣。
“那是我教过的最努力的一群学生”，
白发斑斑的老师这么说，
“世界上最勤奋的那群人老了”，
《华尔街日报》曾经这样评论过。
“猝然临之而不惊，无故加之而不怒”，
是我们大智大勇的修养和性格。

当我们躺在大海母亲的怀抱，
当我们在回首往事那一刻，
我们可以自豪地说：
我们没有虚度大好时光，
我们没有庸庸碌碌，
我们没有辜负时代给予的馈赠，
我们是时代勤劳的奉献者。
我们见证了祖国从贫穷到富强的伟大历程，
参与了世界上最壮丽的改革。
功过毁誉自有后人评说，
我们只是平平凡凡的浪花朵朵。

2021 年 3 月于北京

三班“一姐”——闫爱卿

李广锁

闫爱卿是开学后从数学系转到外语系的。数学系招生的时候，招的高中生多一些，年龄普遍偏大一点，学业成绩好一些。而外语系学生的年龄普遍小一点，初中生偏多一些。外语系还是有名的“花系”“蝴蝶系”，因近三分之二是女生，而且年轻漂亮。她们在校园里的出出进进，像蝴蝶一样飞来飞去，成为山大一道靓丽的风景线。英语专业三班有22名学生，男生9人，女生13人。柳花梅最小，生于1954年，闫爱卿最大，生于1949年，相差5岁。闫爱卿年龄大，学业基础好，是三班的“一姐”。当然，说她年龄最大，当时的她也只有23岁，仍是青春花季的年龄。我们称她为“一姐”，自然不会光指她的年龄与学识。胆大敢为，独立特行，处事精明，是她成为当之无

愧的“一姐”的主要缘由。

如果换作现在，我们会把她称作“×二代”。她爸爸是老干部，当时应该是县或地区一级的革委会的主要领导。她家的“富裕”程度，相比我们农村来的，显然差异悬殊。但是她的穿着很朴素，几乎和大家一模一样。有一段时间我和她是同桌，坐在最后一排。她眼睛近视，常戴着一副白框眼镜，但令我诧异的是，有时候她不戴眼镜也能看见黑板上的字。我偷偷窥见，她时常从小包包里掏出一个小盒子，拿出一套精致的小器物，往眼睛上装薄薄的小片片。这把农村来的我看得傻傻的，我开始想她是姑娘家爱打扮？后来我才知道她是在戴隐形眼镜，而且是“博士伦”牌子的。

别看我们现在用手机拍照就像用水用电一样方便，但在20世纪70年代初，家里有照相机绝对算是很奢侈的。即使有照相机也不容易买得到胶卷，即便托关系买到胶卷，一般人也消费不起。常常是有相机的人独自承担了照相、洗相等费用，其他人受益。记得杨德友老师有一台照相机，是135型的。三班男生留下的几张珍贵的照片大多是杨老师的杰作。我们“一姐”也有一个照相机，应该是120型的。135型的照相机用的是拍电影用的胶片，一卷能拍36张；而120型的胶片一卷只能拍12张正方形照片或16张长方形照片。在刘胡兰纪念馆，在运城康杰中学，在石家庄水泵厂，在校农场的稻田地头，尤其是在学校大门口毛主席雕像前，都留下了同学们的青春倩影。在毕业40年后的2015年，同学们在北京聚会，我收集了全系同学的100多张老照片，其中有一半是英专三班的。可惜，几乎90%以上都没有“一姐”本人，在给同学们带来欢乐的同时，她却把自己置身影外。感谢“一姐”为我们留下了这么多珍贵的照片，为同学们留下了青春的历史记忆。

说她是“一姐”，也源于她像大姐姐一样对同学们关爱有加。她为同学解决困难和问题时有办法、有智慧。她从未看不起从农村山区来的同学，并且能和他们打成一片。刚上学那会儿，赵殿华不适应集体宿舍，晚上睡不着觉，一有点声响就会整夜失眠，致使她情绪波动，严重地影响了她的正常学习和生活。其他同学想帮她也是心有余而力不足，爱莫能助。但爱卿有智慧，她带着殿华去找了管理班级的乔寿宁老师，乔老师很同情，但也很为难，系里确有空置的房子，但他不敢开这个头。爱卿从乔老师的眼神中读出了同情和默许。于是，她打开了一间空宿舍，悄悄地和殿华搬了进去，俩人悄悄密密地在这间宿舍住了近一个学期，帮殿华度过了那段艰难的适应时期。从此，殿华有了个知冷知热、敢作敢为的大姐姐，奠定了她俩一生的友谊。

“一姐”和老师们保持着密切的关系，和苏湘晋老师的关系自不必说，那是相当密切的。爱卿唯一的姑娘，初中没毕业就送给苏老师接受专业的特殊教育，让大学教授精心培养一个初中生。这又显示出她的思维方式是多么的独立特行。山西大学 90 周年校庆之际，苏老师拿着一沓单据开玩笑地说：“这是给爱卿姑娘‘凯凯’垫付的费用，等着爱卿签字报销。”从这里可以看出他们的师生关系是那种相互可以委托的关系。爱卿和蔡春月老师的关系更是“随便”，亲如姐妹。她们是那种亦师亦友的关系。她把蔡老师看作大姐姐，在她们俩私下时，她会直呼蔡老师的名字。蔡老师到她家里，会给她做饭、收拾家。在她去世前几个月，她还去香港看望蔡老师，事后蔡老师回忆道：“不知道她已病魔缠身，那次相见竟成永别，想起来真是伤心。”关其桐教授是山大外语系泰斗级人物。他 1951 年调入山西大学，那时候我们多数同学尚未出生。百度百科讲，他是民国声名能跨越娘子关的山西少数几位学人之一，是著名的西方哲学翻译家。他较全面地将培根、笛卡尔、巴克莱、休谟等西方哲学家的著作翻译到中国来，功不可没。今商务印书馆出版的“汉译世界学术名著丛书”中就有关其桐先生的译作。他是和胡适一样的风云人物。爱卿也多次拜访过关先生，在关先生家里，爱卿看到先生除了书以外没有别的家具摆饰，了解到先生在只剩一只眼睛有视力的情况下，还夜以继日地努力学习和翻译作品。在他去世前的几个月，正是学校“反回潮”，在我们迷茫和徘徊的时节，他还到三班教室语重心长地劝导我们不要无谓地讨论“草”与“苗”之类的“红专”问题，而要发扬山大传统的学习精神，学生就是要充分掌握专业知识，以后才能在社会上立足，服务于社会。后来爱卿说，关先生这种精神影响了她一辈子。

毕业以后，爱卿回到了榆次液压件厂，她的性格注定了她不会当文文静静的教师，不会一直安心地待在液压件厂。几年后，她调入山西省化工进出口公司，在那里干得顺风顺水，她的才干和胆略得到了充分的发挥，从科员一直升至总经理，在商海叱咤风云，在世界各地飞来飞去。这是她一生中最辉煌的时期。20 世纪 90 年代的一天，我去太原，她开着大林肯轿车来接我，她衣着鲜亮，满面春风，看着她，我暗想这才是我们“一姐”的派头。

2002 年是山西大学的百年校庆。爱卿满怀热情地回校帮助和支持校庆的各项活动，帮助外语学院安排外地校友的住宿，提供接送车辆，捐款赞助。今天我们看山大图书馆前记载校友捐赠的碑文，爱卿的捐赠是 1 万元，属系里最高的。山西大学外语学院校庆组委会在《山西大学百年校庆联谊纪念册 · 外语学院分册》后记中记载：“特别是 72 级系友山西省化工进出口公司总经理闫爱卿同志，对《纪念册》的印刷给予了全力支持，在此我们表示衷心的感谢。”

2015 年 5 月，在国外的李海鹰和王远雁回国，72 级英语专业同学在母校学术交流中心小聚。爱卿给我打电话让我帮她买晋城的炒菜铁锅，并且要纯手工制作的，不要机制的。晋城古来是煤铁之乡，它的铁锅风靡全国，据说日本还记载了晋城的坩埚冶炼技术。我跑了几个庙会，才找到手工制作的铁锅。聚会前在她家里，她兴致勃勃地对殿华和我讲，她手头有一个外贸公司，以后可以和我女儿一起做国外生意。她谋略老道，有战略眼光，不愧是几十年在商海摸爬滚打出来的老总。她说这讲那，滔滔不绝，不容我们插嘴，一个人一直说下去。好像还把我和殿华当作学校时的小弟弟、小妹妹，生怕以后再没有时间絮叨。看到她年近古稀，脸上的皮肤有点松弛，脊背微驼，步履不再那么轻盈，似已略显些许老态龙钟之样，“一姐”叱咤风云的气势已经不在。心里暗暗叹息人生易老，岁月易逝，却没有想到这是最后一面。

她的脚步止于2016年的冬月。

2017年清明节，三班同学在“涛声依旧”群里发起纪念“一姐”的追思活动。“一姐”在微信里的昵称叫“春天”。我写了一首“春天的祭奠”的小诗，作为纪念。

春天的祭奠

你是父亲的爱卿，母亲的宝贝，
你是女儿的太阳，丈夫的港湾。
你有个名字叫春天。
你是春天的风，吹绿了草地，
轻拂了杨柳，吹进母校庆百年。
你是春天的雨，滋润了田野，
滋润了花朵，滋润了同学的心田。
你待同学温暖如春天，
你是我们的春天大姐姐。
去岁你和同学相聚在太原，
仿佛回到四十年前。
你意气风发，谈笑风生如从前，
你和同学相约幸福度晚年，

谁曾想一别成永远。
春风又绿江南岸，
同学寻找“春天”在春天，
你却停步在梅花、白雪前。
你唯恐同学悲伤又哽咽，
你步履轻盈，走得无声又无息。
我们把你安葬在春天，
我们怀念你在人间四月天。
每逢春风微微，
小雨淅淅在清明节，
那定是同学洒泪将你来祭奠，
我们的春天大姐姐。

王买根同学看到诗后说：“清明节会下雨吗？”清明节那天还真的下了雨！

写于2017年5月

福成其人奇事

肖文科

张福成

张福成，1948 年 5 月 6 日出生于山西省代县阳明堡镇马站村的一个普通农民家庭。阳明堡，就是抗日战争时期那个曾经被八路军第 129 师第 385 旅第 769 团于 1937 年 10 月 19 日夜成功袭击过的、歼灭日军 100 余人、毁伤飞机 24 架的机场所在地。福成有哥哥、姐姐、弟弟和妹妹，少年时一家七口生活在中国北方一个普普通通的农村，过着和千千万万农民一模一样的生活。他比当地同龄人幸运的是，他按部就班地读完了初级小学、高级小学、初中和部分高中课程，而且在中学阶段开启了他的英语学习之路，激活了他对英语的兴趣，点亮了他致力于钻研英语的那盏微弱的油灯。

我不知道他一个村里娃，是着了什么样的魔，在那么小的年纪和那么闭塞的环境中，竟然对英语产生了那么强烈的兴趣。听他妹妹说，他在上中学时，周日回家都在念、背英语，他的妈妈曾不理解他，多次劝他学点有用的，别一天到晚叽里咕噜尽念叨些没用的东西。但他始终“执迷不悟”。1968 年回村后及后来正式就职于县粮食局工作后，他仍白天边干活，边背英语单词、句子、文章，晚上掌灯整理英语资料，看英文杂志，熄灯后在被窝里继续复习背诵。

他对英语的喜好达到了痴迷的程度，英语也没有辜负他的执着和付出。在不懈的努力下，他的英语水平有了显著的提高，由单纯的阅读背诵到能听会说。在 1972 年 4 月初正式入读山西大学外语系主修英语之前，他已经能读懂英文版《毛泽东选集》、英文版《中国建设》（*China Reconstructs*）等书刊，能听懂“北京对外广播”（Radio Peking）的英文广播内容。他当时的英语水平在我们 72 级英语专业 105 名学生中属顶级的。

1972 年入学后，我碰巧和张福成分在同一个班——英语四班。我和我们班上的多数同学英语属于零基础，从字母音标学起。当时我们只知道福成的英语好，但好到什么程度，谁也不清楚，他自己也从不明言或暗示，从不张扬。他是那么的谦和朴实，竟然在大一时就和我们这些零基础的同学交上了朋友；而且在大学 3 年半的学习期间，竟交成了知心朋友；在其后的工作和生活中，结成了他这一辈子的挚友。

每个熟悉他的人评价他时，使用频率最高的词语就是“为人正直”“善良”“吃苦耐劳”“谦虚”，他与人相处的原则是“宁愿人负我，我绝不负人”。就连在言语上，他也总是给别人留足余地，充分考虑到对方的面子。

他一生吃素，烟酒不沾，只喜欢吃最大众化的果蔬。无论早年生活比较清贫时，还是后来生活相对富裕后，他的个人生活都极其简朴，几乎没见过他西装革履的样子，也不记得他穿戴过什么名牌。他的简朴可说是到了脱俗的程度。他并不是没有钱，在我们同学中，他可以算得上是“先富起来”的那部分人。他把节省下来的钱主要用于他深爱的教育事业以及民间艺术的收藏与传承。在一个快节奏的时代，他总是能潜下心来做自己真正想做的事，钻研自己喜好的学问，好像整个世界的喧嚣与躁动都干扰不了他那平静的心。他对朋友甚至不太熟知的人总是非常热情友好，时刻考虑别人的感受，绝不给别人添一丝一毫的麻烦，更不用说有一星半点儿的算计。

1975 年 8 月大学毕业后，依据“哪里来，哪里去”的分配原则，他被分配回了他的原籍代县工作。当王振春同学得知山西财经学院招聘英语教师的消息并与他分享后，他俩于 1976 年暑假一起调入山西财经学院，从此开启了他大学执教英语的生涯。他先后在山西财经学院、山西教育学院、北京石油化工学院教授英语，直至退休。他思想超前，教育教学理念独特。在山西财经学院期间，他在校组织英语竞赛，针对学生的实际情况自编英语教材，在国内较早地接受并采纳了 TOEFL 的考试理念和题型，根据学生情况直接给他们采用英语原版教材 *Kernel Lesson* 授课，大量采购英语原版录音资料等，这在当年高校中确属难能可贵。在山西教育学院期间，他和同事们共同编写供中学老师和学生参考的教学用书。在北京石油化工学院，他把英语听力课上成了最受学生欢迎的课程之一。

他的创新教育理念还体现在他对儿童教育的一些思考与实践方面。他始终认为儿童时期是智力开发、语言习得的关键时期，当然也是外语学习的黄金期。他坚信“寓教于乐”是最有效的教学方法。在他看来，幼儿园没有必要设置专门的外语课，而应在游戏、美术、音乐、手工、体育等课程及活动中，有意无意地把语言培养融合进去。早在 20 世纪 80 年代他就萌生了这些教育理念，这与当时照本宣科的应试教育形成了鲜明的对比。几十年后遍地开花的双语幼儿园证实了他的理念是何等正确！

他坚信家庭是孩子最好的学校，父母是孩子最重要的老师。当他有了自己的掌上明珠后，他把自己的教学理念付诸实践，用可爱的女儿“洋洋”作实验。在各种游戏活动中，在女儿不知不觉中，他融入了自己精心设计的教学内容，实现着他的教学目标，验证着他的教学理念。使他感到万分荣幸的是，他的实验在女儿身上获得了成功。他把女儿培养得非常优秀，使她从小养成了良好的学习兴趣和探索未知世界的进取习惯。同时，在不经意间帮助女儿打下了坚实的英语基础。他的女儿在小学时参加北京市少儿英语演讲比赛，夺得冠军，并获得了北京市第三届“十佳少先队员”称号，被人大附中的校长看中，入读人大附中，毕业后又顺利考入北京外国语大学。从小学、中学到大学，她在各种有影响力的英语演讲比赛中多次获奖，并曾在人民大会堂、中南海怀仁堂等处举行的国家级文艺演出担任主持人。这些成绩都是福成教育理念与实践的硕果，也是他一生最大的骄傲。

福成非常喜欢阅读，博览群书用在他身上一点都不为过。他由酷爱阅读发展到喜欢书籍、收集书籍、经营书籍。他一生最喜欢逛的地方是书店，去的最多的地方是图书馆。早年他把省吃俭用节省下来的钱，一是用于培养孩子，二是用来买书。20世纪90年代，一次偶然的机会，他得知国内有一批经典英文图书，如外文出版社出版的中国名著英译本、中国文学出版社出版的“熊猫丛书”等，要批量处理。福成多方筹措资金，一次性把对方要处理的所有书籍全部买了回来，没有地方存放，他就租用邻居或社区内的地下室，用作书库。从此，他一边尽情地享受着阅读这些书籍的惬意，一边想办法把这些图书转手给那些喜爱与珍惜它们的读者。从高校退休后，他索性经营起了英文图书买卖，并将此当成了自己的第二职业。他先后在许多大学开过微型书店，亲自售书。令人吃惊的是，他能向前来看书或购书的读者，清楚地介绍店内每一本英文图书的作者和内容提要。他把每天与自己喜爱的图书和热爱读书的老师同学们在一起相处的时间，看作是自己最享受生活的时候。在他的家中现在仍然有近 10 万册藏书。他珍藏有成套的 *Encyclopedia Britannica*（《大英百科全书》）和完整的一套 *National Geographic*（《国家地理》）杂志。

在图书经营的过程中，他又了解到民间艺术剪纸这一瑰宝，并开始收藏和经营民间剪纸。这一发则不可收，他竟然成了剪纸艺术方面的行家，在有关杂志发表过行内很认可的几篇文章。20 世纪七八十年代，有一批由中国官方外文局及所属国际书店聘请高手精心设计并刻制初样、出口到世界各地的剪纸珍品，这批剪纸代表了中国民间剪纸在当时的最高水平。他悉心地为这批剪纸命名为“官版老剪纸”，不辞劳苦地奔走于中国各主要剪纸产地，拜访老艺人并撰文呼吁非遗的传承。他在北京“潘家园”高价租用店铺，办起了深受国内外剪纸爱好者关注的、品种繁多、收藏量极大的“老剪纸老书签”专卖店。

他具有超前的商业意识和投资理念。早在 20 世纪 90 年代，他就看好海南，曾建议我们几个人去海南置产，因大家的理念跟不上他的眼光，未能实现。后来他在海口买了房，并替我看好了一套，因我犹豫，让他白费了苦心。再后来他又在三亚买了一套他很称心的住房。在三亚期间，他重新燃起了用他的少儿教育理念培养教育儿童的愿望，鼓动我去一起开创。唉！他看好的几次商机，在某种程度上都毁在了我的手里。好在他有他的图书和剪纸项目。他的经营理念，十分突出的一点，是在力所能及的范围内，尽量把所有库存的同类商品都买下来。就剪纸而言，他首先是把能找到的那些生产年代早、做工精细、价格相对低的老剪纸都买下来，然后在快速进货的同时，薄利多销、快速出货。这样做，主要是为了尽快收回部分投入，为下一批进货做好资金准备。与此同时，也算是继续投石问路，进一步观察和培育老剪纸和老书签的收藏市场。正是在这一时期，他附带培育起了一批长期的老剪纸、老书签收藏家。而今老剪纸作品售价几百元、上千元已成常态，拍卖场上更有拍出数万乃至一二十万元的佳品，且往往是片纸难求，市场价值与当初不可同日而语。他买进卖出从来都很规范，讲求诚信，中外顾客一视同仁。曾有一位美国顾客对他潘家园店的评价是“No one interested in Chinese folk arts can afford to neglect this shop.”（对中国民间工艺感兴趣的人不可错过的店铺）。

福成体质好，重锻炼，尤好游泳。他的身体一向非常棒，可说是虎背熊腰、膀阔腰圆。2017 年之前，他很少去医院看过病。然而天有不测风云，就在这年秋天，他却突然被确诊为患有“胰腺神经内分泌肿瘤”。由于肿瘤病灶位置为胰腺与胆管处，所以他做了外科最大的胰十二指肠切除术。术后医生一度认为他的预后极不乐观，只有 10 个月的生存期。福成生性乐观、意志坚强，绝不向疾病低头，在疾病面前从不认输。在他顽强的抗争下，他的身体逐渐康复，艰难地度过了第一个“10 个月”。在坚持体能锻炼、游泳、会客、交友，关注国际国内热点问题，并不时在朋友圈发表一些妙趣横生、一针见血的评论中，他又度过了第二个“10 个月”，成为健身房为数不多的“70 后”肿瘤患者会员。然而天不作美，2019 年肿瘤还是转移到了他的肝脏，在坚持了一年的靶向药物治疗、化疗、介入治疗后，肿瘤仍然在继续发展。据他女儿张洋洋说，从 2020 年 6 月第一次吐血休克后，他就频繁地发生消化道出血，每一次治疗都完全禁食禁水，人一次次地剧烈消瘦虚弱。之后冒险做了一次介入手术治疗，怎奈术后感染了败血症，在长达 3 个月的时间里高烧 40 度且伴寒颤。后来细菌感染了他的腰椎，疼痛让他只能长期卧床。消化道的频繁出血又剥夺了他饮食的权利，长达大半年的时间，他不能经口进食，只能靠鼻饲营养液。多次抢救与病危，他都一次次靠意志闯了过来，总是安慰家人和朋友说，他能够好起来。没有人能体会到在这最后一年来，他承受了怎样的身心痛苦。

2021 年 2 月 4 日，他在发给我的微信中说：“牛年：我为牛牛们抱打不平。从古至今，牛对人类的贡献，是几天几夜也说不完的。可是，人类对牛的近乎残酷的索取，实在是令人发指。难道这些老实巴交的牛的命运，就应该远远不如那些已经被人类宠坏了的，每分每秒都在疯狂地伤人的恶狗吗？”从我对他的了解和他在微信朋友圈所发表的多次评论以及他一贯的语言风格，我知道他这是有感而发。他所说的“牛牛们”是指被奴役、被压迫、被剥削的发展中国家及其人民，恶狗则是指那些靠撒谎、欺骗、抹黑他人他国吃饭的人们或势力。

4 月 3 日，在回复我的微信“只要看到你在朋友圈发东西，就特别高兴”时，他说：“前一阵又住院 2 周，回家半个多月，近期主要还是腰椎炎症影响活动。这几天感觉又好些。有明显好转再告你。谢谢你和所有关心我的人。”

4 月 24 日下午 4 时 47 分是我俩最后一次电话通话，电话是他打来的，通话时长 3 分 23 秒。他给我打电话是知道我以及他的一帮朋友和同学对他的牵挂。电话的大意是他的病情稍有控制，刚出院回家，让我们对他放心。现在我真遗憾当时没有把这段通话录下来，留下他在人世间美好的声音。

他的病程持续了 3 年半，是原来预后的 4 倍，在医学界这种病的患者中，他算是奇迹了。这全得益于他顽强的意志力和他的爱人夏元薇、女儿张洋洋和女婿赵爽的悉心照料。福成的一生止步于 2021 年 5 月 17 日上午 8 时 49 分。我们山西大学外语系 72 级工农兵大学生得知他去世的消息后，无不悲痛万分。在“涛声依旧”群内，在各班的班群内，同学们以各种方式深表哀悼，全系师生以及英语一班的赵宝华、二班的唐茂恒、三班的李广锁、五班的常仲和四班的我分别代表各自所在班向他敬献了饱含同学深情、寄托沉痛哀思的花圈。21 日，韩生鹏和我代表外语系 72 级全体同学向他做最后的告别。俄语专业二班的刘玉录同学先后于 5 月 18 日——得知福成去世噩耗的当天，和 22 日——福成后事办理后，撰写两联，痛悼福成，联云：

黉门相遇在汾水，长亭揖别向远方。

——张福成同学安息

风骨英灵殁为尘，一往千载不复生。

——张福成同学安息

福成深切地眷恋着人生，享受着生活。他热爱这个世界，无限热爱这个国家，他可能早年有点崇洋，但终生绝不媚外。他经常告诉亲朋好友要保重身体，好好珍惜活着的每一天。他曾设想要编一本所藏剪纸的全集，并打造一个中国官版剪纸的博物馆。虽然在他有生之年没能完成这个愿望，但他一生的所作所为总会被人们以各种方式记起，相信他的遗愿终会以某种形式得以实现。

（附注：感谢张福成的女儿张洋洋，在本文撰写过程中她提供了大量珍贵的素材。）

2021 年 5 月 29 日于北京

俄罗斯之旅——怀念恩师赵超群

李广锁

20世纪90年代初，中俄边境贸易做得如火如荼。东北三省当然是近水楼台，关内各省也纷纷效仿。我那时正是不惑之年，也是年富力强、跃跃欲试的年龄，在市长的鼓动下，也想去俄罗斯赶赶浪潮。1992年冬，我们一行5人：赵超群老师和张安琪老师夫妇、王远雁弟弟王雁平（当时他带着一个团队在我的公司酒店帮助工作）、我的副总吴绍明和我，踏上了俄罗斯考察的旅途。赵老师和张老师一方面是帮助我们公司介绍

赵超群老师和张安琪老师

和考察项目，另外也替山西大学寻找和俄罗斯合作的机会。我们去的目的地是俄罗斯的符拉迪沃斯托克（海参崴）。赵老师说，符拉迪沃斯托克俄文是征服东方的意思，他不爱听这个名字。

列车像一匹怪兽在黑暗中奔驰，窗外，凛冽的寒风呼啸而过，车窗上结着一层厚厚的冰。我蜷缩在被子里，用皮衣盖住头，把所有能盖的东西都盖在身上，仍然挡不住车外的风寒。黎明时，听到下铺传来梆梆的声音。我朝着下铺问："赵老师，怎么了？""我的皮鞋冻到地板上了。"原来，车厢里的暖气管被冻裂，流出来的水把赵老师的一只皮鞋冻住了，赵老师正用另一只鞋敲击这只鞋。一会儿，列车长来了，把我们安排到有暖气的车厢，我和赵老师面对面坐着，天刚蒙蒙亮，东方天际挂着一抹晨曦，赵老师点了一支烟，红红的烟头一闪一闪，照着老师慈祥的面孔。他的声音很甜，稍微有点沙，很有磁性。我想：如果老师唱歌，一定像帕瓦罗蒂。师生两人开始了没有主题的对话。"赵老师，你的声音好有磁性，当年吸引张老师这算不算一个条件？"我和老师开玩笑。"是吗？我有时说话很凶的。"赵老师说。

"何以见得？"

"有例为证。"赵老师拉开了话题。

"有一次，我到广州出差，在出站口打车，两个包放在地上。突然冲过来一辆摩托车，上面骑着两个人，后面那个人抢过我的包就跑。我大喝一声，'你给我站住！把包放下！'他愣了一下，乖乖地把包丢下，开着车溜了。你说我凶不凶？"赵老师开心地说。

"你那不叫凶，你的声音很有震慑力。"我说。

列车开进虎林车站。20世纪有本小说很出名，它的名字叫《林海雪原》，作者曲波。8个"样板戏"中的《智取威虎山》中的杨子荣更是家喻户晓。他的原型就牺牲在这个地方。赵老师邀我下去在站台上站了几分钟，站台上风很大，刮得脸生疼。上车后坐下，老师说："这里是我人生的一个驿站。”我很诧异，不知道老师要说什么，倒是老师自己开始了话题：1958 年，我在文化部电影局工作，年龄只有二十七八岁。那时候，党中央号召百花齐放、百家争鸣，号召给党提意见。许多老同志提了意见。不知道为什么，后来又变成了“反右”。我就在“反右”领导小组。那时定右派各单位是有指标的。我们单位人数凑不够，领导说，小赵，你年轻，下去锻炼几年也不耽误啥。就这样，我这个“反右”领导小组里的人稀里糊涂成了右派，就“打发”在这个地方。

我们在这里的 850 农场，和许多有名的大人物在一起。其中有咱们系的彭老师。我是他们中间较年轻的。我们一起种大豆，修水利，当伐木工人。伐木是有诀窍的，砍树的哪一边，让树往哪一边倒，都要计算好，要不就会有危险。1959 年，粮食紧张，吃不饱饭，我们悄悄地在地里烧豆子吃，吃得嘴巴黑乎乎的。我那时是排长，让大家把嘴巴擦干净再回宿舍。这里狼特别多。如果你遇上狼，千万要镇定，一直往前走，千万别回头，要不然它会一口咬住你的脖子。

我在这里学会了许多东西，包括修手表。天阴下雨，我会帮助他们修理手表。赵老师说起那段日子很轻松，不像是说含冤受苦，倒像是说童年的趣事。我问：“你不觉得你很冤屈吗？”赵老师说：“无缘无故受屈，心里肯定是不平的。但这段日子，使我学会了许多东西，看问题的方法也变了许多，从另外一个角度讲，我也收获了许多。”我说：“亚圣孟子讲，天将降大任于斯人也，必先苦其心志，劳其筋骨，饿其体肤，空乏其身，行拂乱其所为，所以动心忍性，曾益其所不能。是这段日子成就了你以后的事业，可以这样说吗？”赵老师说：“是啊，成就了我的事业，成就了我到山西大学，也成就和你这个小子来俄罗斯。哈哈哈。你知道吗？再往前走就是贝加尔湖，那是汉苏武牧羊的地方。古有苏武牧羊，今有超群伐木，也算一段趣事吧！哈哈哈。”

来到海参崴，首先是兑换卢布，20 世纪五六十年代卢布是金卢布，

1卢布等于十几元人民币。90年代1人民币能兑换100多个卢布。我们一下子变成了大款，兑换了几千元人民币，几十万卢布装在口袋里，体会了一把有钱人的滋味。

我们来到十月革命广场，这里也叫列宁广场。看到十月革命领袖列宁的肖像。回想起小时候看苏联电影《列宁在1918》中列宁慷慨激昂的演讲，列宁警卫员瓦西里对妻子讲的“面包会有的，牛奶也会有的……”那段精彩的话不光鼓励着苏联人民，也激励着小时候的我们。人民对未来充满无限期待和希望。现在物是人非，列宁的肖像在，旗帜却倒下了。道路上许多地方都有未化的冰雪。俄罗斯的小伙子把车开得飞快，像表演杂技，其技术使人瞠目结舌。远处，海面上游弋着几艘军舰，天空中几十只海鸥叫着飞来飞去。一位俄罗斯老太太看见我们是中国人，远远地和我们打招呼，走过来和赵老师用俄语攀谈起来。赵老师的俄语和英语一样棒，说得非常流利，张老师看见我诧异的眼神，说，他在北京时给苏联专家当过翻译。语气中充满骄傲。我问，他们在交谈什么？张老师说，他们交谈俄罗斯的当前和未来。老太太讲，西方国家市场经济做了几百年，俄罗斯实行市场经济能行吗？语气中充满了对国家命运的担忧。

此时俄罗斯市场商品缺乏，货币贬值，通货膨胀。我记得那时27双布鞋就能换一辆“拉达”牌小轿车。但我们看到大多数俄罗斯人和这位老太太一样，对国家的前途表示担忧，但并不慌乱。他们受教育程度比较高，举止文明，秩序井然。

大部分俄罗斯人穿着很豪华，一顶时髦的帽子，一件豪华的大衣，下边蹬着靴子。相反，中国的游客大多数为短衣。看上去，他们倒像是贵族，我们倒像是打工的。

在国内看电视新闻，常常看到俄罗斯商店经常排队，买的是黑面包。我曾经误认为他们吃不上白面包，只好买黑面包。到这里才知道，黑面包是全麦面包，为营养故，他们一般只吃当天烤出来的新鲜黑面包。他们有良好的教养和习惯，买东西只要有 3 个人就寻找队尾排队。

走在街上，会有天真可爱的儿童向我们要用过的电池。有时嘴里喊着：“大、大”。张老师给我们解释，他们要二手电池是拿回去听收音机用。那些用过的电池手电筒不能用，但收音机还是能用。喊“大、大”，是要中国当时生产的一种“大大”牌泡泡糖。有一次，有个十七八岁的姑娘喊“大、大”，吴经理给了她一包“大大”泡泡糖，她激动得竟然搂住吴，在他脸上亲了一下，羞得他摸了半天脸。1993 年的元旦，我们是在赵老师朋友家过的。在去他家的路上，许多不认识的俄罗斯人都用新年好和我们打招呼，我们也用“斯诺维姆果达姆”（新年好）回答。我们给他们带着中国小礼物和黑面包，他们招待我们的是鱼子酱。听赵老师讲，鱼子酱在俄罗斯是奢侈的食品，通常用来招待尊贵的客人，我却吃不惯，觉得好难吃，但难却主人的盛情，脸上不敢表现出来。和我们一起过新年的还有主人女儿的闺蜜。她是一个 20 多岁的女孩子，脸上的妆画得很浓。她说，她到过中国的沈阳，那里的商品琳琅满目，太厉害了。满脸都是羡慕的表情。主人家有一条狗，据说是一条有贵族血统的纯英国犬。脖子上还戴着标明血统的牌子，但长得奇丑。它似乎知道我们谈论它的丑陋，一股不高兴的神情，忿忿不平地走开了，惹得我们哈哈大笑。

主人家有一台黑白电视机，看样子大概是 12 英寸，里面正播放着一个记者在采访一位老太太。张老师做同声翻译：记者问老太太，过年了，你有什么需求？老太太讲，我想给孙子买一个玩具，但是我没钱买。张老师的俄语特别流利、特别纯正，凡和她交谈的俄罗斯人都这样夸她。我觉得俄罗斯的新闻还是很开放的。

海参崴城市基础设施建设非常好，尤其电力系统更好。城市电车特别多，也很便宜。赵老师让我买的电车月票派上了用场，坐一次才几分钱。

城市热电厂为城市供电、供暖、供热水。进到每个商店或家庭都温暖如春，热得只能穿一件衬衣。我对赵老师讲：“怪不得赫鲁晓夫说，共产主义就是电气化加一盘土豆烧牛肉。俄罗斯的电力设施果然这么好。”赵老师说：“实际上这句话不是赫鲁晓夫讲的。真实情况是列宁说过，共产主义就是苏维埃加电气化。赫鲁晓夫只是在访问匈牙利时，在一次群众集会上的讲话中说，到了共产主义，匈牙利就经常可以吃‘古拉希’了。”“古拉希”是匈牙利饭菜中一道颇具代表性的家常名菜，即把牛肉和土豆加上红辣椒和其他调料放在小陶罐子炖得烂烂的，汁水浓浓的，然后浇在米饭上，很好吃。就像用“北京烤鸭”来称赞中国饭菜一样。赫鲁晓夫这句话只是取悦匈牙利人的玩笑之词，并不是说共产主义的标准就是大家都能够吃上土豆烧牛肉。20 世纪 60 年代，中苏之间的思想论战十分激烈，不少作者在文章中引用了这种说法。毛泽东主席还专门写过一首词《念奴娇 · 鸟儿问答》来嘲讽赫鲁晓夫。“土豆烧熟了，再加牛肉。不须放屁！试看天地翻覆。”赵老师通今博古，什么事情都能娓娓道来，实在令人佩服。

俄罗斯人特别爱喝酒，有一个流行的段子是这样形容他们的：星期一、二由于星期日喝酒还没有醒过来，星期三上一天班，星期四、五找酒准备着，星期六、星期日又喝醉了。苏联解体后那几年，俄罗斯许多公司、单位效率都特别低，许多人很懒惰。他们把去俄罗斯考察的中国人都当作富翁，一见面还没谈合作，就想让给他们买辆车。和山西大学谈合作的那个公司负责人几次约定一起回中国签订协议，但都爽约了，害得我们在那里等了好些日子。

在俄罗斯，我们能感受到中国的改革开放，坚持具有中国特色社会主义市场经济的必要性。改革开放使我们的祖国更繁荣、更强大，也能感受到中俄的传统友谊。俄罗斯人对中国很友好，但也有一些中国的假冒伪劣商品曾出现在俄罗斯市场，造成了不良影响。

在俄罗斯，和两位老师亲密接触，感受到张老师的高雅和贤淑，在俄一个月生活上的安排都是张老师亲手为之。感受到赵老师豪爽大度，知识渊博，为人热情大方。也正是由于这次俄罗斯之旅让我和两位老师结下了不一般的友谊。后来两位老师去了加拿大，但不时还有联系。2015年冬，两位老师回国探亲，本想去太原看望，后由于赵老师身体不适提前了行程，未能晤面。2016年7月惊悉赵老师在加拿大因病逝世，心里十分悲痛，恰逢当日太原下起倾盆大雨，真是天若有情天亦悲，那是苍天对恩师的哀悼。我们三班同学委托我撰写挽联悼念恩师，由肖文科同学转给了赵老师的追思会：

三晋龙城，大雨倾盆，天地悲恸失泰斗；

百年名校，巨星陨落，吾辈泣血悼恩师。

赵老师去世一年多了，他那慈祥的面容以及和我在俄罗斯那段日子的点点滴滴总是浮现在我的眼前。特作此文以示怀念。赵老师，72级英语三班同学永远怀念您！

2017年12月19日于晋城

良师之殇

李广锁

杨老师离我们而去了，留给我的是他那满是泪水的脸和那与病魔不屈的抗争，或许还有对命运的无奈。

杨老师留给我最后的文字是在微信上：

“谢谢广锁，前几个月赵超群老师电话上说杜老师状况不好，渡过难关了。好！几十年找不到张昕，在什么地方做什哩？”这条微信是对杜老师、对张昕的关心和关切。

2014 年，我们三班在太原和蔡老师聚会，随后去看望了杨老师和苏老师。我就是在那时候和杨老师建立了我们师生之间的微信。现在打开一看，都是杨老师对我们这一届同学满满的关心和思念。

我含着眼泪翻阅着杨老师最后留给我的文字：

“广锁，你好！是开始使用微信吗？问候广锁。杨德友”

“李政文的女儿工作了吗？他怎么

说了？贾广臣夫人好些没有？真难为他了。”

“帅气的儿子密歇根大学，一流大学，确定专业了吗？不敢说关心，问一下而已。估计蔡老师没有新消息吧。”

“听说杜本典老师情况了吗？赵超群老师本月返太原，估计闫爱卿也去吧？代我问好蔡老师和杜老师。”

他让我尽可能把收集到的三班同学的照片发给他，并把三班聚会的光盘也送给他。他虽然教了那么多的学生，但是我觉得在他的心里始终装着我们这一届三班的每一个人。2015 年 11 月，我给杨老师打电话，没有人接；2016 年元旦，在微信里问候杨老师，没有回音。当时，我想到的是杨老师忙，顾不上回我的电话和微信。过了 2016 年元旦，俄专李政文给我打来电话，说杨老师出事了，脑梗，右侧瘫痪，较重。住在山西大医院。当时我一下子就怔住了，怎么可能呢？

2016 年 5 月 6 日，我和贾广臣、李政文去看望在医院的杨老师。杨老师见到我们就哭，我们几个也陪着他掉眼泪，除了安慰老师，我们别无办法，我们把三班部分同学捐赠的爱心送给了他，还有三班聚会的相册和光盘。“老师，如果你烦闷，就打开相册看看，我们三班同学就在你身边。”

2016 年 10 月，蔡老师来晋，我们三班的部分同学和蔡老师一道看望了杨老师。陪伴他的护工是一个 40 多岁的中年汉子，我看他似乎就是周围农村的农民，在他身上，看不出有医生和高级护理的那种素质。也许是我的多疑，他非让杨老师站起来让我们看看，证明杨老师恢复了许多。但是，杨老师很抗拒，我们还能从他的眼神中读出他对护工的不满。蔡老师说了许多安慰的话，到这个时候还能说什么？只有安慰而已。

我记得杨老师给三班代课是在 1974 年，当时给三班代课的赵超群老师的爱人张安琪老师得了乳腺癌，换了杨老师给我们代课。给我的印象是，杨老师不像赵老师那样威严，不像蔡老师那样亲切，不像苏老师那样随意，他更像一个大哥哥，特别是和李志军、唐茂恒这些部队学员在一起时，像一首歌里的歌词写的“我是王小义，我是买买提……”那样亲密。他完全没有老师的架子，但我们能够感觉到他知识渊博。那时我们就知道他通 6 国语言，是个了不起的老师。我们班大部分同学是英语初学者，他给我们代课有点像高射炮打蚊子。虽然这样讲，但我们三班几乎所有同学的看家本领都是在大学学到的，我们都感恩于教导我们的所有老师。杨老师对三班同学的情之深也是在以后很长时间逐渐显露的。

2002 年 12 月 2 日，北京波兰驻华大使馆颁发给杨老师“传播波兰文化成就波兰外交部长奖”，奖状挂在杨老师客厅显眼的位置。在他 2014 年的译作《石头世界》译后记中，他写道：“老年人或许是比青年人更需要鼓励的。”这个奖项虽然并未给他带来更加充裕的物质生活，却是对他一生翻译事业及文化传播使者身份的最大肯定。他十分珍视这份荣誉，因为在翻译者的眼中，译作有助于文化多样性的传播，有助于世界和平文化的建设，这是最大的荣耀。

按先生的话说，就是“我年轻时懂波兰语，对波兰文学感兴趣。1957 年，却被行政指定从北京外国语学院转到山西大学外语系改学英语，毕业后在这里一直工作到退休”。

杨老师利用讲课之余，已翻译出版各类译著 40 余部，论文和译文百余篇，获得了诸多荣誉：山西外语学会颁发的翻译一等奖，山西社会科学研究协会颁发的翻译一等奖等。2009 年，中国翻译家协会授予其“资深翻译家”称号（条件之一是年满 70 岁）。

翻译家就像一壶陈酿的酒，越老就越能散发出芬芳。“今年是我的丰收年，总共有 7 部译作出版，另外还有两部准备出版。”杨老师在 2014 年如是说，这不禁让人感叹，每个人的生命厚度与分量是何其不同。

杨老师大名杨德友，1938 年生于北京市。1957 年由北京外国语学院波兰语专业转入山西大学外语系英语专业，1961 年毕业后留校。从 1961 年起至 1999 年退休，主要在山西大学外语系（外语学院、外国语学院）讲授英语、欧洲文学史、比较文学。1982—1985 年在美国南卡罗来纳大学做访问学者，研究比较文学与比较文化。1986 年晋升为教授，1987 年起任硕士研究生导师。1991—1994 年在美国南卡罗来纳大学及南佛罗里达大学做访问学者，讲授古代中国文化和当代中国研究。退休后继续讲学：1998—2001 年在美国阿巴拉契亚州立大学做访问学者，讲授中国古代文化和诗词，东西方文明，中国与西方；2004—2005 年在美国阿巴拉契亚州立大学，讲授中国古代文化、现代中国人心理变化等。

杨老师已出版的译著有：《费尔巴哈的伦理学》、《波兰简史》、《印度近代史》、《非洲通史》、《工业社会中的质量挑战》、《俾斯麦：回忆与思考》（第一卷）、《福地》（二人合译）、《A 街的梦魇》（四人合译）、《荣格自传》（二人合译）、《审美价值的本质》、《20 世纪西方宗教哲学文选》（合译）、《论基督徒》、《未来千年文学备忘录》、《历代耶稣形象》、《东正教神学导论》、《理解俄国：俄国文化中的圣愚》、《俄罗斯的宗教》、《宗教如果没有上帝》、《路德和加尔文》、《米开朗基罗诗全集》、《俄罗斯思想中的基督》、《文学思潮和文学运动的概念》（合译）、《秋瑾演说书信集》、《拉赫马尼诺夫歌曲集》（1—26 类歌曲歌词译诗，共 81 首歌曲）、《福克斯：情色艺术史》、《关于来洛尼亚王国的十三个童话故事》、《阿里与妮诺》、《与魔鬼的谈话》、《大学理念重审》、《帝国意识：俄国文学与殖民主义》、《托尔斯泰与陀思妥耶夫斯基》（上、下卷）、《遗嘱集》、《怀旧的未来》、《寂寞联机》、《石头世界》、《色》、《倔强的石头：米开朗基罗传》、《横渡大西洋》、《自由的太阳》、《布兰诗歌选》、《梅列日科夫斯基与白银时代》、《未完的对话》、《巴卡卡伊大街》、《拿破仑传》、《宇宙》。

给杨老师写一副挽联吧：

学贯中西，语通六国，他国为其颁嘉奖；
满腹经纶，岁版七著，译界痛失一真人。

这篇文章我觉得还能写得再好一点，但是我静不下心来，满脑子都是对杨老师的回忆，只好待以后再修改了，算是对恩师的怀念。特别感谢杨老师对我的教导。杨老师一路走好！

2018年5月12日于北京

天边的约会

李广锁

我拎出旅行包，整理着旅途生活用品。口里念叨着“钱包、钥匙、手机、身份证，必需的东西都要带上”。大姑娘的女儿“点点”跑过来问我：“姥爷，你去哪儿啊？”“我去很远很远的地方啊！”“很远很远的地方是哪儿啊？”“天边！”“天边是哪儿啊？”“天边就是那里呀！”我指着远处山和天际接壤飘着白云那个地方，和外孙女开玩笑。“那里可以上天吗？”我一下怔住了，不知道该怎么回答她的话……

蔡春月老师（中）和她的学生最后一次相聚

我是去南京赴蔡老师之约。

2014 年在太原和蔡老师的聚会，是自 1975 年毕业后全班同学人数最多的一次聚会。许多同学自毕业后从来没有谋过面。相隔 40 年，大家在一起有说不完的话，聊不完的事。欢愉之后，大家余兴未尽，开始商定下一次的聚会时间。我说："五年以后到晋城吧，有一个农家乐小小庄院，环境挺美。"贾广臣说："再一个五年到南京吧，我在南京等你们。"史莲娣说："咱们能不能不要五年五年的定？五年的时间太漫长了，咱们聚会间隔的时间能不能短一些？"就是在那次聚会时，蔡老师看到三班还差几个同学，委托大家找剩余的同学。在她的心里，三班同学一个也不能少。

时间过得真快，五年时间转眼就到。我和同学们开始筹划和老师约定的五年一次的聚会。蔡老师打趣：七十三，八十四，阎王不请自己去，今年我有个坎。实际上，她感到身体不适，有点不对劲。

蔡老师一生有 3 次和癌症斗争的经历。第一次是在她 55 岁的时候，时间是 1990 年。15 年后的 2005 年她又经历第二次手术。又一个 10 年过去，在 2015 年，病魔就又一次找上了老师。这时候，已经找到了张昕。柴晋梅、张昕、史莲娣和我组成了一个小"四人帮"，到香港去看望她。那时候她出院才几天，见到我们特别高兴。我们看她神采奕奕，精神饱满，从脸上看不到大病初愈的病容和愁丝。谈话间，倒觉得她有对疾病毫不畏惧的坦然。她曾经说："我之所以能活到现在，也可能得益于我这事无大小都能开怀大笑，从无隔夜愁，不记前仇不记恨，没心没肺。"她对待疾病，有周公瑾"谈笑间，樯橹灰飞烟灭"藐视一切的那种气魄。

我曾和同学们开玩笑说，你我如果想长寿，不必去找那些长寿秘方和养生理论，亦不必吃那些补品和神药膏丸，只要学习蔡老师面对疾病的坦然，具有她那种良好的心理素质就一定能够长寿。

2018 年底，蔡老师又一次病了。这一次更加严重，她开始有腹水了。

她太想见她的学生了，她依然想要践约。晋城肯定是来不了了。为了减轻她的心理压力和体能负担，我们几个同学开始考虑到香港或者离香港最近的地方聚会，完成她的心愿。

当然最佳方案是香港，部分有条件的同学事先办好了港澳通行证，做好了去香港的准备。可是香港当时局面很乱，谁也不知道会出什么事。也考虑过到深圳，让老师过来，师生在深圳住几天，一起看看港珠澳大桥。但因为其他原因，终究没有成行。

2019 年 1 月 12 日，蔡老师发来微信说，春节她们一家子会到海南过年，大年三十出发。我特别高兴，我在想象，一定是由于蔡老师的坚强和香港良好的医疗条件使她又一次战胜了病魔。要不然她怎么会到海南过年呢?

同学们都十分担心蔡老师的身体状况，这种关切的情绪不敢在群里直接表达出来，更不敢直接问老师，只是在私底下相互问询。看到蔡老师在群里露面，发信息，大家就高兴；几天她在群里不露面，大家就担心。大家都在默默地祈祷：恩师的身体肯定能恢复如初，安稳地渡过这一劫难。日子就这样一天天地过去了，蔡老师在群里说说笑笑，不断发些养生秘诀，表现得是那么的平静安详。大家觉得蔡老师的病似乎好了。

2019 年中秋节的前两天是 9 月 13 日。蔡老师发给我微信：“你们到句容来吧，我替你们安排住宿，可以去南京游玩，在汤山洗温泉。我最迟 20 日到句容，27 日回香港。”

中秋期间，天气渐渐凉爽，天高云淡，风清月明，正是旅游的好季节。南京是六朝古都，那“桨声灯影里的秦淮河”，那刘禹锡诗中的“朱雀桥边野草花，乌衣巷口夕阳斜”，那沉淀了千年中华文化内涵的夫子庙，还有那总统府、中山陵。在秋高气爽的季节，会恩师和同学，游名胜古迹，这一次旅行应该是很惬意的。

贾广臣是这次聚会的东道主。他是最忙、最累的。张昕、柳花梅、刘东夫妇、史莲娣和我陆续到达南京，贾广臣一个个接站，安排住宿。20 日，他开了朋友的一辆漂亮的商务车，接上最后到达的赵殿华，向蔡老师女儿的家——句容市出发。

大约上午10时许，商务车停在句容的一栋别墅前，这是“毛毛”的家，蔡老师站在门口迎接我们。我们像多年没有见到母亲的孩子见到了妈妈，喜悦的泪水早已涌满了眼眶。蔡老师说着、哽咽着和我们一个个拥抱。

“毛毛”提前做好了接待我们的准备工作，还让她的闺蜜来帮忙。午餐很丰盛，我们和蔡老师一边聊天一边吃东西。我们带来了不能到南京见老师的同学们的嘱托和问候，柴晋梅陪她的先生在福建，胡海江要照顾她 100 多岁的父亲。她们给蔡老师带来了礼物。

事先我们商量过，这次见老师不能太匆匆，一定要陪她一天。

蔡老师瘦了，脸上带着病容，亦显得憔悴。但依然平静如常，如历次聚会一样，说笑，聊天，照相，女人天生的爱说，打开话匣子就像打开了江河的水闸，汩汩流出，收也收不住口。

“毛毛”悄悄地告诉我：“妈妈不听医生的话，她肺里已经有水了，连我都瞒着来南京赴这场聚会。按照她现在的状态，是很危险的。”我一下愣住了。本来以为蔡老师的身体已经恢复，没有想到她的病情却在恶化，而且是这么严重。

最清楚病情的当然是老师自己。自 2018 年以后，她的病在一点点变重。肝腹水，肺里也有了水，一顿只能吃一点儿饭，癌细胞已经扩散到全身。上帝已经在召唤她，她已经走在去天堂的路上。她十分清楚留给她的时间已经不多。这时候我一下子明白过来，原来她是集中了她生命中最后的力量，不顾一切地来赴这场约会。与其说是一次聚会，不如说是一次向她的学生们的告别。以前多少次在文学作品中读到“生离死别”这个词，今天才知道，这个词是这么沉重，沉重得使人窒息。心中的悲伤不由自主地涌上来，泪水在眼里打转，我努力不使它流出来，影响到其他人的情绪，影响整个场面的气氛。

蔡老师和女同学们聊得很热闹。广臣和刘东的先生在一旁为她们服务，拍照。我的思绪回到了许多年之前，想起了老师的方方面面。

蔡老师有近乎完美的道德风范和人格魅力。她天生丽质，端庄优雅，美丽大方，是同学们心目中的女神，是完美的象征。

在教学上，她是出类拔萃的。我们那时候听的语音训练录音磁带，男的是刘生金老师，女的就是蔡春月老师。她声音甜美，吐字清晰，字正腔圆，一口标准的伦敦音，使我们那一届英专的学生都受益匪浅。

蔡老师赢得了英语三班所有同学和英语专业许多同学的尊敬和爱戴。一个人被部分人认可是比较容易的，被绝大多数人认可是非常不容易的。蔡老师是怎样赢得三班几乎所有人的尊敬和爱戴的呢？首先，她有良好的家庭教养。有人讲过："教养是一种不用说出来的美好。"真正有教养的人，仿佛春雨，在每一个角落温暖世人，总在不经意间让你舒畅无比。其次，她平等地对待每一个学生，不论他是来自城市还是农村，不管他的父母是高官还是平民，不论他的家庭富有还是贫穷。当然，最最重要的是她那颗善良的慈母般的心。她在她的学生们的学业上、经济上、生活上，以及平时的一些小事上都在关心着他们，学生们有什么困难，她总是想尽办法帮他们解决。三班的同学和老师保持了近 50 年良好的师生关系，用蔡老师的话说："我和 72 级工农兵大学生保持了良好的关系，我记住了他们的好，往后的事情也证明他们也记住了我的好。"

从上午来到"毛毛"家到吃晚饭，我们一直在和蔡老师聊天，好像一停止聊天老师就会飞走。师生心里都很清楚，这是蔡老师站在天堂的门口，站在天的边际和大家的一次约会，这是今生今世最后一次见面。但大家装作很开心、很轻松，还和老师约定再见面的时间。蔡老师也随口答应着，好像我们师生还能再见一百次。那一天蔡老师和我们几个同学都觉得是做了平生最最重要的一件事。

第二天清晨，告别老师，大家眼睛都红红的。车缓缓地开往南京，一路上大家都沉默着。随后我们走马观花地去看了秦淮河、夫子庙、总统府……境由心生，物随心转，心之所向，境之所在。平时那些5A级景区的秀丽景色已索然无味。

“我现在的样子没法见人了，瘦得只剩下皮包骨，你们所谓的美丽的蔡老师只像一个巫婆，哈哈。”这是蔡老师留给我最后的文字，那天是2020年6月28日下午3点22分。

2020年7月16日，蔡老师永远地离开了我们。

蔡老师，您永远是我们心目中最最美丽的女神，您永远活在我们的心中。

2020年7月26日于晋城

追思先师赵超群先生

肖文科

1985 年，在屡考失利的情况下，我调整思路，改变策略，抓住机遇，报考了母校山西大学外语系（1996 年更名为山西大学外国语学院）英语语言文学（英语语言测试方向）的硕士研究生，有幸得中，拜读于赵超群先生名下。其时，先生已从外语系主任改任山西大学教务处处长。自此与先生结下了远超师生的情谊，他对我的教诲与关心影响了我硕士研究生毕业后的职业生涯与人生轨迹。

先生是老北京人，出生于农历己巳年腊月初十，属蛇。查万年历，对应的公历日期应是 1930 年 1 月 9 日。可能在登记户口时，被误换算为 1930 年 1 月 29 日。这样，他身份证、护照上的出生日期就成了 1930 年 1 月 29 日。但每年庆生都按阴历腊月初十计。先生于 1981 年 9 月加入中国共产党，于 2016 年 7 月

作者与先师在一起

18 日仙逝于加拿大蒙特利尔，享年 86 岁。先生的一生是奋斗的一生，是终生学习、不断进取的一生，是取得卓越成就、为山西的外语教育事业作出不可替代贡献的一生。他将永远活在受益于他的教诲和影响的莘莘学子和耳闻了解他的为人处事与治学思路的人们的心中。

先生早年就读于燕京大学，主修英语语言文学专业，选修的第二外语是俄语。1951 年大学毕业后，他被直接分配到文化部工作。在工作期间，因当时工作的需要，他刻苦学习俄语，俄语水平已能完全胜任苏联专家的专职翻译工作。1957 年，他被提拔为文化部电影局专家办公室翻译科科长，评定为八级翻译。上海电影制片厂与长春电影制片厂的厂址就是他陪同苏联专家去选定的。那时他的上司是后来先后担任过文化部副部长、文化部技术委员会主任及中国电影家协会副主席的司徒慧敏先生。

在之后的“反右”运动中，他被抽调到“反右”领导小组工作。据说，领导认为他年轻，下去锻炼几年也好，就把“右派”这个名额“赏赐”给了他，他就这样稀里糊涂地戴上了这顶帽子，于 1958 年随当年中央八大部的“右派”一起去到北大荒劳动改造。他所在的农场代码是 850，位于黑龙江虎林市境内，北依完达山南麓，南傍穆棱河畔，地处著名的三江平原。他在农场的这些人中算是很年轻的。他们日常干的活儿有种地、伐木、兴修水利等。在那里，他还学会了木工、烧炭和赶牛车。当年生活和劳动的条件异常艰苦，真正是日出而作，日落而息。没有现成的住所，他们就自己搭“马架子”，冬天夜晚棚屋外气温有时低至零下 40 摄氏度左右，棚屋内虽暖和些，但也不能脱了衣服和鞋子睡。可先生在晚年回忆起那段经历时却说，那是他人生中一笔宝贵的财富。他因积极参加劳动，干活出力、认真、有耐心，于 1960 年底摘掉了“右派”帽子，回到北京。1961 年 2 月调到山西大学外语系教授英语。

他在山大任教时，主要教授的是英语专业大二的精读课，代表性的学生有外语系英语专业 60 级的王正仁、乔寿宁、刘生金、安宝琴等，以及 61 级的洪传英、贾育民、李忠民等。洪传英是他心目中英语零起点却成为全年级英语成绩数一数二的优秀生的标兵，他常在之后的几届学生中提及，用以鼓励那些入学时英语基础比较差的学生。我们这些 1972 年首批工农兵大学生在校时，他曾与杨德友老师（山西大学外语系英语专业 1957 级学生，毕业后留校任教）一起负责带过英语三班，全班有李广锁、杨凤莲、赵殿华等 20 多名学生。

调到山大之前，他没教过书，缺乏教学经验。经过认真钻研，刻苦努力，不断探索，他取得了良好的教学效果，被戏称为山大外语系的“四大金刚”之一。在山大外语系英语专业，他上过的课除了常规的英语精读课程外，还开设过语音学、听力训练、英语论文写作等多门专业课程。由于他的工作出色，当年在只有 3% 的人可提一级工资时，外语系在刘廷玉书记的主持下，竟然把指标给了他，为他长了一级工资。多年后，当先生同夫人张安琪老师去看望老书记时，重提旧事，问到书记为何那么大胆，敢给一个摘帽“右派”长一级工资时，刘书记说：“为的就是留住一位好老师”。后来，先生又成为山大为数极少的“国务院政府特殊津贴”享受者之一。

除了课堂教学之外，先生的科研能力也很强。他曾受中国电影科学技术研究所所长马守清先生等好友请托，翻译过大量有关电影的著述、文章、资料等，代表性的著作有《电影摄影机技术》（中国电影出版社，1982）和《电影制片手册》（中国电影出版社，1989）等。应商务印书馆约稿，他主编了《学生英汉插图词典》，该词典由当时山大外语系英语教研室多位教师参与编纂，于 1981 年 10 月正式出版发行，填补了当时这一门类词典的空白，补充了参与老师们申报职称时的科研成果。他和燕京大学时的老同学、好朋友王瑞山先生共同编写了《英语同义词词典》，由商务印书馆于 1996 年 12 月正式出版发行。在他山大老房子的书房里，一直留存着大量的编辑卡片。他还翻译出版了俄语文学作品80余万字，主持完成了山西省教育厅的科研项目“英语标准化测试的理论研究”和“英语试题库与计算机阅卷系统”，建立了山西省英语试题库。先生还主持承担国家教委考试中心“考试效度研究方法”的科研项目，并取得了阶段性的成果。他和他的研究生多次受邀出席国内有关英语测试的研讨会，共同发表过《主观性试题评分与分数调整》等科研论文数十篇。

20世纪70年代末“右派”平反后，文化部当即发函，函件中明确写着立即调先生回文化部。当时，山西省坚决不放人。之后，文化部多次派人赴晋商调，山西省考虑到本省外语教学的需要，坚决不放。1979年9月，因文化部当时确实急需，只好把先生先借调去，选派他作为文化部代表团成员，赴比利时安特卫普（Antwerp）参加了一个十分重要的国际会议：国际标准化组织电影技术委员会（ISO/TC36）的第10次全会。该委员会成立于1947年，成员包括积极成员（P）和观察员成员（O），积极成员（P）享有投票权。1979年中国为观察员成员（O），从1983年1月起改为积极成员（P）。国际标准化组织电影技术委员会（ISO/TC36）是电影技术国际标准的制定和组织机构，其工作宗旨是关注电影行业系统、设备、产品的技术发展和变革，研究制定电影拍摄、生产、制作、发行、放映及后续拓展方面的标准规范。这次是中华人民共和国首次派团出席该委员会的全会。此后，中国分别于1987年10月和2015年8月承办了该委员会的第13次和第23次全会。2019年10月该委员会在美国洛杉矶召开了第25次全会。

先生的这次出国，可能也是改革开放以后山西大学第一位出国的教师。回国后，文化部让他留京继续工作。这样，办理正式调动也就是迟早的事了。可是，先生却舍不得他那班（1978级一班）的学生，这是他从78级123名新生中精选出来的20多人，全班都在等他回来上课。

于是，他还是把调动的事暂时搁置下来，立即回校教他特别钟爱的那班英语专业的学生，从大一一直教到大四。该班大一时给先生担任助教的是1975级毕业留校的徐岩，大约一年后，她离开了山大。百年校庆时，她的工作单位是教育部基础教育课程教材发展中心。从大二起，杨希敏老师（山西大学外语系英语专业1957级学生，毕业后留校任教，后调到太原师范学院外语系）和先生搭档，一直把这班学生带到大四毕业。

期间，先生还给这班学生开设了听力训练课。先生调集了外语系当时几乎所有能用的电子管磁带录音机，约近10台，长期放在一班的教室里。录音材料均选自北京对外英语广播的新闻报道及专题节目。先生要求学生们不仅要听懂，还必须能够口头复述所听内容，而且要记录、跟读并录音。这个别开生面的听力训练课充分体现了先生对外语教学的独到见解。学生们通过这样的综合强化训练，英语实际应用能力有了大幅度的提高。

这期间文化部仍然不断发函派人商调，所强调的是为了落实政策。山大考虑到外语系的发展，坚持不放。至于落实政策，校方的答复是山大同样可以落实，甚至会落实得更好。于是学校于1980年初任命先生为外语系主任，安排他于1981年9月参加山西省教育考察代表团及由山西大学、太原工大、山西医学院几位院长组成的教育考察团出访美国。作为考察团的成员之一，他既参与前期的组织联络，又兼做访问期间的翻译，并参与建立了同美国南卡罗来纳大学的校际交流合作，互派留学生和教师互访机制等工作。山西省教育厅还与美国纽约城市大学建立了良好的交流机制，定期举行交流会议。这些都与先生的付出有着一定的关系。与此同时，他积极倡导，组织联络，在山西省教育厅的领导下，于1982年4月底完成筹备，正式成立了山西省所有高校外语教师集体参加的“山西省高等院校外语教学协会”（现名为“山西省高等院校外语教学研究会”），并被公推为首任会长。

同美国南卡罗来纳大学建立了校际联系后，山西省数所大学的多位教师都曾获得机会，赴美交流学习或进行科研合作。1983 年 12 月，先生再次随山西省高教系统教育考察团，赴美进行了为期 5 个月的考察访问。在美期间，他深度接触研究了英语语言测试，认识到语言测试是一门学科方向，它是跨语言学、语言教学、教育测量学和计算机技术的综合性学科发展方向，并对其产生了浓厚的兴趣。他深知当时国内尽管高层教育主管部门也重视英语语言测试工作，而且教育部高教一司也曾组织过语言测试研讨班，但总体而言，国内对英语语言测试研究的人仍然很少，研究仍处于基础阶段。国内当时对此有比较深入研究的学者，有广东外语外贸大学的桂诗春先生，北京大学的胡壮麟先生，北京外国语大学的刘润清先生，上海交通大学的杨惠中先生和刘鸿章先生等，北外的刘承沛先生和上外的杨小石先生曾参与英语水平考试（EPT）的研发与实施，而北京师范大学的张厚粲先生则主要侧重心理测量。鉴于此，先生产生了在山大外语系设置这个专业方向，培养硕士研究生的念头。回国转任山西大学教务处长后，他更加清晰地认识到考试与教学的密不可分，考试试题试卷质量的保证与考试成绩的客观评价，即教育测量的重要性。

1984 年，国务院学位委员会批准山西大学两个学科为第二批硕士学位授予点，分别为马克思主义哲学和英语语言文学。先生因在国外，错过了当年招收研究生的机会。1985 年，他开始招收他的首批硕士研究生，确定的专业研究方向就是英语语言测试。这一年，因扩招他一下子招收了 5 名弟子，分别是邢得惠、孙慧萍、郁张海、王异虹和我，王异虹是唯一的应届毕业生。1988 年 7 月我们几个拿到学位顺利毕业后，先生又招了聂建中和李汉云 2 位，1990 年他招收的独苗关门弟子姚国树，于 1993 年 7 月通过答辩，拿到学位，顺利毕业。

1993 年底，先生和夫人应儿子邀请去加拿大探亲，考虑到山大外语系的发展，临行前先生委托时任外语系主任的王正仁老师，根据学校的规定，视情况代他们办理退休手续。这样，先生夫妇就于 1993 年年底正式办理了退休手续，为外语系空出两个高级职称指标。从 1993 年底一直到 2015 年末，先生夫妇俩几乎每年都往返于中、加之间，基本上是国内住半年加拿大住半年。国内居住期间，先生和他的弟子们必定多次相聚相叙。师徒间每次都有道不尽的离别情，说不完的心里话。

先生对研究生的培养有其独到的见解和方法。重实用，重实践，重理论与实践的紧密结合是其主要特点。他给研究生指定的 3 门核心课程分别是语言测试理论、统计学方法和计算机技能。

语言测试理论方面，他指导他的研究生把当时在北京图书馆能找到的所有有关语言测试的论著全部复印，作为教材自学，然后定期交流讨论；统计学方面，他安排他的研究生随堂旁听教育系本科生的统计学原理课程，要求他们掌握描述统计、推断统计、假设检验、方差分析等概念与方法，并使之成为一种实用技能，做到能自觉熟练地应用于英语语言测试的定量分析实践中；计算机技能方面，他让他的研究生直接跨专业选学计算机专业的编程语言，如当时通用的 BASIC 语言、COBOL 语言和 DBASE 等。尤其是 BASIC 语言，我们花了很长的时间，费了很大的力气，常常通宵达旦地编写、修改、运行程序。当时完成的程序已能运行、统计、打印出与美国教育考试服务处（ETS）（也就是 SAT、TOEFL、GRE、GMAT 等英语考试的命题和评价服务中心）完全一样的试题分析报表。这套程序主要由邢得惠和郁张海二位编写完善，其所能完成的任务，丝毫不亚于上海交通大学杨浩然老师于 1987 年为“全国大学英语四、六级考试中心”而编写、运行的计算机程序。当时先生为我个人规划的侧重点是统计分析，我的学位论文及其后的教学工作都从中受益匪浅。

我们的计算机动手能力得益于先生从美国考察归来时，亲自背回来的一台早期的比较原始的苹果计算机，它的键盘与主机连体，显示器貌似一台 9 英寸的电视机。当时，这在山大全校都是相当先进的，已引起不少理科研究生的羡慕，更别说文科的研究生了。大约一年后，我们又花大价钱（大约 3 万元—4 万元）买了台 286 台式机，配备了阅卷机。之后，我们与时俱进，紧追计算机 X86 系列，不断更新换代，提升研究能力。

先生培养研究生的另一特点就是“开门”、放手。他让他的研究生在研究方向上不要坐而论道，从理论到理论的空对空，一定要结合实践，解决实际问题；在求知探索方式上，他要求他的研究生既不囿于外语系，也不拘于山西大学，而是让他们走出校门，到北京查资料，去广外拜访桂诗春先生，赴上海交大在杨惠中、刘鸿章、冯玉柱等先生们的指导下，参与全国大学英语四级考试首次试考的相关工作，为撰写毕业论文做准备。他想方设法筹措经费，让弟子们尽量多地参加相关的学术会议，结识学术界的领军人物，虚心向同行同事们学习。

作为毕业汇报“演出”，1988 年上半年我们组织了一次全省有数万学生参加的中学生英语竞赛。竞赛试卷收回后，我们完全按照 ETS 的做法和评价标准，使用计算机阅卷评分，统计分析，打印出每道试题的难度、区分度及其干扰项的干扰程度，统计出整套试卷的信度，然后再综合分析出试卷的效度。在赛后两周内，向所有参赛学校反馈了分析数据，表彰了获奖学生和学校。

1989 年，先生又带领他的团队组织实施了全省大二非英语专业全体学生参加的英语三级考试并撰写了考试分析报告。

在先生的精心培养和多方面的影响下，他的研究生毕业后的发展普遍很好。第一届中的邢得惠、郁张海和王异虹 3 人先后在美国和德国获得博士学位，后在各自的工作岗位上尽显身手。邢得惠同学读博的研究方向仍然为教育测量，师从著名的教育测量专家罗纳德·汉布尔顿（Dr.

Ronald Hambleton）教授。博士毕业后，他一直供职于加拿大不列颠哥伦比亚省教育厅，从事教育考试的命题、分析、评价工作，深得同行的认可与赞许，一直工作到67岁退休。郁张海同学博士毕业后曾入职于美国一家电子科技公司，负责公司的人员培训。王异虹同学博士毕业后回国，在北京大学光华管理学院继续做博士后。出站之后，她就职于北大新闻与传播学院，被评聘为教学科研副教授，现任中国跨文化交际学会常务理事。孙慧萍同学毕业后继续在山大外语系任教，后举家移居加拿大蒙特利尔，全家在那儿发展得很好。他们与先生夫妇一直保持着密切的联系。第二届的聂建中同学，曾为山大外国语学院外国语言学与应用语言学硕士研究生导师，山西省高等院校外语教学协会秘书长。他曾于2001年2月至2009年3月担任山西大学外国语学院院长，为学院的长远发展发挥了极其重要的承前启后的作用，在学科建设、师资培养和课程设置方面为学院打下了良好的基础。先生的关门弟子姚国树同学现为天津科技大学外国语学院英语系副教授，院教学骨干。

先生不仅仅是我们学术上的良师，而且也是我们生活中的益友。在学术上，他对他的研究生要求异常严格，几近严厉苛求。每次布置的自学材料，在讨论时如被先生发现未读完或读得不够认真，他定会严厉批评，不留情面，甚至会大发脾气。若大家都完成得很好，讨论得也比较深入，达到了先生的预期，他会毫不吝啬地予以表扬，表现出由衷的欣喜。

先生为人耿直，廉洁自律，在其位谋其政，从不以权谋私。担任山大教务处长期间，他把教务处的各项工作安排得井井有条，责任到人，各负其责。例如，他把全校的招生工作全权交付给副处长分管后，自己从不插手、不干涉、甚至不“过问”，不接受任何人的请托，从未递过条子、批过单子。他言传身教，告诫我们也一定要堂堂正正，秉公办事。

生活上，先生对他的弟子们关怀有加。他常常约请我们到他家吃饭聊天。每次他们夫妇二人都用心准备，先生还亲自下厨，展示他的厨艺。

他的拿手菜有红烧肉和酱牛肉，确实风味独特，美味可口。他知道我们的胃口，每次都准备得十分丰盛。聊天中他常常问及我们的家庭，像我们几个结了婚有孩子的，他还会问到孩子们的学习成长等。每当此时，常使我们联想到自己的父母至亲。

有一次，先生带师弟们去外地参加学术会议，为了节省费用，先生和他们同住一个房间。一天，由于白天日程紧，晚上回房间后先生有点累。他们让先生先洗洗睡觉，先生脱下袜子，擦擦脚说，今天“干洗”。于是，我们就有了“干洗”这个典故。估计这也是他在“850”农场练就的。此时的他，又特别像我们大学同宿舍的同学，和蔼可亲。

1972 年 4 月初至 1975 年 8 月底我在山大外语系上学期间，因最初急于理顺英语的 26 个字母，分清读准 48 个音素、音标，中后期忙于记忆这几个字母的不同排列组合及表达意义时必须遵循的规则，无暇打听、了解、接触给我们班直接授课以外的英语专业的其他专职教师。7 个学期下来，只熟识大一时的田际升、刘海量老师，大二时的孟庆瑞、乔寿宁老师，大三及其后的聂崇信、刘生金老师。还有给我们代过一段泛读课的凌熙华老师、代过口语课的付小燕老师和临时替刘生金老师代课 3 个月的刘金科老师。当时对赵先生只有耳闻，无缘当面聆听他的教诲。

1982 年 4 月底山西省高等院校外语教学协会成立时，我作为大同医学专科学校的代表参加了大会。28 日下午在全体会议讨论并通过协会章程后，先生被一致推选为会长。这次与会，是我自毕业离校后第一次与先生谋面。在协会 1983 年和 1984 年的年会上，虽然次次都能见到先生，但由于一般理事与会长间的天然距离，不可能有许多机会单独交谈，我对先生始终是仰而慕之。1985 年我报考了先生名下的硕士研究生。在考试后，先生对我可能才有了一些初步的了解。成绩揭晓后，鉴于我们几个的成绩相对而言都比较好，先生和外语系都有扩招之意。在他们的共同争取下，校招生办同意给外语系增加 2—3 个扩招名额。这样，我才有幸能拜读于先生名下。

三年读研期间，我充分享受到了先生对其弟子们的普遍教诲与关怀。除此之外，还有几件事对我个人影响深远，永铭心间，不敢、不可、不能忘怀。

1988年7月硕士研究生毕业后，我本该回到原单位工作，是先生坚决主张我留在太原，才改变了我后来的人生轨迹。用他的话说，回到原单位，势必成为孵化到期发育正常却未能破壳而出的小鸡，定会被活活憋死，所学专长难以发挥，于己于国不利。在他的强烈建议和主张下，我动了心。后来，在时任山西财经学院外语教学部主任洪传英老师的推荐和财院卢昌治校长的首肯下，经多方努力，我于当年正式调入财院外语教学部。

到财院后，在卢昌治校长的大力支持和特批下，外语教学部当即购置了计算机和阅卷机，组建了有实无名的“英语语言测试工作室”，将语言测试理论应用于大学英语教学实践。我们组织老师编写试题、编制试卷，对学生统一测试后，计算机阅卷、统计、分析，打印出每道题的试题分析卡。然后，根据分析数据，通过教室里的有线喇叭，统一向全校参试学生讲授试题及出错原因。因为针对性强，学生听得认真、专心，效果好。英语任课教师更是把分析结果当作诊断证明，拾遗补漏，课堂上精准讲授。在外语教学部老师们的共同努力下，财院的大学英语教学，尤其是英语四级考试（CET-4）的成绩在一两年内有了显著的提升，跃居全省高校的前列。之后，又将我们的做法和经验向全省辐射，先后编写出版了《大学英语模拟试题集》《大学英语四级考试词语必备》等。在社会服务方面，我的专业特长得到了充分的发挥，多次参与省教委职改办、省经贸委、省人事厅和省工商银行人事处等单位所主管的英语考试的命题和评卷工作。

在财院期间，我个人也得到了很好的锻炼并获得了远超预期的荣誉：

1995 年 9 月，被国家教委和人事部评为“全国优秀教师”，并授予“全国优秀教师”奖章；1996 年 6 月，被中共山西省委授予“共产党员标兵”称号；1996 年 9 月，被中国教育工会全国委员会授予全国“三育人”先进个人荣誉称号。

所有这些都得益于先生的教诲，孕育于先生的筹划与运作。同时，也离不开山西财经学院外语教学部这个优秀平台及洪传英主任和王桂香书记的提携与支持。

1997 年我获评教授后，先生在回国居住期间，我们隔三岔五见面叙谈。闲聊中，他多次建议我考虑走出山西。根据他对几所外地院校的了解，他曾建议我去北京、山东青岛或广东湛江等地的高校发展。在先生这种“动则充满活力”理念的影响下，后在我大学同窗好友张福成同学的具体鼓动下，我于 2001 年 9 月从山西财经大学经贸外语系调到了北京林业大学外语学院，主要从事商务英语教学与管理工作，首次把英语作为工具来系统学习传授商务学科的基础知识和基本理论，研究、制定与实施商务英语的培养目标和教学计划。

2002 年我顺利通过北京林业大学的博士入学考试，9 月开始在职攻读林业经济管理博士学位研究生，师从党凤兰、宋维明教授。在修完全部课程、完成开题报告后，终因承担的教学任务逐年加重，获批的北京市高等教育精品教材立项项目结题期限临近，在无力兼顾的情况下，不忍心耽误学生，不愿意失信项目，未能按期完成博士论文，只好作罢，留下了在求学道路上“有始无终”的遗憾。

2018 年 7 月 6 日（星期五）是我正式结束一线教学、不无留恋地走下讲台的一天。课间，商务英语系的学生和部分老师为我举行了一个简短的“送蛋糕、献鲜花”仪式。外语学院院长史宝辉教授得知后，在朋友圈发文，“孩子们有心了……肖文科教授认认真真上完最后一堂课，学生们利用课间为他举行了简单而隆重的仪式。肖教授 2001 年从山西财大调入我院，从商务英语方向到商务英语专业，倾注了大量心血，在退休后坚持超期服役多年，以解师资不足之燃眉，为学院的发展以及师资和学生的培养做出了巨大贡献。他为人谦和，做人厚道，风趣幽默，睿智矍铄，被大家亲切地称为‘大叔’。……愿肖大叔继续关心学院发展建设，祝他老人家幸福安康，顺心如意。”

我真心感谢院长的这番评价和多年来的支持与鼓励。在研究生培养方面，从 2004 年至 2012 年，我共指导 19 名商务英语方向文学硕士研究生获得学位如期毕业；在社会服务方面，我同样发挥英语语言测试专长，从 2007 年以来参与了北京市一项重要的英语考试的命题工作，同时多年来参与全国商务英语一、二级考试的命题或审题事宜；在科研方面，我主编和主持翻译了 3 部有代表性的作品，发表了一些有关英语测试和商务英语方面的论文。

这一路走来，都是先生开设的英语语言测试方向奠定的基础，都与先生的言传身教和潜移默化密不可分。当然在林大所做的这一切亦受益于北京林业大学外语学院这个团结奋进的集体，离不开商务英语系同仁们的相互配合与支持。

先生夫妇曾多次邀请我携夫人到加拿大蒙特利尔他们家中做客，并附带在加拿大旅游观光。我俩虽也早有出国旅游的想法，但总担心打扰他们。一拖再拖，直到 2012 年 8 月，我们应先生再次盛邀，专程前往蒙特利尔，在先生家住了 10 多天。先生夫妇对我们照顾备至，提前给我们腾出一间卧室，摆放好电脑，连好网线，采购了许多蔬菜、水果、肉食。欢欣之情溢于言表。先生有早起的习惯，每天早早地就把早餐准备好，蔬菜、水果、肉片、面包、牛奶、鸡蛋，品种齐全，生怕把什么落下，生怕我们吃不饱、吃不好。我们外出，如果到较远的地方，先生还给我们特意准备外带的干粮和水果；如果是较近的地方，他就直接开车带我们去。他开车带我们去附近的水果蔬菜市场，去他们曾经居住过的地方，去风景区，去正在开发的小区，去吃海鲜，去他们儿子的住处以及远离市区的湖畔别墅，在那儿游小镇，观风景，吃自备烤具的烧烤。无论到哪儿，先生只管开车，至于前方是直行还是左转或右拐，全是真人导航张老师的事。二人配合得非常默契，处处体现出夫妻二人非同一般的恩爱。这点也给他的弟子们树立了榜样。

在加期间，先生还为我们联系了多年不见的同窗孙慧萍同学，她也住在蒙特利尔，但离先生家很远。孙慧萍夫妇邀请我们去她家聚餐，参观他儿子创办的产业，到圣劳伦斯河边游玩。我们还和先生夫妇一起去北美最大的蒙特利尔圣母大教堂参观，见识了它的宏伟典雅。在即将离开先生家时，先生又与居住在温哥华维多利亚岛的邢得惠同学提前联系，替我们约好时间见面。待我们从温哥华搭乘轮渡抵达维多利亚岛后，得惠驱车把我们接回他家，并和他夫人一起带我们参观了就近的景点，热情款待，几番畅叙，自不待言。

加拿大之行，先生对我们的那种热情周到的照顾，无微不至的关怀，以及他那喜出望外、发自内心的喜悦之情，犹如他找回了自己失散多年的孩子一般。当时的情景，深深地镌刻在我的心间，终生难忘。

一桩桩，一件件。唉！忆不完的往事，写不尽的情意。引用一句英语，“We owe you a debt we try to repay，but never quite succeed．”（我们欠您一份此生难以报答的恩情。）

先生，您安息吧。您的弟子们永远怀念您！

2020 年 5 月 18 日于北京

远去的背影——忆常风先生

李广锁　聂素娥

一、珍贵的照片

我的大学老师，原山西大学外国语学院院长王正仁先生给我发来一张照片。并附了一个短短的说明：“广锁，找出这张十分珍贵的照片。发给你，望能在《别样年华——山西大学外语系首届工农兵大学生纪实》一书中派上用场。”

这是常风先生与友人在北平（北京）的合影。照片摄于1948年。照片中的常先生身穿皂色长衫，神态自若。按常先生生辰推算，当时他年龄应近不惑之年，正是人生最好年华。按照片后王老师的附注，左起前排：朱光潜、俞平伯、杨振声、梁实秋、李长之；后排：赵先生、冯至、

常风、沈从文、章川岛、善秉仁神父。刚好我在近年读了一些民国时期的文章，对民国文化名人略知一二。照片上的人物，除没有名字的赵先生、善秉仁神父和章川岛外，其余都是文化名人。

朱光潜，一般认为他是继王国维之后的美学宗师人物。1948 年底，国民党抢教授去台湾，胡适排第一，他排第三。可知他在当时的名望和学识。

沈从文的代表作应该是《边城》，胡适夸他是天才，“是中国小说界里最有希望的人才”。1988 年，86 岁的他进入了“诺贝尔文学奖”的最终 5 人候选名单，评委马悦然证实，他获奖的可能最大。可惜，没等到诺奖的最后确定他就去世了。

梁实秋，对鲁迅拍过桌子，国内研究莎士比亚第一人。台湾写《乡愁》的诗人余光中评价他说：“莎士比亚只写作了二十年，梁花费三十六年时间翻译了《莎士比亚全集》。”而他的《雅舍小品》却成了出版社的神话，数不清的再版，弄不清楚的盗版。朱光潜说：“梁的大作《雅舍小品》对中国文学的贡献在他翻译莎士比亚著作的贡献之上”。

俞平伯自不必说，早在我们上初中的时候，就知悉俞平伯评《红楼梦》，他与胡适并称“新红学派”的创始人。

冯至先生在中国现代文学史上有很大影响，鲁迅先生称誉他为“中国最为杰出的抒情诗人”。冯至先生也是著名的学者、作家和翻译家，在诗歌、历史小说、散文、杜甫研究以及歌德、海涅作品翻译和研究等方面，均取得了令人瞩目的成就。

杨振声是朱自清的朋友，清华大学中国文学院成立时，由他任系主任，教授。五四运动时，和许德珩火烧赵家楼。也是响当当的人物。

李长之（1910—1978），著名作家、文学评论家、文学史家，1936 年出版《鲁迅批判》产生影响，20 世纪三四十年代至 50 年代是名声显赫的批评家，后被错化为“右派”。

那脸色模糊不清的善秉仁神父，那像日本名字的章川岛，那没有名字的赵先生是谁呢？我继续四处搜寻有关资料。终于在孔子旧书网上找到一本谢泳、马骏敏编的《常风先生诞辰一百周年纪念文集》，在这本书的前面插页里也有王老师给我的这张照片，照片下面注：照片的拍摄地点是北平王府井福安楼（在帅府院对面，过去曾是严复的故宅），为什么善秉仁神父面色模糊呢？书中讲是因为“文革”中常先生家人害怕这张外国人的面孔带来麻烦，故意涂抹过的。谢泳在书中说，善秉仁神父应该是法国人，他喜欢结交中国文人，他对中国现代文学的贡献是和赵燕声一起编了两本有关中国现代文学的重要史料，一本是英文的《中国现代小说戏剧一千五百种》（*1500 Modern Chinese Novels & Plays*），另一本是法文的《说部甄评》（*Romans à lire et Romans à proscrire*）。照片里的赵先生就是赵燕声。那像日本名字的章川岛其实是笔名，他的大名叫章廷谦，是北京大学的学生。

这次非但弄清了照片中所有人的名字，还基本上确定了照这张照片的缘由是因为欢迎梁实秋先生所照的。张晓（常风先生在北平艺文中学任教时的学生）在回忆常先生的文章中说，1988年他在北京《燕都》杂志上看到吴小如的一文，介绍1948年北平一些著名作家欢迎梁实秋的照片，有常风老师等十几人。他看到此文，就给山西大学的常风老师写了信。王正仁老师给我的这张照片应该就是张晓先生说的欢迎梁实秋的那张照片。

二、谈笑有鸿儒

照片上的这些响当当的文化名人都是“京派”的作家和评论家。何为“京派”？ 20世纪30年代，在北平以清华和北大为中心，汇集了一大批学者和作家，有胡适、周作人、俞平伯、废名、冯至、朱自清等这些早在“五四”前后就蜚声文坛的宿将，更有后来徐志摩、叶公超这些“新月”派人物的北迁来平。1933 年前后，朱光潜、沈从文、杨振声、萧乾又陆陆续续从国外或外地回到北平，他们聚集在林徽因的“太太客厅”里喝咖啡、论文艺，《骆驼草》之后再办《学文》，一个被称为“京派”的文学群体已经形成，与聚集在上海的大批作家和学者所形成的“海派”遥相呼应，构成20世纪30年代中国现代文学两大主要阵营。在这个时候，常先生告别了任教两年的太原平民中学，到达北平。常先生文学活动的黄金时期也在这个时候开始了。很快，常先生成为“京派”的重要人物，成为这一文学群体年轻作家中唯一专以书评和文学评论见长的作家。

从 1934 年到 1937 年抗战开始，常先生显示出了他在文学评论方面和比较文学研究领域的卓越才华。作品散见于沈从文主持的《大公报》“文艺”副刊，凌叔华主持的《武汉日报》“现代文艺”副刊，以及《国闻周报》《文学杂志》《中德学志》等报刊。尤其是他的独具一格的书评，在当时的文学界有着很大的影响。

据常先生在《留在我心中的记忆》一文中讲，北平的作家办刊物的确在 1937 年实现了，由朱光潜先生主编，商务印书馆只管印刷和出版。沈从文对常先生说，朱先生要常帮忙，并请常去看看朱先生。过了几天，常去拜访朱先生，朱先生邀请常担任助理编辑，还告诉常先生，刊物要重视书评，希望常先生办理除关于编辑部的事务外，尽量写些书评。半年之后，《文学杂志》因七七事变而停刊。

日本投降后，京派作家又开始筹划《文学杂志》的出版工作，常先生在文中写道:“1946 年底杨振声约朱光潜先生、沈从文先生、冯至先生、姚可昆先生（冯至夫人）和我在东城雨花台吃饭商谈《文学杂志》复刊之事，商务印书馆提出复刊仍由朱光潜先生主编。杨先生说，除了朱先生、沈先生和他，还请冯先生和姚先生参加编辑工作，并仍由常风先生担任助理编辑。于是停刊十年的《文学杂志》于 1947 年 6 月 1 日复刊，作为第 2 卷，共出 12 期。1948 年 11 月出版了第 3 卷。当时已经是黎明的前夕，大家都有更重要的事情去做，6 期后杂志便停刊了。”

其实，《文学杂志》的编委除上述介绍的外，还有重量级的人物。常先生在回忆沈从文的文章中讲，《文学杂志》包括主编共有 10 位编辑委员，除了上海的李健吾和武汉的凌叔华两位，其他 8 位：朱光潜、沈从文、杨树生、叶公超、周作人、林徽因、朱自清、废名，都在北京。除朱光潜、杨树生、沈从文我们前面已介绍过外，我们再来分别介绍一下“京派”这些人物：

周作人，鲁迅的二弟，民国时散文第一人。

朱自清自不必说，他的《荷塘月色》《背影》《匆匆》可以说是人人皆知，都选入了我们的教材中。

李健吾是山西老乡。笔名刘西谓，著名的书评家，著有长篇小说《心病》等。译有莫里哀、托尔斯泰、高尔基、屠格涅夫、福楼拜、司汤达、巴尔扎克等名家的作品。近期看过韩石山先生的《李健吾传》，称他为山西的文化名人。

凌叔华，嫁给了鲁迅的“敌人”陈滢。她被视为同冰心、庐隐、苏雪林、丁玲等齐名的作家。相对于冰心等人的“闺秀派”，她被人誉为是“新闺秀派”。大家津津乐道她的趣闻轶事是印度大诗人泰戈尔访华。凌叔华在家中以中式茶点诚邀泰戈尔到家中做客，陪同者有二三十人之众。凌叔华晚年回忆说，那时年轻气盛，目无尊长，当着众人的面，她问泰戈尔：“今天是画会，敢问你会画吗？”有人警示她勿无礼，她也不在乎。泰戈尔真的坐下来，在她备好的檀香木片上画了一些与佛有关的佛像、莲花，还连连鸣谢。

废名，原名冯文炳，湖北黄梅人，是叶公超的得意门生。也有人讲他师从周作人。在文学史上把他视为“京派文学”的鼻祖，20 世纪最有影响力的文学家之一。

林徽因，民国第一才女，中华人民共和国国徽的设计者。大家都熟知她的诗《最美人间四月天》。

常风先生于1929年秋考入清华大学外国文学系，成为叶公超的高足，早在大三时在叶先生的指导下，写就他的第一篇书评《利威斯的三本书》（利威斯，1895—1978，英国著名文学批评家）。常先生的处女作《那朦朦胧胧的一团》，在《新月》杂志发表，笔名苏波，是在叶师的鼓励和指导下写成的。他的书评《论老舍的〈离婚〉》，也是经叶先生推荐，由天津《大公报·文艺》发表。常风先生成为京派的重要作家，在文艺评论、比较文学研究诸领域都卓有建树，叶师功不可没。然而，他和叶师的第一次见面接触却是由他的同学钱钟书而始。

钱钟书先生是家喻户晓的作家，他的《围城》是中国现代文学史上一部风格独特的讽刺小说，被誉为“新儒林外史”。他和常风先生在清华大学是熟知的同学。但他们的认识也是颇有意思的。据常风先生在《和钱钟书同学的日子》中回忆：

> 我第一次碰见钱钟书是在冯友兰先生的逻辑学课上，印象很深，一直到现在我都记得清清楚楚。
>
> 冯先生河南口音很浓，讲课时口吃特重，所以记他的笔记很不容易。比如，他讲到亚里士多德时，总是“亚、亚、亚里士多德……”坐在我右手的这位同学忽然从我手里拿过我的笔记本，就唰唰地写开了。我当时有些不高兴，心想这个人怎么这样不懂礼貌呢？可是当时也不便说什么。冯先生讲完课后，这位邻座就把笔记本给了我。下课后他走他的，我走我的，出了教室，我也未向他道谢。我看了笔记本才发现他不但记下了冯友兰先生讲的亚里士多德，还把冯先生讲课中的引语、英文书上的原文全都写了下来，这着实让我吃了一惊。

当天下午有人来找我同宿舍的许振德了，原来来客就是在我笔记本上写笔记的那位同学。老许介绍说，他叫钱钟书，他俩在同一个英语班上。我和钟书就是这样认识的。

钱钟书看见我书桌上的书就翻开了。他看见《国学概论》一书（钱穆著），前边有钟书父亲钱老先生写的序，就说：“序是我写的，只是用了我父亲的名字。”后来他又看见了别的书，其中有爱尔兰作家乔治·穆尔写的《一个青年的自白》，他很惊讶地问：“你看这本书吗？”我说：“以前看过郁达夫介绍这本书，所以来到清华后就到图书馆借了出来。”这样，我俩就聊了起来，这就是我与钱钟书、许振德友谊的开始。以后，我们仨个人就成了最好的朋友。1933年春假，我们仨人骑毛驴游碧云寺、颐和园、孙中山衣冠冢。那时候《三剑客》电影刚放演过，许振德戏称我们是“三剑客”，这件事在清华大学同学们中间传开了，成为历史上的一段佳话。

那年冬天的一天，钟书约我一同去叶先生家拜访。这是我第一次拜见叶公超先生。叶先生当时还是单身，住在清华园东北角的北院教授住宅区。南窗前面有他专门移来的竹子，叶先生原来是一位很爱风雅的人。他给客厅兼书房和餐厅的那间大屋子起了一个雅名“竹影婆娑室”，还请老诗人、汉魏诗歌专家黄晦闻先生写成横披，悬挂在室内南窗上方的白粉墙上。坐在他的客厅里，确实看得见竹影摇曳。我们在清华四年中常在叶先生的这间屋子里向他请教。

单凭常风先生的师承关系，凭他与那个时代的作家、学者的交往和工作联系就足以骄人。我们知道，一个没有欧美留学背景，一个尽管是清华大学外国文学系毕业但长期做中学教师的人，能够在20世纪30年代大家林立的文坛立足，没有真本领是很难想象的。

我们之所以喋喋不休地介绍常先生身边的这些文化名人，介绍20世纪三四十年代他对中国文化的贡献，是因为他的成就几乎被世人遗忘。他的大部分学生，他周围的人，甚至他的家人都对他三四十年代的这段历史不甚清楚。在撰写这篇文章时，聂素娥同学曾向当年教我们的年轻老师们了解常先生的一些往事，他们竟对常先生三四十年代这些事知之甚少。

谈到自己的成就，常先生谦虚地说，他一生只是个教书匠，办刊物和写作，只是余兴而已。能与那么多的文化名人触识共事，只不过是机缘而已。

三、窥天、弃馀与逝水

《窥天集》《弃馀集》和《逝水集》是常先生一生的3本主要著作，代表了他在20世纪三四十年代和晚年的主要成就。

《弃馀集》初版时间是1944年6月，第1集原收了20篇文章。1995年10月《逝水集》初版，《弃馀集》收入到《逝水集》中。

常先生1949年以前的成就，集中体现在他的书评。他的书评多收集在《弃馀集》中，从评老舍的《离婚》开始，他评过鲁迅的《故事新编》，巴金的《爱情三部曲》，萧军的《第三代》，茅盾的《泡沫》，叶圣陶的《圣陶短篇小说集》……他的书评具有敏锐的艺术感受力，分析细腻精到，文笔清新活泼，融鉴赏与评论于一炉，自成一家言。山东教育出版社出版过一本《中国书评精选评析》，收有常先生的3篇书评。

李辉编选《〈大公报〉书评选》时，常风先生入选的作品与公认的书评家刘西渭（李健吾）一样多。20世纪30年代的中国文学界，能够数得上的书评家，大概只有李健吾、萧乾和常风先生了吧！

《窥天集》是文艺评论集，初版于1948年5月，1998年6月再版。

吴小如先生在《窥天集》序中讲："他乃是立足于我国民族文化立场，一方面把西方文化（包括文学创作和文学理论）介绍传播给国人，一方面更借鉴和利用西方的各色理论武器来分析探讨我国古典文学中未经前人道破的奥秘和精髓。他的治学途径以及其研究的力度和深度，大有与钱钟书先生平分秋色、异曲同工之势。"

《逝水集》是常先生晚年的一本文集，20世纪八九十年代，常先生在有关单位和个人的邀请下，陆续写了近10万字的回忆文章，这些文章的内容包括了三四十年代北京文坛的状况，以及先生与叶公超、沈从文、朱光潜、周作人等人的交往，详实地描述了那一代知识分子在国家危难时期的分化，在民族危难紧迫关头所做的抉择，重现了那段纷繁复杂的岁月里同样纷繁复杂的事，提供了那么丰富的历史细节。这些回忆性的文字，为中国现代文学研究提供了许多第一手资料。

像韩石山先生猜度常先生的《弃馀集》是表达先生淹留敌区的一腔孤愤一样，我有时也想常先生的《窥天集》《弃馀集》《逝水集》3本主要作品的名字是何用意呢？我妄加猜度先生给他的作品起的名字，《弃馀集》是否与在大学时同学们给他起的绰号有关呢？

1982年，常先生的女儿常立奉父命去拜访钱钟书和杨绛先生。钱先生把自己的《围城》托她带给她父亲，同时也送给她一本中译本《奥勃洛莫夫》。还微笑着对她说："你父亲就是'Oblomov'，这是我们给他起的绰号……""Oblomov"是俄国作家冈察洛夫同名小说中的主人公，他善良、正直，却耽于幻想，昏庸，是多余人的代称。在中学时，同学们给常先生起的外号是"Simple"常先生在以后的许多文章里都把"苏波"用作笔名就是"Simple"的音译。像把"Simple"用作笔名的用意一样，《弃馀集》是否与"Oblomov"的绰号有关呢？

先生出版《窥天集》正是英雄际会之时，是"小乔初嫁了，雄姿英发，羽扇纶巾，谈笑间，樯橹灰飞烟灭"阶段，所以用"窥天"表示他英姿勃发，气度非凡，建功立业的志向。而《逝水集》写作虽是“老骥伏枥，志在千里”之时，但却是烈士暮年，昔日战友同学或死或病，在写纪念他们的文章时总会有英雄落寞的感觉，怎不会有“滚滚长江东逝水，浪花淘尽英雄”的感受呢！

像把金庸先生的写作成就总结为二句“飞雪连天射白鹿，笑书神侠倚碧鸳”一样，吴小如先生在“恭祝镂青夫子九秩之庆”诗中写道：

书生意气空自许，
妄窥文苑议群贤。
先生九十思犹壮，
口撰清华忆旧篇。

诗中隐含了先生三本书的内容和他取得的成就。

常先生逝世后，其弟常国明及其侄常士喧更是巧妙地把三本书的名字嵌入了挽联之中。

燕山攻玉意气可窥天；
晋门设帐师心舍弃馀。
搔首窥天惊叹陨星西坠；
挥泪临川忍看逝水东流。

四、近水楼台未得月

我们在校期间，常先生是外语系副主任，那时候他刚60多岁，身体尚好，不时地会在校园里见到他。他身体瘦削，面容清癯，温文儒雅，慈祥和蔼。满头银发梳理得整整齐齐，戴一副金丝眼镜，风度气质是山西大学教授中之最。

山西著名作家韩石山在回忆常风先生的文章中开头就说："我真糊涂，在山西大学上了几年学，竟然没有去看望过常风先生。"比起韩石山先生，我们 72 级同学更加近水楼台，他是我们外语系的教授，是外语系副主任，但我却无缘单独接触过常先生。第一学年，我们的老师是蔡春月和苏湘晋老师，以后的学年教我们的是苏湘晋老师和杨德友老师。蔡老师、苏老师和杨老师都是他的学生，他们说起先生时都是尊敬有加。杨德友老师在回忆常先生的文章中曾提到，每次去见常先生都是小心翼翼，心里还会惴惴不安，生怕哪里说错了。1973 年在他的请求下，常先生介绍他去拜访了朱光潜先生，陪同他去见朱先生的还有我们 72 级俄专的李政文同学，他们和朱先生一起游颐和园，一起吃饭，一起照相，李政文至今还保存着和朱光潜先生合影的一张照片。蔡老师看到我 2016 年在外语教学楼二楼用手机拍的一张照片。那是外语学院名叫《岁月》的一个图片展。其中一张照片是 20 世纪 70 年代的集体照。照片中的蔡春月老师和常风教授坐在最中间。她说："我怎么有资格和尊敬的常先生坐在一起呢？"原来那张照片是她将要离开山西大学到中国香港时的欢送纪念照。

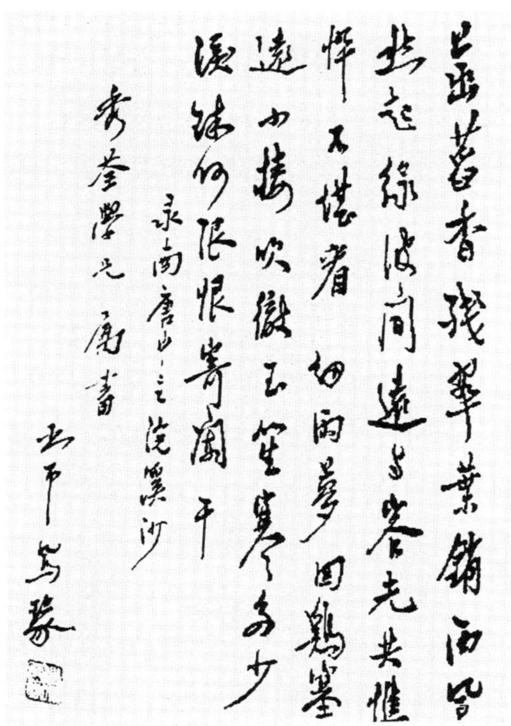

常风先生手迹

我们是1972年入学，当时全国还在“批林批孔”，常先生给我们讲解过什么是“孔孟之道”，什么是儒家儒学。在熄灯号吹响时，许多同学不离开教室，仍在那里学习，常先生会去催促同学们离开教室早点休息。那时候常先生没有教学任务，尽管他知识渊博，才高八斗，我们都无缘亲自聆听他的教诲。甚至无论从年龄资格、学识学养，我们都觉得单独地去请教于他总是有所唐突，都止步于他的斗室斋前。

先生的记忆力好，对我们这一届许多同学的名字竟然还能记住。1981年春孙淑云同学在太原五一广场碰到常风先生，常先生主动和她打招呼，脱口喊她：“小孙，……”孙淑云受宠若惊，心想在学校和常先生接触不多，常先生这样一位泰斗级人物竟然还能记得她的名字，真是令她惊讶和激动。

听说在我们毕业以后若干年，常先生又开始了他的教学生涯，除在外语系教授他最擅长的欧洲文学史和英美文学外，他还兼授本校中文系英美文学课程。他还被兰州大学校长辛安亭（当代著名教育家、出版家、通俗读物作家）邀请到兰州大学去讲学。

五、名门贵胄

常先生原名常凤瑑，字镂青，1910年出生于榆次车辋村一个晋商大族家庭，是常家的第十五世孙。常家是赫赫有名的儒商家族。在晋商的各大家族中，常家不一定是最富的，但一定是文化层次最高的、典型的儒商家族。近几年常家大院被开发为文化旅游景点，如果你有机会到常家大院游览，你一定会被这个家族营造的文化氛围所震撼。特别是庄园里的“石云书院”，“听雨楼”前的“书法院”，一进去扑面而来的都是儒雅书香，那书法碑文、那楹联匾额、那影壁花墙，处处透露着厚重的儒学底蕴，使常家子弟从小就沐浴在儒家文化气息之中。

常家特别注重对子弟的早期教育，不遗余力，兴学育人，在教育方面成绩斐然。清末、民国时期涌现出许多省内知名的学者、书法家和著作颇丰的教育家，更有甚者，在山西大学执教的就有许多位。早在光绪二十八年（1902）山西大学开办时，山西巡抚岑春煊亲自登门，请常家唯一的进士常麟书先生出任了该校中斋分教。1920 年山西省教育厅厅长把常赞春先生邀请到山西大学任教，他是常家在西安考中的第三名举人。再就是常风先生。1952 年全国高校院系调整，常先生到了新华社。当时的山西师范学院（山西大学）院长赵宗复得知这一消息后，立即通过高教部，多次相请常先生回山西大学工作。除他们三位外，常家还有多名学者在山大任教。

常先生幼童时在常家大院，其时父辈们行贾者稀，而奢谈文事，吟诗作赋，书法丹青，他从小耳濡目染，受到很好的熏陶。至 6 岁，母亲带他到太原求学，上了进山小学。进山小学是省立模范小学，当时小学就有英语课，应该是山西境内最好的小学。在省立进山中学时，受教于来自全国各地的精英老师，深受新文化的熏陶。早在中学时期就开始了他的作家梦，与几个志同道合的同学组织了“石燃社”，在当时的《民话日报》出“石燃副刊”，发表了他的诗歌、散文作品。

六、善性感恩与家国情怀

我（聂素娥）有幸和常先生同一故里——榆次车辋村。常先生是我的老师，常先生的女公子常立又是我姑娘的老师。从乡亲们那里听说过常先生一些鲜为人知的故事。

村里的常国明老人 90 多岁，就是为常先生撰写挽联的那位族弟，常常和乡亲们讲述常先生几十年如一日照顾他父母的故事。老人的父亲常麟甯是常先生的本家叔叔。在常先生读大学期间，父亲因病逝世。其时，常氏家族利源早断，且有负债。家无父慈，面临辍学。幸得堂叔麟嶲公慨然资助，他才得以完成学业。常先生是滴水之恩，涌泉相报。叔叔去世后，给叔叔买了棺木安葬。在20世纪60年代，常国明一家因故离开省城太原回到车辋村（常家庄园），成为农民。回村后生活很艰辛，常先生亲自回老家安顿婶婶，并开始接济婶婶的生活。这一资助就是几十年。此后，又赡养婶母直到去世。善性感恩是难能可贵的。常先生古道热肠，除了长期资助叔婶之外，在他生活并不宽余的情况下，还资助过我们村里的许多人。

家国情怀，与其说是心灵感触，毋宁说是生命自觉和家教传承。

七七事变以后，北平的文人、学者纷纷南渡重庆、昆明。常先生向往的当然是“男儿何不带吴钩，收取关山五十州”。但为了患病的母亲，常先生不得不留在沦陷区。虽然不能在战场上杀敌报国，但他仍然自觉地为抗战做了许多事情。

他所执教的中学是一所教会学校，有着外国的背景。利用这一层保护伞，他曾几次前去保释身陷囹圄的革命者出狱，也曾几次掩护中国共产党的地下工作者。从事地下抗日的王森先生感谢他的“一诺千金”。地下共产党员张绪潭和张文彬先生在回忆中总要提到，是常风先生当年让他们进了艺文中学，他们因此得以受到保护达3年之久。被反动当局3次通缉的曹明先生称他为“救命恩人”。对家乡遭受侵略者铁蹄践踏的东北少年李克异，他表示出深切的关爱和鼓励，使这位文学少年在茫茫人海中觅到了知音，并引以为他终生的老师。这段师生情绵延了50年，一直保持到他生命的最后一刻。

常先生晚年在他的回忆文章《记周作人》中叙述：为了阻止周作人投敌，他帮助他的老师叶公超和学长李健吾做了周许多工作。虽然最后也未能如愿，但体现了常先生只要是为民族、为抗战，就勇于去努力的那种精神。

他的所做所为并没有受到哪个党哪个组织的派遣或指示，完全是一种家国情怀的自觉行为。“亦余心之所善兮，虽九死其犹未悔。”精神有了归属，生命就有意义。常先生以此为信条，修身养德，无论学养和品德都做到了至善至美！

七、先生的遗憾

常先生高寿，但最后在病床上的日子达 8 年之久。他的晚年是寂寞的。他多么希望有年轻时的那些文朋挚友和他一起纵谈世界名著，评论大家文章，一起回忆“京派作家”风云聚会时驰骋文坛的那方方面面，多么希望有文人墨客和他海阔天空地抵掌而谈文艺界的趣闻轶事！他喜欢吴小如先生在他八秩之寿时送的一个条幅，那是录苏轼的两句诗：“年抛造物陶甄外，春在先生杖履中。”每有客人来访，总爱在条幅下面留影，但身卧病榻连杖履都不能用了，春还在吗？

常风先生真正的文字生涯并不长，最能写的时候赶上抗战，留在了沦陷区，肯定不可能写了。1957 年以后，搁笔长达 20 年。晚年能写了，但精力已不支，写字手也抖，即使在这样的情况下，从 1988 年以后，由同系高健先生翻译，由常先生审校，出版了《英美散文六十家》《圣安妮斯之夜》。从 1988 年写《留在我心中的记忆》开始，常先生还坚持写了近 10 万字的回忆文章，其中《回忆朱光潜先生》《记周作人》《回忆叶公超先生》都是超过万字的长文，经历的丰富、文字的老到给人留下了很深的印象，可惜他写得太少了。他多次对友人说，关于凌叔华、张申府都可以写，只是写不动了。

1994 年，写完《记周作人》以后，先生躺在了病榻之上。

他的女公子常立在回忆文章中写道：“我记得他久困病榻沉思默想时的神情，他是否在追忆自己的逝水年华？他在清华时的恩师郭斌龢老先生曾瞩望于他，要他翻译《诗学》并作详注。我见过他写在旧式竖排方格稿纸上关于亚里士多德的字迹秀丽的中文手稿，我见过他在练习簿上蝇头小楷般密密麻麻的英文手稿。他老骥伏枥，也曾想完成恩师的重托，完成拖拉了一生的亚里士多德的《诗学》的浩大工程。”在20世纪30年代，先生翻译了《达夫尼斯与克洛衣》这个被世人视为世界文学的瑰宝，以常先生的妙笔译来，在我国文学史上也是可纪念的业绩。（这本书原来由周作人在20世纪20年代译过片段，常先生在旧书摊买到英译本，1937年将它译完，周作人对照希腊文做了校注）。先生还想重新翻译他心爱的希腊田园诗……这些他都没有做成，留下了终身的遗憾。如今这一切都被深深地埋在时光中，埋在历史的尘埃中，他也是壮心未酬身先死。

躺在病榻上，他是否还在想1946年在北京大学西语系任教时编好的《茅茨集》因故却没有出版？他是否还想着日本轰炸上海时，他用数年心血翻译的英国18世纪小说家菲尔丁的长篇小说《汤姆·琼斯》的80万字的译稿，在商务印书馆大火中化为灰烬？他知道他再也没有精力翻译出版这部著作了。

2000年，登在《山西文学》上的《和钱钟书同学的日子》成为他留给世人最后的文字。常先生2002年去世，享年92岁。至去世前，他一直戴着刻有“自强不息、厚德载物”校训的清华大学校庆纪念手表。

先生曾经离我们很近，近到咫尺之间，我们可以和他攀谈，和他共处一校一室；先生又离我们很远，先生的知识渊博，才高八斗，远到我们穷其一生之努力，也无法望其项背。我们为曾经有过这样的老师而骄傲！我们为山西大学有这样的学者而自豪！虽然常先生的背影会离我们越来越远，但我们仍然相信他为我国近代文学所做的贡献，为山西教育事业所做的奉献，不会因他的远去而消失，他一定会名垂青史。

2020年11月28日

无　题

周所同

一叶翻霜两鬓秋，
三生有梦逐东流。
幸逢诗事写蓝调，
不向青山问白头。

我们这一届

赵殿华

2016年9月10日，外语系72级同学在北京中科院博思园公寓举行了一次毕业后规模最大、人数最多的聚会。聚会后，我们制作了光盘以作留念。参与光盘解说词撰稿的有：王买根、高胜恩、赵殿华、李广锁等同学。本文根据光盘解说词整理。

一、一张照片

这是一张独一无二的照片。这是1973年外语系72级师生在文水县刘胡兰村“开门办学”时在刘胡兰烈士雕像前的合影。

这是我们这一届工农兵大学生唯一的一张全系师生的合影。如今再看，更觉得意义非凡，弥足珍贵。当时的我们英姿勃发，风华正茂。可那时天真烂漫的你我越过近50年的沧桑还记得曾经的同学吗？你我周围的同窗，你能叫出他（或她）的芳名吗？于是，我在“涛声依旧”群发起了辨认倡议，同学们群策群力，多次补充修改，耗时2个多月，终于完成了这项艰难而有意义的工作。现在，让我们一一道出吧：

第一排16人（左起）：张昕、田桂兰、孙淑云、王雪立、安玉莲、翟明贤、赵保兰、李瑞仙、张淑英、赵慧敏、小刚（刘生金老师的儿子）、赵殿华、王继香、王淑珍、李玉莲、史莲娣。

第二排20人（左起）：徐忠权老师、梁立生老师、秦麦秀、王素霞、徐素平、常俊英、聂素娥、车艳兰、肖杏花、田春生、晁淑芬、柴晋梅、王桃秀、闫爱卿、胡海江、刘胜雪、任如凤、高胜恩、张安琪老师、杜凤珍。

第三排20人（左起）：林明榕老师、陈志濂老师、庞人骐老师、樊维信老师、王承启老师、寇庚申老师、陈恩炎老师、张邦应（文水县委书记）、高光斗老师（外语系主任）、刘胡兰母亲胡文秀、文水县武装部长（姓名不详）、刘廷玉老师（外语系专职书记）、常风教授（外语系副主任）、凌熙华老师、刘海量老师、刘生金老师、苏湘晋老师、杨希敏老师、孟庆瑞老师。

第四排20人（左起）：张学松、刘玉录、丁立松、赵谊、李静、

1973年11月1日，山西大学外语系72级师生在刘胡兰大队“开门办学”留影

解艳珍、李芬、李燕霞、王爱英、张爱琴、李桂芬、马燕生、原因、渠小平、张红军、徐婉丽、李秀英、韩玉英、边银爱、景瑞雪老师。

第五排 19 人（左起）：孙茂森、夏华安、李海风、段娟、李海鹰、毛维力、彭漪、武浩、刘之光、赵建峰、李平、武全梅、刘爱香、薛秀英、吉小雪、刘敏、张三玲、宋蓉珍、王远雁。

第六排 19 人（左起）：许建聪、张贵根、荆明、陈少芳、王淑兰、贾丽秋、冯建平、柳花梅、郭峰、李茂海、常仲、汪义祥、朱业全、但心厚、马花荣、王秋菊、张俊、韩淑秀、张喜乐。

第七排 20 人（左起）：徐继林、王月秀、李政文、王买根、凌忠发、宋海元、王崇光、张进勇、李志军、李新国、肖文科、王九成、陈庆馥、赵麟、周焱华、赵宝华、王振春、王力理、王惠临、苏同利。

第八排 19 人（左起）：商香兰、武志刚、何德福、王柱儒、韩生鹏、李广锁、何忠寿、白有存、万利民、李建生、吕典治、贾广臣、刘建权、刘建国、赵云雾、银恭喜、李幼平、唐茂恒、李海山。

第九排 21 人（左起）：张胜利、王洪祥、臧献甫、于德生、董振海、周所同、梁昭智、王风枝、刘志峰、李仲华、郭振海、吴志东、张学斌、张福成、薛高保老师（俄专年级主任）、张银海、胡金贵、吴仁和、刘连保、刘文龙、马国华。

历史车轮滚滚向前，照片上的这群人也都踏踏实实地走过了春，度过了夏，步入了人生的金秋时节。看着照片，脑海中浮现出了我们曾经的春天。那时，我们也是有梦想的。

二、春之梦

春天是梦幻的季节，20 岁上下是人生的花季。外语系男少女多，因而更是花的世界，蝴蝶的世界。当时的我们就是在这里开始为一生的梦想和追求而刻苦攻读，掌握看家本领的。160 多个人，就有 160 多个梦。

当启明星还闪烁着它的光芒，东方还挂着一抹晨曦时，嘹亮的起床号在校园响起，操场上整齐的跑操声开启了我们一天的新生活。傍晚，夜幕降临，熄灯号吹响，教学楼和学生宿舍却仍然亮着灯，班级老师一遍遍地催促着熄灯，又一遍遍地检查熄灯。在昏暗的楼道里、盥洗室里，仍然有人在苦读。有的同学假装回到宿舍，等检查过后又返回到教室。有的同学趴在被窝里，蒙上头，用手电筒照亮书本。为了练口型、练发音，任如凤同学得了口腔溃疡，疼痛难忍，吃饭前先用棉球蘸上麻醉药抹在口腔内，才能吃饭。我们珍惜历史给予我们的这个机会，我们如饥似渴甚至是贪婪地汲取知识。为了青春的梦想，除了学习专业知识以外，我们还大量阅读世界名著，如巴尔扎克、托尔斯泰、高尔基、狄更斯、马克·吐温的作品，也会悄悄地偷看当时的禁书《红楼梦》《红与黑》。我们用收音机收听《红灯记》《智取威虎山》《沙家浜》，也偷偷听外国电台纯正的英语广播。我们高唱《国际歌》《大海航行靠舵手》《东方红》，也背诵岳飞的《满江红》和梁启超的《少年中国说》："故今日之责任，不在他人，而全在我少年。少年智则国智，少年富则国富；少年强则国强，少年独立则国独立；少年自由则国自由，少年进步则国进步；少年胜于欧洲则国胜于欧洲，少年雄于地球则国雄于地球。"

我们这一届，校区没有专门的清洁工，所有责任区的卫生都是同学们抢着干的。楼道里的卫生抢着干，教室里的黑板也是抢着擦。胡海江在入学前学过中医针灸，在校期间为许多同学扎过针，灸过艾，治过病。那种从来不怕担责任的气魄和无比关怀别人的精神现在想起来都会感动。在刘胡兰村"开门办学"时住在老乡家里，我们会像八路军一样给老乡挑水、扫院子。我们的穿着都特别朴素，男同学以蓝灰色为主，正正规规的中山装，女同学甚至三年没有人穿过裙子。直到快毕业时，才拿出压在箱底的裙子穿上。女战士都是宽大的军装，大头鞋。即使家境比较好的干部子弟也着装特别朴素。

为了适应当时的教学要求，系里没有采用以前的教科书，而是为我们重新编写了相应的教材。往往是老师讲课前印刷厂才把教材印出来，我们常常是拿着充满油墨香的教材上课。

常言道：一日为师，终身为父。我们的老师更像是大哥哥、大姐姐在呵护着小弟弟、小妹妹。不记得我们有强势的管大学、改造大学的做法，倒是樊维信老师、吴增和老师经常给我们训话，我们从没有反对过，也没有感到不应该。近50年来，我们和老师们保持着相当好的关系。在校时，老师们平等地对待每一个学生，有教无类，使我们这些来自工农兵第一线的贫寒子弟感受到了昔日望尘莫及的高等学府殿堂的亲切温暖。师是春风，吹绿了心田之枯草；师是阳光，融化了肺腑之坚冰；师是百善源头，一切知识德行从师者胸怀汩汩而出。我们和老师们一起打篮球，托排球。也曾经抱打不平，给老师“抢”过房子。

令人感动的是，在“开门办学”的日子里，带队老师不仅履行“师者，所以传道授业解惑也”的神圣职责，而且不顾自己的年迈体弱，仍然坚持与年轻学生们“三同”。令人难以忘怀的是，在长年的教学过程中，老师们一直坚持行走于白天的课堂和晚自习的教室，走访在学生宿舍之间。学生家长来校时，老师们都给予了特别的关照，甚至请到家里吃饭。这里发生的桩桩件件都使学生和家长感到师者的关怀和学堂的温暖。

春之梦应该是和爱之梦连在一起的。青春花季，窈窕淑女，君子好逑。尽管那个年代在大学谈恋爱是不允许的，却挡不住少男少女的相互爱恋。少数有情人终成眷属。有些初恋是公开的，有些是隐秘的；有大胆的表白，也有三年的暗恋；有的初恋连一个吻都没有，甚至没有拉过对方的手。但我们仍然相信许多人的初恋在这里。虽然有的初恋是荒唐的梦，但多数的初恋是美好的，是甜蜜的，是刻骨铭心的，是值得一生去回忆的。既然我们打开了尘封的岁月，就不要再问，我这张旧船票是否还能登上你的客船。让我们把英国诗人叶芝的诗《当你老了》献给我们所有同学的初恋吧！

当你老了，头发白了，
睡意昏沉，
当你老了，走不动了，
炉火旁取暖，回忆青春。
多少人曾爱你青春欢畅的时辰，
爱慕你的美丽，假意或真心，
只有一个人还爱你虔诚的灵魂，
爱你苍老的脸上的皱纹。

当你老了，眼眉低垂，
灯火昏黄不定，
风吹过来，你的消息，
这就是我心里的歌。

看着照片，关心着照片上每一个同学的夏天。

三、夏之奋

夏天不是一个浪漫的季节，它是酷热的、狂风暴雨的、电闪雷鸣的，有时甚至是丑陋的。但是，我们需要夏天。因为它是一个成长的季节，是一个从梦想走向现实的季节。只有经过芒种的播撒，小满的充盈，小暑、大暑的煎熬，我们才能从春华到秋实。

1975 年 8 月底，我们没有毕业前的考试，没有论文答辩，也没有拿到象征我们大学毕业生身份的毕业证书。我们走出了校园，国家百分之百地分配了这批紧缺学子，我们以干部的身份走向社会，去实现我们的梦想。

特殊的年代，特别的毕业分配方式，不一定合理，却远离了权力的影子。往省直机关和省属企事业单位分配的学生，省政府没有决定，山西大学校方也没有决定，而是交给了学生自己。坐在小马扎上围成一圈举手表决，就决定了哪个人留在省直单位。这样的分配方式可能再也不会出现了。杨凤莲、王风枝分配到了省公安厅，王淑珍、常仲、王买根分配到了山西省对外贸易局，李海鹰分配到了省轻工局，后又转到山西省对外贸易局，李政文、李广锁分配到了滑翔学校，冯建平分配到了山西省对外办公室。这些同学除一部分调离外，其余都慢慢成长为单位的栋梁之材——也就是同学们经常谈论的“一厅”“四总”：王淑珍，山西省商务厅厅长、第十一届全国人民代表大会代表；常仲，山西省粮油进出口公司总经理；李海鹰，山西省技术进出口公司总经理；闫爱卿，山西省化工进出口公司总经理；王买根，山西省天利实业有限公司总经济师。

都说小城故事多，小城充满喜和乐。比起大城市的高楼林立、霓虹闪烁、车水马龙，小城更加山青水绿，更加空气清新，更加宁静祥和。我们的许多同学在靠近他们家乡的小城惬意地装点着他们的人生。他们继承了老师的衣钵，教书育人。他们以标准的发音、整齐的板书、流利的朗读和简明的语法开始了他们一年又一年循环往复的教书育人生涯。

郭峰，英专二班学生，是我们这一届分配到基层学校、坚守在教学一线的优秀代表。在晋城一中，他 40 多年如一日教书育人，成绩斐然，获得多种奖项与称号。他于 1996 年 9 月获山西省教委颁发的“优秀班主任”称号，2000 年 1 月获“晋城市第二届科技专家奖”，2000 年 3 月在第三届全国中小学生素质教育英语知识能力竞赛中，获“优秀辅导教师奖”，2004 年 9 月获“第四届全国中小学外语教师园丁奖”，2011 年 3 月获“首届全国中小学外语教师名师”称号。岂止是郭峰，我们有许多同学和郭峰一样普普通通，几十年默默耕耘，获得了非凡的成就，为党和国家的教育事业做出了杰出的贡献。

请看我们这一届终生奋斗在教育战线上的同学：

英一班：赵保兰　王崇光　李茂海　刘　东　边银爱　韩玉英　赵慧敏

英二班：李燕霞　李　静　郭　峰　解艳珍　彭　漪

英三班：柳花梅　李瑞仙　李玉莲　王桃秀　李秀英　柴晋梅　张　昕　杨凤莲

英四班：秦麦秀　张福成　王淑兰　任如凤　肖文科　吕典治　徐婉丽　张红军　张学斌

英五班：李建生　马花荣　聂素娥　吉小雪　白有存　刘　敏　肖杏花　孙淑云

俄一班：翟明贤　晁淑芬　荆　明

俄二班：杜凤珍　许建聪

俄三班：李海风　商香兰

几十年奋斗，几十年耕耘，我们也有了一片桃李之林，真的是桃李满天下了。我们算不算实现了当初的梦？当我们寂寞时，也有人给我们唱《老师，我总是想起你》，你不觉得这样过一辈子也很充实吗？能不为有这么多桃李芬芳的学生而骄傲吗？

教师是全世界公认的最伟大的职业，我们为有这么多从事伟大职业的同学而骄傲。他们为祖国培养、造就了一批又一批优秀人才，他们实现的梦就是中国梦。

大海是神秘的，大海的彼岸也是神秘的。大约有 13% 的同学带着语言优势去到大洋彼岸的美国、加拿大或欧洲的国家。

他们有在校时琴瑟相伴，相濡以沫的王力理、冯建平夫妇；有考了几个学位的女学霸段娟；有纯洁无瑕的贾丽秋；有在校时以果断刚毅著称的女排长武浩；有在美国德州安家立业，中西结合，继承父亲文风的戈小丽；有在加拿大居住的甜女李海鹰；有行事泼辣的丁立松；有在意大利的不老青年王秀成和娴静秀雅的秦忠梅。

无论你在天涯还是海角，你的根永远在中国；无论你飞得有多远，总是山西大学外语系为你插上了腾飞的翅膀。

北京总是令人向往的，特别是离开北京到外地插队的知青，他们太想家了。当然，几乎所有同学那时都向往北京。

那时候的北京是我们同学们心目中的童话世界。毕业之后有一段时间，同学们以各种方式、各种渠道、各种理由，抓住各种机会，利用各种政策进入北京。这是 2002 年山西大学百年校庆时外语学院提供的已调到北京工作的 72 级同学通讯录。

徐素平　中国国际航空公司售票处

唐茂恒　中国银行

赵慧敏　北京丰台职工培训中心

陈　峰　华港集团

陈少芳　国家海洋局

张淑英　北京市公安局

彭　漪　北京科技大学

苏同利　北京卫戍区外事办公室

陈晓伦　中国民航华北局航行处

李　芬　首都经贸大学

柴晋梅　北京科技大学

张　昕　北京首都师范大学附属丽泽中学

毛维力　海军司令部军事学术研究所

杨凤莲　中国人民公安大学
刘胜雪　中国国际航空公司货运部
李新国　北京首都机场
张福成　北京石油化工学院
肖文科　北京林业大学
韩生鹏　荣宝斋
李伟格　中国科学院力学研究所
王素霞　中国工程咨询协会
王秋菊　中央电视台文艺中心
徐婉丽　北京仪表工业学校
赵宝华　教育部考试中心
万利民　美国驻中国大使馆
渠小平　中国国际航空公司结算中心
王惠临　中国科学技术信息研究所
刘之光　北京无线电厂
李幼平　国际航协北京办事处
李海山　中国国际航空公司结算中心
张学松　解放军某部
李仲华　中纪委纠风办
李政文　社科院《世界文学》编辑部
徐小飞　北京军区空军某部
田春生　社科院世界经济与政治研究所
臧献甫　国务院办公厅
周所同　《诗刊》社
张胜利　丰台工商局
李　平　北京市科学技术委员会科技开发交流中心

大约有四分之一的同学进入了北京，他们很快就融入了这个大都市，为那个年代奉上一份重重的厚礼。

张学松、贾广臣、毛维力、李志军、徐小飞入学前是军人，毕业后又回到部队。这些解放军学员在部队干了一辈子，我们有理由相信他们成绩卓著，但由于工作的性质，我们不能对他们一一叙说，这是他们的秘密，也是共和国的秘密。

从入学前的热爱诗歌，到毕业后编辑诗歌，周所同似乎一生都离不开诗歌，几十年的沉淀终成大家。有同学这样形容他：诗人长发，很瘦，戴着墨镜。如同板桥笔下的那枝墨竹，删繁就简，留一种清癯的诗骨，像远古的君子，远避荤腥，只亲近蔬菜五谷的素朴。睿智之光，洞穿红尘迷雾。在一支香烟的明灭中听他娓娓道来，但见一粒粒真诚，自他笔下结晶而出。

李伟格同学获得过联合国教科文组织颁发的“中国科学技术情报研究所情报研究生班”毕业证书。她的工作地点是北京北四环路15号，中国科学院力学研究所。众所周知，这是钱学森、郭永怀、钱伟长工作过的地方，是“两弹一星”功勋们工作过的地方。中国近代只有少数几位杰出的女性被人们尊称为先生，李佩就是其中之一。李佩和郭永怀先生是一对伉俪，两种传奇。李伟格是李佩团队的“秘书长”，帮助李佩先生做过许多事情。她参与了《钱学森文集》《技术史》《技术与文明》《佩瑜怀瑾　纨质蕙心》书籍的策划、编辑、翻译、校对等工作。

中华五千年文明，有太多的发明和创造。《走进殿堂的中国古代科技史》分上、中、下三册，李伟格策划并组织将该书翻译成了英文，把中国古老的文明向世界介绍。赵殿华承担整部书的译文校对、统稿、定稿工作，参与了这项不凡的工程。

李燕霞，我们中年龄较小者。她教学能力强，贡献突出，获得吕梁第一批地区级教学能手、中学高级教师、山西省骨干教师等荣誉称号和奖励。2000年，太原市教育局在全国范围内引进优秀人才。她没有关系，没有靠山，全凭个人实力，脱颖而出，被招聘到教学水平名列前茅的太原十五中任教。10年间，她年年被评为优秀教师。她是我们同学中从最基层拼搏奋斗出来的佼佼者。

臧献甫，这个内蒙古军区河南籍战士，在近50年前走进俄语三班的部队学员，曾任天津市委常委、市纪委书记，天津市政协主席、党组书记，中国经济社会理事会副主席，中国共产党十七大、十八大、十九大代表，中国共产党十七届、十八届中央纪律检查委员会委员，现任政协第十三届全国委员会提案委员会副主任。他是那届山大外语系走出的最高级别的政府官员。

彭漪，这位入学时才16岁的青涩小姑娘，毕业后凭着她的素质、她的学识、她的品行和她的美丽成了许多男生心目中的女神。身为英语教授、硕士研究生导师，她参加过4项北京科技大学教学改革，曾获北京科技大学优秀教学成果二等奖，获“北京市青年骨干教师”“北京科技大学先进工作者”“宝钢优秀教师”等称号和奖励。

王淑珍，这个从河东农家小院走出的村团支部书记、英语四班的班长，曾任山西省商务厅厅长，是十一届全国人大代表，在人民大会堂与国家领导人共商国是。

张淑英，曾经的弱女子，成了威风凛凛的警官。为了不使罪犯逃脱，只身冲进犯罪分子巢穴……

李政文，曾经是玉树临风的帅哥，如今成了胖老头李老先生。在校时，俄语专业相当一部分同学还在跟着老师学念33个俄文字母时，他已在阅读俄文原著。他费尽心思找来俄文版《钢铁是怎样炼成的》，从中间撕开，和同学一人一半看。他在中国社会科学院《世界文学》编辑部一干就是30多年。编辑部的第一任总编可是如雷贯耳的茅盾（沈雁冰）。他是《中国大百科全书》的常务编委，并和他人合译了《普希金全集》，年近古稀，还在不断耕耘。

田春生，从历史系转到俄语专业，没有成为父亲一样的诗人，用一生的精力从事了她所热爱的事业。她的著作颇丰，有《国家与市场》《经济方式研究》《国际金融危机》《俄罗斯外交与中国合作模式》等。这些著作都是国家层级决策的参考。我们这届工农兵大学生为有她这样的学者而骄傲。当提及她的这些成就时，她谦虚地说，我只是一个学者，做了我应该做的事。

唐茂恒，英语二班的班长，在卢森堡工作 10 年之久，为中国银行的海外拓展立下了汗马功劳，成长为中国银行的高管。

张银海，这个解放军大学校的贫家孩子，凭着自己的优秀表现被选送到大学。毕业后他进入公安系统，当了警官。后来又因工作需要被公派到俄罗斯工作。他是俄专中少数几个能学以致用直接靠俄语吃饭的同学。

肖文科，英语教授，曾先后任北京林业大学外语学院英语系及商务英语系主任，党委委员，硕士研究生导师。多次参与和主持北京市及全国性重要英语考试命题审题工作。曾获“全国优秀教师”奖章、全国“三育人”先进个人荣誉称号和省级“共产党员标兵”称号。退休后，被聘为北京林业大学校本科教学专职督导，兼北京林业大学老教授协会文科分会副会长。在北京林业大学设有“肖文科奖学金”。

赵宝华作为我国改革开放初期的归国留学生，完成了国家公派留学考试全计算机化管理系统的架构设计与代码编写，这是教育部考试中心首个全计算机化管理的考试项目，为其他大型考试项目的计算机化管理奠定了基础。他帮助山西大学外语学院建立国家公派留学外语水平考试等考试项目的考点，促成省有关部门在山大组建出国人员培训部及配套设施的建设，为母校的发展尽心竭力。

母校 90 诞辰庆典时修建了一座碑亭，碑上记载了 90 周年校庆时校友对母校的一笔笔捐赠。李广锁的名字赫然排在前十几名。山大校友中有太多的高官巨贾，虽然他这区区 1000 元太微不足道，但我们觉得这个排名不光代表他自己，也代表了我们这一届学生对母校无限眷念和回报的一种情怀。

在母校 100 周年校庆时，负责整个系友接待的是王淑珍和闫爱卿，她们帮助安排校友的住宿，负责车辆接送。山西大学外语学院校庆组委会在《山西大学百年校庆联谊纪念册·外语学院分册》后记中写道："特别是 72 级系友山西省化工进出口公司总经理闫爱卿同志对《纪念册》的印刷给予了全力支持，在此我们表示衷心的感谢。"

在校庆 100 周年大会上，代表整个系友讲话的是英三班李茂海。这是我们这一届学生的骄傲。

在百年校庆《母校情恋》上刊登有王淑珍的诗和周所同、赵云雾的文章。

这一桩桩，一件件，都彰显了我们这一届工农兵大学生对母校的默默奉献和深深眷恋。

赵云雾在百年校庆《母校情恋》中讲道："编辑必须有政治家的头脑，淘金者的眼力，琢璞成玉的功夫，点石成金的匠心，成人之美的品格和甘当人梯的精神。编辑是'牛'，我甘愿当'牛'。"我们认为，岂止是编辑，我们这届大学生，大部分都属"牛"。

如果站在整个时代的截面上看改革开放 40 多年，那正是我们拼搏奋进的年代。这些年，我们吃的是草，奉献的是奶。这些年，我们的奋斗为共和国的繁荣昌盛增了砖、添了瓦。我们把青春奉献给了这个时代，我们撑起了一片天地，共和国的旗帜上也有我们染织的风采。

几十年岁月如同白驹过隙，我们迎来了硕果累累的秋天。

四、秋之韵

四季轮回，春华秋实。无须质疑，秋天是一年中最美的季节。那是一年辛苦劳作有了结晶，又孕育着对未来无限希冀的季节。如今，我们这一届工农兵大学生历经青春年少的繁花似锦，辛勤耕耘、拼搏奋发的如歌岁月后，也步入了成功与收获的金秋时节。我们唱着“最美不过夕阳红”，追寻着友情的足迹，感恩社会的馈赠和赋予，享受我们的已有，潇洒地面向未来。

1. 尊师重道

回到久别的母校，去拜望恩师必不可少。蔡春月老师，20 世纪 50 年代的归国华侨，她把自己的青春年华贡献给祖国的教育事业，1977 年旅居中国香港。2014 年 5 月，已经 80 高龄的蔡老师故地重游。时逢她 80 寿诞，学生们为她祝寿。贾广臣毫不犹豫地退掉了回南京的机票，从几千公里外的广西赶来参加老师的寿筵。三班同学还看望了苏湘晋老师和杨德友老师。聚会后，李广锁同学把蔡老师和她的先生杜本典老师接到晋城，用轮椅推着行动不便的杜老师去风景区游览。

张安琪老师在校时是男同学心目中的女神，20 世纪 90 年代去了加拿大，每次回国，总有许多同学去看望她。

2017 年 8 月 24 日，英专部分同学回到母校，在山大学术交流中心和他们的恩师聚会。王正仁老师、刘海量老师、庞人骐老师、徐忠权老师夫妇、乔寿宁老师、苏湘晋老师和大家一起度过了难忘的一天。高胜恩同学代表与会同学对昔日老师的谆谆教导和无比关怀表示了衷心的感谢。

2. 教书育人

史莲娣，英专三班同学，在她知天命之年筹资办起了一所民办高中学校。她的学校在当地好评如潮，取得荣誉多多。“把握生命的每一分钟，以赴我们心中的梦，只要有梦，我们的未来就会像钻石一样闪耀。”史莲娣把自己的信念深深植入了一个个幼小的心灵。本书中《自信的女人最美丽》较全面地介绍了史莲娣的退休生活和她的学校。

刘敏，我们当年学生中的小妹妹。她泼辣，时尚，干练。退休后，她一直在临汾的一家外语培训学校任教。

秦忠梅，那个有着姣好面容，娴静如水的小女生。当年在大学独唱的阿尔巴尼亚歌曲依稀还在我们耳畔回响。如今她定居在世界最浪漫的国家意大利。她不是赋闲在家养老，而是当地一所双语学校的老师。她是中意之间的友好使者，在语言交流的过程中，也传播着中华文化和华夏文明。

张昕、王振春、赵慧敏，都在精心地用英语演绎着退休后的故事。

3. 圆梦

有种子，总会开花结果。有梦在心田，也终有圆梦的那一天。

（1）圆成名成家之梦

我们这代人是听着刘胡兰、黄继光、邱少云的故事，唱着《学习雷锋好榜样》的歌曲长大的。革命英雄主义在我们头脑里深深扎下了根。我们崇拜那些科技伟人，也渴望成名成家。我们渴望成为像华罗庚、钱学森一样的科学家，也想成为像鲁迅、茅盾、老舍、戈宝权一样的文学家、翻译家。

高胜恩，从小有个当作家的梦。大学毕业后，先被分配到康杰中学教书育人，1985 年调入山西省社会科学院。在职期间，尤其是退休之后，她的文学作品相继问世，并被山西省作家协会吸收为会员，从而圆了她自己的梦。

（2）圆出国之梦

退休了，放缓了匆匆的脚步，有了闲暇的时间，摸摸微鼓的口袋，我们似乎应该为自己做点什么。同学们开始踏上旅途，或者筹划自己的旅行目的地。去吧，趁着自己腿脚还利落，去法国看一下卢浮宫里那蒙娜丽莎神秘的微笑，看一下断了臂还美丽绝伦的维纳斯雕塑，看一下意大利《威尼斯商人》的水城和伽利略扔下两个铁球的比萨斜塔，到美国纽约目睹一下自由女神的风采，到费城的议会厅里见证《美国独立宣言》的制定，到悉尼的歌剧院听听交响乐，到瑞士的阿尔卑斯山体验滑雪的疯狂，到莫斯科郊外进行一次篝火晚会，还要到比利时看永远光着腚尿尿的小尿童于连，甚至去北欧看极地之光。

当然，去国外探亲，为儿女继续做贡献，出国去照顾孙辈，也不失为另一类的出国。反正，我们既享受了天伦之乐，也领略了异域风情，可谓两全其美。

（3）圆陶冶性情之梦

夏的画卷总是太妩媚，而秋的素描就多了份内涵。北京的秋天很美，恰逢找到韩生鹏。一交流，就感觉到在他身上洋溢着积淀了近50年的文化内涵。他在艺术品殿堂“荣宝斋”工作了20多年，艺术品的馨香业已把他熏成大师，一笔好字，如龙飞凤舞，可惜他深藏不露。

端一杯菊花酒，题一首枫叶愁，弹一曲《茉莉花》在金秋。这是赵殿华的退休生活，弹琴，跳舞，上网，偶尔也做些翻译。

边学边弹乐晚年，
《茉莉花》开水云间，
一曲清音俗事忘，
不羡高官不羡仙。

总是以为最好的懂得会在文字间，将那些秋日的感悟化在那字字行行中。正如余秋雨所讲，我坦然，于是我心美丽；我心美丽，于是我人生也跟着美丽。自从2016年5月聚会后，每天只要太阳升起，“涛声依旧”

群里便传来陈竹芳的微信，传播真善美。满满的正能量，足见她国学底蕴深厚。

4．寻觅友情

同学是世间最普通的称谓，却饱含着深厚的友谊，彼此心间深藏着牵挂与温馨。我们珍惜缘分，感恩这个时代。退休后，我们有了思念和寻找同学的时间。如果找不到他们，似乎生命中有一种缺憾！

2014 年，英三班首开先河，在和恩师聚会时，把找同学提到重要议程。赵殿华通过网络搜索找到了毕业以后就失联了的贾广臣。2015 年，在恩师的关心下，杨凤莲通过她的学生和赵殿华找到了凌忠发和张昕。

史莲娣寻找李玉莲十余次，终于有一天找到了居住竟近在咫尺，几十年却未曾相见的李玉莲。英二班的刘东，那斯文清秀、一笑就露出一对小虎牙的靓女，究竟去了哪里？还是史莲娣同学坚持不懈，不甘放弃，终究不负苦心，寻访到刘东的妹妹，联系上了刘东。

2016 年 5 月太原同学聚会时听说边银爱有病，行动不便。聚会结束后，同学李广锁、贾广臣、柳花梅、胡海江、韩玉英、史莲娣、聂素娥、李玉莲等专程驱车数十里到榆次去看望小边，并送上几位同学的一份集体心意。

秦麦秀是英四班同学。学生时代，年轻，淳朴，漂亮。毕业后，再无她任何信息。同学们对她念念不忘。2015 年，高胜恩不顾临汾到蒲县有一百几十里山巅之路，不畏长途颠簸，毅然踏上了寻找友情之路，终于让秦麦秀参加了 2016 年 5 月 6 日的太原聚会。

贾丽秋，自从她出国后便失去联系。2016 年 5 月 6 日太原聚会，银恭喜硬把任务派给高胜恩。胜恩左思右想，设法通过丽秋的孩子联系丽秋。次日一早，贾丽秋就从洛杉矶打来了电话，两人激动得一聊就是一个半小时。丽秋“入群”后，“涛群”好兴奋地热闹了一段时间。

5 月太原聚会后，四班出现了一个找同学热潮。

高胜恩再次出面找同学，她让在永济工作的妹妹几经周折，联系到毕业后从未谋面的张学斌同学。

武志刚颇动一番脑筋，费尽周折并动用他曾在米兰工作的3条渠道找到了秦忠梅同学。

王买根挤公交，先顶烈日，后遭雨淋，在平阳路和小店跑了3个地方，找了3家搬迁到太原的“三线”工厂，终于找到韩生鹏同学的下落，带给同学们的喜悦自不必说。

吕典治通过绛县的关系在朋友圈发“寻人启事”，找到了王淑兰，然后带着爱人、女儿、女婿，专程驱车数百里，从平陆到绛县去看望老同学。

为找张红军，同学们从她毕业后的第一个工作单位原平化肥厂子弟中学找到了她的天津老家。在寻觅无望时，肖文科通过京津的同学和弟子等渠道，多方打听，终于找到了张红军。

由于篇幅所限，不能详细介绍寻找同学的全过程，其实每一次寻找都非常困难，都是千辛万苦，都有一个美丽而曲折的故事，每一个故事都含有浓浓的同学情。

寻找同学永远是进行曲，直到找到最后一个同学。

5. 同学聚会

这几年，我们这届同学组织了一次又一次的聚会，组织者和参与者都乐此不疲。同学聚会到底是什么？就是想在一起怀念过去的岁月，大家在一起，拍着胸膛，搂着肩膀，沉醉在美好的回忆中，仿佛又翻开了“青葱”岁月的日历。

同学聚会是什么？就是找一个地方，忘却年龄，放下身段，大声说话，大声歌唱，一块儿嬉闹，一块儿喧哗，一块儿相拥倾诉，一块儿胡吃海喝。让长期道貌岸然的尊者情绪放松，享受那无拘无束、天真烂漫的童趣。

同学聚会是什么？就是了却我对你的那份牵挂，因为四季变换得匆匆，模糊了你的倩影。因为退休了，有了思念你的时光，看到你如故，我放心了，其实我也知道，只是见一次，也不为什么。因为同学的情结已经嵌入了我生命的年轮。

同学聚会是什么？就是彼此的一个鼓励，一个叮嘱，一份分享。在咔嚓咔嚓的留影声中，留住我们在一起的美好，留住快乐的瞬间，为在以后的日子里可以坐在摇椅上慢慢地欣赏。同学聚会就是让我们相互陪伴，享受那无限美好的夕阳。

亲爱的同学们，如果同学再次聚会，你还来吗？

走在秋的路上，凉风习习，时光从婆娑的树叶中漏过。“春之梦”“夏之奋”变成了回忆。慢慢地，身边的风景都变成了“秋之韵”的模样，那又有什么关系？总有一天，我们说过的话，做过的事，走过的路，都

2016 年 9 月 10 日同学聚会筹备组合影。左起：张学松、肖文科、武志刚、毛维力、王买根、贯广臣、张淑英、韩生鹏、李广锁

会变成过往的风景，但我们同学在一起曾入眼入心的美好，会一直停留在心底。我们虽然暂时分别，但我们有了“涛声依旧”微信群，恰似一张同学友情网把我们紧紧地连接在一起。

我们从千千万万个知识青年中脱颖而出，成为当年能够接受高等教育的那群人，我们是幸运的。几十年来，我们用辛勤的汗水和宝贵的青春砥砺前行，奋发图强，许多同学成为单位骨干力量或某些领域的领头人。时代不负我们，我们也未负时代，我们有幸参与了中华民族百年以来最壮丽的改革开放，见证了祖国从贫穷到富强的伟大历程。

我们是幸运的一届，是勤奋的一届，是满满收获的一届，也是幸福快乐的一届。

跋

有机会主编《别样年华——山西大学外语系首届工农兵大学生纪实》一书，是我人生中莫大的荣幸。

2016 年 9 月 10 日，适逢教师节，山西大学外语系 72 级工农兵大学生在北京举行了毕业后规模最大的一次聚会，参加人数达 60 余人。当时李政文同学提议编写一本书，以回忆同学们在母校度过的青春岁月和留下的美好记忆，以及记述母校如何为同学们日后的启航远飞奠定了坚实的基础。工农兵大学生，前无古人，后无来者。把我们在校时的学习生活和毕业后的工作经历记录下来，为历史记载添补细节，为子孙留印记，为自己存痕迹。这一提议得到了聚会同学们的积极响应。

然而，由于种种原因，编书一事直到 2019 年初才再次被正式提上日程，着手开始实质性的工作。经过同学们近 3 年的不懈努力，该书已定稿，即将付梓。

我们外语系 72 级这个群体实在是人才济济，藏龙卧虎。学者教授、特级教师、商贾名流、编辑大咖，荟萃云集。他们都非常支持本书的编写与出版，出于多种考虑，他们把主编这副担子压在了我的肩上。俗话讲：蜀中无大将，廖化作先锋。这次是蜀中有大将，我这个“廖化”也做了先锋。我深感责任重大，虽感力不从心，仍觉荣幸之至，欣然从命。我衷心感谢同学们的信赖和在编写过程中给予我的鼓励和多方面的支持。

我们这一代经历了“文化大革命”，上山下乡，插队回村，在一定程度上耽误了学业，使得我们更加珍惜来之不易的上大学机会。不容回避，工农兵大学生大部分来源于“文革”中1966—1968年间毕业沉淀的六个年级差的“老三届”初中生和高中生，客观上存在着年龄悬殊、文化知识参差不齐的事实。这是由当时特定的历史条件所决定的，也是当时高校的普遍情况。我们这一届外语系的学生几乎有一多半人外语都是零基础，从字母开始学起。但我们的老师像母亲一样，慷慨无私地把她们多汁的乳头塞进我们的嘴巴，让我们使劲地吮吸。老师们的无私奉献和学生们的超常刻苦努力，弥补了这方面的欠缺。我们不但如期完成了在校的学业，而且在毕业以后的工作中，在各自不同的岗位上，均做出了标志性的成绩。许多当年的任课和行政管理老师都一致认为，工农兵大学生是历届学生在大学里学习最刻苦的一群人。我想即便不是之最，也一定是之一。

古今中外都强调德才兼备，德在前而才次之。工农兵大学生在基层、农村、部队吃过苦，受过累，在思想上、意志上经受过磨炼，这都成为我们一生的宝贵财富。那个时代的疾苦和磨难不是造就了一个人，而是成就了我们这一代人。我们用实际行动履行了“人民送我上大学，我上大学为人民”的承诺。

我们的时代是一个伟大的时代，是中国人民几百年来从未有过的扬眉吐气的时代，是一个经济飞速发展的时代，是一个中国人追逐“中国梦”、实现中华民族伟大复兴的时代。我们这一代都出生在中华人民共和国诞生前后，从1975年毕业开始工作到现在，正好是我们从20岁左右到70岁上下这个时段。在改革开放急需大量人才的时候，“文化大革命”以前毕业的大学生已远远不敷时代发展需要，我们工农兵大学生填补了这个空白，起到了承上启下的作用。

在我们工作的几十年中，大部分同学都成为单位的骨干力量，是单位的顶梁柱。许多同学走上了领导工作岗位，在部队同学中不乏大校、少将，在地方工作的同学中不乏处、厅、省级干部，有的同学成为某一领域的领军人物或学术带头人。我们工农兵大学生和全国人民一起创造和见证了这个伟大的时代，我们也是这个时代的主力军。

借此机会，我要特别感谢本书的所有作者，没有他们的撰稿与奉献，本书就无从谈起。在这些作者中，我要特别感谢的是我们的授业恩师。虽然他们都接近或已进入耄耋之年，但仍以不同的方式满腔热忱地支持我们的工作：蔡春月、苏湘晋、乔寿宁、刘生金、张安琪和杨继舜老师分别撰写了回忆文章；刘海量老师以《感言》赋诗一首；外语学院原资深院长王正仁老师不辞辛劳为本书作了序，字字真情流露，句句肺腑之言；庞人骐老师提供了极为珍贵的照片。他们的佳作，从老师的角度，道出了对首届工农兵大学生的真情实感，是对我们这届工农兵大学生的高度肯定与褒奖。谢谢这些为我们插上翅膀的恩师们！同时，也谢谢因种种原因未能在本书中留下墨迹的所有教授过我们或指导过我们的老师们：如常风教授、刘廷玉书记、高光斗主任、孟绍贲主任、田际升、孟庆瑞、张文郁等老师，在这里恕不一一列举。

为了编写好本书，我们专门成立了编委会，编委会为书籍的编写、书名的确定、篇章的排序、装帧设计、资金筹措、出版联络等劳心费力，履行了应尽的职责，做出了应有的贡献。贾广臣同学在宣传发动、组织策划方面发挥了积极的作用；赵殿华同学不厌其烦地收集、整理、分转同学们的稿件，多次撰写发布书籍编写进展情况；张银海、赵宝华等同学除积极撰稿外，还应约为其他同学的稿件斟词酌句，提出中肯的修改建议；肖文科同学对全书进行了认真细致的统稿，核实史实，审定文字；韩生鹏同学反复征求大家的意见，数易其稿，为本书精心绘制了插图；编委会的其他同学都积极建言献策。编委会的工作非常出色，我对编委会的同学深表感谢。还有赵云雾同学，他最初为本书提出了撰写大纲，并对本书部分初稿进行了审校，贡献了他的真知灼见。

在此，我们要特别感谢我们的两位旅居美国纽约的同学：王力理和冯建平伉俪，他们资助了本书出版发行的全部费用。

我们还要感谢本书的责任编辑蒙莉莉女士，是她的不懈努力提升了本书的质量，确保本书顺利的出版。

李广锁

2021 年 12 月